Frances Hodgson Burnett

Die Liebenden von Palstrey Manor

FRANCES HODGSON BURNETT

Die Liebenden von Palstrey Manor

Roman

Aus dem Englischen
von Michaela Meßner

MANHATTAN

Die Originalausgabe erschien 1901 bei Smith, Elder,
wiederveröffentlicht 2001 bei Persephone Books, London.

Dieses Buch ist auch als E-Book erhältlich.

MIX
Papier aus verantwortungsvollen Quellen
FSC® C014889
FSC
www.fsc.org

Verlagsgruppe Random House FSC® N001967

Manhattan Bücher erscheinen im
Wilhelm Goldmann Verlag, München,
einem Unternehmen der Verlagsgruppe Random House GmbH

1. Auflage
Deutsche Erstveröffentlichung Oktober 2016

Umschlaggestaltung und Konzeption:
Buxdesign | München
Coverillustration: © Natascha Römer
Redaktion: Antje Steinhäuser
Satz: Uhl + Massopust, Aalen
Druck und Bindung: Friedrich Pustet, Regensburg
Printed in Germany
ISBN 978-3-442-54778-4
www.manhattan-verlag.de

TEIL EINS

ERSTES KAPITEL

Miss Fox-Seton stieg aus dem Zwei-Penny-Bus und raffte dabei mit Sitte und Anstand ihren adretten, maßgeschneiderten Rock, denn sie war es gewohnt, mit Zwei-Penny-Bussen zu fahren und sich durch die schlammigen Straßen von London zu kämpfen. Eine Frau, deren maßgeschneiderter Rock zwei oder drei Jahre halten muss, lernt schnell, ihn vor Spritzern zu schützen und darauf zu achten, dass die Falten schön glatt bleiben. Emily Fox-Seton war an jenem regnerischen Morgen sehr vorsichtig durch die nassen Straßen gelaufen und kehrte ohne jeden Fleck in die Mortimer Street zurück, ganz wie sie aufgebrochen war. Sie hatte viel über ihren Kleiderstil nachgedacht – insbesondere über diesen Rock, der ihr nun schon ganze zwölf Monate lang die Treue hielt. Die Rockmode hatte sich erschreckend gewandelt, und als sie durch die Regent Street und die Bond Street ging, war sie des Öfteren unter dem Schild »Damenschneiderei und Anzugkonfektion« vor einem Schaufenster stehengeblieben, hatte die übernatürlich schlanken Schaufensterpuppen in ihren eng sitzenden Kleidern betrachtet, mit schreckgeweiteten, ehrlichen Haselaugen. Sie hatte sich genau angesehen, *wo* sie die Nähte setzen und wie sie die Falten legen musste, falls es überhaupt welche gab. Oder ob vielleicht auf jegliche Naht verzichtet wurde und der Stil so erbarmungslos schlicht war, dass ehrbare

Frauen mit bescheidenen Mitteln keine Möglichkeit mehr sahen, sich aus der Patsche zu helfen, indem sie die Röcke der letzten Saison umänderten.

»Das ist nun doch ein eher gewöhnliches Braun«, murmelte sie vor sich hin, »ich könnte mir einfach einen Meter in einer ähnlichen Farbe kaufen, und damit es nicht so auffällt, bei den Falten im Rücken *vielleicht* noch eine Gere einsetzen.«

Bei dieser glücklichen Lösung ging ein Leuchten über ihr Gesicht. Sie war eine so schlichte und normal denkende Person, dass es nur weniger Dinge bedurfte, damit ihr das Leben in einem helleren Licht erschien und sich ein gutmütiges, kindliches Lächeln auf ihrem Gesicht zeigte. Die freundliche Geste eines Menschen, ein kleines Vergnügen oder ein kleiner Trost, und schon glühte sie vor inniger Freude.

Als sie aus dem Bus stieg, dabei ihren groben braunen Rock raffte, um beherzt durch den Schlamm der Mortimer Street zu ihrer Unterkunft zu stapfen, strahlte sie geradezu. Nicht nur ihr Lächeln war das eines Kindes, auch ihr Gesicht war kindlich für eine Frau ihres Alters und ihrer Größe. Sie war vierunddreißig und von guter Statur: hübsch gerade Schultern, eine lange, schmale Taille und üppige Hüften. Sie war eine große Frau, bewegte sich aber mit Anmut, und da sie es, trotz einer erstaunlichen Energie und geschicktem Wirtschaften, auf nicht mehr als ein gutes Ensemble im Jahr brachte, ging sie sehr sorgfältig damit um und änderte ihre alten Kleider mit solchem Geschick, dass sie stets recht elegant wirkte. Sie hatte schön runde, frische Wangen und große, ehrliche Augen, dichtes nussbraunes Haar und eine kurze, gerade Nase. Sie war apart und machte einen wohlerzogenen Eindruck, und durch das große herzliche Interesse, das sie allen und jedem entgegenbrachte, und ihre Freude an allem, das nur irgend Freude bringen konnte, hatten ihre großen Augen etwas so Frisches, dass Emily eher an ein hübsches, zu groß geratenes Mädchen denken ließ als an eine erwachsene Frau, deren Leben ein beständiger Kampf war, mit einem Einkommen, das bescheidener nicht hätte sein können.

Sie war aus gutem Hause und hatte eine gute Erziehung genossen, innerhalb der Grenzen, die Frauen wie ihr gesteckt waren. Verwandte besaß sie nur wenige, und keiner von ihnen verspürte eine Neigung, sich mit ihrer Mittellosigkeit zu belasten. Sie stammten aus den besten Familien, waren aber vollauf damit beschäftigt, ihre Söhne in der Armee oder bei der Marine zu unterstützen und ihren Töchtern einen Ehemann zu suchen. Als Emilys Mutter starb und mit ihrem Tod auch die kleine Jahresrente verloren ging, hatte sich niemand des großen, knochigen Mädchens annehmen wollen, sodass man Emily in aller Offenheit über ihre Lage in Kenntnis setzte. Mit achtzehn hatte sie Arbeit als Hilfslehrerin an einer kleinen Schule gefunden, im Folgejahr war sie als Gouvernante für jüngere Kinder in Stellung gegangen, anschließend in Northumberland bei einer unfreundlichen alten Dame als Vorleserin und Gesellschafterin. Die Dame hatte auf dem Land gelebt, und in Erwartung ihres Ablebens waren ihre Verwandten wie die Geier um sie gekreist. Das Haus war düster und unheimlich gewesen und würde wohl jede junge Frau ohne ein gesundes und den praktischen Dingen des Lebens zugewandtes Temperament in die Schwermut getrieben haben. Emily Fox-Seton hatte stets eine unerschöpfliche gute Laune verströmt und damit bei ihrer Herrin eine menschliche Regung geweckt. Als die alte Dame schließlich gestorben war und Emily wieder in die Welt hinausgehen musste, stellte sich heraus, dass sie ihr etliche Hundert Pfund hinterlassen hatte, nebst einem Brief mit eher praktischen, wenn auch harsch formulierten Ratschlägen.

»Geh zurück nach London«, hatte Mrs Maytham in ihrer dünnen, krakeligen Handschrift geschrieben, »du bist nicht klug genug, dir deinen Lebensunterhalt mit irgendeiner bedeutenden Tätigkeit zu verdienen, aber du hast einen so guten Charakter, dass du dich bei vielen hilflosen Geschöpfen nützlich machen kannst, auch wenn sie dir nur einen geringen Lohn dafür zahlen werden, dass du dich um Angelegenheiten kümmerst, zu deren Erledigung sie, aus Faulheit oder Dummheit, nicht selbst in der Lage sind. Du könntest bei einer dieser mittelmäßigen Modezeitschriften anfangen und lächerliche Fragen zu Haushaltsdingen, Tapeten oder Sommersprossen beantworten. Du weißt schon, was ich meine. Du könntest für irgendeine faule Dame die Post erledigen, dich um die Buchhaltung und die Einkäufe kümmern. Du bist eine praktisch veranlagte, ehrliche Person und hast gute Manieren. Wie oft habe ich bei mir gedacht, dass du genau die gewöhnlichen Talente besitzt, die viele gewöhnliche Leute von ihrem Dienstpersonal erwarten. Eine frühere Dienstmagd von mir wohnt in der Mortimer Street, sie kann dir vielleicht eine billige, anständige Unterkunft geben und wird dich gut behandeln, schon um meinetwillen. Sie hat allen Grund, mir dankbar zu sein. Sag ihr, ich hätte dich geschickt und sie solle dir für zehn Schilling die Woche ein Zimmer vermieten.«

Emily weinte vor Dankbarkeit und verehrte Mrs Maytham fortan als fürstliche und geheiligte Wohltäterin, auch wenn das angelegte Erbe ihr nur zwanzig Pfund Jahresrente einbrachte.

»Das war so *freundlich* von ihr«, sagte sie immer mit aufrichtiger Demut. »Ich hätte nie zu *träumen* gewagt, dass sie so großzügig sein würde. Ich hatte nicht das *geringste* Anrecht darauf – nicht das *geringste*.«

Sie brachte ihre aufrichtigen Gefühle mit einem Nachdruck zum Ausdruck, als wollte sie ihre Freude oder Wertschätzung buchstäblich unterstreichen.

Wieder machte sie sich auf den Weg nach London und suchte die ehemalige Dienstmagd auf. Mrs Cupp hatte in der Tat Ursache, ihrer einstigen Herrin in Dankbarkeit zu gedenken. In einer Zeit, in der ihre Jugend und die Liebe sie zu einer Unbesonnenheit verleitet hatte, rettete Mrs Maytham sie vor den verheerenden Folgen der öffentlichen Schande, indem sie sich ihrer annahm. Die alte Dame, zur damaligen Zeit eine energische, scharfzüngige Frau mittleren Alters, hatte den Soldaten-Liebhaber gezwungen, sein verzweifeltes Liebchen zu ehelichen, und nachdem er sich schon bald zu Tode getrunken hatte, übertrug sie der Witwe eine Pension, die unter ihrer Führung prosperierte und es ihr gestattete, für sie und ihre Tochter ein bescheidenes Auskommen zu finden.

Im zweiten Stock ihres ehrenwerten, aber schmucklosen Hauses gab es ein kleines Zimmer, das sie für die Freundin der verstorbenen Dame nach Kräften möblierte. Sie verwandelte es in ein Wohn- und Schlafzimmer, indem sie eine Pritsche hineinstellte, die Emily sich selbst gekauft hatte und die sie tagsüber mit einer zweifarbigen Como-Decke in Rot und Blau dezent in ein Sofa verwandelte. Das einzige Fenster ging auf einen dunklen kleinen Innenhof und eine rußschwarze Mauer hinaus, auf der magere Katzen auf leisen Sohlen herumschlichen oder auf der sie saßen und traurig ins Leere starrten. Como-Wolldecken spielten bei der Einrichtung des Zimmers eine große Rolle. Mit einem durch den Saum gefädelten Band wurde eine Decke vor die Tür gehängt und diente als *portière;* eine weitere kaschierte die Ecke, in der sich Miss Fox-Setons einziger Kleiderschrank befand. Als sie schließlich immer mehr Aufträge bekam, erstand das heitere und nach Verschönerung strebende Geschöpf ein Kensington-Teppichkarree von einem so kräftigen Rot, wie es für einen Kensington-Teppich gerade noch vertretbar war. Die Stühle bespannte Emily mit türkischroter Baumwolle, und die Sitzfläche verzierte sie mit einer umlaufenden Rüsche. Über die schlichten weißen Musselinvorhänge (bei Robson's für acht Schillinge und elf Pence das Paar) hängte sie ebenfalls einen türkischroten Stoff. Bei Liberty's erstand sie im Ausverkauf ein preisgünstiges Kissen und billiges China-Porzellan für den schmalen Kaminsims. Mit dem Lacktablett und einem Teegeschirr, das aus einer Tasse, einer Untertasse, einem Teller und einer Teekanne bestand, fühlte sich das Ganze fast schon wie Luxus an. War sie den lieben langen Tag durch nasse oder kalte Straßen gelaufen, hatte für die einen Gäste eingekauft und für wieder andere nach einem Schneider oder Dienstboten gesucht, dachte sie schon voller Freude an ihr Schlaf-Wohnzimmer. Wenn sie zur Tür hereinkam, brannte stets ein helles Feuer in Mrs Cupps kleinem Kamin, und wenn sie ihre Lampe mit dem selbst gebastelten Schirm aus purpurrotem Japanpapier anknipste, dann war der fröhliche Schein und das Singen des bauchigen schwarzen Wasserkesselchens auf der Herdplatte der höchste Luxus für die müde und vom Regen durchnässte Frau.

Mrs Cupp und Jane Cupp behandelten sie sehr freundlich und aufmerksam. Wer mit ihr unter einem Dach wohnte, musste sie einfach mögen. Sie machte so wenig Ärger und beantwortete jede Aufmerksamkeit mit einer so überschwänglichen Dankbarkeit, dass die Cupps, mit denen die »Professionellen«, die gewöhnlich die restlichen Zimmer belegten, manchmal sehr rüde umgingen, sie recht gern hatten. Diese »Professionellen«, sehr pfiffige Damen und Herren, die in großen Sälen ihre »Auftritte« hatten oder am Theater kleine Rollen besetzten, zahlten ihre Miete unregelmäßig oder machten sich aus dem Staub, ohne die Rechnung beglichen zu haben; Miss Fox-Seton hingegen zahlte regelmäßig jeden Samstagabend ihren Mietzins, und es hatte sogar Zeiten gegeben, in denen sie, war das Glück ihr nicht hold gewesen, lieber eine ganze Woche streng gehungert hatte, als sich in einem Damen-Teesalon von dem Geld für ihre Miete ein Mittagessen zu kaufen.

Damit war sie für die auf Rechtschaffenheit bedachten Cupps zu einer Art stolzem Besitz geworden. Sie schien den Duft der großen weiten Welt in die bescheidene Pension zu tragen – einer Welt, deren Bewohner in Mayfair wohnten und Landhäuser besaßen, in denen Schützen- und Jagdfeste veranstaltet wurden, wo es junge Mädchen und Gouvernanten gab, die im Frühling, wenn es morgens noch kalt war, in Wogen von Satin, Tüll und Spitze gehüllt und inmitten nickender Straußenfedern, stundenlang zitternd in ihren Kutschen saßen und darauf warteten, dass man sie endlich in den Buckingham Palace einfahren und den Salon betreten ließ. Mrs Cupp wusste, dass Miss Fox-Seton »gute Verbindungen« hatte; sie wusste auch, dass sie eine Tante von Adel hatte, wenngleich Ihre Ladyschaft ihrer Nichte keinerlei Beachtung schenkte. Jane Cupp las die »Modern Society« und hatte hin und wieder das Vergnügen, ihrem jungen Verlobten laut vorzulesen, welch kleinere Vorfälle sich auf einem Schloss oder Landsitz zugetragen hatten, in denen sich Miss Fox-Setons Tante, Lady Malfry, mit Earls und engen Günstlingen des Prinzen von Wales aufhielt. Jane wusste auch, dass Miss Fox-Seton gelegentlich Briefe »An die Sehr Ehrenwerte Gräfin von Soundso« schrieb und daraufhin Antwortschreiben erhielt, die ein Siegel mit Adelskrönchen trugen. Einmal war sogar ein mit Erdbeerblättern verzierter Brief angekommen, ein Ereignis, das Mrs Cupp und Jane bei heißem Buttertoast und Tee mit größtem Interesse erörtert hatten.

Emily Fox-Seton war allerdings weit davon entfernt, irgendeine Form von Grandezza zu zeigen. Mit der Zeit waren die Cupps ihr so sehr ans Herz gewachsen, dass sie ganz offen über ihr Verhältnis zu solch bedeutenden Persönlichkeiten sprach. Die Gräfin hatte von einer Freundin erfahren, dass Miss Fox-Seton ihr einmal eine hervorragende Gouvernante besorgt hatte und ihr sogleich den Auftrag erteilt, eine vertrauenswürdige Näherin für junge Damen zu finden. Sie hatte für eine wohltätige Einrichtung, der die Gräfin als Mäzenatin vorstand, Sekretariatsarbeit verrichtet. Diese Leute kannten sie eigentlich nur als eine kultivierte Frau, die sich gegen bescheidenen Lohn in zahllosen praktischen Dingen außerordentlich nützlich zu machen verstand. Sie was besser über die anderen unterrichtet als diese über sie selbst, und in ihrer zärtlichen Bewunderung für alle, die ihr mit Menschlichkeit begegneten, erzählte sie Mrs Cupp oder Jane manchmal mit großer Offenherzigkeit von deren Schönheit oder Mildtätigkeit. Natürlich schlossen einige der Herrschaften sie ins Herz, und da sie eine hübsche junge Frau mit einwandfreien Manieren war, machten sie ihr gerne eine kleine Freude, luden sie zum Tee oder Lunch ein oder nahmen sie mit ins Theater.

Sie zeigte so offen ihre Dankbarkeit für diese Vergnügen, dass die Cupps sie selbst als große Freude empfanden. Für Jane Cupp – die vom Schneidern einiges verstand – war es ein wundervolles Erlebnis, wenn man sie holte, um ein altes Kleid umzunähen oder beim Nähen eines neuen für irgendeine Festlichkeit behilflich zu sein. Die Cupps hielten ihre großgewachsene, kräftige Untermieterin letztlich für eine Schönheit, und nachdem sie ihr geholfen hatten, sich für den Abend anzukleiden, die kräftigen Arme und den feinen weißen Hals zu entblößen und den dicken Haarkranz mit glänzendem, flirrendem Schmuck zu zieren, setzten sie sie in ihre vierrädrige Kutsche und kehrten wieder in die Küche zurück, um über sie zu reden und sich zu wundern, warum kein Gentleman auf der Suche nach einer hübschen, stilvollen Gattin Emily Fox-Seton sich selbst und seinen Reichtum zu Füßen legte.

»In den Läden der Fotografen in der Regent Street sieht man einige Damen mit Adelskrönchen, die nicht halb so gut aussehen wie sie«, bemerkte Mrs Cupp des Öfteren. »Sie hat eine wundervolle Haut und herrliches Haar, und wenn du mich fragst, so hübsche helle Augen, ganz wie eine vornehme Lady. Und schau dir nur ihre Figur an –

ihren Hals und die Taille! Ein paar Reihen Perlen oder Diamanten würden ihrem schlanken Hals gut stehen! Außerdem ist sie die geborene Lady, trotz ihrer einfachen und umgänglichen Art. Und sanft ist sie wie keine zweite. An Großherzigkeit und Gutmütigkeit kann es keine mit ihr aufnehmen.«

Unter Miss Fox-Setons Kundinnen befanden sich Damen aus der Mittelschicht und solche aus dem Adel – die Mittelschicht war allerdings zahlreicher vertreten als die Herzoginnen, und so konnte sie den Cupps so manche Gefälligkeit erweisen. In Maida Vale und Bloomsbury hatte sie oft Nähaufträge an Jane Cupp vermitteln können, und in dem Stockwerk, in dem sich Mrs Cupps Speisesaal befand, hatte jahrelang ein junger Mann gewohnt, der auf Emilys Empfehlung ins Haus gekommen war. So gern sie es hatte, wenn ihr jemand einen Gefallen tat, so gern tat sie anderen einen Liebesdienst. Nie ließ sie eine Gelegenheit verstreichen, anderen Menschen in irgendeiner Form behilflich zu sein.

An jenem Morgen lief sie nur deshalb so strahlend durch den Matsch, weil eine Kundin, die sie mochte, ihr einen Gefallen getan hatte. Das Landleben liebte sie geradezu über die Maßen, und da sie »einen schlechten Winter« gehabt hatten, wie sie es nannte, hatte sie in den Sommermonaten bisher keine Gelegenheit gehabt, aus der Stadt herauszukommen. Mittlerweile war es ungewöhnlich heiß geworden, und in ihr kleines rotes Zimmer, das im Winter so gemütlich wirkte, drang wegen der hohen Mauer nicht der leiseste Hauch. Hin und wieder legte sie sich auf ihre Pritsche und japste nach Luft, und dann war ihr, als verspräche das Leben in der Stadt, wenn alle privaten Busse, beladen mit Koffern und Dienstboten, davongerattert waren, um ihre Last am jeweiligen Ziel abzuliefern, recht einsam zu werden. Alle Bekannten würden fort sein, und die Mortimer Street im August war eine traurige Sache.

Aber jetzt hatte Lady Maria sie nach Mallowe eingeladen. Was für ein Glück – und wie überaus freundlich von ihr!

Sie wusste nicht, dass Lady Maria sie unterhaltsam fand und wie sehr die verrückte, welterfahrene alte Dame sie leiden mochte. Lady Maria Bayne war die gewitzteste, scharfzüngigste und klügste alte Dame von London. Sie kannte alles und jeden und hatte in ihrer Jugend nichts ausgelassen, darunter auch Vieles, das sich in den Augen der Gesellschaft nicht sonderlich ziemte. Ein gewisser königlicher Herzog hatte großen Gefallen an ihr gefunden, und es wurden ein paar sehr gemeine Dinge über sie gesagt. Aber Lady Maria focht das nicht an. Sie konnte auch ganz gemeine Dinge sagen, und da sie das auf eine witzige Art tat, hörte man ihr gewöhnlich zu und erzählte sie weiter.

Zu Anfang hatte Emily Fox-Seton jeden Abend eine Stunde bei ihr verbracht, um Briefe für sie zu schreiben. Sie hatte Einladungen verschickt, abgelehnt und angenommen, hatte wohltätige Werke ausgeschlagen und langweilige Leute abgewiesen. Ihr Schreibstil war elegant und flott und ihre Sicht auf die Dinge sehr pragmatisch. Schon bald wurde sie für Lady Maria unabkömmlich. Sie ließ sie ihre Einkäufe erledigen, und eine Reihe von Dingen legte sie gänzlich in ihre Hände. So gelangte sie häufig in die South Audley Street, und als Lady Maria einmal plötzlich erkrankte und sich ängstigte, war Emily ihr eine solche Hilfe, dass sie sie gleich drei Wochen bei sich behielt.

»Dieses Geschöpf ist so fröhlich und hat so gar keine

Laster, dass es eine Freude ist«, sagte Lady Maria später zu ihrem Neffen. »Die meisten Frauen sind affektierte Kätzchen. Sie dagegen macht sich einfach auf den Weg und kauft eine Schachtel Tabletten oder ein Heftplaster und ist zugleich von einer solchen Einfachheit und frei von Bosheit und Neid, wie man es vielleicht nur von einer Prinzessin erwartet.«

So kam es, dass Emily hin und wieder ihr bestes Kleid anzog, ihren kunstvollsten Hut aufsetzte und in die South Audley Street zum Tee ging. (Manchmal war sie vorher mit dem Bus zu einem fernen Laden in der Stadt gefahren, um einen besonderen Tee zu kaufen, von dem man ihr erzählt hatte.) Sie begegnete recht klugen Leuten und nur selten auch einigen geistlosen. Lady Maria hatte sich eine perfekte Rüstung aus freimütigem, heiterem Egoismus zugelegt, was jede Langweile bereits im Keim erstickte.

»Ich möchte keine langweiligen Leute treffen«, sagte sie immer. »Langweilig bin ich ja selbst schon.«

Als Emily Fox-Seton sie an jenem Morgen, mit dem diese Geschichte beginnt, besuchen kam, überprüfte sie gerade das Gästebuch und machte Listen.

»Ich plane gerade meine Feste in Mallowe«, sagte sie mit einigem Ärger in der Stimme. »Das ist so anstrengend! Will man Leute an einem bestimmten Tag zusammenbringen, dann halten sie sich mit Sicherheit gerade am jeweils anderen Ende des Planeten auf und können nicht fort. Oder aber man erfährt so mancherlei über sie und kann sie erst wieder einladen, wenn Gras über die Sache gewachsen ist. Diese lächerlichen Dexters! Sie waren ein so entzückendes Paar – beide so gutaussehend, und sie haben so gern mit allen geflirtet. Zu viel wahrscheinlich. Herr im Himmel! Wenn man seine Liebschaften nicht geheim halten kann, dann sollte man halt keine anfangen. Komm, hilf mir, Emily.«

Emily setzte sich neben sie.

»Schau, das ist meine Feier zum Augustanfang«, sagte Ihre Ladyschaft und kratzte sich die zarte alte Nase mit dem Bleistift, »und Walderhurst kommt mich besuchen. Walderhursts Besuche sind immer sehr amüsant. Wenn ein Mann wie er zur Tür hereinkommt, beginnen augenblicklich alle Damen im Raum herumzuzappeln und ihn anzuschmachten, mit Ausnahme derer, die versuchen, ein interessantes Gespräch in Gang zu bringen, weil sie glauben, damit könnten sie seine Aufmerksamkeit fesseln. Sie haben allesamt die Hoffnung, er werde sie heiraten. Wäre er ein Mormone, er könnte viele Marquisen von Walderhurst haben, in allen Formen und Größen.«

»Ich nehme an«, sagte Emily, »er war sehr in seine erste Frau verliebt und wird nie wieder heiraten.«

»Nicht verliebter als in sein Hausmädchen. Er wusste, dass er heiraten musste, und es war ihm eine große Last. Als das Kind starb, hielt er es für seine Pflicht, sich wieder zu verheiraten. Aber es ist ihm ein Graus. Er ist ein rechter Langeweiler und kann es nicht ausstehen, wenn Frauen solch einen Wirbel machen und Liebesdienste von ihm erwarten.«

Sie gingen das Gästebuch durch und besprachen mit großem Ernst die möglichen Gäste und Termine. Bis Emily aus dem Haus ging war die Gästeliste fertig und die Einladungskarten geschrieben. Sie war schon aufgestanden und hatte ihren Mantel zugeknöpft, als Lady Maria ihr ein großzügiges Angebot machte.

»Emily«, sagte sie, »ich möchte dich bitten, am zweiten Tag nach Mallowe zu kommen. Du kannst mir dabei helfen, mich um die Leute zu kümmern und sie davon abzuhalten, dass sie mich und einander langweilen, obwohl es mir nur halb so viel ausmacht, wenn sie einander langweilen, als wenn sie mich langweilen. Ich möchte mich jederzeit zurückziehen und ein Schläfchen halten können. Ich habe *nicht* vor, die Unterhalterin zu spielen. Du dagegen kannst mit ihnen einkaufen gehen oder Kirchtürme besichtigen. Ich hoffe, du kommst.«

Emily Fox-Setons Wangen überlief eine leichte Röte, und sie riss die Augen auf.

»Lady Maria, Sie sind ja *so* freundlich«, sagte sie. »Sie wissen genau, was für eine Freude Sie mir damit machen. Ich habe schon so viel von Mallowe gehört. Alle sagen, wie wundervoll es ist und dass es in ganz England keine schöneren Gärten gibt.«

»Es sind wirklich schöne Gärten. Mein Mann war ein richtiger Rosennarr. Am besten, du nimmst den Zug um 14 Uhr 30 ab Paddington. Mit dem kommst du genau rechtzeitig zum Tee im Garten von Mallowe Court an.«

Emily hätte Lady Maria küssen mögen, wären sie auf so vertrautem Fuße gestanden, dass der offene Ausdruck von Gefühlen erlaubt gewesen wäre. Aber da hätte sie gerade so gut den Butler küssen mögen, wenn er sich beim Abendessen zu ihr hinabbeugte und vertraulich, aber mit großer Würde murmelte: »Port oder Sherry, Miss?« Bibsworth hätte das ebenso erstaunt wie Lady Maria, und Bibsworth wäre gewiss vor Abscheu und Entsetzen tot umgefallen.

Sie war so glücklich, als sie den Zwei-Penny-Bus heranwinkte, dass ihr Gesicht beim Einsteigen vor Freude glühte, was jede Frau noch ein wenig frischer und schöner aussehen lässt. Wenn sie nur daran dachte, was für ein Glück sie gehabt hatte! Oder daran, dass sie ihrem kleinen, heißen Zimmer entfliehen konnte und als geladener Gast in einem der schönsten Herrenhäuser von England wohnen durfte! Wie herrlich wäre das, eine Weile das Leben zu führen, das die Wohlhabenden Jahr um Jahr genießen konnten – in einer wundervoll geordneten, malerischen und würdevollen Umgebung! In einem hübschen Schlafzimmer nächtigen, am Morgen von einem perfekten Hausmädchen zum Frühstück gerufen werden, den ersten Tee aus einer zarten Tasse trinken und noch beim Trinken den Vögeln in den Bäumen lauschen, wie sie singen! Sie hatte eine so unverdorbene Freude an den einfachsten irdischen Dingen, und die Vorstellung, jeden Tag ihre schönsten Kleider zu tragen und sich jeden Abend zum Dinner umzukleiden, entzückte sie. Sie genoss ihr Leben viel mehr als die meisten Menschen, auch wenn sie sich dessen gar nicht bewusst war.

Sie öffnete die Vordertür des Hauses in der Mortimer Street, stieg die Treppe hinauf und merkte fast nicht, wie entsetzlich schwül es war. Sie sah Jane Cupp die Treppe herunterkommen und lächelte sie fröhlich an.

»Jane«, sagte sie, »wenn du gerade nichts zu tun hast, würde ich gerne kurz mit dir reden. Kommst du auf mein Zimmer?«

»Ja, Miss«, antwortete Jane respektvoll, wie es sich für eine Kammerzofe ziemte. Denn es war wirklich Janes größter Ehrgeiz, eines Tages die Zofe einer großen Lady zu sein, und sie war insgeheim davon überzeugt, dass nichts sie so gut darauf vorbereiten könnte wie der Umgang mit Miss Fox-Seton. Wenn diese ausging, bat sie darum, ihr beim

Ankleiden helfen zu dürfen, und empfand es als Privileg, wenn ihr gestattet wurde, sie zu frisieren.

Sie half Emily beim Ausziehen ihres Straßenkleides, faltete Handschuhe und Schleier sorgfältig zusammen und legte sie beiseite. Sobald sie sah, dass die Miss sich setzte, kniete sie vor ihr nieder und zog ihr die schlammverdreckten Schuhe aus.

Oh, ich *danke* dir, Jane«, rief Emily mit der für sie typischen Betonung, die wie eine Unterstreichung wirkte. »Das ist *so* gut von dir. Ich bin *wirklich* müde. Aber mir ist etwas so Schönes passiert. Für die erste Augustwoche habe ich eine wundervolle Einladung erhalten.«

»Ich bin mir sicher, dass Sie es sehr genießen werden, Miss«, sagte Jane. »Im August ist es hier so heiß.«

»Lady Maria Bayne war so freundlich, mich nach Mallowe Court einzuladen«, erklärte Emily und lächelte auf den billigen Pantoffel hinunter, den Jane ihr über den langen, wohlgeformten Fuß streifte. Sie war ja recht groß geraten und auch ihr Fuß nicht gerade der eines Aschenputtels.

»Oh, Miss«, rief Jane aus. »Wie wundervoll! Ich habe letztens in ›Modern Society‹ etwas über Mallowe gelesen, und darin stand, was für ein zauberhafter Ort das doch ist und wie elegant die Feste Ihrer Ladyschaft sind. In dem Artikel stand auch etwas über den Marquis von Walderhurst.«

»Das ist Lady Marias Cousin«, sagte Emily, »er wird auch da sein, wenn ich komme.«

Sie hatte ein sympathisches Wesen und war in ihrem Alltag so gänzlich abgeschnitten von jeder normalen Gesellschaft, dass sie die einfachen Gespräche mit Jane und Mrs Cupp sehr genoss. Weder redeten die Cupps schlecht über andere noch mischten sie sich ein, und sie empfand sie als ihre Freundinnen. Als sie einmal eine ganze Woche krank war, wurde ihr bewusst, dass sie keine engen Freunde und Angehörigen hatte und dass Miss Cupp und Jane, sollte sie selbst einmal sterben, wahrscheinlich die letzten – und einzigen – Gesichter wären, in die sie schauen würde. In jener Nacht hatte sie bei dem Gedanken ein wenig geweint, sich dann aber gesagt, dass sie nur deshalb so düstere Vorstellungen habe, weil sie fiebrig und schwach war.

»Wegen dieser Einladung wollte ich mit dir sprechen, Jane«, fuhr sie fort. »Denn weißt du, ich muss mir allmählich über meine Kleidung Gedanken machen.«

»Das stimmt, Miss. Was für ein Glück, dass wir gerade Sommerschlussverkauf haben, nicht wahr? Ich habe gestern ein paar schöne bunte Leinenstoffe gesehen. Sie waren so billig und passen so gut aufs Land. Und dann haben Sie noch Ihr neues Kleid aus Tussahseide, das mit dem blauen Kragen und dem Taillenband. Das steht Ihnen so gut.«

»Also ich denke, ein Tussahseidenkleid sieht immer frisch aus«, sagte Emily. »Und ich habe ein sehr hübsches, hellbraunes Hütchen gesehen – einen dieser weichen Strohhüte – für drei Pfund und elf Pence. Mit ein wenig blauem Chiffon und einem Schleier würde das *recht gut* aussehen.«

Sie hatte sehr geschickte Finger und schuf sehr hübsche Sachen aus ein klein wenig Chiffon und einem Schleier oder ein paar Metern Leinen oder Musselin und einem Rest Spitze, den sie beim Ausverkauf ergatterte. Sie und Jane verbrachten einen recht glücklichen Nachmittag bei der gemeinsamen gründlichen Musterung ihrer beschränkten Garderobe. Sie fanden, das braune Kleid könnte man ändern, und mit einem neuen Revers und Kragen und einem Jabot aus cremefarbener Spitze am Hals würde es wieder wie neu aussehen. Ein schwarzes Abendkleid, das eine großzügige Herrin ihr letztes Jahr geschenkt hatte, könnte umgearbeitet und ein bisschen aufgepeppt werden. Bei ihrem frischen Gesicht und den geraden weißen Schultern stand ihr Schwarz ganz gut. Es gab noch ein weißes Kleid, das man in die Reinigung geben könnte, und ein altes rosa Kleid, das etwas zu groß war und in Kombination mit etwas Spitze wundervoll aussehen dürfte.

»Ich denke, Abendkleider habe ich tatsächlich genug zur Auswahl«, sagte Emily. »Niemand erwartet von mir, dass ich mich oft umziehe. Jeder weiß Bescheid – falls sie überhaupt Notiz von mir nehmen.« Es war ihr gar nicht bewusst, wie bescheiden sie mit ihrer engelgleichen Genügsamkeit war. Im Grunde hatte sie keine Freude an der Betrachtung ihrer eigenen Tugenden, lieber betrachtete und bewunderte sie die Vorzüge der anderen. Was Emily Fox-Seton brauchte, war Essen und ein Dach überm Kopf, mehr nicht, und ihre Kleidung musste präsentabel genug sein, um bei ihren wohlhabenden Bekanntschaften einen guten Eindruck zu machen. Sie mühte sich redlich, dieses bescheidene Ziel zu erreichen, und war es zufrieden. In den Läden fand gerade der Sommerschlussverkauf statt, und sie hatte ein paar Baumwollröcke in ihrer Größe gefunden, die bei ihrer langen schmalen Taille eine gewisse modische Eleganz hatten. Ein Matrosenhut mit einem eleganten Band und einer geschmackvoll arrangierten Feder, ein wenig Tand für den Hals, eine Schleife, ein neckisch geknotetes Seidentaschentuch und ein paar nagelneue Handschuhe gaben ihr das Gefühl, hinreichend ausgestattet zu sein.

Bei ihrer letzten Expedition zum Ausverkauf hatte sie einen hübschen weißen Mantel und ein Kleid aus Segeltuch erstanden und Jane zum Geschenk gemacht. Sie musste mit dem Inhalt ihrer Geldbörse sorgfältig haushalten und auf den Kauf eines schmalen Regenschirms verzichten, obwohl er ihr gefiel, aber sie tat es mit bester Laune. Wäre sie eine reiche Frau, hätte sie für all ihre Bekannten Geschenke gekauft, und letztlich war es ein großer Luxus für sie, etwas für die Cupps tun zu können, die ihr so viel mehr gaben, als sie ihnen bezahlte, zumindest empfand sie es so. Wie rührend sie sich um ihr kleines Zimmer kümmerten, dann der frische heiße Tee, der immer für sie bereitstand, wenn sie nach Hause kam, der kleine Strauß Narzissen, den sie ihr manchmal auf den Tisch stellten, all das war Ausdruck ihrer Freundlichkeit, und sie war ihnen dankbar dafür.

»Ich bin dir so dankbar, Jane«, sagte sie zu der jungen Frau, als sie an dem bedeutenden Tag ihrer Reise nach Mallowe in die vierrädrige Kutsche stieg. »Ich weiß nicht, was ich ohne dich getan hätte, ganz sicher nicht. Ich komme mir so elegant vor in meinem Kleid, nachdem du es geändert hast. Sollte Lady Marias Hausmädchen sie je verlassen wollen, dann würde ich dich für diese Stelle empfehlen, ganz gewiss.«

ZWEITES KAPITEL

In dem Zug 14 Uhr 30 ab Paddington reisten noch zwei weitere Gäste nach Mallowe Court, die allerdings viel eleganter waren als Miss Fox-Seton und von einem Lakai mit Kokarde und gedecktem langen Mantel in einen Wagen der ersten Klasse gesetzt wurden. Emily, die in Gesellschaft von Arbeitern mit Reisebündeln in der dritten Klasse saß, sah aus dem Fenster, als sie vorüberkamen und hätte vielleicht einen leisen Seufzer ausgestoßen, wäre sie nicht so guter Dinge gewesen. Sie trug ihr leicht aufgepepptes braunes Kleid und eine weiße Leinenbluse mit braunen Punkten. Sie hatte ein elegantes hellbraunes Seidenband unter den frischen Kragen gebunden und trug ihren neuen Matrosenhut. Die Handschuhe waren braun, der Sonnenschirm auch. Sie sah hübsch und fesch und frisch aus in ihren Kleidern, auch wenn man ihnen ansah, dass sie nicht viel gekostet hatten. Wer regelmäßig zum Schlussverkauf ging, um dort den Meter Stoff für drei Pfund elf Schilling oder vier Pfund drei Schilling zu erstehen, hätte die Ausgaben zusammenrechnen und die Gesamtsumme nennen können. Aber Leute, die solche Rechnungen anstellen konnten, würde es in Mallowe nicht geben. Wahrscheinlich verstanden dort nicht einmal die Bediensteten so viel von Preisen wie dieser eine weibliche Gast. Jene Reisegäste, die ein Lakai im schlammgrauen Mantel zum Erste-Klasse-Waggon geleitete, waren Mutter und Tochter. Die Mutter hatte ein kleines Gesicht mit regelmäßigen Zügen, und man hätte sie hübsch nennen können, wäre sie nicht so überaus füllig gewesen. Sie trug ein todschickes Reisekleid und einen Staubmantel aus hauchzarter, pastellfarbener Seide. Sie war keine elegante Person, aber ihre Aufmachung war luxuriös, und man sah ihr an, dass sie sich gern etwas gönnte. Ihre Tochter war hübsch, hatte eine schlanke, biegsame Taille, zartrosa Wangen und einen Schmollmund. Ihr großer Florentinerhut aus blassblauem Stroh, mit Riesentüllschleife und gepressten Rosen, hatte etwas überzogen Pariserisches.

»Ein bisschen sehr herausgeputzt«, dachte Emily, »aber sie sieht reizend darin aus! Wahrscheinlich stand er ihr so gut, dass sie ihn einfach kaufen musste. Der ist sicher von Virot.«

Während sie gerade bewundernde Blicke auf das Mädchen warf, ging am Fenster im Gang ein Mann vorüber. Groß, mit kantigem Gesicht. Er ging dicht an ihr vorbei, starrte aber durch sie hindurch, als wäre sie durchsichtig oder unsichtbar. Dann ging er ins Raucherabteil, das neben dem ihren lag.

Als der Zug in den Bahnhof von Mallowe einfuhr, stieg er als einer der Ersten aus. Zwei von Lady Marias Dienern standen wartend auf dem Bahnsteig. Emily erkannte ihre Livreen. Einer von ihnen ging zu dem großen Mann hin, tippte sich an den Hut, folgte ihm zu einem hohen Pferdewagen, vor den man eine herrliche eisengraue Stute gespannt hatte, die nervös herumtänzelte. Kurz darauf saß der Ankömmling auf dem Kutschersitz, der Lakai dahinter, und die Stute preschte durch die Straße. Miss Fox-Seton folgte dem zweiten Lakaien sowie Mutter und Tochter zu dem Landauer, der vor dem Bahnhof geparkt stand. Der Lakai gab ihnen Geleit, tippte Emily zum Gruß nur kurz an seinen Hut, denn er hatte richtig erkannt, dass sie gut auf sich selbst aufpassen konnte.

Das tat sie auch sogleich, denn sie sah nach ihrem Reisekoffer und fand ihn sicher im Gefährt nach Mallowe verstaut. Als der Landauer kam, saßen die beiden Damen bereits darin. Sie stieg ein und setzte sich höchst zufrieden mit dem Rücken zu den Pferden.

Mutter und Tochter schienen sich eine Weile etwas unbehaglich zu fühlen. Man spürte, dass sie gesellig waren, aber nicht recht wussten, wie sie ein Gespräch anfangen sollten mit einer Dame, die man ihnen noch nicht vorgestellt hatte, die aber in dem gleichen Landhaus wohnen würde, in das auch sie selbst geladen waren.

Emily löste das Problem auf die übliche probate Weise, nämlich mit einem freundlichen, zaghaften Lächeln.

»Ist das nicht ein wundervolles Land?«, sagte sie.

»Es ist vollkommen«, antwortete die Mutter. »Ich bin noch nie in Europa gewesen, und in England ist es auf dem Land einfach herrlich. Wir haben einen Sommersitz in Amerika, nur ist die Landschaft dort so anders.«

Sie sah nett aus und redselig, und mit Emily Fox-Setons freundlicher Hilfe geriet das Gespräch keinen Augenblick ins Stocken. Noch ehe sie die Hälfte der Strecke nach Mallowe hinter sich hatten, war in Erfahrung gebracht, dass sie aus Cincinnati kamen und nach einem Winter in Paris, den sie vor allem mit Besuchen bei Paquin, Doucet und Virot verbracht hatten, für den Sommer ein Haus in Mayfair gemietet hatten. Sie hießen Brooke. Emily erinnerte sich vage an das Gerede, dass sie viel Geld ausgaben und ständig auf Feste gingen, immer in hübschen neuen

Kleidern. Das Mädchen war dem amerikanischen Minister vorgestellt worden und hatte einigen Erfolg genossen, weil sie sich so vorzüglich kleidete und tanzte. Sie war die typische amerikanische junge Frau, die sich am Ende durch Heirat einen Adelstitel erwirbt. Sie hatte strahlende Augen und eine zarte kleine Stupsnase. Aber selbst Emily ahnte, dass sie es faustdick hinter den Ohren hatte.

»Sind Sie früher schon einmal in Mallowe Court gewesen?«, fragte sie.

»Nein, aber ich freue mich *sehr* darauf. Es ist wunderschön.«

»Sind Sie eine gute Bekannte von Lady Maria?«

»Ich kenne sie etwa seit drei Jahren. Sie ist immer unglaublich freundlich zu mir gewesen.«

»Also ich glaube ja nicht, dass sie besonders freundlich ist. Ich finde sie recht bissig.«

Emily lächelte herzlich. »Sie ist so klug«, erwiderte sie.

»Kennen Sie den Marquis von Walderhurst?«, fragte Mrs Brooke.

»Nein«, antwortete Miss Fox-Seton. In diesem Teil des Lebens von Lady Maria, mit all den vielen Marquis und Marquisen unter ihren Cousins und Cousinen, spielte sie nicht die geringste Rolle. Lord Walderhurst kam nie zum Fünf-Uhr-Tee vorbei. Er erschien nur zu besonderen Dinner-Partys.

»Haben Sie den Herrn in der hohen Kutsche wegfahren sehen?«, setzte Mrs Brooke hinzu und gab lebhaftes Interesse zu erkennen. »Cora meinte, das müsse der Marquis gewesen sein. Der Diener, der ihn abholen kam, trug die gleiche Livree wie unsrer hier«, sagte sie mit einem Nicken in Richtung Kutschbock.

»Ein Diener von Lady Maria«, sagte Emily. »Ich hab ihn schon einmal in der South Audley Street gesehen. Und Lord Walderhurst wird auch in Mallowe sein. Lady Maria sprach davon.«

»Siehst du, Mama!«, rief Cora aus.

»Also, wenn er auch eingeladen ist, dann wird es ja sicher interessant«, erwiderte die Mutter, die unverkennbar ein wenig erleichtert klang. Emily fragte sich, ob sie nicht lieber anderswo hinwollte, die Tochter aber fest darauf bestanden hatte, nach Mallowe zu fahren.

»In dieser Saison war in London viel von ihm die Rede«, erläuterte Mrs Brooke weiter.

Miss Cora Brooke lachte auf.

»Es war die Rede davon, dass mindestens ein halbes Dutzend Frauen entschlossen sind, ihn zu heiraten«, bemerkte sie mit einigem Zorn. »Da wird es ihm gewiss gefallen, eine junge Frau kennenzulernen, der das vollkommen gleichgültig ist.«

»Gib dich bloß nicht allzu gleichgültig«, bemerkte ihre Mutter in naiver Leutseligkeit.

Das war ein dummer kleiner Fehler, und ein Leuchten trat in Miss Brookes Augen. Wäre Miss Emily Fox-Seton eine scharfsinnige Frau, so hätte sie bemerkt, dass die *Rolle* der gleichgültigen und bissigen jungen Frau Lord Walderhurst bei seinem jetzigen Aufenthalt gefährlich werden könnte. Diese Schönheit aus Cincinnati und ihre recht geschwätzige Mutter waren eine Gefahr für den Mann, auch wenn der geschwätzige mütterliche Teil sich letztlich unversehens als sein Schutzengel erweisen könnte.

Aber Emily lachte nur freundlich über diese humorige Bemerkung. Sie war bereit, fast alles mit Humor zu nehmen.

»Er wäre ja nun *wirklich* für jede junge Frau eine tolle Partie«, sagte sie. »Er ist so reich, wissen Sie? So ungemein reich.«

Sie kamen in Mallowe an, und man führte sie in den Garten. Dort wurde unter ausladenden Bäumen der Tee serviert, und sie stießen auf eine Gruppe von Gästen, die kleine warme Kuchen aßen und Teetassen in den Händen hielten. Es gab einige junge Frauen dort, und eine von ihnen – eine sehr hoch gewachsene, sehr hübsche junge Frau mit großen Augen, blau wie Vergissmeinnicht, und einem lieblichen weichen und langen Rock im gleichen Farbton – war eine der Schönheiten der letzten Saison gewesen. Sie war eine Lady Agatha Slade, und Emily bewunderte sie vom ersten Moment an. Sie schien ihr ein unverhofftes Glück, das ein freundliches Schicksal ihr zugedacht hatte. Es war wundervoll, dass diese Frau an diesem besonderen Hausfest teilnahm – ein so entzückendes Wesen, das sie bislang nur von den Bildern aus den illustrierten Damenzeitschriften kannte. Sollte es ihr einfallen, Marquise von Walderhurst werden zu wollen, wer könnte ihr die Erfüllung ihrer Wünsche verwehren? Lord Walderhurst ganz bestimmt nicht, sofern er ein Mensch war. Sie lehnte zart am Stamm einer Stechpalme, dicht neben ihr stand ein schneeweißer Barsoi, drückte seinen langen zarten Kopf in ihr Kleid und forderte sie auf, ihn mit ihrer schönen Hand zu streicheln. In dieser attraktiven Pose befand sie sich gerade, als Lady Maria sich im Sitzen umdrehte und sagte:

»Da kommt Walderhurst.«

Jener Mann, der sich selbst mit dem Pferdewagen vom Bahnhof bis hierher kutschiert hatte, kam über den Rasen auf sie zu. Er hatte die Lebensmitte schon überschritten und war unscheinbar, aber angenehm groß und mit einer gewissen Ausstrahlung. Dabei strahlte er wohl letztlich vor allem eines aus: dass er wusste, was er wollte.

Emily Fox-Seton, die zu diesem Zeitpunkt bequem mit einem Kissen in einem Korbsessel saß und ihren Tee trank, entschloss sich, die Frage, ob er denn auch wirklich so vornehm und aristokratisch war, im Zweifelsfall zu seinen Gunsten zu entscheiden. Denn in Wahrheit war er weder das eine noch das andere, doch er war von kräftiger Statur und gut gekleidet und hatte gutmütige, grau-braune Augen, etwa von derselben Farbe wie sein Haar. Unter all diesen freundlichen, weltgewandten Menschen, die nicht im Geringsten von altruistischen Motiven bewegt wurden, war es Emilys größtes Kapital, nicht zu erwarten, irgendjemand werde auch nur die geringste Notiz von ihr nehmen. Doch dieses Kapital war ihr gar nicht bewusst, denn eine solche Haltung gehörte so ganz und gar zu ihrer schlichten Selbstgenügsamkeit, dass sie noch nie darüber nachgedacht hatte. Zuhörerin oder Zuschauerin zu sein, das war ihr in Wahrheit Unterhaltung und Beschäftigung genug.

Sie bemerkte gar nicht, dass Lord Walderhurst die eingeladenen Damen, die man ihm vorstellte, kaum eines Blickes würdigte. Er verbeugte sich zwar, aber man konnte nicht einmal sagen, er habe sie schon in der nächsten Sekunde wieder vergessen, denn er hatte sie erst gar nicht wahrgenommen. Emily genoss die köstliche Tasse Tee und den gebutterten Scone, und sie genoss es auch, Seine Lordschaft unauffällig zu beobachten und eine harmlose kleine Charakterstudie zu betreiben.

Lady Maria schien ihn gern zu mögen und sich zu freuen, ihn zu sehen. Er schien Lady Maria auf eine zurückhaltende

Art ebenfalls zu mögen. Und war ganz offensichtlich froh, als er seinen Tee bekam, und trank ihn genüsslich, nachdem er den Platz neben seiner Cousine eingenommen hatte. Er schenkte niemandem sonst große Beachtung. Emily war ein wenig enttäuscht, dass er die Schönheit mit ihrem Barsoi keines zweiten Blickes würdigte, auch darüber, dass seine Aufmerksamkeit dem Windhund ebenso galt wie der schönen Frau. Zudem fiel ihr auf, dass die Runde, seit er sich ihr angeschlossen hatte, lebhafter geworden war, zumindest was die Damenwelt betraf. Und das erinnerte sie zwangsläufig an Lady Marias Bemerkung über die Wirkung, die er auf Frauen hatte, sobald er den Raum betrat. Einige interessante und spritzige Kommentare waren schon gemacht worden. Es wurde ein bisschen mehr gelacht und geplappert, so als wollte man Lord Walderhurst damit erheitern, auch wenn es nicht unmittelbar an ihn gerichtet war. Miss Cora Brooke schenkte ihre ganze Aufmerksamkeit allerdings einem jungen Mann in weißen Flanellhosen, dem man den Tennisspieler ansah. Sie saß ein wenig abseits und sprach so leise mit ihm, dass nicht einmal Lord Walderhurst ihr Gespräch mithören konnte. Schon bald erhoben sich die beiden und schlenderten davon. Sie gingen die breiten Stufen der alten Steintreppe hinunter, die zum Tennisplatz führte, auf den man vom Rasen aus die beste Sicht hatte. Dort spielten sie Tennis. Miss Brooke flog über den Platz, pfeilschnell, wie eine Schwalbe. Ihr wirbelnder Reifrock aus Tüll war hübsch anzusehen.

»In Schuhen mit so lächerlichen Absätzen sollte diese junge Dame besser nicht Tennis spielen«, bemerkte Lord Walderhurst. »Sie wird noch den Platz ruinieren.«

Lady Maria kicherte leise.

»Die Lust zu spielen hat sie ja eben erst gepackt«, sagte sie. »Und da sie gerade erst angekommen ist, wie hätte sie da planen können, schon in Tenniskleidung zum Tee zu erscheinen.«

»Trotzdem ruiniert sie den Platz«, sagte der Marquis. »Und diese Kleider! Unglaublich, wie junge Frauen sich heutzutage anziehen.«

»Ich wollte, ich könnte mir das erlauben«, antwortete Lady Maria und kicherte wieder. »Sie hat wunderschöne Beine.«

»Louis-Quinze-Absätze hat sie«, erwiderte Seine Lordschaft.

Auf jeden Fall glaubte Miss Fox-Seton, Miss Brooke halte sich eher von ihm fern und vermeide jeden zarten Annäherungsversuch. Als die Tennispartie zu Ende war, schlenderte sie mit ihrem Begleiter über den Rasenplatz und die Terrassen und hielt ihren Sonnenschirm anmutig über der Schulter, sodass Gesicht und Kopf einen bezaubernden Hintergrund bekamen. Sie schien den jungen Mann gut zu unterhalten. Sein lautes Lachen und die silbrige Musik ihres fröhlichen Gelächters klangen ein wenig aufreizend.

»Ich wüsste nur zu gerne, was sie ihm da erzählt«, sagte Mrs Brooke in die Runde hinein. »Sie bringt die Männer immer so zum Lachen.«

Nun wurde Emily selbst neugierig. Ihre Fröhlichkeit klang so anziehend. Sie fragte sich, ob eine junge Frau, die keinerlei Notiz von ihm nahm und andere Männer derart erheitern konnte, für einen Mann, dem die Frauen so hinterherliefen wie ihm, nicht doch auch etwas Angenehmes hatte.

Aber er nahm an jenem Abend mehr Notiz von Lady Agatha Slade als von jeder anderen Person. Beim Dinner platzierte man sie neben ihn, und in ihrem blassgrünen Tüllkleid sah sie wirklich bezaubernd aus. Sie hatte einen entzückenden kleinen Kopf, ihr hochgestecktes Haar war weich und wirkte wundersam leicht, und ihr zarter langer Hals bog sich wie der Stiel einer Blüte. Sie war von solchem Liebreiz, dass den Betrachter eine leise Furcht überkam, sie könnte dumm sein, aber das war sie ganz und gar nicht.

Lady Maria kam darauf zu sprechen, als sie spät am Abend im Schlafzimmer mit Miss Fox-Seton zusammentraf. Sie tauschte sich gegen Ende des Tages noch gerne eine halbe Stunde über ihre Eindrücke aus, und Emily Fox-Setons Interesse und Begeisterung für alles, was sie sagte, fand sie ebenso anregend wie trostreich. Ihre Ladyschaft war eine alte Dame, die sich selbst mit Nachsicht begegnete, durchdrungen von epikureischer Weisheit. Sie wollte zwar keine dummen Menschen um sich scharen, aber die ganz Schlauen auch nicht immer.

»Da muss ich mich zu sehr anstrengen«, sagte sie. »Bei Geistreichen muss man den lieben langen Tag über Hindernisse springen. Außerdem mache ich geistreiche Bemerkungen lieber selbst.«

Emily Fox-Seton nahm immer den goldenen Mittelweg und war eine aufrichtige Bewunderin. Sie war intelligent genug, ein Epigramm korrekt bis zum Ende zum Besten zu geben, und konnte darauf vertrauen, dass aller Ruhm an die eigentliche Erfinderin ging. Lady Maria wusste, dass es Leute gab, die sich jede geistreiche Bemerkung, die sie aufschnappten, skrupellos aneigneten und als eigenes Machwerk ausgaben. Und in jener Nacht, in der sie mit Emily über die einzelnen Gäste sprach und ihre Eigenarten kommentierte, machte sie einige geistreiche Bemerkungen.

»Walderhurst hat mir schon dreimal einen Besuch abgestattet, und dreimal war ich mir sicher, er werde mir nicht ohne eine neue Marquise im Schlepptau entkommen. Ich dachte schon, am Ende werde er nur deshalb eine nehmen, weil er damit dem lästigen Zustand, ungepflückt am Ast zu hängen, endlich ein Ende bereiten kann. Besitzt ein Mann in seiner Position genug Charakterstärke, um eine kluge Wahl zu treffen, kann er auch dafür sorgen, dass seine Frau ihm nicht lästig wird. Er bietet ihr ein schönes Zuhause, behängt sie mit dem Familienschmuck, gibt ihr eine anständige ältere Dame als eine Art Gesellschafterin an die Seite und passt auf, dass sie im Stall bleibt, wo sie ganz nach Belieben die Puppen tanzen lassen kann, solange die Grenzen des Anstands gewahrt bleiben. Seine Privatgemächer wären sein Heiligtum. Er könnte in Clubs gehen und seinen persönlichen Interessen nachgehen. Heutzutage gehen sich Eheleute nur noch selten auf die Nerven. Das Eheleben ist vergleichsweise angenehm geworden.«

»Ich denke, seine Zukünftige darf sich glücklich schätzen«, kommentierte Emily. »Er sieht sehr freundlich aus.«

»Ob er freundlich ist oder nicht, das weiß ich nicht. Ich musste mir noch nie Geld von ihm borgen.«

Lady Maria konnte mit ihrer gepflegten, etwas näselnden Stimme die seltsamsten Dinge sagen.

»Er ist respektabler als die meisten Männer seines Alters. Seine Diamanten sind eine Pracht, und er besitzt nicht nur drei herrliche Wohnsitze, er hat auch Geld genug, sie instand zu halten. Auf unserer Feier in Mallowe werden drei Kandidatinnen anwesend sein. Du kannst dir natürlich schon denken, um wen es sich handelt, nicht wahr, Emily?«

Emily Fox-Seton wurde fast ein wenig rot. Sie fand die Frage ein wenig taktlos.

»Lady Agatha würde sehr gut zu ihm passen«, sagte sie. »Und Mrs Ralph ist eine sehr kluge Frau. Und Miss Brooke ist wirklich hübsch.«

Lady Maria ließ ihr leises Kichern vernehmen. »Mrs Ralph ist eine von den Frauen, die alles ganz fürchterlich ernst nehmen. Sie wird Walderhurst in die Ecke treiben, Gespräche über Literatur führen und ihm schöne Augen machen, sobald er etwas sagt, und das so lange, bis er sie hasst. Diese schreibenden Frauen glauben in ihrer grenzenlosen Selbstzufriedenheit, sie könnten jeden heiraten, vor allem wenn sie noch dazu gut aussehen. Mrs Ralph hat hübsche Augen und verdreht sie auch ganz gern. Nur sollte man Lord Walderhurst keine schönen Augen machen. Die junge Miss Brooke geht da schon etwas geschickter vor als Miss Ralph. Auch heute Nachmittag. Sie ist gleich in die Vollen gegangen.«

»Das – das hab ich gar nicht bemerkt«, sagte sie verwundert.

»Doch, das hast du. Du hast es nur nicht verstanden. Das Tennis und das Herumschäkern mit dem jungen Heriot auf der Terrasse! Sie spielt das aufreizende junge Mädchen, das den anderen mit ihrer Gleichgültigkeit auf die Palme bringt und für Rang und Namen nur Verachtung übrig hat; eine junge Frau, die ihre Bildung aus billigen Groschenromanen gezogen hat, und nirgendwoher sonst. Erfolgreiche Frauen wissen sich auf die richtige Art beliebt zu machen, und zwar so, dass es nicht auffällt. Walderhurst hat eine viel zu hohe Meinung von sich, um eine junge Frau, die einen anderen Mann bezirzt, anziehend zu finden. Er ist nicht mehr fünfundzwanzig.«

Emily Fox-Seton musste unwillkürlich an Mrs Brookes Ermahnung denken: »Dann gib dich nicht allzu gleichgültig, Cora.« Sie wollte sich gar nicht so genau daran erinnern, denn sie fand die Brookes sehr angenehm im Umgang und hätte die beiden Frauen in diesem Punkt lieber für uneigennützig gehalten. Aber wenn sie darüber nachdachte, war es doch ganz naheliegend, dass eine so hübsche junge Frau in einer Ehe mit dem Marquis von Walderhurst eine mögliche Zukunftsperspektive sah. Vor allem war sie voller Bewunderung für Lady Marias Klugheit.

»Wie wunderbar Sie alles beobachten, Lady Maria!«, rief sie aus. »Einfach wunderbar!«

»Ich habe schon siebenundvierzig Seasons in London miterlebt. Das ist recht viel, weißt du? Siebenundvierzig Seasons lang Debütantinnen und deren Mütter beobachten, das ist eine gute Schule. Nehmen wir Agatha Slade, das arme Mädchen! Solche wie sie kenne ich nur allzu gut! Sie ist hübsch und aus gutem Hause, aber vollkommen unfähig. Ihre Familie ist arm genug, um ein Anrecht auf Hilfe von der Wohlfahrt zu haben, und sie waren schamlos genug, mit sechs Töchtern aufzuwarten, mit sechs! Alle mit zarter Haut und zarten Näschen und himmlischen Augen. Die meisten Männer können sich diese Frauen nicht leisten, und sie wiederum können sich die meisten Männer nicht leisten. Sobald Agatha anfängt, ein wenig an Reiz zu verlieren und sie bis dahin nicht verheiratet ist, muss sie ihren Schwestern den Vortritt lassen. Damit die anderen auch eine Chance bekommen. In dieser Saison wurde in den Illustrierten mit Agatha geworben, und das hat ihr sehr genützt. Heutzutage wird eine neue Schönheit wie eine neue Seife angepriesen. Sie hat zwar keine Sandwich-Männer bekommen, die mit Plakaten mit ihrem Bild durch die Straßen laufen, aber das ist auch schon alles, was man ihr verwehrt hat. Nur hat Agatha bisher noch keinen ernst gemeinten Antrag bekommen, und ich weiß, dass sie und ihre Mutter sich ein wenig Sorgen machen. Alix wird in der nächsten Saison ihren ersten Auftritt haben, und sie haben nicht das Geld, zwei Schwestern einzukleiden. Sie werden Agatha nach Castle Clare schicken müssen, ihren Wohnsitz in Irland, dort wird sie dann bleiben, und dann kann man zusehen, wie sie mit der Zeit von schlank zu mager wechselt und von blond zu farblos. Ihr Näschen wird spitz werden, und nach und nach werden ihr die Haare ausfallen.«

»Oh!«, entfuhr es Emily Fox-Seton voller Mitleid. »Das wäre jammerschade! Ich dachte – und das meine ich ernst –, Lord Walderhurst würde sie bewundern!«

»Oh, was das angeht, bewundert wird sie von allen; aber wenn keiner einen Schritt weitergeht, wird sie das nicht vor der Bastille bewahren, das arme Ding. Wie dem auch sei, Emily. Wir müssen zu Bett gehen. Wir haben genug geredet.«

DRITTES KAPITEL

In einem ruhigen und prächtigen Zimmer aufzuwachen, während durch das dichte, grüne Laub das weiche, sommerliche Morgenlicht hereinscheint, war eine herrliche Erfahrung für Miss Fox-Seton, die es gewohnt war, beim ersten Augenaufschlag auf vier Wände mit billiger Tapete zu schauen, während von draußen der Lärm der Straße hereindrang, das Gehämmer und das Rumpeln und Poltern der Wagenräder. In dem Gebäude hinter ihrem Wohn- und Schlafzimmer wohnte ein Mann, dessen Beschäftigung bereits am frühen Morgen darin bestand, beständig auf etwas herumzuklopfen.

Sie erwachte zu ihrem ersten Tag in Mallowe und streckte sich genüsslich, auf dem Gesicht das Lächeln eines Kindes. Sie war so dankbar für das weiche, nach Lavendel duftende Bett und so angetan von der lieblichen Frische ihres mit Chintz geschmückten Zimmers. Von ihrem Kissen aus konnte sie die Baumwipfel sehen, die sich im Wind wiegten, und die umherschießenden Stare zwitschern hören. Wenn man ihr den Morgentee brachte, war es für sie, als gebe man ihr Nektar zu trinken. Sie war eine kerngesunde Frau und durch Gaumenfreuden so wenig verwöhnt wie ein sechsjähriges Mädchen aus dem Pflegeheim. Ihre Freude an allen Dingen war so normal, dass sie in der damaligen Zeit etwas völlig Abnormales war.

Geschwind stand sie auf und zog sich an, denn sie freute sich unbändig auf die frische Luft und den Sonnenschein. Sie war noch vor allen anderen draußen auf der Wiese, nur der Barsoi lag schon unter einem Baum, erhob sich und trabte würdevoll auf sie zu. Die Luft war herrlich; die weite schöne Landschaft vor ihren Augen wurde von der Sonne gewärmt; auf den Blättern und Blütenkelchen im Blumenmeer der Staudenrabatten lag glitzernd der Tau. Sie lief über den weitläufigen, kurz geschnittenen Rasen und betrachtete verzückt die Landschaft, die sich vor ihr auftat. Sie hätte die weichen weißen Schafe küssen mögen, die weiße Tupfer auf die Felder setzten und unter den Bäumen in friedlichen Grüppchen aneinandergekuschelt lagen.

»Wie herzig!«, sagte sie in einem kleinen Begeisterungsanfall.

Sie sprach mit dem Hund und knuddelte ihn. Er schien ihre Stimmung zu verstehen und presste sich fest an ihr Kleid, sobald sie innehielt. Gemeinsam liefen sie durch die Gärten, bis sie einem sehr lebhaften Retriever begegneten, der herumsprang und mit dem Schwanz wedelte, um alsbald gemächlich neben ihnen herzutrotten. Emily bewunderte im Vorübergehen die Blumen in den Beeten und hielt immer wieder an, um ihr Gesicht in würzig duftendes Grün zu versenken. Sie war so glücklich, dass die Freude in ihren haselnussbraunen Augen einem ans Herz gehen konnte.

Als sie in einen recht schmalen Rosenweg einbog, war sie erstaunt, Lord Walderhurst auf sich zukommen zu sehen. Er wirkte blitzsauber in seiner neuen, leichten Kniebundhose, die ihm ausgesprochen gut stand. Hinter ihm lief ein Gärtner, der offenbar Rosen für ihn schnitt und in einen flachen Korb legte. Emily Fox-Seton suchte nach einer passenden Bemerkung für den Fall, dass es Lord Walderhurst in den Sinn kam, stehenzubleiben und sie anzusprechen. Es war ein trostreicher Gedanke, dass es Dinge gab, die sie *wirklich* sagen wollte, etwa über die Schönheit des Gartens und über einige Büsche himmelblauer Glockenblumen, die in den Staudenrabatten besonders gut zur Geltung kamen. Es war so viel angenehmer, wenn man sich nicht verpflichtet fühlte, sich Bemerkungen auszudenken. Aber Seine Lordschaft blieb nicht stehen. Er interessierte sich nur für seine Rosen (die, wie sie später erfuhr, einer kranken Freundin in die Stadt geschickt werden sollten), und als sie näher kam, wandte er sich ab und sagte etwas zu seinem Gärtner. Emily ging genau in dem Moment an ihm vorüber, als er sich wieder umdrehte, und da der Weg schmal war, blickte er ihr unverhofft direkt ins Gesicht.

Noch dazu waren sie beide fast gleich groß und nun einander so nah, dass ihnen fast ein wenig unbehaglich wurde.

»Entschuldigung«, sagte er, trat einen Schritt zurück und lüftete seinen Strohhut.

Aber er sagte nicht »Entschuldigen Sie, Miss Fox-Seton«, daher wusste Emily, dass er sie nicht wiedererkannt und nicht die geringste Vorstellung hatte, wer sie war oder woher sie kam.

Mit ihrem angenehm freundlichen Lächeln ging sie an ihm vorbei, und Lady Marias Bemerkung vom Vorabend kam ihr in den Sinn.

»Stell dir nur vor, wenn er die arme hübsche Lady Agatha heiratet, dann ist sie Herrin über drei so schöne Anwesen wie Mallowe: drei zauberhafte alte Häuser, drei

Gärten, in denen Jahr für Jahr Tausende von Blumen blühen! Wie glücklich wird sie sein! Sie ist so wunderschön, man könnte doch meinen, er müsse sich *zwangsläufig* in sie verlieben. Und sollte sie die Marquise von Walderhurst werden, könnte sie so viel für ihre Schwestern tun.«

Nach dem Frühstück brachte sie den ganzen Morgen damit zu, tausenderlei Dinge für Lady Maria zu erledigen. Sie schrieb ein paar Briefe für sie und half ihr bei der Ausarbeitung der Pläne zur Unterhaltung ihrer Gäste. Sie war sehr beschäftigt und glücklich. Am Nachmittag fuhr sie nach Maundell, einem Dorf auf der anderen Seite des Moors. Sie sollte für ihre Gastgeberin einen Einkauf erledigen, aber da sie so gerne mit der Kutsche fuhr und das braune Zugpferd eine Schönheit war, hatte sie das Gefühl, Ihre Ladyschaft habe ihr in ihrer großzügigen Gastfreundschaft ein weiteres Geschenk gemacht. Sie lenkte den Wagen sehr geschickt, und ihre aufrechte, kräftige Figur kam auf dem hohen Kutschbock vorteilhaft zur Geltung.

»Diese Frau hält sich sehr schön aufrecht und gerade«, bemerkte er gegenüber Lady Maria. »Wie heißt sie? Man hört ja nie richtig zu, wenn die Leute einem vorgestellt werden.«

»Das ist Emily Fox-Seton«, antwortete Ihre Ladyschaft. »Und sie ist ein sehr freundliches Wesen.«

»So etwas über einen Mann zu sagen wäre unmenschlich; aber wenn man ein durch und durch selbstsüchtiges Wesen ist und den eigenen Charakter ein wenig kennt, dann weiß man, dass ein freundliches Wesen auch eine nette Gefährtin sein kann.«

»Da haben Sie allerdings recht«, erwiderte Lady Maria und hob ihr Opernglas, um sich anzuschauen, wie Emilys

Kutsche die Allee hinunterfuhr. »Ich bin auch selbstsüchtig und merke gerade, dass Emily Fox-Seton aus genau diesem Grund immer mehr zum Leitstern meines Lebens wird. Es ist so angenehm, von einer Person verwöhnt zu werden, die sich dessen gar nicht bewusst ist, dass sie einen verwöhnt. Es kommt ihr ja nicht einmal in den Sinn, Dank dafür zu erwarten.«

An jenem Abend kam Mrs Ralph in glänzender Aufmachung in amberfarbenem Satin zum Abendessen, der sie zu höchster Brillanz auflaufen ließ. Sie war so witzig, dass sie einige Zuhörer anzog, darunter auch Lord Walderhurst. Dieser Abend gehörte ganz ihr. Als die Männer sich wieder in den Salon zurückzogen, fing Mrs Ralph Seine Lordschaft geschwind ab, und es gelang ihr, ihn in ein Gespräch zu verwickeln. Sie konnte ziemlich gut reden, vielleicht fand Lord Walderhurst das amüsant. Emily Fox-Seton war sich da nicht ganz sicher, aber wenigstens hörte er zu. Lady Agatha Slade wirkte ein wenig teilnahmslos und blass. So reizend sie auch war, eine Zuhörerschaft konnte sie nicht immer um sich versammeln, und an jenem Abend schützte sie Kopfschmerzen vor. Sie ging auch wirklich aus dem Zimmer, setzte sich neben Emily Fox-Seton und begann über die Strickarbeiten zu reden, die Lady Maria zu wohltätigen Zwecken anfertigte.

Emily war so dankbar, dass die Unterhaltung einfach war. Sie merkte gar nicht, dass sie in dem Augenblick für Agatha Slade eine überaus angenehme und beruhigende Gesellschaft war. In dieser Saison hatte sie schon so viel von ihrer Schönheit reden hören, und sie erinnerte sich so vieler Dinge, die eine junge Frau, die ein wenig bedrückt war, bestimmt gerne noch einmal hörte. Manchmal kamen Agatha die Bälle, auf denen die Leute sich um sie scharten, um ihr beim Tanzen zuzusehen, die schmeichelhaften Reden, die sie hörte, die großen Hoffnungen, die sie weckte, ein wenig unwirklich vor, als sei das alles nur ein Traum. Und das war natürlich besonders dann der Fall, wenn das Leben eine Weile beschwerlich wurde und die Last der unbezahlten Rechnungen zu Hause erdrückend. Und so war es heute, denn das junge Mädchen hatte einen langen, sorgenvollen Brief ihrer Mutter erhalten, in dem viel davon die Rede war, Alix müsse möglichst bald in die Gesellschaft eingeführt werden, denn letztlich hatte sich alles um ein Jahr verzögert, sodass sie in Wahrheit eher zwanzig war als neunzehn.

»Würden wir nicht in Debrett's und Burke's verzeichnet, müssten wir uns um solche Dinge keine Gedanken machen«, schrieb die arme Lady Claraway; »aber was soll man tun, wenn jeder das Alter der eigenen Tochter im Buchladen in Magazinen nachlesen kann?«

Miss Fox-Seton hatte Lady Agathas Porträt in der Akademie gesehen und beobachtet, wie die Leute sich darum scharten. Sie hatte auch zufällig ein paar Kommentare gehört und war mit einigen Leuten einer Meinung gewesen, die fanden, das Porträt werde dem Original nicht gerecht.

»Als ich es das erste Mal sah, stand Sir Bruce Norman mit einer älteren Dame neben mir«, sagte sie, als sie den großen weiten Wollschal, den ihre Gastgeberin für eine Wohltätigkeitsveranstaltung zugunsten der Tiefseefischer spenden wollte, wendete, um eine neue Reihe anzufangen. »Er schien sich sehr zu ärgern. Ich hörte ihn sagen: ›Das ist völlig missraten. Sie ist viel, viel hübscher. Ihre Augen sind wie blaue Blumen.‹ Als ich Sie sah, musste ich Ihnen gleich in die Augen schauen. Ich hoffe, Sie fanden das nicht unhöflich.«

Lady Agatha lächelte. Sie war ein wenig rot geworden und nahm ein Knäuel der weißen Wolle in ihre schlanke Hand.

»Es gibt Menschen, die können gar nicht unhöflich sein«, sagte sie sanft, »und zu denen gehören Sie, da bin ich mir sicher. Der Schal wird wundervoll. Ich frage mich, ob ich nicht auch einen stricken sollte, für einen Hochseefischer?«

»Wenn es Ihnen Freude macht, versuchen Sie's«, antwortete Emily. »Ich fange einen für Sie an. Lady Maria hat mehrere Stricknadelpaare. Soll ich?«

»O ja, bitte! Wie nett von Ihnen!«

Als Mrs Ralph kurz darauf eine kleine Gesprächspause hatte, sah sie zu Emily Fox-Seton hinüber, die sich über Lady Agatha und ihr Strickzeug beugte, um ihr Anweisungen zu geben.

»Was für ein gütiges Geschöpf sie ist!«, sagte sie.

Lord Walderhurst nahm sein Monokel und klemmte es sich in das Auge, das nicht geblendet wurde. Dann blickte auch er zur anderen Seite des Raumes hinüber. Emily trug das schwarze Abendkleid, das ihre breiten, weißen Schultern und die feste Säule ihres Halses so schön zur Geltung brachte. Die Landluft und die Sonne hatten ihre Wangen gefärbt, und das Licht der nahen Lampe fiel sanft auf das zu einem großen Dutt aufgesteckte, nussbraune Haar und ließ es glänzen. Sie sah sanft und warm aus und war so uneigennützig am Fortschritt ihrer Schülerin interessiert, dass es eine rechte Wonne war.

Lord Walderhurst sah sie einfach nur an. Er war kein Mann großer Worte. Frauen mit einer eher lebhaften Art fanden ihn unzugänglich. Er war sich letztlich dessen bewusst, dass sich ein Mann in seiner Position nicht anstrengen musste. Die Frauen würden schon selbst reden. Und sie redeten gern, schließlich wollten sie ja, dass er ihnen zuhörte.

Mrs Ralph redete.

»Sie ist das unverdorbenste Wesen, das ich kenne. Sie nimmt ihr Schicksal an, ohne jeden Groll, einfach so.«

»Was ist ihr Schicksal?«, fragte Lord Walderhurst, der immer noch völlig unbefangen durch sein Monokel sah und den Kopf beim Sprechen nicht abwandte.

»Es ist ihr Schicksal, eine Frau aus bestem Hause zu sein, die so mittellos ist wie eine Putzfrau und genauso hart arbeitet wie eine solche. Sie muss nach der Pfeife eines jeden tanzen, der ihr eine Gelegenheitsarbeit anbietet, von der sie sich eine Mahlzeit kaufen kann. Das ist die neue Art, wie Frauen ihren Lebensunterhalt bestreiten.«

»Schöne Haut«, bemerkte Lord Walderhurst, obwohl es nichts zur Sache tat. »Schönes Haar. Ziemlich viel Haar.«

»Sie hat bestes englisches Blut in den Adern, und meine letzte Köchin hat sie für mich angeheuert.«

»Hoffe, es war eine gute Köchin.«

»Sehr gut. Emily Fox-Seton hat ein feines Händchen, wenn es darum geht, ordentliches Personal zu finden. Ich glaube das liegt daran, dass sie selbst eine so anständige Person ist«, sagte sie mit einem kleinen Lachen.

»Sieht recht anständig aus«, lautete Walderhursts Kommentar.

Mit dem Stricken ging es wunderbar voran.

»Es ist seltsam, dass Sie Sir Bruce Norman an jenem Tag getroffen haben«, sagte Agatha Slade. »Das war wohl kurz bevor er nach Indien abberufen wurde.«

»War es. Am folgenden Tag stach sein Schiff in See. Ich weiß das, weil mir in der Nähe des Gemäldes ein paar Freunde begegneten, und sie sprachen über ihn. Bis dahin wusste ich gar nicht, dass er so reich war. Von seinen Zechen in Lancashire hatte ich noch nichts gehört. Oh!«, seufzte sie herzerweichend und riss ihre Augen auf, »wie gerne würde ich eine Zeche besitzen! Es muss wundervoll sein, wenn man so reich ist.«

»Ich bin nie reich gewesen«, entgegnete Lady Agatha mit einem bitteren kleinen Seufzer. »Ich weiß, wie hässlich es ist, arm zu sein.«

»Ich bin ebenfalls nie reich gewesen«, sagte Emily, »und werde es niemals sein. Sie aber«, sagte sie ein wenig schüchtern – »Sie sind so anders.«

Lady Agatha errötete wieder ein wenig.

Emily Fox-Seton machte einen netten kleinen Scherz. »Sie haben Augen wie blaue Blumen«, sagte sie.

Lady Agatha sah sie mit ihrem Blaueblumenblick an, und es war zum Weinen.

»Oh!«, stieß sie aus, fast schon ein wenig ungestüm. »Manchmal scheint es den anderen fast gleichgültig zu sein, ob man überhaupt Augen hat oder nicht.«

Emily freute es, als sie bemerkte, dass die schöne Frau sich nach ihrem Gespräch stärker zu ihr hingezogen fühlte. Ihre Bekanntschaft bekam fast etwas von einer vertrauten Freundschaft, je mehr es mit der Arbeit an dem Wollschal für den Hochseefischer voranging. Er wurde hochgenommen und wieder abgelegt, wurde hinaus auf den Rasen getragen und unter den Bäumen liegengelassen, sodass die Bediensteten ihn zurückbringen mussten, als sie die Decken und Kissen hereinholten. Lady Maria vertrieb sich seit neuestem die Zeit mit dem Stricken von Schals und Mützen, und Sachen aus weißer oder grauer Wolle waren in Mallowe gerade in Mode. Eines Nachmittags brachte Agatha ihr Strickzeug mit in Emilys Zimmer, mit der Bitte, eine fallengelassene Masche wieder aufzunehmen, und schuf damit einen Präzedenzfall. Von da an begannen sie, sich gegenseitig Besuche abzustatten.

Doch die Dinge entwickelten sich für Lady Agatha so ungünstig, dass es kaum noch zu ertragen war. In ihrem Haus trugen sich unschöne Dinge zu, und gelegentlich leuchtete in der Ferne düster Castle Clare auf, wie ein Gespenst. Einige Händler, die nach Lady Claraways Dafürhalten besser stillhalten und in Ruhe abwarten sollten, bis die Dinge sich zum Besseren entwickelt hätten, stellten allmählich immer beharrlicher Forderungen. In Anbetracht der Tatsache, dass Alix' nächste Saison vorzubereiten war, kam das höchst ungelegen. Man konnte eine junge Frau nicht ordentlich in die Gesellschaft einführen, sodass sie auch wirklich eine Chance hatte, wenn man keine Ausgaben tätigen konnte. Für die Claraways waren Ausgaben aber gleichbedeutend mit Kredit, und es gab dicke Flecken wie von Tränen auf den Briefen, in denen Lady Claraway immer wieder schilderte, wie schrecklich die Händler sie behandelten. Einmal erzählte sie verzweifelt, manchmal scheine es, als müssten sie sich alle als Sparmaßnahme in Castle Clare einsperren; und was sollte dann aus Alix werden, wenn sie den richtigen Zeitpunkt verpasste? Und dann waren da ja auch noch Millicent und Hilda und Eve.

Lady Agathas blumenblaue Augen waren oft von Tränen verschleiert, wenn sie redete. Das Vertrauen zwischen zwei Frauen wird durch ebenso einfache wie subtile Dinge geschaffen. Emily Fox-Seton wüsste nicht zu sagen, wann ihr zum ersten Mal klar wurde, dass Kummer und Sorgen die schöne Frau plagten. Lady Agatha wusste nicht, wann sie sich zum ersten Mal mit kleinen, ehrlichen Bemerkungen offenbart hatte. Aber beides war geschehen. Agatha fand eine Art Trost in der Bekanntschaft mit einer so normalen, großgewachsenen Frau ohne jede Raffinesse – letztlich hob es ihre Laune, wenn sie niedergeschlagen war. Emily Fox-Seton schwärmte auf eine beständige und liebenswerte Weise von ihren Reizen und half ihr, auf diese zu vertrauen. In ihrer Gesellschaft hatte Agatha stets das Gefühl, sie sei reizend und ihr Liebreiz ein großes Kapital. Emily bewunderte und verehrte sie, und es würde ihr niemals einfallen, an der Allmacht dieser Reize zu zweifeln.

Sie sprach immer so, als sei jede junge Schönheit eine potenzielle Herzogin. Und tatsächlich glaubte sie das auch ganz naiv. In der Welt, aus der sie kam, war die Ehe keine romantische Angelegenheit, und in Agathas Welt im Grunde ebenso wenig. Es war schön, wenn eine junge Frau den Mann, der sie ehelichte, auch mochte, doch sofern er ein angenehmer, wohlerzogener Mann war und noch dazu vermögend, würde sie ihn am Ende ganz von alleine gern haben, und die Aussicht, ein bequemes oder luxuriöses Leben führen zu können, ihr Leben nicht selbst in die Hand nehmen zu müssen oder auf Unterstützung durch die eigenen Eltern angewiesen sein, das war etwas, für das man in jedem Fall dankbar sein musste. Es war für jedermann eine ungeheure Erleichterung, wenn eine junge Frau endlich »unter der Haube« war, vor allem für die junge Frau selbst. Auch die Romane und Theaterstücke waren längst keine Märchen mehr, in denen sich verführerische junge Männer und hinreißende junge Frauen im ersten Kapitel ineinander verliebten, und dann, nach einem zunehmend pittoresken Zwischenspiel, im letzten Kapitel heirateten, und zwar in der absoluten Gewissheit, bis in alle Ewigkeit glücklich und zufrieden zu sein. Weder Lady Agatha noch Emily waren mit dieser Art von Literatur groß geworden, und sie waren auch nicht in einem Umfeld aufgewachsen, in dem dergleichen ohne Vorbehalt akzeptiert worden wäre.

Sie hatten beide ein hartes Leben und wussten, was sie erwartete. Agatha wusste, sie musste einen Ehemann finden, oder aber bis an ihr Lebensende in prosaischer und beengter Eintönigkeit dahinvegetieren. Emily wusste, dass es für sie überhaupt keine Chance auf eine Ehe gab, die ihren Wünschen entspräche. Sie war zu arm, hatte in ihrem Umfeld keinerlei Unterstützung und auch nicht die Ausstrahlung, mit der eine Frau die Blicke der Männer auf sich zieht. Einigermaßen anständig über die Runden zu kommen, hin und wieder von ihren wohlhabenden Freundinnen eine großzügige Einladung zu erhalten und in der Welt des Scheins vom Glück insoweit gesegnet zu sein, als sie nicht den Anblick einer Almosenempfängerin bot, war alles, was sie erwarten konnte.

Aber Lady Agatha hatte ihrer Ansicht nach ein Recht auf mehr. Sie versuchte dies nicht zu begründen und fragte sich nicht, warum sie ein Recht auf mehr hatte, sie nahm es einfach als gegeben hin. Sie war aufrichtig interessiert am Schicksal ihrer Freundin, voller Zuneigung und Mitgefühl. Wenn Lord Walderhurst mit der jungen Frau sprach, beobachtete sie ihn ängstlich, mit dem Blick einer besorgten Mutter, die vor allem seine Gefühle zu analysieren suchte.

Sie würden ein so wundervolles Paar abgeben. Er wäre ein so perfekter Ehemann. Und er besaß drei Häuser und herrliche Diamanten. Lady Maria hatte ihr einmal ein bestimmtes Diadem beschrieben, und sie stellte sich oft vor, wie es auf Agathas hoher Stirn funkelte. Es würde ihr unendlich besser stehen als Miss Brooke oder Mrs Ralph, denn keine von beiden hätte die nötige Haltung dazu. Sie konnte sich des Gefühls nicht erwehren, dass die brillante Mrs Ralph und die so unbekümmerte hübsche Miss Brooke in dem Rennen recht weit vorne lagen, doch Lady Agatha schien ihr auf eine irgendwie viel umfassendere Weise die Gesuchte zu sein. Emily war es ein Anliegen, dass Lady Agatha immer bestens aussah, und wenn sie erfuhr, dass sie sich über bestimmte Briefe Sorgen machte und ärgerte, oder sah, dass sie blasser war und nicht mehr so strahlend, versuchte sie, ihre Laune zu heben.

»Wollen wir nicht einen kleinen Spaziergang machen?«, schlug sie vor. »Danach könnten Sie ein kleines Nickerchen machen, Sie wirken ein wenig müde.«

»Oh!«, sagte Agatha eines Tages, »Sie sind immer so freundlich zu mir! Sie machen sich ja wirklich Gedanken um mein Aussehen – dass ich auch ja hübsch bin.«

»Letztens sagte Lord Walderhurst zu mir«, lautete die taktvolle Antwort dieses Engels, »Sie seien die einzige Frau unter seinen Bekannten, die *immer* bezaubernd aussieht.«

»Sagte er das?«, rief Lady Agatha aus und errötete ein wenig. »Sir Bruce Norman hat das auch einmal zu mir gesagt. Ich hatte ihm geantwortet, das sei das Netteste, was man einer Frau überhaupt sagen kann. Und es ist umso netter«, fügte sie mit einem Seufzer hinzu, »als es nicht *wirklich* stimmt.«

»Ich bin mir sicher, für Lord Walderhurst war es die Wahrheit«, sagte Emily. »Er ist kein Mann großer Worte, müssen Sie wissen. Er ist sehr ernst und bedacht.«

Sie hatte selbst eine Neigung zu Lord Walderhurst gefasst und eine Bewunderung für ihn entwickelt, die fast schon an Ehrfurcht grenzte. Er war wirklich ein kultivierter Mann, über den niemand schlecht redete. Seine Pächter behandelte er auch immer korrekt, und er hatte die Schirmherrschaft über etliche angesehene Wohltätigkeitsorganisationen übernommen. Für eine so genügsame und auf so unschuldige Weise respektvolle Seele wie Emily Fox-Seton war dies eine beeindruckende und anziehende Mischung. Sie kannte viele Persönlichkeiten aus dem Adel – wenn auch nicht persönlich –, die ganz anders waren als er. Sie selbst war eher frühviktorianisch und auf eine rührende Art unbescholten.

»Ich habe geweint«, gestand Lady Agatha.

»Das habe ich schon befürchtet, Lady Agatha«, sagte Emily.

»In der Curzon Street wird die Lage immer verfahrener. Heute Morgen bekam ich einen Brief von Millicent. Sie ist nach Alix die Zweitälteste, und sie schreibt – oh, einiges. Wenn Mädchen sehen, dass alle Gelegenheiten an ihnen vorüberziehen, werden sie reizbar. Millicent ist siebzehn, und sie sieht so wunderhübsch aus. Ihr Haar ist wie ein rotgoldenes Cape, und ihre Wimpern sind doppelt so lang wie meine.« Sie seufzte wieder, und ihre Lippen, die geschwungen waren wie Rosenblätter, zitterten unverkennbar. »Alle waren so aufgebracht, dass Sir Bruce Norman nach Indien gegangen ist«, setzte sie hinzu.

»Er kommt ja wieder zurück«, sagte Emily verständnisvoll. »Aber dann wird es vielleicht zu spät sein.« Und dann setzte sie ganz unschuldig hinzu: »Hat er Alix gesehen?«

Diesmal bekam seltsamerweise Agatha rote Wangen. Ihrer zarten Haut konnte man jede Regung ablesen. »Er hat sie gesehen, aber sie war im Studierzimmer, und ich glaube nicht, dass …«

Sie beendete den Satz nicht, hielt vielmehr inne, als sei ihr plötzlich unwohl, setzte sich und starrte durchs offene Fenster in den Park. Sie wirkte nicht sehr glücklich.

Ihr Flirt mit Sir Bruce Norman war kurz gewesen und auch nicht ganz eindeutig. Es hatte eigentlich gut angefangen. Sir Bruce hatte die Schönheit auf einem Ball kennengelernt, auf dem sie mehr als einmal miteinander getanzt hatten. Sir Bruce hatte noch andere Reize als nur den alten Baronstitel und seine Kohleminen. Er war ein attraktiver Mann mit fröhlichen braunen Augen und einem guten Witz. Ein wunderbarer Tänzer war er auch, und er hatte ihr lustige Komplimente gemacht. Er würde seine Sache ungeheuer gut machen. Agatha mochte ihn. Sehr sogar, dachte Emily Fox-Seton. Ihrer Mutter hatte er auch gefallen, und sie hatte geglaubt, er fühle sich zu ihrer Tochter hingezogen. Aber nach ein paar angenehmen Treffen hatten sie sich in den Gärten von Goodwood verabredet, wo er ihr eröffnet hatte, er werde nach Indien gehen. Unmittelbar danach war er aufgebrochen, und Emily ahnte, dass man Lady Agatha dafür verantwortlich machte. Die Leute waren nicht so schlecht erzogen, dass sie dies offen geäußert hätten, aber Emily hatte so ein Gefühl gehabt. Ihre kleinen Schwestern ließen es sie am deutlichsten spüren. Sie gaben ihr klar zu verstehen, hätte man Alix eine solche Gelegenheit gegeben, oder Millicent mit dem rotgoldenen

Haar, oder selbst Eve, die eine rechte Zigeunerin war, mit Kleidern von Doucet obendrein, dann hätten sie mit ihren hübschen Gesichtchen, ihrem zauberhaften kleinen Kinn und ihren Näschen diese höchst erstrebenswerte Bekanntschaft zumindest daran gehindert, sich einfach die Freiheit herauszunehmen, sich mit dem P&O-Dampfer nach Bombay abzusetzen.

In dem Brief von heute Morgen hatte Millicent ihren ganzen guten Geschmack und ihre gute Erziehung vergessen, und die zauberhafte Agatha hatte dicke Tränen vergossen. Da war es umso trostreicher zu erfahren, dass Lord Walderhurst einen so liebenswerten Kommentar gemacht hatte. Er war zwar nicht jung, aber *sehr* nett, und in jener Saison hatten einige Personen von Rang einen rechten Narren an ihm gefressen. Das würde überaus gut werden.

Sie machten einen flotten Spaziergang, und als Lady Agatha zurückkam, strahlte sie. Beim Mittagessen war sie bezaubernd, und am Abend versammelte sie einen richtigen Hofstaat um sich. Sie war ganz in Rosa gekleidet, und ein Kranz aus kleinen rosafarbenen Wildrosen lag ihr eng am Kopf, sodass die junge Frau, so schlank und hochgewachsen, aussah wie eine Nymphe von Botticelli. Emily fiel auf, dass Lord Walderhurst oft zu ihr hinübersah. Er saß in einem außerordentlich bequemen Sessel in der Ecke und starrte durch sein Monokel.

Lady Maria gab ihrer Emily immer viel zu tun. Sie hatte einen guten Geschmack, wenn es um Blumenarrangements ging, und gleich zu Beginn ihres Aufenthalts war ihr die Aufgabe zugefallen, sich »um die Blumen zu kümmern«.

Am nächsten Morgen war sie schon früh auf den Beinen,

um ein paar taufrische Rosen aus dem Garten zu holen. Sie schnitt gerade ein paar zauberhafte »Mrs Sharman Crawfords«, als sie es für angemessen hielt, den vorsorglich hochgesteckten Reifrock herunterzulassen, denn der Marquis von Walderhurst kam direkt auf sie zu. Ein Instinkt sagte ihr, er wolle mit ihr über Lady Agatha Slade sprechen.

»Sie stehen ja noch vor Lady Agatha auf«, bemerkte er, nachdem er ihr einen Guten Morgen gewünscht hatte.

»Sie wird auch öfter aufs Land eingeladen als ich«, lautete ihre Antwort. »Wenn ich ein paar Tage auf dem Land bin, möchte ich jeden Augenblick an der frischen Luft verbringen. Und morgens ist es so herrlich draußen. Nicht wie in der Mortimer Street.«

»Sie wohnen in der Mortimer Street?«

»Ja.«

»Wohnen Sie gerne dort?«

»Ich habe es ganz angenehm. Zum Glück ist meine Vermieterin sehr nett. Sie und ihre Tochter sind ausgesprochen freundlich zu mir.«

Der Morgen war in der Tat himmlisch. Die Blumen in den Rabatten waren nass vom Tau, und die Sonne, die schon heiß brannte, saugte allen Duft aus ihnen heraus und füllte damit die warme Luft. Der Marquis blickte, das Monokel ins Auge geklemmt, hinauf in den kobaltblauen Himmel und zu den Bäumen, in denen ein Waldtäubchen oder zwei sanft und melodisch gurrten.

»Ja«, sagte er und ließ den Blick über die Szenerie schweifen, »hier ist es anders als in der Mortimer Street, nehme ich an. Lieben Sie das Landleben?«

»Und wie!«, seufzte Emily, »und wie!«

Sie war keine sehr eloquente Person, keine, die das Herz

auf der Zunge trug. Sie hätte nicht in Worte zu fassen vermocht, was sie mit ihrem »Und wie!« alles ausdrücken wollte – ihre schlichte Liebe fürs Land und ihre Freude an dem, was es zu bieten hatte für Auge, Nase und Ohr. Aber wie sie ihn so mit ihren großen, netten Haselaugen ansah, rührte ihn die Aufrichtigkeit ihres Gefühls, ganz wie die Unaussprechlichkeit ihrer Freuden.

Lord Walderhurst betrachtete sie durch sein Monokel, mit jenem für ihn gelegentlich so typischen Gesichtsausdruck, so als würde er sie mustern, nicht unhöflich, aber auch nicht sonderlich interessiert.

»Hat Lady Agatha Gefallen am Landleben gefunden?«, fragte er.

»Sie liebt alles, was schön ist«, erwiderte sie. »Ihr Wesen ist genauso bezaubernd wie ihr Gesicht, denke ich.«

»Tatsächlich?«

Emily trat ein wenig zurück, ging zu einer Kletterrose, die an der rotgrauen Wand emporrankte, und schnitt ein paar Blüten ab, die sanft in ihren Korb fielen.

»Alles an ihr ist bezaubernd«, sagte sie. »Ihre Haltung, ihre Umgangsformen – alles. Wie es aussieht, hat sie noch nie jemanden enttäuscht und macht keine Fehler.«

»Sie mögen sie sehr?«

»Sie ist so freundlich zu mir gewesen.«

»Sie sagen oft, dass Menschen freundlich zu Ihnen sind.«

Emily sagte nichts darauf, sie fühlte sich ein klein wenig verlegen. Ihr wurde bewusst, dass sie nicht sehr klug wirkte, und da sie die Bescheidenheit in Person war, fragte sie sich, ob sie wohl wie ein Papagei immer dieselben Sätze von sich gab und die anderen damit langweilte. Sie errötete bis über die Ohren.

»Die Menschen sind wirklich freundlich«, sagte sie zögerlich. »Ich – sehen Sie, ich habe nichts zu geben und scheine doch immer etwas zu bekommen.«

»Da haben Sie aber Glück!«, bemerkte Seine Lordschaft und blickte sie ruhig an.

Sie fühlte sich in seiner Gegenwart eher unwohl und war ebenso erleichtert wie traurig, als er fortging, um einen anderen Frühaufsteher zu begrüßen, der in den Garten gekommen war. Aus irgendeinem geheimnisvollen Grund mochte Emily Fox-Seton den Marquis. Vielleicht hatte seine herausragende Stellung und das beständige Gerede über ihn ein wenig ihre Phantasie angeheizt. Er hatte noch nichts sonderlich Intelligentes zu ihr gesagt, und doch hatte sie das Gefühl, er habe das sehr wohl getan. Er war ein eher stiller Mann, aber dumm wirkte er nie. Im House of Lords hatte er schon ein paar gute Reden gehalten – nicht gerade brillant, aber doch solide und von gediegener Seriosität. Und zwei Pamphlete hatte er auch schon geschrieben. Vor dem Intellekt hatte Emily einen Heidenrespekt – und, wie wir zugeben müssen, oft auch nur vor dem, was man dafür hält. Sie war da nicht allzu anspruchsvoll.

Während ihres Sommeraufenthalts in Mallowe veranstaltete Lady Maria stets ein Fest für die Dorfbewohner. Das hielt sie jetzt schon vierzig Jahre so, und es war immer eine lebhafte Veranstaltung. Einige hundert ausgelassen fröhliche Dorfkinder wurden bis zur vollständigen Sättigung mit köstlichen Brötchen und Kuchen und kannenweise Tee abgefüttert, anschließend konnten die Kinder bei Wettrennen Preise gewinnen, und die Hausangestellten, die gerne bereit waren, sich nützlich zu machen, unterhielten sie auf vielfältige Weise.

Nicht jeder war zur Hilfe bereit, aber amüsant fand man die Sache schon. Niemand versäumte es vorbeizuschauen, und so mancher wurde von der allgemeinen Festtagsstimmung auf angenehmste Weise angeregt. Lady Maria war der Ansicht, Emily Fox-Seton sei bei dieser Gelegenheit von unschätzbarem Wert. Es war so leicht, ihr diese ganze Heidenarbeit aufzubürden, ohne sich auch nur im Mindesten schlecht zu fühlen. Es gab viel harte Arbeit, nur dass sie Emily Fox-Seton nicht in diesem Lichte erschien. Ihr war gerade so wenig klar, dass sie Lady Maria ziemlich viele Dienste für ihr Geld bescherte, wie sie sich dessen bewusst war, dass Ihre Ladyship zwar amüsant und reizend war, aber eine hoffnungslos selbstsüchtige und gedankenlose alte Frau. Solange Emily Fox-Seton nicht vollkommen erschöpft wirkte, kam es Lady Maria nicht in den Sinn, dass sie es vielleicht trotzdem sein könnte – dass auch ihre Arme und Beine letztlich nur die eines Menschen aus Fleisch und Blut waren! –, dass ihre tapferen Füße von dem endlosen Hin-und-her-Gerenne auch müde werden konnten. Ihre Ladyschaft war einfach nur entzückt, dass die Vorbereitungen so gut liefen – dass sie sich mit jedwedem Anliegen an Emily wenden konnte und diese stets bereitwillig half. Emily stellte Listen auf und Berechnungen an; sie arbeitete Pläne aus und machte die Besorgungen; sie sprach mit den Dorfmatronen, die den Kuchen und die Brötchen buken, große Mengen Tee kochten und mit Schöpflöffeln ausschenkten; sie machte die Damen ausfindig, die man einsetzen konnte, um die Kuchen zu schneiden und die Butterbrote zu schmieren und beim Austeilen behilflich zu sein; sie befehligte das Aufstellen der Zelte und Bänke und Tische; sie erinnerte an all die zahllosen Dinge, an die zu denken war.

»Wirklich, Emily«, sagte Lady Maria. »Ich weiß nicht, wie ich dieses Fest vierzig Jahre lang ohne dich bewerkstelligen konnte. Ich muss dich immer in Mallowe haben, wenn wir unser Dorffest veranstalten.«

Emily war eine dieser Frohnaturen, die sich noch an den kleinsten Dingen erfreuen können, und wenn andere Feste feierten, fand sie immer großes Vergnügen daran. Die festliche Stimmung entzückte sie. Während ihrer zahllosen Besorgungsgänge ins Dorf konnte sie die Aufregung auf den Gesichtern der Kinder sehen, an denen sie auf dem Weg in dieses oder jenes Cottage vorbeikam, und dann trat Freude in ihre Augen und ein Lächeln in ihr Gesicht. Als sie das kleine Cottage betrat, in dem der Kuchen gebacken wurde, lungerten ein paar Kinder dort herum, schubsten einander und kicherten. Zum einen standen sie dort, weil es so aufregend war, zum anderen aber auch, weil sie sich derart freuten und ihr deshalb ihre Aufwartung machen wollten, eine Geste der Ehrerbietung und Ausdruck ihrer Vorfreude auf das kommende Dorffest. Sie grinsten, und ihre rosigen Wangen strahlten, und Emily lächelte sie an und nickte, und ihre Freude war fast so kindlich wie die ihre. Sie hatte ein so aufrichtiges Vergnügen daran, dass sie gar nicht merkte, wie hart sie in den Tagen vor dem Fest arbeitete. Sie war höchst erfinderisch und dachte sich eine Reihe neuer unterhaltsamer Spiele aus. Sie war es gewesen, die mit der Hilfe einiger Gärtner die Pavillons in schattige Lauben aus grünen Ästen verwandelt und sich um die Dekoration der Tische und Parktore gekümmert hatte.

»Sie laufen ja beständig hin und her!«, sagte Lord Walderhurst einmal zu ihr, als sie an der Gruppe auf dem Rasen vorbeilief. »Wissen Sie eigentlich, seit wie vielen Stunden Sie heute schon auf den Beinen sind?«

»Ich mache das gern«, antwortete sie, und im Vorbeihuschen bemerkte sie, dass er ein kleines Stückchen näher bei Lady Agatha saß, näher als je zuvor, und dass Agatha mit ihrem breiten, mit weißen Gazerüschen geschmückten Hut aussah wie ein Engel, so liebreizend und leuchtend waren ihre Augen und ihr Gesicht schön wie eine Blume. Sie sah wirklich glücklich aus.

Vielleicht hat er ihr ja Sachen gesagt, dachte Emily. Wie glücklich sie sein wird! Er hat so wundervolle Augen. Er könnte eine Frau sehr glücklich machen. Ein leiser Seufzer flatterte von ihren Lippen. Die Müdigkeit begann ihr in die Glieder zu kriechen, nur merkte sie es noch gar nicht so recht. Wäre sie nicht körperlich erschöpft gewesen, hätte sie in diesem Moment nicht im Entferntesten der Tatsache gedacht, dass sie nicht zu den Frauen gehörte, denen man »Sachen« sagte und in deren Leben Sachen passierten.

»Emily Fox-Seton«, sagte Lady Maria, während sie sich Luft zufächelte, denn es war erschreckend heiß, »hat eine ganz und gar wundervolle Wirkung auf mich. Durch sie habe ich das Gefühl, dass ich großzügig bin. Wie gerne würde ich sie mit den elegantesten Kleidern aus den Schränken meiner Freundinnen beschenken.«

»Sie geben ihr Kleider?«, fragte Walderhurst.

»Ich selbst kann auf keine verzichten. Aber ich weiß, dass sie welche gebrauchen könnte. Wenn man sich ansieht, welche Sachen sie trägt, dann geht einem das ans Herz.

Aber sie sind gut in Schuss und sehen anständig aus, und das bei so geringen Mitteln.«

Lord Walderhurst klemmte sich das Monokel ins Auge und sah dem geraden und wohlgeformten Rücken der sich entfernenden Miss Fox-Seton hinterher.

»Ich finde sie hinreißend«, sagte Lady Agatha sanft.

»Ja, das ist sie«, stimmte Walderhurst ihr zu. »Eine recht gut aussehende Frau.«

An jenem Abend erzählte Lady Agatha Emily von dieser freundlichen Bemerkung, worauf ihre Wangen in dankbarem Erstaunen erröteten.

»Lord Walderhurst kennt Sir Bruce Norman«, sagte Agatha. »Ist das nicht seltsam? Er hat heute mit mir über ihn gesprochen. Er sagt, er sei klug.«

»Dann haben Sie sich heute also gut unterhalten?«, sagte Emily. »Als ich vorbeikam, haben Sie beide ausgesehen, als – als würden sie sich gut amüsieren.«

»Sah es so aus, als amüsierte er sich? Er war sehr umgänglich. Ich wusste gar nicht, dass er so sein kann.«

»Ich habe ihn noch nie so zufrieden gesehen«, antwortete Emily Fox-Seton. »Dabei habe ich bei ihm immer den Eindruck, dass er sich gerne mit Ihnen unterhält, Lady Agatha. Dieser große weiße Gazehut, den Sie im Garten aufhatten«, sagte sie nachdenklich, »der steht Ihnen *ungemein* gut.«

»Der war sehr teuer«, seufzte die hübsche Agatha. »Und diese Hüte haben kein langes Leben. Mama sagte, es sei ja fast schon ein Verbrechen gewesen, ihn zu kaufen.«

»Wie wundervoll wird es sein, wenn Sie ... wenn Sie sich über solche Dinge keine Gedanken mehr machen müssen«, bemerkte Emily fröhlich.

»Oh!« – wieder mit einem Seufzer, aber diesmal, als ringe sie um Luft – »das wäre himmlisch. Die Leute wissen ja nicht, wie das ist – sie halten die jungen Frauen für frivol, wenn sie sich um solche Dinge Gedanken machen – und meinen, das sei unseriös. Wenn man aber weiß, dass man diese Dinge haben *muss* ... dass sie so etwas sind wie das tägliche Brot ... wie schrecklich!«

»Es kommt wirklich sehr darauf an, welche Kleider man trägt.« Emily wandte ihre ganze Aufmerksamkeit diesem Thema zu, mit einer besorgten Freundlichkeit, die geradezu engelhaft war. »Mit jedem Kleid zeigen Sie ein anderes Bild von sich. Haben Sie nicht vielleicht«, fragte sie nachdenklich, »für heute Abend und für morgen etwas *ganz anderes* anzuziehen?«

»Ich habe noch zwei Abendkleider, die ich hier bisher nicht getragen habe«, kam es etwas zögerlich. »Ich – nun ja, ich habe sie mir aufgespart. Das eine ist ein ganz dünnes schwarzes, mit silbernen Verzierungen. Es hat einen zitternden silbernen Schmetterling auf der Schulter sitzen, und ein zweiter wird ins Haar gesteckt.«

»Oh! Ziehen Sie das doch heute Abend an«, sagte Emily eifrig. »Wenn Sie zum Abendessen herunterkommen, werden Sie so – so neu aussehen! Ich denke immer, wenn man eine sehr hellhäutige Person ist und dann plötzlich zum ersten Mal Schwarz trägt, erschrickt man fast ein wenig ... auch wenn erschrecken nicht ganz das richtige Wort ist. Ziehen Sie es an!«

Und das tat Lady Agatha auch. Emily Fox-Seton ging in ihr Zimmer, um ihr bei den letzten Feinheiten zu helfen, durch die ihre Schönheit noch besser zur Geltung gebracht werden konnte, bevor es zum Abendessen nach unten ging.

Sie regte an, das helle Haar noch höher und lockerer als sonst aufzustecken, sodass der silberne Schmetterling mit seinen zitternden geöffneten Flügeln umso luftiger auf dem Knoten schweben würde. Sie selbst steckte den anderen Schmetterling auf der Schulter fest.

»Oh! Das ist wundervoll!«, rief sie aus und trat einen Schritt zurück, um die junge Frau anzuschauen. »Lassen Sie mich kurz vor Ihnen nach unten gehen, dann kann ich Sie sehen, wie Sie ins Zimmer kommen.«

Sie saß ganz in der Nähe von Lord Walderhurst, als ihr Schützling den Raum betrat. Als Agatha erschien, war es tatsächlich so, als zuckte er zusammen. Das Monokel, das er sich ins Auge geklemmt hatte, fiel ihm heraus; er nahm es an dem dünnen Band und setzte es wieder ein.

»Psyche«, hörte sie ihn sagen, in einem merkwürdigen Tonfall, als sei es bloß eine Feststellung, aber keine persönliche Meinung. »Psyche!«

Er sagte es weder zu ihr noch zu einer anderen Person im Raum. Es war nur eine Art Ausruf – wertschätzend und nüchtern, aber nicht enthusiastisch – und irgendwie seltsam. Er sprach fast den ganzen Abend mit ihr. Bevor Lady Agatha zu Bett ging, ging Emily noch einmal zu ihr, ihre Wangen wirkten ein wenig gerötet.

»Was werden Sie morgen zum Dorffest anziehen?«, fragte sie.

»Ein weißes Musselinkleid mit einem *entre-deux* aus Spitze und den Gartenhut aus Gaze, einen weißen Sonnenschirm und weiße Schuhe.«

Lady Agatha wirkte ein wenig nervös, ihre Wangen leuchteten rosig vor Aufregung.

»Und morgen Abend?«, fragte Emily.

»Trage ich noch ein ganz blassgrünes. Wollen Sie sich nicht setzen, Miss Fox-Seton?«

»Wir sollten beide zu Bett gehen und ein wenig schlafen. Sie sollten sich nicht übernehmen.«

Aber dann setzte sie sich für ein paar Minuten zu ihr, denn sie sah, dass die junge Frau sie mit Blicken darum bat.

Die Nachmittagspost hatte einen Brief aus der Curzon Street gebracht, der betrüblicher war als sonst. Lady Claraway wusste nicht mehr, was sie als Mutter noch tun sollte, und ihre Verzweiflung ging einem richtig ans Herz. Einer ihrer Schneider hatte Klage eingereicht. Das würde natürlich in die Zeitung kommen.

»Wenn jetzt nicht irgendetwas passiert – etwas, das die Dinge ein wenig hinauszögert –, werden wir unverzüglich nach Castle Clare aufbrechen müssen. Dann ist alles vorbei. Keine junge Frau kann sich der Gesellschaft präsentieren, wenn eine solche Klage anhängig ist. So etwas sieht man gar nicht gern.«

Mit »man« waren natürlich all diejenigen gemeint, deren Ansichten in der Londoner Gesellschaft ehernes Gesetz waren.

»Nach Castle Clare zu gehen«, sagte Agatha zögerlich, »das ist, als wäre man dazu verurteilt worden, sich zu Tode zu hungern. Alix und Hilda und Millicent und Eve und ich, wir werden verhungern – ganz langsam –, weil wir uns nach dem sehnen, was das Leben einer jungen Frau, die in eine bestimmte Klasse hineingeboren ist, erst erträglich macht. Und selbst wenn das Wundervollste überhaupt geschehen würde – in drei oder vier Jahren wäre es zu spät für uns vier –, ja, sogar fast zu spät für Eve. Wer nicht in London lebt, den vergisst man ganz einfach. Die Leute können gar nicht anders. Warum sollten sie auch, wo doch jedes Jahr wieder so viele junge Mädchen nachkommen?«

Emily Fox-Seton war zauberhaft zu ihr. Sie sei sich ganz sicher, dass sie nicht nach Castle Clare würde gehen müssen. Sie konnte ihr wirklich wieder Hoffnung machen, ohne es an Zartgefühl fehlen zu lassen. Sie sprach viel von dem schwarzen Gazekleid und der zauberhaften Wirkung der silbernen Schmetterlinge.

»Ich nehme an, es waren die Schmetterlinge, die Lord Walderhurst ›Psyche! Psyche!‹ ausrufen ließen, als er Sie das erste Mal darin sah«, setzte sie ganz *en passant* hinzu.

»Hat er das gesagt?« Gleich darauf war es, als seien diese Worte Lady Agatha nur so herausgerutscht.

»Ja«, antwortete Emily und gab sich sofort ganz gleichgültig, womit sie nur bewies, wie taktvoll sie war. »Und in Schwarz sehen Sie so wundervoll blond und ätherisch aus. Sie sehen gar nicht richtig echt darin aus. So als könnten Sie davonfliegen. Aber jetzt müssen Sie sich schlafen legen.«

Lady Agatha begleitete sie zur Zimmertür, um ihr Gute Nacht zu sagen. Ihr Blick war wie der eines Kindes, das vielleicht gleich ein bisschen weinen wird.

»Oh! Miss Fox-Seton«, sagte sie mit einer sehr jungen Stimme. »Was sind Sie nur für ein guter Mensch!«

VIERTES KAPITEL

In den gleich ans Haus angrenzenden Parkzonen herrschte bereits geschäftiges Treiben, als Miss Fox-Seton am folgenden Morgen durch die Gärten ging. Tische wurden aufgestellt und Körbe voller Brot und Kuchen und Esswaren in den Zeltpavillon getragen, in dem der Tee zubereitet wurde. Die Arbeiter wirkten munter und gut gelaunt; die Männer tippten sich an den Hut, als Emily erschien, und die Frauen lächelten ihr freundlich zu. Sie hatten alle die Erfahrung gemacht, dass sie eine liebenswerte Person war und man sich auf sie als Stellvertreterin Ihrer Ladyschaft verlassen konnte.

»Diese Miss Fox-Seton kann richtig arbeiten«, sagte einer zum anderen. »Ich hab noch nie eine Lady dermaßen anpacken sehen. Normalerweise stellen die sich doch nur hin und sagen dir, wie du die Dinge machen sollst, selbst wenn sie's gut meinen, und dabei wissen sie oft selbst nicht recht, wie's denn eigentlich gemacht werden soll. Sie dagegen ist heute Morgen hergekommen, höchstpersönlich, um beim Schmieren der Butterbrote und beim Schneiden zu helfen, und gestern hat sie die ganzen Päckchen mit Süßigkeiten gerichtet, auch alles selbst. Hat die Sachen in lauter bunte Papierchen gewickelt und dann Bändchen drumgebunden, weil sie meinte, sie wisse das doch, dass Kinder bunte Sachen lieber mögen. Das war früher so – und so ist es noch heute. Hier ein bisschen Rot und da ein bisschen Blau, das macht viel her bei Kindern.«

Den ganzen Morgen schmierte Emily Butterbrote, schnitt den Kuchen, stellte Stühle auf und legte Spielzeug auf den Tischen aus. Es war ein schöner, wenn auch heißer Tag, und sie war so beschäftigt, dass sie kaum Zeit hatte für ihr Frühstück. Es ging fröhlich her bei dem Hausfest. Lady Maria war bester Laune. Sie hatte am Nachmittag des folgenden Tages zu einer interessanten Ruine fahren und abends eine Dinner-Party veranstalten wollen. Denn ihre Lieblingsnachbarn waren gerade zu ihrem fünf Meilen entfernt gelegenen Landsitz zurückgekehrt und kamen zu Lady Marias großer Zufriedenheit zum Mittagessen. Die meisten ihrer Nachbarn langweilten sie, daher wurden sie nur in kleinen Dosen zum Essen geladen, ganz so, wie man auch mit Medizin vorsichtig umgeht. Die Lockyers dagegen waren jung und gut aussehend und klug, und Lady Maria war immer froh, wenn sie nach Loche kamen, während sie sich in Mallowe aufhielt.

»Nicht ein Dummkopf ist unter ihnen zu finden und nicht ein Langweiler«, sagte sie. »Auf dem Land sind die Leute Dummköpfe, wenn sie keine Langweiler sind, oder Langweiler, wenn sie keine Dummköpfe sind, und ich bin in Gefahr, beides zu werden. Wenn ich selbst wochenlang Dinnerpartys nur mit diesen Leuten feiere, vor allem mit ein paar bestimmten, fange ich am Ende noch an, Reifröcke aus Moreen zu tragen und über den erbärmlichen Zustand der Londoner Gesellschaft zu jammern.«

Nach dem Frühstück brachte sie die ganze Schar nach draußen auf den Rasen unter den Stechpalmen.

»Lasst uns die Fleißigen da draußen ein bisschen unterstützen«, sagte sie. »Wir könnten Emily Fox-Seton bei der Arbeit zusehen. Sie ist ein solches Vorbild.«

Merkwürdigerweise war dies Miss Cora Brookes Tag. Sie lief gerade mit Lord Walderhurst an ihrer Seite über den Rasen. Sie wusste nicht, wie es dazu gekommen war, aber es schien ein Zufall zu sein.

»Wir reden nie miteinander«, sagte er.

»Nun«, antwortete Cora, »wir haben ziemlich viel mit anderen geredet – ich zumindest.«

»Ja, Sie haben ziemlich viel geredet«, sagte der Marquis.

»Soll das heißen, ich habe zu viel geredet?«

Er betrachtete sie durch sein Monokel und dachte sich, wie hübsch die junge Frau doch war. Vielleicht war die aufgekratzte Ferienstimmung daran schuld, dass dieser Moment irgendwie feierlich war.

»Es soll heißen, dass Sie nicht genug mit mir geredet haben. Sie haben viel zu viel Zeit damit vertan, den jungen Heriot dazu zu bringen, still zu sein.«

Sie lachte ein klein wenig schnippisch.

»Sie sind eine sehr unabhängige junge Frau«, bemerkte Lord Walderhurst leichtfertiger als gewöhnlich. »Sie sollten etwas Gehässiges erwidern – oder vielleicht etwas Freches.«

»Sollte ich nicht«, sagte Cora ruhig.

»Sollten Sie nicht oder wollen Sie nicht?«, fragte er. »Beides böse Wörter für kleine Mädchen – oder junge Damen –, wenn sie mit Erwachsenen reden.«

»Beides«, sagte Miss Cora Brooke und errötete ein wenig vor Vergnügen. »Lassen Sie uns zu den Pavillons gehen und schauen, was die arme Emily Fox-Seton so treibt.«

»Arme Emily Fox-Seton«, wiederholte der Marquis mechanisch.

Sie gingen hin, doch sie blieben nicht lange. Das Dorffest nahm allmählich Gestalt an. Emily Fox-Seton war ganz Feuer und Flamme. Die Angestellten ließen sich von ihr Anweisungen geben. Sie hatte tausend Dinge zu tun und musste darüber wachen, was die anderen taten. Die Preise für die Wettrennen und die Geschenke für die Kinder mussten ordentlich aufgereiht werden – Spielsachen für Jungen und solche für Mädchen –, Geschenke für die kleinen Kinder und solche für die großen. Niemand durfte vergessen werden, und niemand durfte das Falsche bekommen.

»Das wäre fürchterlich, wissen Sie«, sagte Emily zu den beiden, als sie in ihren Pavillon kamen und ihr Fragen stellten, »wenn ein großer Junge ein kleines Holzpferdchen bekommt und ein kleines Mädchen einen Kricketschläger mit Ball. Wie enttäuscht wäre das kleine Mädchen über ein Nähkästchen und das große über eine Puppe. Wir müssen die Geschenke in eine klare Ordnung bringen. Die Kinder freuen sie so darauf, und es bricht einem das Herz, wenn eines enttäuscht wird, nicht wahr?«

Walderhurst sah sie völlig ausdruckslos an.

»Wer hat das alles für Lady Maria gerichtet, als Sie noch nicht hier waren?«, fragte er.

»Oh, andere Leute. Aber sie sagt, die Feste waren langweilig.« Dann setzte sie mit einem strahlenden Lächeln hinzu: »Sie hat mich gebeten, in den nächsten zwanzig Jahren das Dorffest für sie auszurichten. Sie ist so freundlich.«

»Maria ist eine freundliche Frau«, sagte er in einem Ton, der Emily liebenwert erschien. »Sie ist freundlich zu ihren Dorfkindern, und sie ist freundlich zu Maria Bayne.«

»Und sie ist freundlich zu *mir*«, sagte Emily. »Sie wissen ja nicht, wie sehr ich mich darüber freue.«

»Diese Frau freut sich ja einfach über alles«, bemerkte Lord Walderhurst, als er mit Cora weiterging. »Was für ein Temperament! Dafür gäbe ich zehntausend im Jahr!«

»Sie hat so wenig«, sagte Cora, »dass ihr alles schön vorkommt. Und das wundert einen nicht. Sie ist sehr nett. Mutter und ich bewundern sie sehr. Wir haben uns überlegt, ob wir sie nach New York einladen und ihr eine richtig gute Zeit bereiten sollen.«

»New York würde ihr gefallen.«

»Sind Sie schon einmal dort gewesen, Lord Walderhurst?«

»Nein.«

»Das sollten Sie aber, wirklich. Zur Zeit kommen viele Engländer nach New York, und es scheint ihnen allen zu gefallen.«

»Vielleicht mach ich das ja«, sagte Walderhurst. »Ich habe schon darüber nachgedacht. Den Kontinent hat man bereits über, und Indien kennt man auch schon. Aber nicht die Fifth Avenue, den Central Park und die Rocky Mountains.«

»Einen Versuch wäre es wert«, regte die hübsche Miss Cora an.

Das war wirklich ihr Tag. Lord Walderhurst fuhr sie und ihre Mutter vor dem Mittagessen in seiner privaten Herrenkutsche spazieren. Er fuhr gern mit der Kutsche, und den Phaeton und die Pferde hatte er nach Mallowe mitgebracht. Er wollte nur seine Lieblingspferde ausführen, und auch wenn er sich langweilte dabei und keine Miene verzog, sorgte das Ereignis auf der Wiese doch für eine gewisse Aufregung. Spätestens als die Kutsche mit Miss Brooke und ihrer Mutter die Allee hinuntersaute, und sie mit leicht geröteten Wangen und aufgekratzt auf ihren hohen Ehrensitzen saßen, tauschten einige Leute Blicke und zogen die Brauen hoch.

Lady Agatha ging auf ihr Zimmer und schrieb einen langen Brief in die Curzon Street. Mrs Ralph sprach mit dem jungen Heriot und ein paar weiteren Leuten über das Thesenstück.

Der strahlende und glanzvolle Nachmittag brachte weitere Besucher, die das Dorffest mit ihrer Anwesenheit beehren wollten. Lady Maria hatte schon früher immer große Hausfeste veranstaltet und sich dazu Gäste aus der Nachbarschaft geholt, die für Stimmung sorgen sollten.

Um zwei Uhr zog eine von der Dorfkapelle angeführte Prozession von Dorfkindern mit Freunden und Verwandten vorüber. Sie marschierten die Allee hinauf und am Haus vorbei, hin zu dem im Park für sie vorbereiteten Platz. Lady Maria und ihre Gäste standen oben auf der breiten Freitreppe und hießen die heitere Menge im Vorbeiziehen willkommen, begrüßten sie mit Verbeugungen, Nicken und Winken und freudestrahlendem Lächeln. Alle waren glücklich und guter Dinge.

Als die Dörfler sich im Park versammelt hatten, kamen die Bewohner des Hauses durch den Garten zu ihnen hinunter. Ein Zauberkünstler aus London gab unter einem riesigen Baum eine Vorführung, zog den Kindern weiße Häschen aus den Taschen und Orangen unter den Mützen hervor, das Ganze unter freudigem Gekreische und lautem Gelächter. Lady Marias Gäste schlenderten umher, sahen den Kindern zu und ließen sich von ihrem Gelächter anstecken.

Nach der Zaubervorführung kam der große Teeausschank. Ein ordentliches Dorffest verdient seinen Namen erst dann, wenn die Kinder bis zum Rand mit Tee und Wecken und Kuchen abgefüllt sind, vor allem mit großen Stücken Pflaumenkuchen. Lady Agatha und Mrs Ralph teilten den langen Reihen von Kindern, die auf dem Gras saßen, Kuchen aus. Miss Brooke unterhielt sich gerade mit Lord Walderhurst, als es losging. Sie trug Mohnblumen am Hut und einen mit Mohnblumen verzierten Sonnenschirm, saß unter einem Baum und sah sehr verführerisch aus.

»Ich sollte mithelfen und auch Kuchen austeilen«, sagte sie.

»Das ist eigentlich die Aufgabe meiner Cousine Maria«, erwiderte Lord Walderhurst, »aber sie denkt gar nicht dran – und ich auch nicht. Erzählen Sie mir etwas über die Hochbahn und über die Fünfhundertfünzigtausendste Straße.«

Er hatte eine etwas brutale, lässig gelangweilte Miene aufgesetzt, die Cora Brooke letztlich recht beeindruckend fand.

Emily Fox-Seton teilte Kuchen aus und regelte mit heiterer Umsicht und guter Laune den Nachschub. Als die älteren Leute ihren Tee serviert bekamen, ging sie zwischen den Tischen umher und kümmerte sich um jeden einzelnen. Sie war mit Herz und Seele ganz bei der Bewirtung dieser Leute, sodass sie gar nicht die Zeit fand, zu Lady Maria und ihren Gästen an dem Tisch unter den Stechpalmenbäumen zu gehen. Sie aß ein Stück Butterbrot, trank eine Tasse Tee und unterhielt sich unterdessen mit ein paar älteren Frauen, mit denen sie sich angefreundet hatte. Sie hatte wirklich ungemein viel Freude an der Sache, obwohl sie sich hin und wieder eine Weile setzen musste, um ihren müden Füßen eine Pause zu gönnen. Die Kinder kamen zu ihr, als wäre sie ein allmächtiges und gütiges Wesen. Sie wusste, wo die Spielsachen aufbewahrt wurden und welche Preise bei welchen Wettrennen ausgesetzt waren. Sie repräsentierte Recht und Ordnung und war für die Verleihung der Orden zuständig. Die anderen Damen schlenderten in wunderschönen Kleidern umher, lächelnd und mit erhabener Miene; die Herren halfen auf amateurhafte Weise bei den sportlichen Wettkämpfen und rissen untereinander ihre Adelswitze, nur diese eine Lady schien selbst ein Teil des Dorffestes zu sein. Sie war nicht so prächtig gekleidet wie die anderen – sie trug ein schlichtes blaues Leinenkleid mit weißen Bändern und einen einfachen Matrosenhut mit Schnalle und Schleife; dennoch gehörte sie zur Welt Ihrer Ladyschaft, zu den Leuten aus London, und war beliebter, als je eine Lady gewesen war. Es war ein schönes Dorffest, und sie hatte offenbar ganz maßgeblich dazu beigetragen. Noch nie hatte es in Mallowe ein so abwechslungsreiches und fröhliches Fest gegeben.

Der Nachmittag hatte seinen Höhepunkt schon überschritten. Die Kinder spielten, veranstalteten Wettrennen und hatten ihren Spaß dabei, bis ihre jungen Glieder langsam nicht mehr wollten. Die älteren Herrschaften schlenderten umher oder saßen in Grüppchen beisammen und unterhielten sich oder lauschten der Dorfkapelle. Als Lady Marias Gäste von den ländlichen Festivitäten allmählich genug hatten, kehrten sie guter Dinge in die Gärten zurück, um sich zu unterhalten und bei einer Tennispartie zuzuschauen, die man auf dem Tennisplatz organisiert hatte.

Emily Fox-Setons Freude war ungetrübt, nur die Farbe

war aus ihrem Gesicht gewichen. Die Glieder taten ihr weh, und ihr immer noch lächelndes Gesicht war ganz blass, während sie unter der Buche stand und bei den letzten Zeremonien des Festtages zusah, zu denen Lady Maria und ihre Gäste von ihren Plätzen unter den Stechpalmen herübergeschlendert kamen. Es wurde laut die Nationalhymne gesungen, und es gab drei brausende Hochrufe auf Ihre Ladyschaft. Die Rufe waren so fröhlich und herzlich, dass es Emily fast zu Tränen rührte. Jedenfalls trat ein feuchter Glanz in ihre hübschen Augen. Emily war schnell gerührt.

Lord Walderhurst stand neben Lady Maria und schien sich ebenfalls zu freuen. Emily sah, wie er mit Ihrer Ladyschaft sprach und wie Lady Maria lächelte. Dann trat er mit der für ihn typischen ungerührten Miene vor, das Monokel gelassen ins Auge geklemmt:

»Liebe Mädchen und Jungen«, sagte er mit einer klaren, weit tragenden Stimme, »ich möchte drei Hochrufe von euch hören, so laut ihr nur könnt, und zwar für jene Lady, mit deren fleißiger Hilfe dieses Dorffest zu einem solchen Erfolg wurde. Ihre Ladyschaft hat mir erzählt, ein so schönes Dorffest habe es noch nie gegeben. Dreimal Hoch auf Miss Emily Fox-Seton!«

Emily schnappte nach Luft und spürte, wie sie einen Kloß im Hals bekam. Sie hatte das Gefühl, man habe sie ohne jede Vorwarnung in eine königliche Person verwandelt, und sie wusste nicht recht, was sie tun sollte.

Sämtliche Festteilnehmer, Jung wie Alt, Männer wie Frauen, brachen in drei Hochrufe aus, die sich anhörten wie ein Röhren und Bellen. Hüte und Mützen wurden geschwungen und in die Luft geworfen, und alle drehten sich zu ihr um, woraufhin ihr die Röte in die Wangen trat und sie zitternd vor Dankbarkeit und Freude einen Knicks machte.

»Oh, Lady Maria! Oh, Lord Walderhurst!«, sagte sie, als sie schließlich bei ihnen war, »wie *freundlich* Sie doch zu mir sind!«

FÜNFTES KAPITEL

Nachdem sie ihren Morgentee getrunken hatte, lag Emily Fox-Seton in den Kissen, sah durch das Fenster hinauf in die Äste der Bäume und war selig. Sie war müde, aber glücklich. Wie gut doch alles geklappt hatte! Wie zufrieden Lady Maria doch gewesen war, und wie nett von Lord Walderhurst, die Dörfler darum zu bitten, sie drei Mal hochleben zu lassen! Nie hätte sie sich so etwas träumen lassen. Aufmerksamkeiten dieser Art wurden ihr gewöhnlich nicht zuteil. Sie lächelte ihr kindliches Lächeln und errötete bei der Erinnerung daran. Die Welt schien ihr ein Ort, an dem die Menschen im Allgemeinen sehr liebenswert waren. Wenigstens ihr gegenüber waren sie immer gut, dachte sie, und es kam ihr gar nicht in den Sinn, dass die anderen vielleicht nicht ganz so liebenswürdig gewesen wären, hätte Emily ihre Sache nicht so erstaunlich gut gemacht. Sie hatte nicht ein Mal daran gezweifelt, dass Lady Maria der bewundernswerteste und großzügigste Mensch auf Erden war. Sie merkte überhaupt nicht, was Ihre Ladyschaft ihr alles abverlangte. Zu Lady Marias Verteidigung muss gesagt werden, dass sie sich dessen selbst nicht recht bewusst war und dass es Emily eine absolute Freude war, wenn sie sich bei anderen nützlich machen konnte.

Doch an jenem Morgen merkte sie schon beim Aufstehen, dass sie sich nicht erinnern konnte, jemals schon so müde gewesen zu sein, und dabei könnten wir als Argument anführen, eine Frau, die durch ganz London läuft, um für andere Leute Besorgungen zu machen, dürfe ja wohl oft abends ihre Knochen spüren. Sie lachte nur kurz auf, als sie sah, dass ihre Füße derart geschwollen waren, dass sie ihre bequemsten Hausschuhe anziehen musste.

Heute muss ich mich setzen, so oft ich nur kann, dachte sie. Aber für Lady Marias Dinnerparty und den Ausflug am Morgen werde ich bestimmt tausend Kleinigkeiten zu erledigen haben.

Es gab in der Tat tausend Kleinigkeiten, über deren Erledigung Lady Maria sich sehr gefreut hätte. Die Fahrt zu den Ruinen sollte noch vor dem Mittagessen stattfinden, denn einige der Gäste fanden, wenn die Spritztour am Nachmittag gemacht würde, wären sie zu müde für die Dinnerparty am Abend. Lady Maria fuhr nicht mit, und in den Kutschen würde es wohl – wie sich erst jetzt herausstellte – recht eng werden, wollte man Miss Fox-Seton auch noch mitnehmen. Emily war letztlich nicht traurig, dass sie eine Entschuldigung hatte, zu Hause bleiben zu können, und so fuhren die angenehm gefüllten Kutschen davon, und Lady Maria und Miss Fox-Seton sahen ihnen nach.

»Ich habe nicht die Absicht, am Tag einer Dinnerparty meine ehrwürdigen Knochen auf einer Berg- und Talfahrt durchrütteln zu lassen«, sagte Lady Maria. »Bitte läute die Glocke, Emily. Ich möchte mich versichern, dass das mit dem Fisch in Ordnung geht. Fisch ist auf dem Land immer ein Problem. Fischhändler sind echte Teufel, und wenn sie ganze fünf Meilen entfernt wohnen, muss man sich schon Sorgen machen.«

Mallowe Court lag in einiger Entfernung von dem Landstädtchen entfernt, was auf die landschaftliche Umgebung einen wunderbaren Effekt hatte, aber schreckliche Folgen für die Fischzufuhr. Ein Essen ohne Fisch war undenkbar, die Stadt war klein und hatte nur wenig zu bieten, und der einzige Fischhändler war etwas einfältig und kein Mensch, auf den Verlass war.

Der Diener, der dem Ruf der Glocke gefolgt war, informierte Ihre Ladyschaft, der Koch mache sich wie üblich einige Sorgen um den Fisch. Der Fischhändler habe leise Bedenken angemeldet, ob er ihren Wünschen wirklich entsprechen könnte, zudem käme sein Karren nie vor halb zwölf.

»Um Himmels willen!«, rief Ihre Ladyschaft aus, als der Mann gegangen war. »Was wäre das für ein Unglück, sollten wir am Ende keinen Fisch bekommen! Old General Barnes ist der gefräßigste alte Gourmand in England, und er hasst es, wenn man ihm ein schlechtes Mittagessen vorsetzt. Wenn ich ehrlich sein soll, wir fürchten ihn alle ein wenig, und ich gebe gerne zu, dass ich mir auf meine Dinner durchaus etwas einbilde. Das ist die letzte Freude, die die Natur den Frauen lässt: ein ordentliches Mittagmahl zu zaubern. Ich könnte ziemlich ungehalten werden, wenn uns jetzt irgendeine lächerliche Panne passiert.«

Sie saßen zusammen im Morgenzimmer, schrieben Briefe und unterhielten sich, und als es auf halb zwölf zuging, hielten sie gemeinsam Ausschau nach dem Karren des Fischhändlers. Ein- oder zweimal sprach Lady Maria über Lord Walderhurst.

»Ich halte ihn für ein interessantes Exemplar«, sagte sie. »Ich hab ihn schon immer recht gern gehabt. Er hat originelle Ideen, auch wenn er alles andere als geistreich ist. Ich glaube, zu mir ist er offener als zu den meisten anderen, auch wenn ich nicht behaupten könnte, er hätte eine besonders gute Meinung von mir. Gestern Abend hat er sich das Monokel ins Auge geklemmt und mich gemustert – in der komischen Art, die für ihn so typisch ist – und zu mir gesagt: ›Maria, auf deine ganz besondere Art bist du eine *entsetzlich* selbstsüchtige Frau, das Schlimmste, was mir je begegnet ist.‹ Und dabei weiß ich doch, dass er mich eigentlich ganz gut leiden mag. Da habe ich zu ihm gesagt: ›Das ist nicht ganz richtig, James. Ich bin selbstsüchtig, aber ich bin nicht *entsetzlich* selbstsüchtig. Entsetzlich selbstsüchtige Leute haben immer einen fiesen Charakter, und niemand kann mir den Vorwurf machen, ich hätte einen fiesen Charakter. Ich habe ein lammfrommes Gemüt.‹«

»Emily«, sagte sie, als sie Räder die Allee hinaufrattern hörte, »ist *das* jetzt der Karren des Fischhändlers?«

»Nein«, antwortete Emily, die am Fenster saß, »das ist der Metzgerkarren.«

»Es war mir eine Freude zu sehen, wie er sich den Damen gegenüber benommen hat«, fuhr Lady Maria fort und lächelte über die Strickmütze für den Hochseefischer hinweg, an der sie die Arbeit wieder aufgenommen hatte. »Er behandelt sie alle tadellos, und doch hat keine der Damen auch nur einen Fuß auf die Erde bekommen bei ihm, das hat er dann doch zu verhindern gewusst. Aber ich will dir einmal etwas sagen, Emily.« Sie machte eine Pause.

Miss Fox-Seton sah sie interessiert an und wartete.

»Er denkt, die Sache zu einem Ende bringen zu müssen und wird am Ende *irgendeine* heiraten. Ich spür's in den Knochen.«

»Glauben Sie wirklich?«, rief Emily aus. »Oh, ich kann

nicht anders, ich habe solche Hoffnung, dass ...«, doch dann geriet sie ins Stocken.

»Du hoffst, dass er Agatha Slade fragen wird«, beendete Lady Maria den Satz für sie. »Vielleicht wird er das ja. Manchmal denke ich, es wird Agatha sein oder keine. Und trotzdem bin ich mir nicht sicher. Bei Lord Walderhurst kann man sich nie sicher sein. Das war schon immer ein ganz Verschwiegener, in vielerlei Hinsicht. Ich frage mich, ob er nicht doch noch eine andere in petto hat.«

»Warum denken Sie das?«, wunderte sich Emily.

Lady Maria lachte.

»Aus einem seltsamen Grund. Die Walderhursts haben einen fast schon lächerlich protzigen Ring im Familienbesitz, den sie an die Frau weitergeben, mit der sie sich verloben. Er ist deshalb lächerlich, weil – also ein Rubin groß wie ein Hosenknopf *ist* einfach lächerlich. Protziger geht es gar nicht. Und dieser Ring hat auch eine ganz besondere Geschichte – sie ist einige Hundert Jahre alt und handelt von der Frau, für die der erste Walderhurst diesen Ring einst hatte schmieden lassen. Sie war eine Lady Soundso und hatte dem König einen Korb gegeben, denn er war ihr zu dreist gewesen, und das hatte dem König so gut gefallen, dass er sie für eine Heilige hielt und ihr den Ring zur Verlobung schenkte. Nun ja, und jetzt bin ich ganz zufällig dahintergekommen, dass Lord Walderhurst jemanden in die Stadt geschickt hat, um ihn holen zu lassen. Vor zwei Tagen kam der Mann zurück.«

»Oh, wie interessant!«, sagte Emily aufgeregt. »Das hat *ganz bestimmt* etwas zu bedeuten.«

»Es ist eher lächerlich. Schon wieder ein Karren, Emily. Ist *das* jetzt der Fischhändler?«

Emily trat erneut ans Fenster. »Ja«, sagte sie, »falls er Buggle heißt.«

»Er *heißt* Buggle«, sagte Lady Maria. »Wir sind gerettet.«

Doch fünf Minuten später erschien die Köchin in der Tür zum Frühstückszimmer. Sie war eine stämmige Person, ihr Atem ging schwer, und sie wischte sich respektvoll mit einem sauberen Taschentuch die Schweißtropfen von der Braue. Sie war so bleich wie eine erhitzte Person ihrer Gewichtsklasse nur sein kann.

»Was ist denn jetzt wieder geschehen?«, fragte Lady Maria die Köchin.

»Dieser Buggle, Eure Ladyschaft«, sagte die Köchin, »der sagt, keiner wäre da jetzt trauriger drüber als er, aber wenn Fisch über Nacht verdirbt, dann kann man ihn am Morgen nicht wieder frisch machen. Er sagt, er hat ihn nur deshalb hergebracht, damit ich mich selbst überzeugen kann, und in dem Zustand ist der Fisch ungenießbar. Ich war so erbost, Eure Ladyschaft, ich hatte das Gefühl, ich muss zu Ihnen kommen und es Ihnen selbst sagen.«

»Was können wird denn jetzt tun?«, rief Lady Maria aus. »Emily, mach einen Vorschlag.«

»Wir können nicht einmal sicher sein«, sagte die Köchin, »dass Batch alles hat, was wir brauchen. Manchmal hat er es ja, aber er ist der Fischhändler von Maundell, und das ist vier Meilen von hier, und wir haben nicht genug Personal, Eure Ladyschaft, jetzt, wo das Haus so voll ist und wir auf keinen Bediensteten verzichten können.«

»Du liebe Zeit«, sagte Lady Maria. »Emily, das kann einen ja wirklich auf die Palme bringen. Wären nicht die Ställe leer, dann wüsste ich, du würdest jetzt nach Maundell fahren. Du bist so gut zu Fuß«, sagte sie dann mit einem

Hoffnungsschimmer, »glaubst du, du könntest bis dorthin laufen?«

Emily versuchte, ein fröhliches Gesicht zu machen. Für Lady Maria war das wirklich eine schreckliche Situation, schließlich war sie die Gastgeberin. Und es hätte ihr selbst auch gar nichts ausgemacht, hätte ihr starker, gesunder Leib sich nicht so müde angefühlt. Sie war sehr gut zu Fuß, und unter normalen Umständen könnten ihr die acht Meilen nichts anhaben. Durch ihre Besorgungsgänge in der Stadt war sie gut in Übung. Der weiche Moorboden und die frische Luft waren kein Vergleich zu den Straßen von London.

»Ich denke, das könnte mir schon gelingen«, sagte sie guter Dinge. »Wäre ich gestern nicht so viel herumgerannt, wäre es ein Klacks. Natürlich müssen Sie Ihren Fisch bekommen. Ich werde übers Moor nach Maundell gehen und Batch sagen, er soll sofort welchen schicken. Auf dem Rückweg kann ich mir ja Zeit lassen. Und mich unterwegs im Heidekraut ausruhen. Nachmittags ist das Moor zauberhaft.«

»Du gute Seele«, brach es aus Lady Maria heraus. »Was für ein Segen du doch bist!«

Sie war ihr sehr dankbar. In dem Augenblick verspürte sie den drängenden Impuls, Emily Fox-Seton zu bitten, doch den Rest ihres Lebens bei ihr zu verbringen, aber die alte Dame hatte zu viel Lebenserfahrung, um Impulsen nachzugeben. Allerdings beschloss sie insgeheim, sie recht oft in die South Audley Street einzuladen und ihr ein paar hübsche Geschenke zu machen.

Als Emily Fox-Seton, die mit ihrem kürzesten braunen Leinenrock und ihrem schattigsten Hut gut für den

Fußmarsch ausgerüstet war, durch die Diele ging, überreichte der Junge von der Post gerade einem Diener die Mittagsbriefe. Der Diener reichte ihr den Präsentierteller mit einem Brief für sie, der auf einem weiteren, in Lady Claraways Handschrift »An Lady Agatha Slade« adressierten Brief lag. Emily sah, dass es sich um einen dieser dicken Briefe mit vielen Seiten handelte, die schon so oft dafür gesorgt hatten, dass die arme Agatha langsame, traurige Tränen vergoss. Ihr Brief trug die wohlbekannte Handschrift von Mrs Cupp, und sie fragte sich, was er wohl enthalten mochte.

Ich hoffe, die Armen stecken nicht in irgendwelchen Schwierigkeiten, dachte sie. Sie befürchten, der junge Mann im Wohnzimmer könnte sich verlobt haben. Sollte er heiraten und sie verlassen, was sollten sie dann tun? Er hat immer pünktlich seine Miete bezahlt.

Es war zwar ein heißer Tag, aber das Wetter war perfekt, und nachdem Emily ihre bequemen Hausschuhe gegen ein ebenso bequemes Paar hellbrauner Schuhe eingetauscht hatte, stellte sie fest, dass ihre Füße vielleicht doch noch zu gebrauchen waren. Mit ihrer Art, aus allem stets das Beste zu machen, blickte sie selbst einem acht Meilen langen Marsch mutig ins Auge. Im Moor war die Luft so mild, und das Gesumm der Bienen, das sie bei ihrem Marsch durchs Heidekraut begleiten würde, so anheimelnd und friedvoll, dass die vier Meilen bis Maundell ihr am Ende recht angenehm erschienen.

Es gab so viele schöne Dinge, über die sie nachdenken konnte, dass sie Mrs Cupps Brief, den sie in ihre Tasche gesteckt hatte, fast schon wieder vergessen hatte und bereits halb durchs Moor gewandert war, als er ihr wieder einfiel.

»Du liebe Zeit«, rief sie, als der Brief ihr wieder einfiel, »ich muss nachsehen, was passiert ist.«

Sie öffnete den Umschlag und begann noch im Laufen mit dem Lesen; aber sie war erst ein paar Schritte weit gekommen, als sie jäh stehenblieb.

»Wie schön für sie!«, rief sie aus und wurde ziemlich blass.

Nüchtern betrachtet waren die Neuigkeiten in dem Brief in der Tat sehr schön für die Cupps; doch in die schlichten Angelegenheiten der armen Miss Fox-Seton brachten sie eine schmerzliche Note.

»Das sind einerseits wundervolle Neuigkeiten«, schrieb Mrs Cupp, »und doch sind Jane und ich ein wenig traurig, denn das wird ja unweigerlich eine große Veränderung sein, wenn wir an einem Ort leben, zu dem Sie nicht mitkönnen – wenn ich mir die Freiheit gestatten darf, Miss. Mein Bruder William ist in Australien zu einigem Geld gekommen; aber er hatte immer Heimweh nach dem Alten Land, wie er England immer nennt. Seine Frau war in der Kolonie geboren, und als sie vor einem Jahr starb, beschloss er, nach Hause zurückzukehren und in Chichester zu leben, wo er geboren war. Er behauptet, es gäbe einfach nichts Größeres, als in einer Stadt mit Kathedrale zu leben. Er hat sich etwas außerhalb der Stadt ein schönes Haus mit einem großen Garten gekauft und möchte, dass ich und Jane dort mit ihm zusammenleben. Er sagt, er habe sein ganzes Leben lang hart gearbeitet, jetzt wolle er es sich schön machen und seine Zeit nicht mit Haushaltsdingen vertun. Er verspricht, gut für uns beide zu sorgen, und möchte, dass wir das Haus in der Mortimer Street verkaufen und so schnell wie möglich zu ihm kommen. Aber Sie werden uns *gewiss* fehlen,

Miss. Und obwohl ihr Onkel William uns mit Annehmlichkeiten lockt und uns alles recht zu machen versucht und Jane ihm für seine Freundlichkeit dankbar ist, brach sie letzte Nacht zusammen, weinte bitterlich und sagte zu mir: ›O Mutter, wenn Miss Fox-Seton mich doch einfach als Hausangestellte nehmen könnte, nichts wäre mir lieber. Annehmlichkeiten können das Herz nicht satt machen, Mutter, und ich habe Miss Fox-Seton auf eine Weise gerne, die für meine Position vielleicht nicht recht angemessen ist.‹ Aber jetzt haben wir Männer im Haus, die sich um die Einrichtung kümmern, Miss, und wir wollen wissen, was wir mit den Sachen in Ihrem Schlaf-Wohnzimmer machen sollen.«

Die treue Freundlichkeit von Miss und Mrs Cupp und der bescheidene türkischrote Komfort in ihrem Schlaf-Wohnzimmer hatten Emily Fox-Seton immer das Gefühl gegeben, ein Zuhause zu haben. Wenn sie den anstrengenden Einkaufstouren, den kleinen Demütigungen und Strapazen den Rücken kehren und sich um ihre müden Füße kümmern konnte, ging sie in ihr Schlaf-Wohnzimmer, zu dem heißen kleinen Feuer, dem kleinen dicken schwarzen Kessel auf der Herdplatte und dem billigen Teeservice. Da sie nicht dazu neigte, sich um ungelegte Eier zu sorgen, hatte sie auch noch nie über die traurige Möglichkeit nachgedacht, man könnte ihr dieses Refugium nehmen. Sie hatte sich noch nie darüber Gedanken gemacht, dass sie tatsächlich keinen anderen Platz auf der Erde hatte.

Wie sie nun durch die sonnengewärmte Heide spazierte und dem behaglichen Summen der Bienen lauschte, dachte sie mit jäh erwachtem Realitätssinn über diese Tatsache nach. Als der Gedanke in ihrer Seele angekommen war, füllten ihre Augen sich mit dicken Tränen. Sie liefen ihr über die Wangen, fielen auf die Brust ihrer Leinenbluse und hinterließen Flecken.

»Ich muss irgendwo ein neues Schlaf-Wohnzimmer finden«, sagte sie und holte so tief Luft, dass ihre Leinenbluse sich hob. »Das wird so anders sein, wenn ich mit Fremden in einem Haus wohnen muss – Mrs Cupp und Jane!« Jetzt musste sie ihr Taschentuch zücken. »Ich fürchte, für zehn Schillinge die Woche werde ich kaum etwas Anständiges finden. Es war so billig. Und sie waren so nett.«

Die ganze Müdigkeit, die sie in der Früh verspürt hatte, war wieder da. Ihre Füße begannen zu brennen und zu schmerzen, und die Sonne fühlte sich unerträglich heiß an. Ihr Blick war so verschleiert, dass sie kaum den Weg vor sich sehen konnte. Ein ums andere Mal stolperte sie.

»Das fühlt sich weiter an als vier Meilen«, sagte sie. »Und dann noch der Rückweg. Ich bin *so* müde. Aber ich muss weiter, es hilft ja nichts.«

SECHSTES KAPITEL

Die Fahrt zu den Ruinen war ein großer Erfolg gewesen und der Ausflug gerade lang genug, um die Gäste bei Laune zu halten, ohne sie zu ermüden. Als die Gruppe zum Mittagessen zurückfuhr, hatten alle einen gesunden Appetit. Lady Agatha und Miss Cora Brooke hatten rosige Wangen. Der Marquis von Walderhurst hatte sich beiden gegenüber sehr charmant gezeigt. Er hatte einer jeden beim Klettern in den Ruinen geholfen und sie dann beide die steile, dunkle Treppe eines der Türme hinaufbegleitet, wo sie von oben über das Mäuerchen in den Hof und den Burggraben hinuntersahen. Er kannte sich in der Schlossgeschichte aus, konnte ihnen zeigen, wo früher der Speisesaal, die Kapelle und die Zimmer der Bediensteten gelegen waren, und wusste über die Verliese alte Geschichten zu erzählen.

»Bei ihm kommt jede mal an die Reihe«, sagte Miss Cora Brooke. »Gestern hat er sich sogar um die arme Emily Fox-Seton gekümmert. Er ist wirklich sehr nett.«

Nach ihrer Rückkehr wurde beim Mittagessen viel gelacht. Miss Cora Brooke tat sich mit dem Erzählen lustiger kleiner Einfälle hervor. Sie war zwar redegewandter als Lady Agatha, sah aber nicht so gut aus. Der Brief aus der Curzon Street hatte die Schönheit nicht in Tränen ausbrechen lassen. Als man ihn ihr nach ihrer Rückkehr ausgehändigt hatte, war ihre Miene in sich zusammengefallen, und sie war recht schleppenden Schrittes auf ihr Zimmer gegangen und hatte den Brief mitgenommen. Doch zum Mittagessen war sie wie ein Elfchen hinuntergeschwebt.

Ihr hübsches kleines Gesicht war von einer Art bebendem Strahlen erfüllt. Über jede amüsante Bemerkung lachte sie wie ein kleines Kind. Sie sah eher wie eine Zehnjährige aus und nicht wie zwanzig; ihre Gesichtsfarbe, ihre Augen, ihr Geist – alles wirkte so frisch und kindlich.

Sie saß im Stuhl zurückgelehnt und ließ bei einer von Miss Brookes geistreichen Bemerkungen ihr hinreißendes Lachen ertönen, als Lord Walderhurst, der neben ihr saß, plötzlich mit suchendem Blick in die Runde sagte:

»Aber wo ist denn Miss Fox-Seton?«

Es war wahrscheinlich bezeichnend, dass bisher niemand ihre Abwesenheit bemerkt hatte.

Lady Maria wusste die Antwort.

»Ich schäme mich fast, die Frage zu beantworten«, sagte sie. »Wie ich schon gesagt habe, Emily Fox-Seton ist zum Leitstern meines Lebens geworden. Ohne sie kann ich nicht leben. Sie ist nach Maundell gelaufen, um dafür zu sorgen, dass wir heute Abend bei der Dinnerparty nicht auf Fisch verzichten müssen.«

»Sie ist nach Maundell *gelaufen*?«, fragte Lord Walderhurst. »Nach der Anstrengung von gestern?«

»Es standen keine zwei Räder mehr im Stall«, antwortete Lady Maria. »Es ist beschämend, gewiss; aber sie ist gut zu Fuß und sagte mir, sie fühle sich nicht zu müde dazu. Das zählt zu den Dingen, für die man ihr das Victoriakreuz verleihen müsste – dass sie uns vor einer Dinnerparty ohne Fisch bewahrt.«

Der Marquis von Walderhurst griff nach dem Monokelband und klemmte sich das Glas fest ins Auge.

»Nicht nur, dass es vier Meilen bis nach Maundell sind«, sagte er und starrte dabei auf das Tischtuch, ohne Lady Maria anzusehen, »es sind auch vier Meilen zurück.«

»Was für ein bemerkenswerter Zufall«, sagte Lady Maria.

Die Gespräche gingen weiter, es wurde gelacht und gegessen; aber aus einem Grund, der nur ihm bekannt sein dürfte, beendete Lord Walderhurst seine Mahlzeit. Ein paar Sekunden starrte er auf die Tischdecke, dann schob er das Kotelett beiseite, das er schon fast aufgegessen hatte, und erhob sich ruhig von seinem Stuhl.

»Entschuldige, Maria«, sagte er, verließ ohne ein weiteres Wort den Raum und ging hinüber zu den Ställen.

Es gab hervorragenden Fisch in Maundell – Batch beeilte sich, ihn ihr zu zeigen –, frisch, fest und appetitlich. Wäre Emily in ihrer üblichen Verfassung gewesen, hätte sie sich sehr über den Anblick gefreut und die vier Meilen Rückweg nach Mallowe hochbeglückt zurückgelegt. Sie hätte sich unterwegs ausgemalt, wie erfreut und erleichtert Lady Maria sein würde und sich damit den Rückweg verkürzt und verzaubert.

Aber Mrs Cupps Brief lag schwer wie Blei in ihrer Tasche. Er hatte ihr so viel Stoff zum Nachdenken gegeben, dass sie beim Laufen keine Augen mehr hatte für Heide und Bienen und sommerblauen Himmel mit Schäfchenwölkchen, und sie fühlte sich so erschöpft, wie sie es auf ihren Märschen durch die Straßen von London noch nie gewesen war, nicht soweit sie sich erinnern konnte. Jeder Schritt schien sie nur weiter von den wenigen Quadratmetern ihres Schlaf-Wohnzimmers zu entfernen, das sie bei den Cupps ihr Zuhause genannt hatte. Jeden Augenblick wurde ihr stärker bewusst, dass dies ihr Zuhause gewesen war – ihr eigenes Zuhause. Was sicherlich nicht so sehr an dem Hinterzimmer im zweiten Stock selbst gelegen hatte, als vielmehr an dem Umstand, dass die Cupps dort lebten – für die sie eine Art Besitz gewesen war und die ihr gerne zu Diensten gewesen waren, aus echter Zuneigung heraus.

»Ich werde mir einen neuen Platz suchen müssen«, sagte sie sich immer wieder. »Ich werde bei wildfremden Menschen wohnen müssen.«

Plötzlich trat ihr auf eine ganz neue Weise ins Bewusstsein, dass sie mittellos war. Noch ein Anzeichen dafür, wie seltsam hart dieser einfache Schicksalsschlag sie getroffen hatte. Für einen Augenblick fühlte es sich fast so an, als gebe es keine anderen Pensionen in London, obwohl sie wusste, in Wahrheit gab es Zehntausende. Doch auch wenn es irgendwo vielleicht noch andere Cupps gab – wenngleich sie anders hießen –, konnte sie dennoch nicht glauben, dass ihr etwas derart Gutes noch einmal passieren könnte. Schon vor der Lektüre des Briefes war sie körperlich erschöpft gewesen, aber jetzt fühlte sie sich so müde und kraftlos, dass sie gar nicht mehr auf die Füße kam. Sie war ein wenig überrascht, als sie spürte, wie ihre Augen sich mit Tränen füllten, die dick und schwer auf ihre Wangen tropften. Sie musste oft ihr Taschentuch hervornehmen, als habe sie plötzlich eine Erkältung bekommen.

»Ich muss aufpassen«, sagte sie einmal recht prosaisch, aber doch mit mehr Pathos in der Stimme, als ihr bewusst war, »sonst wird meine Nase noch ganz rot.«

Batch hatte zwar genug Fisch im Angebot, konnte ihn

aber leider nicht nach Mallowe liefern. Sein Karren war kurz vor der Ankunft von Miss Fox-Seton zu einer Auslieferungsrunde aufgebrochen, und niemand konnte sagen, wann er zurückkehren würde.

»Dann muss ich den Fisch eben selbst tragen«, sagte Emily. »Sie können ihn in einen sauberen Korb packen.«

»Das tut mir sehr leid, Miss, das tut es wirklich, Miss«, sagte Batch und wirkte elend und betrübt.

»Der Korb wird nicht so schwer sein«, erwiderte Emily. »Und Ihre Ladyschaft braucht den Fisch doch unbedingt für ihre Dinnerparty.«

Also machte sie kehrt, um mit einem Korb voll Fisch am Arm erneut das Moor zu durchqueren. Und sie fühlte sich dabei so jämmerlich unglücklich, dass sie glaubte, der Geruch von frischem Fisch werde sie für den Rest ihres Lebens traurig stimmen. Sie hatte von Leuten gehört, die der Duft einer Blume oder der Klang einer Melodie traurig stimmte, aber in ihrem Fall würde es der Geruch von frischem Fisch sein. Wäre sie ein Mensch mit Sinn für Humor, hätte sie vielleicht gemerkt, dass man darüber auch ein bisschen lachen könnte. Aber humorvoll war sie nicht, und im Augenblick …

Oje, ich muss mir ein neues Zimmer suchen, dachte sie, dabei habe ich doch so viele Jahre in meinem Kabäuschen gewohnt.

Es wurde immer heißer in der Sonne, und ihre Beine wurden so müde, dass sie nur noch schleppend einen Fuß vor den anderen setzen konnte. Sie hatte vergessen, dass sie mit leerem Magen aus Mallowe weggegangen war und hätte in Maundell wenigstens eine Tasse Tee trinken sollen. Und noch ehe sie eine Meile des Rückweges zurückgelegt hatte, merkte sie, wie schrecklich hungrig sie war und wie schwach sie sich fühlte.

Hier gibt es nicht einmal ein Cottage, in dem ich ein Glas Wasser bekommen könnte, dachte sie.

Der Korb, der eigentlich vergleichsweise leicht war, begann immer schwerer an ihrem Arm zu ziehen, und nach einiger Zeit war sie sicher, dass die brennende Stelle an ihrer linken Ferse eine Blase sein musste, die sie sich in ihrem Schuh gelaufen hatte. Was tat das weh, und wie war sie müde – über die Maßen müde! Und wenn sie erst von Mallowe wieder fortging – diesem wundervollen, luxuriösen Mallowe –, würde sie nicht in ihr Zimmerchen zurückkehren, das nach dem Hausputz im Herbst wieder ganz sein würde und in dem die Cupps auch ihre türkischroten Vorhänge und Möbelhussen gewaschen und gebügelt haben würden –, sie wäre gezwungen, sich im erstbesten Zimmer zu verkriechen, das sie finden konnte. Und Mrs Cupp und Jane wären dann schon in Chichester.

»Aber was für ein Glück das doch für sie ist!«, murmelte sie. »Sie müssen sich nie wieder um ihre Zukunft sorgen. Wie – wie wundervoll muss das sein, wenn man weiß, dass man vor der Zukunft keine Angst zu haben braucht! Ich – ja, ich glaube, ich – muss mich wirklich setzen.«

Sie setzte sich ins sonnenwarme Heidekraut und ließ das tränennasse Gesicht in ihre Hände fallen.

»Ogottogott!«, rief sie hilflos aus. »Ich darf das nicht machen. Ich darf das nicht. Ogottogott!«

Das Schwächegefühl war so überwältigend, dass sie nur noch daran dachte, wie sie wieder Herrin über ihren Körper werden konnte. Auf dem weichen Moorboden machten die Wagenräder nicht das geringste Geräusch. Und so kam es, dass ein Leiterwagen heranbrauste und fast schon auf ihrer Höhe angelangt war, als sie voller Schreck den Kopf hob, da sie ihn in dem Augenblick überhaupt erst wahrgenommen hatte.

Es war Lord Walderhursts Wagen, und während sie ihn nur mit vor Schreck geweiteten, nassen Augen anstarrte, stieg Seine Lordschaft vom Wagen und machte seinem Lakai ein Zeichen, woraufhin dieser ungerührt weiterfuhr.

Emilys zitternde Lippen versuchten zu lächeln, sie streckte die blind tastende Hand nach dem Fischkorb aus, und als sie ihn gefunden hatte, erhob sie sich.

»Ich – ich habe mich hingesetzt, um ein wenig auszuruhen«, stotterte sie fast schon entschuldigend. »Ich bin bis Maundell gelaufen, und es war so heiß.«

Genau in dem Augenblick erhob sich ein kleines Lüftchen und strich über ihre Wangen. Sie war so dankbar, dass ihr das Lächeln schon nicht mehr so schwerfiel.

»Ich habe bekommen, was Lady Maria so dringend gebraucht hat«, setzte sie hinzu, und das kindliche Grübchen in ihren Wangen strafte den Ausdruck ihrer Augen Lügen.

Der Marquis von Walderhurst sah sie recht merkwürdig an. Emily hatte ihn noch nie so gesehen. Er fackelte nicht lange, holte einen silbernen Flachmann aus der Tasche und goss ein wenig des Inhalts in den Deckel.

»Das ist Sherry«, sagte er. »Bitte trinken Sie das. Sie sind ja ganz geschwächt.«

Sie streckte gierig die Hand aus. Sie konnte nicht widerstehen.

»Oh, ich danke Ihnen – danke vielmals!«, sagte sie. »Ich bin *so* durstig!« Und sie trank es, als sei es Ambrosia.

»Und jetzt, Miss Fox-Seton«, sagte er, »setzen Sie sich bitte wieder hin. Ich kam her, um Sie nach Mallowe zurückzufahren, und der Wagen wird nicht vor einer Viertelstunde zurück sein.«

»Sie sind meinetwegen hergekommen!«, rief sie und erschauderte geradezu vor Ehrfurcht. »Aber wie freundlich von Ihnen, Lord Walderhurst, was für ein guter Mensch Sie sind!«

Das war die überraschendste und erstaunlichste Erfahrung ihres Lebens, und sie erklärte sich die Sache sogleich damit, dass sein Kommen eigentlich einer interessanteren Person als Emily Fox-Seton gelten musste. Oh! – ein Gedanke schoss ihr durch den Kopf – er war bestimmt wegen Lady Agatha gekommen.

Er bat sie, sich wieder ins Heidekraut zu setzen, und nahm neben ihr Platz. Er sah ihr direkt in die Augen.

»Sie haben geweint«, bemerkte er.

Leugnen war sinnlos. Aber was lag da für ein Glanz in dem guten, grau-braunen Auge, das sie durchs Monokel anstarrte? Es rührte sie, denn es lag eine solche Freundlichkeit darin, und dann noch ein – ein ganz neues Gefühl?

»Ja, das habe ich«, gestand sie. »Das passiert mir nicht oft – aber – ja, es stimmt, ich habe geweint.«

»Weswegen denn?«

In diesem Augenblick hüpfte ihr das Herz ganz gewaltig in der Brust. Einen solchen Riesenhüpfer hatte sie noch nie verspürt. Vielleicht lag es daran, dass sie so müde war. Er hatte die Stimme gesenkt. Kein Mann hatte je so zu ihr gesprochen. Es fühlte sich an, als habe sie es nicht mit einer Persönlichkeit von Rang und Namen zu tun, sondern einfach bloß mit einem freundlichen Menschen – einem sehr freundlichen. Diese Freundlichkeit durfte sie nicht ausnutzen, indem sie ihre belanglosen Sorgen allzu sehr aufbauschte.

Sie versuchte ganz zwanglos zu lächeln.

»Oh, das war doch nicht der Rede wert, wirklich«, war ihr Versuch, die Sache zu verharmlosen, »aber es scheint doch wichtiger für mich zu sein, als es für jemanden wäre, der – der eine Familie hat. Die Leute, bei denen ich wohne – und die so gut zu mir waren –, sie ziehen fort.«

»Die Cupps?«, fragte er.

Sie fuhr herum und sah ihn an.

»Wie das?«, stammelte sie. »Sie wussten Bescheid?«

»Maria hat es mir erzählt«, antwortete er. »Ich hatte sie gefragt.«

Offenbar brachte er ihr ein aufrichtiges menschliches Interesse entgegen. Das ging ihr nicht in den Kopf. Dabei hatte sie doch geglaubt, er nehme von ihrer Existenz gar keine Notiz. Sie sagte sich, dass das oft so war: Die Menschen waren viel freundlicher, als man dachte.

Sie spürte, wie ihre Augen feucht wurden, starrte unverwandt ins Heidekraut und versuchte, ihre Tränen wegzublinzeln.

»Ich freue mich aufrichtig«, beeilte sie sich zu sagen. »Das ist ein großes Glück für sie. Der Bruder von Mrs Cupp hat ihnen ein schönes Zuhause angeboten. Sie werden sich nie wieder Sorgen machen müssen.«

»Aber sie werden aus der Mortimer Street ausziehen – und dann müssen Sie Ihr Zimmer aufgeben.«

»Ja. Ich muss mir ein anderes suchen.« Eine dicke Träne hatte den Kampf mit ihr gewonnen und kullerte glitzernd die Wange hinunter. »Ich kann vielleicht ein Zimmer finden, aber – was ich nicht finden kann…« Sie musste sich räuspern.

»Haben Sie deshalb geweint?«

»Ja.« Dann saß sie reglos da.

»Sie wissen nicht, wo Sie wohnen sollen?«

»Nein.«

Sie sah gerade vor sich hin und versuchte so tapfer, Zurückhaltung zu wahren, dass sie nicht bemerkt hatte, dass er näher an sie herangerückt war. Doch kurz darauf merkte sie es doch, denn da hatte er schon ihre Hand ergriffen. Und fest um die ihre geschlossen.

»Sagen Sie« sagte er, »also in Wahrheit bin ich hergekommen, weil ich Sie fragen wollte – ob Sie mit mir kommen und bei mir leben wollen?«

Ihr stand das Herz still – vollkommen still. Man erzählte sich so viele schreckliche Geschichten über London und darüber, was Männer seines Ranges schon alles getan hatten – Geschichten von Vergehen, Wahnsinnstaten, Grausamkeiten. Vieles davon war ein offenes Geheimnis. Manchen Männern wurden schlimme Dinge vorgeworfen, aber nach außen hin hielten sie eine Fassade der Ehrbarkeit aufrecht. Hart war das Leben von Frauen aus gutem Hause, die ums Überleben kämpfen mussten. Mitunter kamen selbst die Besten unter die Räder, denn die Versuchung war groß. Aber sie hätte nie gedacht – nicht im Traum wäre ihr eingefallen…

Sie erhob sich und stellte sich aufrecht vor ihn hin. Er erhob sich ebenfalls, und da sie eine hochgewachsene Frau war, trafen ihre Blicke sich auf gleicher Höhe. Emilys große, ehrliche Augen waren weit aufgerissen, kristallklare Tränen schwammen darin.

»Oh!«, sagte sie in hilfloser Qual, »oh!«

Das war wahrscheinlich das Wirkungsvollste, was eine Frau je getan hat. Es war so schlicht, dass es einem das Herz zerriss. Sie würde nicht ein Wort herausgebracht haben. Lord Walderhurst war mächtig, er war eine bedeutende Persönlichkeit, und sie selbst hatte keine Unterstützung und keine Bleibe.

Nach dieser Begebenheit wurde Emily Fox-Seton noch oft eine Schönheit genannt, und sie hatten ohne Zweifel schöne Stunden, aber Walderhurst hatte ihr nie gesagt, dass der schönste Augenblick ihres Lebens ohne Zweifel jener gewesen war, in dem sie mit hängenden Armen im Heidekraut stand, groß und aufrecht und schlicht, und ihn mit großen, tränennassen Haselaugen ansah. In der Weiblichkeit dieser ehrlichen Hilflosigkeit lag ein Appell an die männliche Urnatur, der nicht ganz von dieser Welt schien. Für ein paar Sekunden standen sie einfach da und blickten einander in die Seele – der sonst ganz unerleuchtete Adelige und die prosaische junge Frau, die in einem Hinterzimmer im zweiten Stock eines Hauses in der Mortimer Street wohnte.

Doch dann – und zwar schon bald – trat ein Leuchten in seine Augen, und er tat einen Schritt auf sie zu.

»Um Himmels willen!«, rief er aus. »Ja, was glauben Sie denn, worum ich Sie da bitte?«

»Ich ... ich weiß es nicht«, antwortete sie, »ich weiß es nicht.«

»Mein liebes Mädchen«, sagte er, vielleicht ein klein wenig verärgert. »Ich habe gerade um Ihre Hand angehalten – und ich frage Sie, ob Sie mit mir kommen und bei mir leben wollen, in einer ganz und gar ehrbaren Weise, als die Marquise von Walderhurst.«

Emily legte die Fingerspitzen auf die Brust ihrer braunen Leinenbluse.

»Sie ... Sie fragen ... mich?«

»Ja«, antwortete er. Ihm war das Monokel aus dem Auge gefallen, er nahm es hoch und klemmte es sich wieder ins Auge. »Da kommt Black mit dem Wagen«, sagte er. »Ich werde mich auf unserer Fahrt zurück nach Mallowe noch deutlicher erklären.«

Der Fischkorb wurde in den Wagen gehoben und Emily Fox-Seton hineingesetzt. Dann stieg auch der Marquis ein und nahm seinem Pferdeknecht die Zügel ab.

»Und du, Black, du läufst nach Hause«, sagte er, »da lang«, und machte ein Handzeichen in die entgegengesetzte Richtung.

Als sie über die Heide fuhren, zitterte Emily leicht, vom Scheitel bis zur Sohle. Sie hätte keiner Menschenseele erklären können, was sie fühlte. Nur eine Frau, die so gelebt hatte, wie sie gelebt hatte, und die so erzogen wurde, wie sie erzogen wurde, hätte das empfinden können. Das Wunderbare, das ihr da gerade widerfahren war, war so unerhört und so unverdient, sagte sie sich. Es war so unglaublich, und obgleich sie vor sich den hoch erhobenen Kopf einer herrlichen grauen Stute und Lord Walderhurst an ihrer Seite hatte, fühlte es sich an wie ein Traum. Die Männer hatten nie irgendwelche »Sachen« zu ihr gesagt, und jetzt tat es doch einer – nämlich der Marquis von Walderhurst. Was er sagte, war zwar nicht gerade das, was jeder Mann sagte oder was jedermanns Art war, aber es berührte ihre Seele so sehr, dass sie vor Freude zitterte.

»Ich bin nicht für die Ehe gemacht«, sagte Seine Lordschaft, »aber ich muss heiraten, und Sie sind mir lieber als jede Frau, die ich je kennengelernt habe. Im Allgemeinen mag ich Frauen nicht. Ich bin ein selbstsüchtiger Mann, und ich will eine selbstlose Frau. Die meisten Frauen sind gerade so selbstsüchtig wie ich. Was Maria mir über Sie erzählt hat, war mir sympathisch. Seit ich hier zu Besuch bin, beobachte ich Sie immerzu, Sie gehen mir nicht mehr aus dem Sinn. Sie machen sich bei allen nützlich und sind so bescheiden, dass Sie das nicht einmal merken. Sie sind eine schöne Frau und achten stets darauf, dass die anderen Frauen gut aussehen.«

Emily schnappte kurz nach Luft.

»Aber Lady Agatha«, sagte sie. »Ich war mir sicher, dass Sie Lady Agatha …«

»Ich will kein junges Mädchen«, erwiderte Seine Lordschaft. »Mit einem jungen Mädchen würde ich mich zu Tode langweilen. Ich will für niemanden das Kindermädchen spielen, ich bin vierundfünfzig Jahre alt. Was ich brauche, ist eine Gefährtin.«

»Aber ich bin *überhaupt nicht* klug«, sagte Emily mit zittriger Stimme.

Der Marquis drehte sich auf dem Fahrersitz um und sah sie an. Er sah sie mit einem wirklich überaus netten Blick an. So nett, dass Emilys Wangen sich röteten und ihr schlichtes Herz zu klopfen begann.

»Du bist die Frau, die ich will«, sagte er. »Bei dir werde ich richtig sentimental.«

Als sie in Mallowe ankamen, hatte Emily den Rubin am Finger, den Lady Maria ihr so plastisch mit den Worten beschrieben hatte: »groß wie ein Hosenknopf«. Er war in der Tat so groß, dass sie sich kaum mehr ihren Handschuh überstreifen konnte. Sie glaubte immer noch nicht recht daran, aber sie blühte auf wie eine langstielige Rose. Lord Walderhurst hatte so viele »Sachen« zu ihr gesagt, dass ihr schien, sie schaue einen neuen Himmel und eine neue Erde. Das alles hatte sie derart aus der Fassung gebracht, dass sie nach dem ersten Japsen nach Luft noch nicht recht die Zeit gefunden hatte, über Lady Agatha nachzudenken.

Als sie in ihrem Schlafzimmer ankam, stand sie bei der Erinnerung daran schon bald wieder mit beiden Beinen auf dem Boden. Keiner hätte sich das träumen lassen – keine von ihnen beiden. Was sollte sie Lady Agatha sagen? Was würde Lady Agatha ihr antworten? Es war schließlich nicht ihre Schuld – sie hätte sich nie träumen lassen, dass so etwas überhaupt möglich wäre. Wie hätte sie auch – oh, wie hätte sie!

Sie stand im Zimmer und rang die Hände. Da klopfte es an der Tür, und Lady Agatha trat ein.

»Es ist etwas sehr Schönes passiert«, sagte sie.

»Etwas sehr Schönes?«, wiederholte Emily wie ein Echo.

Lady Agatha setzte sich. In der Hand hielt sie einen halb zusammengefalteten Brief aus der Curzon Street.

»Ich habe einen Brief von Mama erhalten. Es schickt sich fast nicht, so früh schon darüber zu reden, aber wir beide haben über so viele Dinge miteinander gesprochen, und Sie sind so freundlich, dass ich es Ihnen selbst erzählen möchte. Sir Bruce Norman hat mit Papa gesprochen – über mich.«

Emily hatte das Gefühl, bei ihr sei das Maß langsam voll.

»Er ist wieder in England?«

Agatha nickte sanft.

»Er ist nur fortgegangen, weil er – also er wollte erst

seine eigenen Gefühle prüfen, bevor er mir einen Antrag macht. Mama ist entzückt von ihm. Morgen fahre ich nach Hause.«

Emily wagte einen kleinen Vorstoß.

»Sie mochten ihn schon immer?«, fragte sie.

Es war bezaubernd mitanzusehen, wie Lady Agathas Wangen eine zarte Röte überzog.

»Ich war *ziemlich* untröstlich«, gestand sie und verbarg ihr hübsches Gesicht in den Händen.

Im Morgensalon sprach Lord Walderhurst mit Lady Maria.

»Du brauchst Emily Fox-Seton keine Kleider mehr zu schenken, Maria«, sagte er. »In Zukunft werde ich sie einkleiden. Ich habe um ihre Hand angehalten.«

Lady Maria schnappte kurz nach Luft, dann lachte sie.

»Ich muss schon sagen, James«, sagte sie, »du hast gewiss mehr Verstand als die meisten Männer deines Standes und Alters.«

TEIL ZWEI

ERSTES KAPITEL

In jener Zeit, in der Miss Emily Fox-Seton sich auf die außergewöhnliche Veränderung in ihrem Leben vorbereitete, die sie von einer sehr armen, hart arbeitenden Frau in eine der reichsten Marquisen von England verwandeln sollte, war Lord Walderhursts Cousine, Lady Maria Bayne, ungemein gut zu ihr. Sie stand ihr mit Rat zur Seite, und wenngleich man behaupten konnte, guter Rat koste den Geber nichts, gab es doch Umstände, in denen er für den Empfänger sehr wertvoll sein konnte. Und das war Lady Maria für Emily Fox-Seton, denn diese hatte große Mühe, sich an das gewaltige Vermögen zu gewöhnen, das ihr zugefallen war.

Es gab einen Satz, den Emily Fox-Seton immer wieder äußerte. Er brach aus ihr heraus, wenn sie alleine in ihrem Zimmer saß oder wenn sie sich auf dem Weg zu ihrer Schneiderin befand und manchmal auch, ganz zu ihrem Leidwesen, wenn sie mit ihrer früheren Gönnerin alleine war.

»Ich kann nicht glauben, dass das wahr sein soll! Ich kann es nicht glauben!«

»Das wundert mich nicht, meine Teuerste«, erwiderte Lady Maria, als sie es zum zweiten Mal hörte. »Aber unter den gegebenen Umständen musst du das einfach lernen.«

»Ja«, sagte Emily. »Ich weiß, dass ich das muss. Aber es

kommt mir vor wie ein Traum. Manchmal«, dabei fuhr sie sich mit einem kurzen Auflachen über die Stirn, »ist mir, als würde ich gleich aus diesem Traum erwachen, ich liege in meinem Zimmer in der Mortimer Street und Jane Cupp bringt mir meinen Morgentee. Und dann sehe ich die Tapete vor mir und die türkischroten Baumwollvorhänge. Einer von ihnen war ein paar Zentimeter zu kurz. Ich konnte es mir immer nicht leisten, noch ein Stück Stoff nachzukaufen, obwohl ich stets die Absicht dazu hatte.«

»Wie viel hat der Meter denn gekostet?«, fragte Lady Maria.

»Sieben Pence.«

»Und wie viele Meter hättest du gebraucht?«

»Zwei. Es hätte mich einen Schilling und zwei Pence gekostet, wie Sie sehen. Und ich konnte ja nun wirklich auch ohne auskommen.«

Lady Maria nahm ihre Lorgnette und betrachtete ihre *protégée* mit einem Interesse, das fast schon an Zuneigung grenzte: was für eine Freude für die alte Dame mit dem epikureischen Geist.

»Ich hätte nie vermutet, dass es so schlimm um dich stand, Emily«, sagte sie. »Das hätte ich mir nie träumen lassen. Du wirktest immer so erstaunlich gepflegt. Du warst wirklich sehr adrett – immer.«

»Ich war sehr viel ärmer, als alle dachten«, sagte Emily. »Mit den Problemen anderer Leute mag sich niemand befassen. Und wenn man seinen Lebensunterhalt auf eine Weise verdient, wie ich das tat, dann muss man einen angenehmen Eindruck hinterlassen, wissen Sie. Da darf man den anderen keinesfalls lästig werden.«

»Es zeugt von Klugheit, sich diese Tatsache klar vor Augen

zu halten«, sagte Lady Maria. »Du warst immer die Fröhlichste von allen. Das war auch einer der Gründe, warum Lord Walderhurst dich bewunderte.«

Die zukünftige Marquise wurde über und über rot. Lady Maria bemerkte, dass selbst ihr Hals rot anlief, und das amüsierte sie sehr. Sie fand es höchst erbaulich, dass man Emily so leicht zum Erröten bringen konnte, indem man den Namen ihres *fiancés* fallenließ, der ja auch schon ein reifer Mann war.

Es ist zauberhaft mitanzusehen, wie sie wegen ihres Gatten nahezu in Verzückung gerät, dachte die alte Dame bei sich. Ich glaube, sie ist verliebt in ihn, gerade wie ein Kindermädchen in den Metzgersburschen.

»Sehen Sie«, sagte Emily in ihrer netten, vertraulichen Art (in ihrer neuen Position war es eines ihrer überraschendsten Privilegien, dass sie die alte Dame jetzt zur Vertrauten nehmen konnte), »nicht nur das Leben von der Hand in den Mund machte mir Angst, sondern die Zukunft an sich!« (Lady Maria hatte durchaus eine Vorstellung von dem, was Emily ihr sagen wollte.) »Wenn eine Frau arm ist, kann niemand sagen, was die Zukunft ihr bringen wird. Dass wir älter werden, wissen wir alle – vielleicht ist man nicht mehr ganz gesund, kann vielleicht nicht mehr so aktiv und guter Dinge sein – vielleicht kann man nicht mehr herumlaufen und Einkäufe erledigen, und es geht bergab mit einem – *was* soll man dann tun? Es ist harte Arbeit, Lady Maria, auch nur das kleinste Zimmer hübsch und instand zu halten und die einfachste Kleidung präsentabel zu machen, wenn man es nicht klug anstellt. Wäre ich klug, wäre alles ganz anders gewesen, wage ich zu behaupten. Manchmal bekam ich mitten in der Nacht eine solche Angst, wenn ich aufwachte und darüber nachdachte, wie es wohl sein wird, wenn ich erst fünfundsechzig Jahre alt bin. Da lag ich dann da und es schüttelte mich durch und durch, wissen Sie ...« Bei der Erinnerung daran wich ihr alle Farbe aus dem Gesicht ... »Ich hatte niemanden ... niemanden.«

»Und jetzt sind Sie die zukünftige Marquise von Walderhurst«, erwiderte Lady Maria.

Emily rang die Hände, die sie zuvor still im Schoß liegen hatte.

»Das ist ja gerade das Unglaubliche«, sagte sie, »und wofür ich gar nicht dankbar genug sein kann, ist dass, dass ...«, und wieder wurde sie über und über rot.

»Nenn ihn James«, warf Lady Maria ein, mit einer leicht verruchten, aber doch nett gemeinten witzigen Betonung. »Du wirst dich ja sowieso daran gewöhnen müssen, ihn manchmal in Gedanken ›James‹ zu nennen.«

Aber Emily nannte ihn nicht »James«. Die zarte Unschuld ihrer Gefühle für Lord Walderhurst war schon unglaublich. Inmitten ihres fassungslosen Staunens und der Freude über die materiellen Herrlichkeiten, die verlockend am Horizont prangten, war ihre Seele erfüllt von einer so edlen Zärtlichkeit, zart und kostbar wie die religiösen Gefühle eines Kindes. Es war eine Mischung aus tief empfundener Dankbarkeit und der arglosen Leidenschaft einer Frau, die bislang noch kein Erwachen der Gefühle gekannt hatte – einer Frau, die nicht auf die Liebe gehofft und sich auch nicht gestattet hätte, sich in Gedanken mit ihr zu befassen und daher kein klares Verständnis für die ganze Bedeutung ihrer Gefühle besaß. Der Versuch, ihre Gefühle zu erklären, wäre gewiss misslungen, aber das hatte sie auch gar nicht im Sinn. Hätte es ihr jemand übersetzt, der sich nicht ganz so schwer darin tat, die Dinge in Worte zu fassen, sie wäre überrascht und beschämt gewesen. Auch Lord Walderhurst wäre überrascht gewesen; und Lady Maria ebenso. Sobald sie alles begriffen hätte, würde die alte Dame leise gekichert haben, wie ältere Damen das nun einmal tun.

Als Miss Fox-Seton in die Stadt zurückging, zog sie zu Lady Maria in die South Audley Street. Die Zeit in der Mortimer Street gehörte, wie auch das Haus der Cupps, der Vergangenheit an. Jane und Mrs Cupp waren nach Chichester gegangen, Erstere hatte in ihrer ordentlichen Handschrift einen Brief hinterlassen, auf dem die Spuren von zwei oder drei Tränen deutlich zu erkennen waren. Jane äußerte darin voller Respekt ihre aufrichtige Begeisterung über die wunderbaren Neuigkeiten, die sie aus der *Modern Society* erfahren hatte, noch ehe Miss Fox-Seton sie ihr selbst mitteilen konnte.

»Ich fürchte, Miss«, schrieb sie gegen Ende ihres Briefes, »dass ich nicht genug Erfahrung habe, um einer Lady in hoher Stellung zu dienen, indes – ich hoffe, Sie denken jetzt nicht, dass ich mir mit meiner Bitte zu große Freiheiten herausnehme – sollte Ihre eigene Kammerzofe jemals den Wunsch verspüren, eine junge Frau bei sich zu haben, die ihr zuarbeitet, so wäre ich dankbar, wenn man meiner gedächte. Vielleicht ist es ja ein wenig eine Empfehlung für mich, dass ich Ihre Angewohnheiten kenne, gut mit der Nadel umgehen kann und die Arbeit mir Freude macht.«

»Ich würde Jane *so* gerne als Kammerzofe zu mir nehmen«, sagte Emily zu Lady Maria. »Was meinen Sie, sollte ich das tun?«

»Sie ist sicher mehr wert als ein halbes Dutzend kleiner

französischer Luder, die sich die Zeit damit vertreiben, gemeinsam mit den Dienstboten Ränke zu schmieden«, lautete Lady Marias scharfsichtiger Kommentar. »Ich würde für derlei sklavische Zuneigung einen Zusatzlohn von zehn Pfund im Jahr aussetzen, wäre sie in Vermittlungsbüros käuflich zu erwerben. Schick sie bei einem französischen Frisör in die Lehre, danach ist sie Gold wert. Vollkommene Ergebenheit wird das ehrgeizige Ziel ihres Lebens sein.«

Zu Jane Cupps großem Entzücken brachte die nächste Post ihr den folgenden Brief:

Liebe Jane,
wie schön von dir, mir einen so netten Brief zu schreiben, ich kann dir versichern, ich habe mich über alle deine guten Wünsche sehr gefreut. Ich denke, ich hatte großes Glück und bin wirklich selig. Ich habe mich mit Lady Maria Bayne beraten, und sie findet, ich könnte eine nützliche Kammerzofe aus dir machen, wenn ich dir Gelegenheit zu ein paar Unterrichtsstunden im Frisörhandwerk gäbe. Ich weiß genau, dass du mir treu und ergeben sein wirst, und dass ich gar keine vertrauenswürdigere junge Frau finden könnte. Falls deine Mutter dich entbehren kann, werde ich dich einstellen. Der Lohn wird sich auf fünfunddreißig Pfund im Jahr belaufen (zuzüglich Trinkgeld natürlich), ein Anfangsgehalt, das später, wenn du mit deinen Aufgaben besser vertraut bist, noch erhöht wird. Ich habe mich sehr darüber gefreut, dass es deiner Mutter so gut geht und sie wohlauf ist. Bitte grüße sie herzlich von mir,
Deine EMILY FOX-SETON.

Jane Cupp zitterte und wurde bleich vor Freude, als sie den Brief las.

»Oh, Mutter!«, rief sie aus, atemlos vor Glück. »Und wenn man bedenkt, dass sie just in diesem Augenblick fast schon eine Marquise ist! Ich frage mich, ob ich mit ihr zuerst nach Oswyth Castle gehen soll ... oder nach Mowbray ... oder nach Hurst?«

»Mein Gott, was hast du nur für ein Glück, Jane!«, sagte Mrs Cupp. »Falls du lieber Kammerzofe sein möchtest, statt in Chichester ein zurückgezogenes Leben zu leben. Du bist nicht *gezwungen*, eine Dienstelle anzutreten, das weißt du. Dein Onkel ist stets bereit, für dich aufzukommen.«

»Das weiß ich«, antwortete Jane, die ein bisschen nervös war, da sie fürchtete, man könnte sie daran hindern wollen, sich ihren lang gehegten Wunsch zu erfüllen. »Und das ist nett von ihm, und ich bin ihm dafür sicher sehr dankbar. Aber – auch wenn ich das in seiner Gegenwart nicht äußern würde, um seine Gefühle nicht zu verletzen – man ist doch unabhängiger, wenn man seinen Lebensunterhalt selbst verdient, und dann, weiß du, ist es weitaus lebendiger, einer adeligen Dame aufzuwarten und sie für den Salon und Feste und Pferderennen und derlei Dinge anzukleiden und mit ihr um die Welt zu reisen, an all die wundervollen Orte, an denen sie lebt oder an denen sie zu Besuch ist. Stell dir vor, Mutter, ich habe gehört, dass es selbst in den Räumen der Dienstboten fast so zugeht wie in denen der Herrschaft. Die Butler, Lakaien und Kammerzofen hochgestellter Persönlichkeiten haben schon so viel von der Welt gesehen und gute Manieren gelernt. Erinnerst du dich, wie ruhig und elegant Susan Hill war, die Kammerzofe von Lady Cosbourne? Sie ist in Griechenland gewesen und in

Indien. Wenn Miss Fox-Seton gerne reist, und Seine Lordschaft ebenso, wird man mich vielleicht zu allen möglichen wundervollen Orten mitnehmen. Stell dir das doch bloß einmal vor!«

In ihrer Aufregung umarmte sie Mrs Cupp kurz. Sie hatte immer in der Küche im Erdgeschoss eines Hauses in der Mortimer Street gelebt und keinen Anlass zur Hoffnung gehabt, sie jemals zu verlassen. Und jetzt das!

»Du hast recht, Jane«, sagte ihre Mutter und schüttelte den Kopf. »Dabei kann man nur gewinnen! Vor allem, wenn man jung ist. Da kann man nur gewinnen.«

Als die Verlobung des Marquis von Walderhurst – zum großen Entsetzen vieler – verkündet wurde, war Lady Maria in ihrem Element. Ihre Haltung gegenüber indiskreten oder taktlosen Fragenstellern war manchmal wirklich amüsant. Besonders, wie sie mit Lady Malfry umging, war eine köstliche Sache gewesen. Als Lady Malfry von der Verlobung ihrer Nichte erfuhr, erwachte in ihr natürlich ein echtes und artiges, wenn auch verspätetes Interesse. Sie warf sich ihr nicht an die Brust, ganz wie es die mondänen Tantchen in alten Komödien tun, sobald Aschenputtel zu Reichtum gelangt ist. Erst schrieb sie einen Glückwunschbrief, dann wurde sie in der South Audley Street vorstellig, und mit einer gewissen, nicht übertriebenen Selbstverständlichkeit stellte sie sich selbst und ihr Haus ihrer weiblichen Verwandtschaft zur Verfügung, sollte diese in der Zeit ihrer Vorbereitung auf das Dasein einer Marquise Protektion beanspruchen. Sie selbst hingegen hätte nicht genau zu erklären vermocht, wieso sie, noch ehe sämtliche Schritte durchlaufen waren und noch ehe ihr Besuch zur Hälfte vorüber war, Emilys Absicht, bei Lady Maria Bayne zu bleiben, und Lady Marias Absicht, sie bei sich zu behalten, verstanden hatte. Die Szene zwischen den dreien war viel zu subtil, als dass sie auf einer Bühne hätte Wirkung erzielen können, aber gut war sie trotzdem. Es ging im Wesentlichen um den Ausdruck leiser Anzeichen von Einbindung und Ausgrenzung, wahrscheinlich weitenteils auf telepathischem Wege; doch als es vorüber war, kicherte Lady Maria ein paarmal leise wie ein altes Vögelchen mit viel Humor, und Lady Malfry zog ziemlich verärgert von dannen.

Sie war so krätziger Laune, dass sie die Lider senkte und recht kühl am Sattel ihrer Nase entlang nach unten blickte, als ihr ältlicher kleiner Ehemann sie mit dümmlichem Grinsen fragte:

»Und, Geraldine?«

»Entschuldige«, erwiderte sie. »Ich verstehe nicht ganz.«

»Natürlich tust du das. Wie steht es mit Emily Fox-Seton?«

»Es geht ihr offenbar sehr gut, und sie ist sehr zufrieden, das ist doch normal. Wie sollte es auch anders sein? Lady Maria hat sie bei sich aufgenommen.«

»Das ist Walderhursts Cousine. Sieh an, sieh an! Eine sehr hohe Position für eine so junge Frau.«

»Ziemlich hoch«, stimmte Lady Malfry zu und errötete ein wenig. Ein gewisser Klang ihrer Stimme machte deutlich, dass die Diskussion beendet war. Sir George begriff, dass ihre Nichte nicht zu ihnen kommen würde und dass sie selbst von dieser sehr hohen Position nur geringfügig profitieren würden.

Emily ließ sich vorübergehend in der South Audley Street nieder, mit Jane Cupp als ihrer Kammerzofe. Sie sollte gewissermaßen von Lady Marias dürren alten Ärmchen zum Traualtar geführt werden. Die alte Gräfin genoss das Ganze mit gewohnt epikureischer Freude – Freude an den allzu offenkundig enttäuschten Müttern und Töchtern; an Walderhurst, der die Glückwünsche mit einer höflichen und ausdruckslosen Miene entgegennahm, die den Betrachter gewöhnlich verblüffte; an Emily, die von ihren Gefühlen überwältigt wurde und bei allem eine derartige Offenherzigkeit zeigte, dass sie jedes Herz gerührt haben dürfte, das nicht von Natur aus zu hart war, als dass es sich noch rühren ließe.

Wäre Emily nicht von Haus aus so bescheiden und so ungekünstelt im Geschmack, hätte sie am Prozess ihrer Verwandlung ihre wahre Freude haben können.

»Ich vergesse ständig, dass ich mir jetzt etwas leisten kann«, sagte sie zu Lady Maria. »Gestern bin ich ewig weit gelaufen, nur weil ich ein Stück Seide ausbessern wollte, und als ich müde war, bin ich in einen Penny-Bus gestiegen. Als mir schließlich die Idee kam, dass ich mir ja genauso gut auch einen Hansom hätte rufen können, war es schon zu spät. Glauben Sie« – ein wenig ängstlich –, »Lord Walderhurst könnte an so etwas Anstoß nehmen?«

»Vielleicht wäre es momentan nicht ganz unklug, wenn ich ein wenig darauf achtete, dass du deine Einkäufe mit der Kutsche erledigst«, antwortete Ihre Ladyschaft mit einem kleinen Grinsen. »Wenn du erst einmal Marquise bist, kannst du gerne deine Fahrten mit dem Penny-Bus zum Markenzeichen der außergewöhnlichen *insouciance* deines Charakters erheben, so du das möchtest. Ich könnte das nicht, denn sie ruckeln derart und halten abrupt, wenn die Leute einsteigen; aber du kannst das gerne machen, zum Zeichen deiner Originalität und Distinktion – sofern es dir Spaß macht.«

»Spaß macht mir das nicht«, sagte Emily. »Ich finde sie abscheulich. Ich habe immer davon geträumt, mir einen Hansom nehmen zu können. Was hab ich mich danach *gesehnt* – wenn ich müde war.«

Das Erbe, das die alte Mrs Maytham ihr hinterlassen hatte, hatte sie zu Geld gemacht und ein hübsches Sümmchen bei einer Bank angelegt. Da sie nun das Jahreseinkommen von zwanzig Pfund nicht länger sparen musste, war es klug, dieses Kapital für ihren gegenwärtigen Bedarf zu verwenden. Diese Tatsache war beruhigend. So konnte sie sich in relativer Unabhängigkeit auf die Veränderungen in ihrem Leben vorbereiten. Sie wäre gewiss unglücklich gewesen, wenn sie jetzt Gefälligkeiten hätte annehmen müssen. Das hätte sie kaum ertragen können. Aber in jenen Tagen schien alles sich verschworen zu haben, ihr das Leben angenehm zu machen und mit seligem Glück zu füllen.

Lord Walderhurst begann es Spaß zu machen, Emily und ihre Methoden zu beobachten. Er besaß in einigen Dingen eine große Selbstkenntnis und machte sich über seinen eigenen Charakter nur wenige Illusionen. Er hatte schon immer dazu geneigt, seine Gefühlswelt nüchtern zu betrachten; und in Mallowe hatte er sich ein ums andere Mal gefragt, ob nicht vielleicht die unangenehme Möglichkeit bestünde, dass der erste zarte Glanz seines Sommers in St. Martin allmählich verblasste und er das leise Gefühl nicht loswurde, nach seinem früher so regelmäßigen und vollkommen ichbezogenen Leben sei dieses neue jetzt ein wenig ermüdend und verwirrend. Vielleicht bildet ein Mann sich ja ein, dass er heiraten will, und merkt dann unter Umständen, dass es auch Dinge gibt, die dagegen sprechen – dass am Ende vielleicht sogar die Frau selbst, trotz aller wünschenswerten Eigenschaften, dagegen spricht –, dass jede Frau dagegen sprechen könnte, und dass es letztlich schwierig ist, sich mit dem Gedanken anzufreunden, dass die Frau dann ständig um einen herum sein wird. Es dürfte mit Sicherheit höchst unangenehm sein, wenn man zu diesem Schluss erst kommt, nachdem man sich verlobt hat. Über diesen Aspekt der ganzen Sache hatte Lord Walderhurst nachgedacht, *bevor* er auf der Suche nach Emily über die Heide gefahren war. Danach hatte er – wie es seinem Charakter im Innersten entsprach – einfach abgewartet, wie sich wohl alles entwickeln würde.

Als er nun Emily täglich in der South Audley Street begegnete, konnte er sich überzeugen, dass er sie immer noch mochte. Er war nicht intelligent genug, um sie analysieren zu können, also beobachtete er sie, und er betrachtete sie stets mit Neugierde und einem neuen Gefühl, das eher so etwas wie Freude war. Wenn er zu Besuch kam, lebte sie auf bei seinem Anblick, in einer Art, die selbst ein wenig phantasievoller Mann anziehend finden würde. Ihr Blick schien dann zärtlicher zu werden, und oft errötete sie und strahlte einen stillen Zauber aus. Ihm fiel auf, dass sie jetzt bessere Kleider trug, die öfter wechselten als in Mallowe. Einen noch aufmerksameren Beobachter hätte vielleicht die Vorstellung berührt, dass sie sich öffnete, Blütenblatt um Blütenblatt, und dass jedes sorgfältig ausgewählte Kleidungsstück ein weiteres Blatt war. Er ahnte nicht im Geringsten, dass die ehrfürchtige Beflissenheit, mit der sie auf sich achtete, die Hoffnung spiegelte, sich seiner Fähigkeiten und seines Geschmacks würdig zu erweisen.

Lord Walderhurst hatte eigentlich gar keine besonderen Fähigkeiten und auch keinen exquisiten Geschmack, das kam Emily nur so vor. Und so etwas kann, durch den ein oder anderen Zufall, auf einen Menschen so überzeugend wirken, dass es ein Gefühl namens Liebe weckt, und das ist nun wirklich von Bedeutung, denn es trägt – und zwar nicht im übertragenen Sinne – die Macht über Leben und Tod in sich. Manchmal spielt die Persönlichkeit eine Rolle, günstige Umstände sind immer hilfreich; doch das Ergebnis ist in allen Fällen das gleiche und bringt die Welt, in der dieses Gefühl lebendig ist, ins Wanken – solange es existiert. Emily Fox-Seton hatte sich auf eine tiefe und anrührende Weise in diesen nüchternen und höflichen Adeligen verliebt, und ihre ganze Weiblichkeit ging in ihrer Bewunderung für ihn auf. Ihre zarte Phantasie beschrieb ihn mit Adjektiven, denen kein anderer zugestimmt haben würde. Dass er sich so bereitwillig mit ihr abgab, war in ihren Augen Grund, ihn zu verehren. Das stimmte zwar nicht, aber für sie war es so. Eine Folge war, dass sie ihre Kleidung mit einer Feierlichkeit auswählte und einkaufte, dass es geradezu einer religiösen Zeremonie gleichkam. Ganz gleich, ob sie Modezeichnungen studierte und Lady Maria um Rat bat oder ein Kleid beim Schneider Ihrer Ladyschaft in Auftrag gab, sie hatte nie sich selbst vor Augen, sondern immer die Marquise von Walderhurst – eine Marquise von Walderhurst, die dem Marquis gefallen würde und mit der er zufrieden wäre. Was Sir Bruce Lady Agatha gab, war nicht das, was sie von Walderhurst erwartete.

Agatha und ihr Geliebter gehörten einer anderen Welt

an. Sie begegnete ihnen gelegentlich – nicht oft, denn die Selbstsucht der jungen Liebe nahm sie dermaßen in Beschlag, dass sie die Existenz anderer Menschen kaum mehr wahrnahmen. Heiraten wollten sie, und dann so schnell wie möglich ins Märchenland aufbrechen. Sie waren beide sehr reiselustig, und als sie das Schiff bestiegen, taten sie es in der Absicht, in aller Ruhe einmal um die Welt zu reisen, falls ihnen danach sein sollte. Sie konnten alles tun, was sie wollten, und waren einander vollauf genug, es sprach also nichts dagegen, jeder flüchtigen Laune zu folgen.

Aus Lady Claraways Gesicht waren die jüngsten Falten verschwunden, und sie besaß wieder die strahlende Schönheit, die ihre Töchter von ihr geerbt hatten. Diese wunderbare Hochzeit hatte alle Schwierigkeiten aus dem Weg geräumt. Sir Bruce war einer der »charmantesten Burschen von England«. Allein diese Tatsache wirkte offenbar wie ein Zauber. Sie mussten ja nicht ins Detail gehen und erzählen, wie sie mit den Handwerkern verhandelt und dem Leben in der Curzon Street einen ganz neuen Anstrich gegeben hatten. Als Agatha und Emily Fox-Seton sich erstmalig in der Stadt begegneten – im Salon der South Audley Street –, gaben sie einander die Hand, erstaunt über das völlig veränderte Aussehen der anderen.

»Sie sehen so … so *gut* aus, Miss Fox-Seton«, sagte Agatha mit aufrichtiger Zärtlichkeit.

Hätte sie nicht befürchtet, in ihrem Überschwang ein wenig grob zu erscheinen, hätte sie »hübsch« gesagt statt »gut«, denn Emily war zu einer zauberhaften Schönheit erblüht.

»Ihr Glück steht Ihnen gut«, setzte sie hinzu. »Darf ich Ihnen sagen, *wie glücklich* ich bin?«

»Danke, ich danke Ihnen!«, antwortete Emily. »Es ist, als wäre die ganze Welt wie verwandelt, nicht wahr?«

»Ja, alles.«

Sie standen da und blickten einander für ein paar Sekunden in die Augen, dann ließen sie mit einem leisen Lachen ihre Hände wieder los und setzen sich hin, um miteinander zu plaudern.

In Wahrheit sprach vor allem Lady Agatha, und Emily Fox-Seton ließ sie reden und spornte sie noch zu zarten Vertraulichkeiten an, denn sie war entzückt über alles, was ihr Leben in diesen Tagen in ein reines Glück verwandelte. Es war, als wäre ein Märchen aus uralter Zeit vor Emilys Augen aufgeführt worden. Agatha war zweifellos liebenswerter geworden, dachte sie: noch schöner sogar und gertenschlank; die Vergissmeinnichtaugen waren von einem fröhlicheren Blau, ganz wie ein Vergissmeinnicht, das am klaren Wasser blüht, blauer ist als eines, das bloß in einem Garten wächst. Sie wirkte vielleicht sogar ein wenig größer, und ihren kleinen, schmalen Kopf trug sie anmutiger, so das überhaupt möglich war, mehr einer Blume gleich. Zumindest dachte Emily das, und ihr Glück war umso größer, je mehr sie an ihre Phantasien glaubte. Nichts von dem, was Agatha über Sir Bruce erzählte, verwunderte sie. Sobald sie seinen Namen aussprach oder irgendeine seiner Taten erwähnte, trat ein Klang in ihre Stimme, der den zarten Hauch ihrer Wangenröte spiegelte. Im Umgang mit der Welt trug sie ihre gewohnt sanfte Gemütsruhe zur Schau, aber Emily Fox-Seton war nicht die Welt. Sie stand für etwas, das so grundlegend der Welt der Gefühle angehörte, dass ihr Herz mit ihr sprach und ihr zuhörte. Agatha war sich dessen bewusst, dass Miss Fox-Seton in

Mallowe – sie konnte nie verstehen, wie das mit solcher Selbstverständlichkeit geschehen konnte – einen Einblick in ihre Gefühlswelt getan hatte, wie niemand je zuvor. Bruce hatte sie später auch in ihr Inneres blicken lassen, aber nur ihn. Es hatte eine Art Vertrautheit zwischen den beiden Frauen gegeben, die geradezu etwas Intimes gehabt hatte, auch wenn keine von beiden schwärmerisch veranlagt war.

»Mama ist so glücklich«, sagte die junge Frau. »Das ist wirklich wundervoll. Und Alix und Hilda und Millicent und Eve auch. Oh, für sie sieht jetzt alles anders aus. Ich werde ihnen so viel Freude schenken können.« (Sie errötete zum Zeichen ihrer großen Zuneigung und Erleichterung.) »Jede junge Frau, die glücklich heiratet – und dabei eine gute Partie macht –, kann etwas Entscheidendes für ihre Schwestern tun, man darf sie nur nicht *vergessen*. Sehen Sie, ich habe allen Grund, sie nicht zu vergessen. Mittlerweile habe ich einige Erfahrung. Und Bruce ist so nett – und so lustig – und stolz, dass sie so hübsch sind. Stellen Sie sich doch nur vor, wie aufgeregt sie sein werden, wenn sie alle Brautjungfern sind! Bruce sagt, wir werden aussehen wie ein Garten voller Frühlingsblumen. Ich bin so froh« (plötzlich mit vor freudiger Erleichterung nahezu himmlisch strahlenden Augen), »dass er *jung* ist!«

Im nächsten Moment erstarb der Ausdruck himmlischer Erleichterung in ihren Augen. Dieser Ausruf war ihr ganz unwillentlich entschlüpft. Sie hatte sich an jene Tage erinnert, in denen sie es brav hingenommen hatte, dass es ihre Pflicht war, auf ein mögliches Lächeln von Lord Walderhurst zu warten, der zwei Jahre älter war als ihr Vater, und diese plötzliche Erkenntnis verwirrte sie. Es war taktlos von ihr, diesen Gedanken ausgesprochen zu haben, und sei es auch noch so indirekt.

Aber Emily Fox-Seton freute sich mit ihr, dass Sir Bruce so jung war, dass sie alle so jung waren, und dass das Glück gekommen war, bevor sie es müde wurden, darauf zu warten. Sie war selbst derart glücklich, dass sie nichts in Frage stellte.

»Ja, das ist schön«, antwortete sie und glühte vor aufrichtigem Mitgefühl. »Ihr werdet die gleichen Dinge tun wollen. Es ist so schön, wenn Eheleute die gleichen Dinge unternehmen wollen. Vielleicht möchten Sie ja viel ausgehen und reisen, und das könnten Sie ja nicht, wenn es Sir Bruce nicht auch gefiele.«

Ihr kam nicht in den Sinn, dass es auch eheliche Hausgemeinschaften gab, in denen das männliche Oberhaupt sehr fies werden konnte, weil man ihn zwang, Einladungen anzunehmen, die ihn langweilten, während die Frau und die Töchter gerne hingehen würden. Und sie dachte auch nicht mit einem unguten Gefühl des Bedauerns an eine Zukunft, in der sie zu Hause bleiben müsste, falls Lord Walderhurst nicht auswärts zum Dinner oder auf einen bestimmten Ball gehen wollte. Weit gefehlt. Sie freute sich einfach mit Lady Agatha, dass diese zweiundzwanzig war und einen Achtundzwanzigjährigen heiraten würde.

»Bei mir ist das anders«, erklärte sie anschließend. »Ich musste früher immer so hart arbeiten und so knapp kalkulieren, dass *alles* ein Vergnügen für mich sein wird. Allein schon zu wissen, dass ich nie verhungern oder im Arbeitshaus enden werde, ist eine derartige Erleichterung, dass ...«

»Oh!«, entfuhr es Lady Agatha ganz unwillkürlich, während sie Emilys Hand mit der ihren bedeckte, überrascht, dass diese so etwas als eine reale Möglichkeit darstellte.

Emily lächelte, als sie ihre Reaktion bemerkte.

»Vielleicht hätte ich das nicht sagen sollen. Ich vergaß. Aber solche Dinge können tatsächlich geschehen, wenn man zu alt zum Arbeiten ist und sich auf nichts und niemanden stützen kann. Sie können das kaum verstehen. Wenn man sehr arm ist, hat man Angst und kann gar nicht anders, als ab und an darüber nachzudenken.«

»Aber jetzt, jetzt! Wie anders ist doch jetzt alles!«, rief Agatha mit einer Aufrichtigkeit, die tief aus dem Herzen kam.

»Ja. Jetzt muss ich nie wieder Angst haben. Das macht mich so ... ich bin Lord Walderhurst so dankbar.«

Ihren Hals überzog ein rosa Hauch, als sie das sagte, ganz wie Lady Maria es schon bei früheren Gelegenheiten beobachtet hatte. So bescheiden diese Worte auch klangen, es lag Leidenschaft darin.

Als Lord Walderhurst eine halbe Stunde später ins Zimmer kam, stand sie lächelnd am Fenster.

»Sie sehen ganz besonders gut aus, Emily. Das liegt an dem weißen Kleid, nehme ich an. Sie sollten öfter Weiß tragen«, sagte er.

»Das mache ich gern«, antwortete Emily. Er bemerkte neben dem weißen Kleid auch die hübsche zarte Röte, die ihre Wangen überzog, und den sanften, einladenden Blick. »Ich wünschte ...«

Hier hielt sie inne, denn sie kam sich ein wenig dumm vor.

»Was wünschten Sie?«

»Ich wünschte, ich könnte mehr tun, um Ihnen zu gefallen, als bloß Weiß oder Schwarz zu tragen ... wenn Sie möchten.«

Er sah sie unablässig durch sein Monokel an. Sobald

auch nur ein klein wenig Emotionen und Gefühle ins Spiel kamen, wurde er immer ganz verstockt und schüchtern. Da er sich dessen bewusst war, verstand er nicht ganz, wieso ihm das im Falle von Emily Fox-Seton eher gefiel, wenn auch immer erst im Nachhinein, wobei ihm seine Unfähigkeit ein klein wenig absurd vorkam.

»Dann tragen Sie doch hin und wieder Gelb oder Rosa«, sagte er mit einem unbeholfenen Lachen.

Was für große, ehrliche Augen dieses Geschöpf doch hat, wie die Augen eines schönen Retrievers oder eines hübschen Tiers, das er einmal im Zoo gesehen hatte.

»Ich werde alles tragen, was Sie nur möchten«, sagte sie, und ihre hübschen Augen blickten in die seinen – überhaupt nicht dumm, dachte er, obwohl herzliche Frauen doch oft so dumm aussahen – »Ich werde alles tun, was Sie möchten – Sie wissen ja nicht, was Sie für mich getan haben, Lord Walderhurst.«

Sie rückten ein kleines Stückchen näher zueinander, dieses sprachlose Paar. Er ließ sein Monokel fallen und tätschelte ihre Schulter.

»Sag ›Walderhurst‹, oder ›James‹ oder … oder ›mein Lieber‹«, sagte er. »Wir werden heiraten, weißt du.« Und er ging sogar so weit, mit einer gewissen Zärtlichkeit ihre Wange zu küssen.

»Manchmal wünschte ich mir«, sagte sie gerührt, »es wäre noch Mode, ›My Lord‹ zu sagen, wie Lady Castlewood es im *Esmond* tat. Ich fand das immer schön.«

»Heutzutage sind Frauen ihren Ehemännern gegenüber nicht mehr so respektvoll«, erwiderte er mit seinem kurzen Lachen. »Und Männer werden nicht mehr solcherart verehrt.«

»Lord Castlewood wurde nicht gerade würdevoll behandelt, oder?«

Er kicherte ein wenig.

»Nein. Aber er hatte eine hohe Stellung unter der Regentschaft von Queen Anne. Jetzt haben wir eine Demokratie. Ich werde dich ›My Lady‹ nennen, wenn du möchtest.«

»Oh! Nein, nein!« – voller Inbrunst. »Das war nicht meine Absicht.«

»Das weiß ich«, beruhigte er sie. »Das ist nicht deine Art.«

»Wie *könnte* es das?«

»*Du* könntest es nicht«, meinte er sanft und freundlich. »Deshalb gefällst du mir.«

Dann begann er ihr seine Gründe zu erläutern, warum er sie ausgerechnet um diese Uhrzeit aufgesucht hatte. Er war gekommen, um sie auf einen Besuch der Osborns vorzubereiten, die gerade erst aus Indien zurückgekommen waren. Captain Osborn – oder vielmehr das Schicksal – hatte diese besondere Zeit für eine längere Freistellung vom Dienst gewählt. Sobald sie den Namen Osborn hörte, schlug Emilys Herz ein wenig schneller. Seit ihrer Verlobung hatte Lady Maria ihr natürlich viele Details erzählt. Alec Osborn war jener Mann, der, seit Lord Walderhurst Witwer wurde, in dem beständig wachsenden Glauben gelebt hatte, ihm könnte möglicherweise das ungeheure Glück widerfahren, den Titel und die Ländereien des letzten Marquis von Walderhurst zu erben. Er war kein naher Verwandter und doch der nächste in der Erbschaftsfolge. Der Mann war jung und stark, und Walderhurst war vierundfünfzig und nicht mehr sehr rüstig. Sein Arzt fand, dass er kein gesundes Leben führte, auch wenn er selten krank war.

»Der Gute wird keine hundertfünfzig werden, möchte ich doch behaupten.« Alec Osborn hatte das mehr im Scherz gesagt, nachdem das Abendessen ihm die Zunge gelockert hatte, und nicht allzu freundlich gegrinst dabei. »Das Einzige, was mir noch die letzten Illusionen rauben könnte, ist bei diesem Mann eher unwahrscheinlich. Er ist kein Gefühlsmensch, er ist besonnen, und er hält nichts von der Ehe. Sie können sich vorstellen, wie die Frauen hinter ihm her sind. Einen anderen Mann in dieser Position könnte man nicht alleine lassen. Aber die Ehe *gefällt* ihm nun mal nicht, und dieser Mann weiß recht gut, was ihm gefällt und was nicht. Sein einziges Kind ist gestorben, und wenn er nicht wieder heiratet, dann bin ich fein raus. Mein Gott! Dann wird alles anders!« Und das Grinsen wurde breiter.

Keine drei Monate nach dieser Äußerung war Lord Walderhurst Emily Fox-Seton in die Heide hinaus gefolgt, hatte sie dort mit schmerzenden Füßen und niedergeschlagen neben dem Fischkorb von Lady Maria sitzen sehen und um ihre Hand angehalten.

Als die Neuigkeit Alec Osborn erreichte, schloss er sich in seinem Zimmer ein und lästerte Gott, bis sein Gesicht purpur angelaufen war und dicke Schweißperlen daran herunterliefen. Das war schwärzestes Pech … das war schwärzestes Pech – und es schrie nach den schwärzesten Flüchen. Was sich die Möbelstücke in dem Raum in seinem Bungalow anhören mussten, war ziemlich erschreckend, aber für Captain Osborn dem Anlass angemessen.

Als ihr Ehemann an Mrs Osborn vorüberging, um in sein Zimmer zu gehen, machte sie keine Anstalten, ihm zu folgen. Sie waren erst zwei Jahre verheiratet, aber sie kannte dieses Gesicht nur zu gut, außerdem wusste sie genau, was der Zorn in den Worten zu bedeuten hatte, die er ihr zugeschrien hatte, als er auf sie zustürmte.

»Walderhurst wird heiraten!«

Mrs Osborn rannte auf ihr eigenes Zimmer, setzte sich hin und raufte sich die Haare, dann ließ sie ihr Gesicht in ihre kleinen dunklen Hände fallen. Sie war eine anglo-indische Frau, die nie ein Zuhause und in ihrem Leben nicht viel Glück gehabt hatte, und ihr größtes Unglück war es gewesen, dass ihre Verwandtschaft sie ausgerechnet in die Hände dieses Mannes gegeben hatte, in erster Linie weil er der nächste Verwandte von Lord Walderhurst war. Sie war eine lebhafte und aufgeschlossene Person und hatte sich auf ihre Weise in ihn verliebt. Ihre Familie war arm und von nicht sehr ehrbarer Reputation gewesen. Sie hatte ein Leben am Rande geführt, erfüllt von einer heftigen mädchenhaften Eitelkeit und der Sehnsucht nach gesellschaftlicher Anerkennung, ärmlich gekleidet, übergangen und herumgeschubst von genau jenen Leuten, die sie so gerne kennenlernen würde, hatte mitangesehen, wie andere junge Frauen, die weniger schön und temperamentvoll waren, von hübschen jungen Offizieren den Hof gemacht bekamen, während sie sich vor Enttäuschung, Neid und Bitterkeit auf die Zunge biss. Doch als Kapitän Osborn schließlich ein Auge auf sie warf und eine kleine Liebelei mit ihr anfing, geriet ihre Erleichterung und Begeisterung darüber, dass sie jetzt auch, ganz wie die anderen jungen Frauen, jemandem etwas bedeutete, zur Leidenschaft. Die prompte und kluge Reaktion ihrer Familie tat ein Übriges, und Osborn war verheiratet, eher er überhaupt wusste, wohin es ihn zog. Er war nicht sehr stolz auf sich, als er erwachte und den Tatsachen ins Auge sah. Der einzige Trost dafür, dass man ihn geschickt manipuliert und zu etwas gezwungen hatte, das er nicht hatte tun wollen, war, dass die junge Frau interessant und klug und sehr schön war, von einer seltsam unbritischen Schönheit.

Ihre Schönheit war so ganz und gar unbritisch, dass sie vielleicht durch den reizvollen Kontrast auf die Menschen in England anziehend wirken würde. Ihre Haut war sehr dunkel, sie hatte schweres Haar und schwere Lider, eine feine Haut und einen kurvigen und geschmeidigen schlanken Körper, sodass sie sich in ihren Rassemerkmalen kaum von den einheimischen Schönheiten unterschied. Sie hatte von Kindesbeinen an mit den einheimischen Bediensteten gespielt, die nahezu ihre einzigen Gefährten waren und ihr merkwürdige Dinge beigebracht hatten. Sie kannte ihre Geschichten und ihre Lieder, und wie stark sie ihren okkulten Glaubensvorstellungen anhing, wusste niemand außer ihr selbst. Sie wusste Dinge, die sie für Alec Osborn interessant machten, der einen Kopf so rund wie eine Kanonenkugel hatte, und einen grausamen Unterkiefer, obwohl auch er ein paar Züge besaß, die allgemein für attraktiv galten. Er hatte gute Chancen, Marquis von Walderhurst zu werden und sie in seine Heimat, in ein englisches Leben voller Luxus und Glanz mitzunehmen, dieser Tatsache war sie sich stets bewusst. Es verfolgte sie bis in den Schlaf. Sie hatte oft von Oswyth Castle geträumt und sich vorgestellt, wie sie mit bedeutenden Persönlichkeiten auf dem großen Rasen stand, den ihr Mann ihr so anschaulich während seines Aufenthalts in den Tropen geschildert hatte, wenn sie in der Hitze beisammensaßen und kaum mehr Luft bekamen. Wenn die Rede auf die noch ferne, schreckliche

Möglichkeit kam, Walderhurst könnte eines Tages der Belagerung nicht mehr standhalten und einknicken, machte schon der bloße Gedanke sie ganz krank. Dann ballte sie die Fäuste, bis die Nägel sich fast in die Handflächen bohrten. Diese Vorstellung konnte sie nicht ertragen. Osborn war in ein lautes, derbes Lachen ausgebrochen, als sie ihn eines Tages darauf hinwies, es gebe okkulte Methoden, ein Unglück von sich abzuwenden. Erst hatte er gelacht, dann ein finsteres Gesicht gemacht und die zynische Bemerkung fallenlassen, sie könne sich ja schon einmal darauf vorbereiten.

Man hatte ihn ohne großes Bedauern und ohne Wehklagen nach Indien ziehen lassen. In der Familie galt er als schwarzes Schaf, und man könnte fast schon sagen, dass er fortgejagt wurde. Wäre er ein vorbildlicherer Bursche gewesen, hätte Walderhurst ihn wahrscheinlich unterstützt, aber einen Lebenswandel wie den seinen konnte der Marquis bei keinem Mann tolerieren, wie sehr erst verabscheute er ihn bei einem Mann, dem der Zufall der Geburt einen guten Namen beschert hatte. Er hatte kein allzu großes Interesse an dem jungen Mann mit dem Kugelkopf gezeigt. Osborns attraktive Erscheinung war für einen unvoreingenommenen männlichen Betrachter keineswegs anziehend. Männern fiel an dem jungen Mann nur der grausame Unterkiefer auf und die tiefe Stirn und was für kleine Augen er hatte. Seine stattliche militärische Figur kam in einer Uniform gut zur Geltung, und er hatte eine irgendwie animalische Attraktivität, die wahrscheinlich noch in recht jungen Jahren schwinden würde. Die gesunde Gesichtsfarbe würde durch beständiges Trinken starr und dunkel werden, seine Züge grob und ohne klare Kontur, und mit vierzig wäre der jugendliche Kiefer dann kräftig und bliebe am Ende das hervorstechendste Merkmal.

Während seines Aufenthaltes in England war Walderhurst ihm hin und wieder begegnet, und er hatte nur unerfreuliche Dinge gesehen oder über ihn gehört – er neigte zur Selbstsucht, hatte eine leichtsinnige Lebensart und flirtete mit jeder Frau. Einmal hatte er ihn beobachtet, wie er oben auf einem Bus den Arm um eine grässliche, kichernde Person gelegt hatte, die aussah wie ein Ladenmädchen, geschmückt mit riesigen Federn und einem dicken Pony, der von der Hitze ganz platt gedrückt war und in starren Strähnen hier und da von ihrer feuchten Stirn abstand. Osborn dachte, die Sache mit dem Arm habe er klug und mit solcher Heimlichkeit gemeistert, dass es niemandem auffiel, aber Walderhurst fuhr feierlich in seinem vornehmen Landauer vorbei, erblickte zufällig durch das Monokel seinen Verwandten und konnte von der Straße herauf genau sehen, an welcher Stelle der Arm des jungen Mannes unter dem reichlich mit Perlen besetzten Cape verschwand. Eine leichte Röte überzog sein Gesicht, und er wandte sich ohne jedes Zeichen des Erkennens von Osborn ab; aber er war verärgert und angewidert, denn genau diese überaus vulgäre und von schlechtem Geschmack zeugende Art zählte zu den Dingen, die er verabscheute. Durch ein solches Verhalten wurden Frauen zu Gräfinnen gemacht, weil sie sich in Music Halls aufreizend gebärdeten oder anzügliche Lieder in der Komischen Oper sangen, oder Frauen zu Schlossherrinnen, die zuvor an der Kurzwarentheke Bänder verkauft hatten. Nach diesem Vorfall sah er seinen mutmaßlichen Erben so wenig wie möglich, und um die Wahrheit zu sagen, Captain Alec Osborn hatte in nicht unerheblichem Maße die Entscheidung in Sachen Miss Emily Fox-Seton vorangetrieben. Würde Walderhursts kleiner Sohn noch leben oder wäre Osborn ein kultivierter, wenn auch langweiliger junger Mann gewesen, dann hätten die Chancen zehn zu eins gestanden, dass Lord Walderhurst keine zweite Frau zur Marquise gemacht hätte.

Captain Osborn hatte in Indien keineswegs schuldenfrei gelebt. Er war nicht der Mann, der seiner Maßlosigkeit Zügel anlegte. Er machte Schulden, sobald ihm auch nur der kleinste Kredit gewährt wurde, und versuchte anschließend, mit Kartenspiel und Pferderennen seine Ressourcen wieder aufzustocken. Er gewann und verlor im Wechsel, und als er seine Freistellung erhielt, befand er sich in kläglicher Verfassung. Er hatte selbst darum ersucht, denn ihm war der Gedanke gekommen, es könnte gut für ihn sein, wenn er als verheirateter Mann aus Indien in die Heimat zurückkehrte. Es erschien ihm keineswegs unwahrscheinlich, dass Hester bei Walderhurst etwas erwirken könnte. Wenn sie auf ihre interessante, orientalisch anmutende Weise mit ihm sprechen und ihm ihre spannenden exotischen Geschichten erzählen würde, fände er sie vielleicht anziehend. Sie hatte ihre Reize, und wenn sie die schweren Lider ihrer langgezogenen schwarzen Augen hob, den Blick fest auf ihren Zuhörer richtete und dabei tiefe Einblicke in das Leben der Einheimischen gab, über das sie so kuriose Details zu erzählen wusste, hörten die Menschen ihr immer zu, selbst in Indien, wo das Ganze nicht gerade eine Neuigkeit war; in England wäre sie vielleicht so etwas wie eine Sensation.

Osborn machte ihr auf seine ganz eigene Art deutlich, was sie seiner Meinung nach zu tun hatte. In den Monaten des Wartens auf den endgültigen Bescheid über das Freistellungsgesuch machte er hier und da Anspielungen gegenüber Hester, die es gewohnt war, jeden noch so subtilen Hinweis aufzugreifen. Die Frau, die in Hesters Kindertagen ihre eingeborene Kinderfrau gewesen war, war jetzt ihre Dienstmagd. Diese verschwiegene Frau besaß eine große Kenntnis ihres Volkes. Man sah sie selten mit jemandem reden, und sie verließ so gut wie nie das Haus, wusste aber immer über alles Bescheid. Ihre Herrin wusste genau, wenn sie irgendwann beschließen sollte, ihr eine Frage über die verborgenen Seiten der Schwarzen oder Weißen zu stellen, würde sie Informationen erhalten, auf die sie sich verlassen konnte. Sie spürte, dass sie von ihr vieles über die Vergangenheit, Gegenwart und Zukunft ihres Mannes erfahren könnte und dass diese ganz genau verstand, was bei einer möglichen Änderung der Erbfolge auf dem Spiel stand.

Als sie eine Stunde später ihre Ayah, ihre ehemalige Kinderfrau, zu sich rief, nachdem sie sich nach außen hin von ihrer großen Verzweiflung wieder erholt hatte, sah sie, dass die Frau über den Schicksalsschlag, der ihr Haus getroffen hatte, bereits im Bilde war. Was sie miteinander sprachen, muss hier nicht im Einzelnen geschildert werden, aber ihr Gespräch hatte eine Bedeutung, die über die bloßen Worte hinausging, und es war nur eines von den vielen Gesprächen, die noch stattfanden, bevor Mrs Osborn mit ihrem Mann nach England segelte.

»Wir müssen ihn dazu bringen anzuerkennen, dass er einem Mann den Boden unter den Füßen weggezogen hat und dieser jetzt hilflos in der Luft hängt«, sagte Osborn zu seiner Frau. »Das Beste wird es sein, wir machen uns seine Frau zur Freundin – verflucht soll sie sein!«

»Ja, Alec, ja«, sagte Hester Osborn eifrig. »Wir müssen ihre Freundschaft gewinnen. Es heißt, sie sei eine anständige Person, und früher soll sie selbst entsetzlich arm gewesen sein.«

»Jetzt ist's bei ihr vorbei mit der Armut, verflucht soll sie sein!«, bemerkte Captain Osborn noch aufgebrachter. »Wie gern würde ich ihr den Hals brechen! Ich frage mich, ob sie reiten kann.«

»Ich bin mir sicher, dass sie für so etwas früher nicht das Geld hatte.«

»Dann wär's eine gute Idee, es ihr beizubringen.« Mit einem Lachen machte er auf den Hacken kehrt und schlenderte mit einem Mitpassagier übers Deck.

Lord Walderhurst hatte Emily auf diese Leute vorbereiten wollen.

»Maria hat dir schon von ihnen erzählt, das weiß ich«, sagte er. »Ich gehe wahrscheinlicht recht in der Annahme, sie hat dir in aller Deutlichkeit zu verstehen gegeben, dass ich Osborn für eine gänzlich unerwünschte Person halte. Wenn man den dünnen Lack seiner vollendet guten Manieren wegkratzt, kommt ein hundsgemeiner Schurke zum Vorschein. Ich bin gezwungen, den Mann höflich zu behandeln, aber ich mag ihn nicht leiden. Wäre er in eine niedere Klasse geboren worden, er wäre ein Verbrecher geworden.«

»Oh!«, rief Emily aus.

»Viele Menschen wären Kriminelle, würden die Umstände sie nicht davor bewahren. Das hängt zu einem guten Teil von der Form ihres Schädels ab.«

»Oh!«, entfuhr es Emily ein zweites Mal. »Glaubst du so etwas?«

Sie war der Ansicht, schlechte Menschen wollten auch schlecht sein, auch wenn sie überhaupt nicht verstand, wie man so etwas wollen konnte. Seit ihrer Kindheit hatte sie alles geglaubt, was man je von einer Kanzel herunter gepredigt hatte. Dass dieser Walderhurst eine Idee vertrat, welche die Minister der Anglikanischen Kirche häretisch nennen würden, erschreckte sie, aber er hätte nichts sagen können, das erschreckend genug gewesen wäre, um ihre starken Liebesbande zu zerreißen.

»Ja, das glaube ich«, antwortete er. »Osborns Schädel hat einfach die falsche Form.«

Als Captain Osborn kurze Zeit darauf mit dem fraglichen Schädel den Raum betrat, wie üblich mit sauber gebürstetem, kurz geschnittenem Haar, fand Emily, dieser Schädel habe doch eigentlich eine sehr hübsche Form. Vielleicht wirkte er ein klein wenig hart und rund und die Stirn etwas niedrig, aber nicht fliehend oder gewölbt, wie die Köpfe von Mördern aus den Illustrierten. Sie musste sich eingestehen, dass sie nichts von dem wahrnahm, was für Lord Walderhurst so offensichtlich war. Aber sie hielt sich auch nicht für intelligent genug, um seinen überragenden geistigen Höhenflügen folgen zu können.

Captain Osborn war ein gepflegter Mann mit gepflegten Manieren, und er verhielt sich ihr gegenüber ganz den Konventionen entsprechend. Wenn sie bedachte, dass sie selbst gewissermaßen die mögliche Zerstörung seiner Hoffnungen auf einen herrlichen Reichtum repräsentierte, bekam sie fast zärtliche Gefühle und empfand seine unbefangene Höflichkeit als sehr angenehm. Und Mrs Osborn! Jede Bewegung ihres gertenschlanken Leibes war erstaunlich anmutig. Emily erinnerte sich, dass in den Romanen, die sie gelesen hatte, die Bewegungen mancher Heldinnen als »ondulierend« beschrieben wurden. Mrs Osborn hatte ondulierende Bewegungen. Ihre Augen waren lang, intensiv schwarz und mit schweren Lidern, und sie wirkten so ganz anders als die anderer junger Frauen. Emily hatte nie etwas Vergleichbares gesehen, und Mrs Osborn hatte einen zauberhaft langsamen und scheuen Augenaufschlag. Zu der großgewachsenen Emily musste sie aufblicken. Wenn sie neben ihr stand, wirkte sie wie ein Schulmädchen.

Emily war eine dieser Personen, die aus einem falschen Schuldbewusstsein heraus und weil sie so anfällig sind für unnötige Gewissensbisse, alle Lasten, die das Schicksal anderen Menschen auf die Schulter gelegt hat, auf sich nehmen. Sie fühlte sich fast schon selbst wie eine Verbrecherin, ganz gleich, welche Form ihr Schädel hatte. Ihr eigenes maßloses Glück und ihr Reichtum waren diesem unschuldigen jungen Paar geraubt worden. Sie wünschte, dem wäre nicht so und machte sich vage Vorwürfe, doch sie konnte die Sache noch so sehr drehen und wenden, sie gelangte zu keinem Schluss. Jedenfalls empfand sie Reue und fühlte mit Mrs Osborn, und weil sie sicher wusste, dass die illustren Verwandten ihres Mannes sie ängstigten, wurde sie selbst nervös, denn Lord Walderhurst langweilte sich, legte eine leidenschaftslose Höflichkeit an den Tag und behielt im Gespräch mit Osborn die ganze Zeit über das Monokel im Auge. Hätte er es fallen und lässig am Band baumeln lassen, wäre Emily etwas wohler gewesen, denn dann hätte er auf die Osborns ein klein wenig ermunternder gewirkt.

»Sind Sie froh, wieder in England zu sein?«, fragte sie Mrs Osborn.

»Ich bin noch nie hier gewesen«, antwortete die junge Frau. »Ich bin nie von Indien fortgekommen.«

Im Laufe des Gesprächs erklärte sie, dass sie kein zartes Kind gewesen sei und ihre Familie selbst in diesem Fall nicht das Geld hätte aufbringen können, sie in die Hauptstadt zu schicken. Emily spürte instinktiv, dass sie nicht allzu viel von den guten Dingen im Leben mitbekommen hatte und kein sehr lebensfrohes Geschöpf war. Sie hatte schon in jungen Jahren viele Stunden damit zugebracht, über ihr Unglück nachzudenken, und das hatte in ihrem Gesicht seine Spuren hinterlassen, vor allem in den langsamen Bewegungen ihrer tiefschwarzen Augen.

Es hatte den Anschein, dass sie aus Pflichtgefühl gekommen waren, um einer Frau die Ehre zu erweisen, die ihren Ruin bedeutete. Hätten sie dies nicht getan, wäre ihnen vielleicht unterstellt worden, sie seien dieser Ehe nicht gewogen.

»Gefallen wird ihnen das natürlich nicht«, fasste Lady Maria später zusammen, »aber sie haben sich entschlossen, sich damit abzufinden und sich so respektvoll wie möglich zu verhalten.«

»Das tut mir *so* leid für sie«, sagte Emily.

»Natürlich tut es das. Und wahrscheinlich wirst du ihnen alle möglichen unvorsichtigen Freundlichkeiten erweisen; aber sei nicht allzu altruistisch, meine gute Emily. Dieser Mann ist abscheulich, und die junge Frau sieht aus wie eine einheimische Schönheit. Sie macht mir eher Angst.«

»Ich finde Captain Osborn nicht so abscheulich«, antwortete Emily. Und sie ist *wirklich* hübsch, wissen Sie. Sie hat Angst vor uns, ganz bestimmt.«

Weil sie sich gut an eine Zeit erinnern konnte, in der sie

sich benachteiligt gefühlt hatte, wenn sie unter Leuten war, die reich und damit auch bedeutend waren, und auch an die Furcht, die sie insgeheim in ihrer Gegenwart empfunden hatte, war Emily sehr freundlich zu Mrs Osborn. Sie selbst hatte Erfahrung mit einigen Dingen, die nützlich für sie sein könnten – was Wohnungen und Geschäfte anging. Osborn hatte in der Duke Street eine Unterkunft gemietet, und dieses Viertel war Emily sehr vertraut. Walderhurst beobachtete durch sein Monokel, wie freundlich sie zu ihnen war, und kam zu dem Schluss, dass sie wirklich eine gute Seele war. Ihre Herzensgüte zeigte sich vor allem in ihrer Geradlinigkeit. Während sie ihn nie mit unnötigen Schilderungen ihrer Tage langweilte, an denen sie für andere die Einkäufe erledigt und für sich selbst nur Schlussverkaufsartikel erstanden hatte, die mit elf Pence, drei Viertelpennys ausgezeichnet waren, empfand sie erstaunlicherweise keinerlei Scham darüber.

Walderhurst, der sich in früheren Zeiten mit sich selbst und anderen sehr gelangweilt hatte, war genau genommen der Ansicht, das Leben habe einen neuen Reiz bekommen, seit er dieser Frau, die eine der fleißigsten adeligen Mitglieder der Arbeiterklasse gewesen war, dabei zusah, wie sie sich jetzt auf die einfachste Art an die Rolle der Marquise anzupassen suchte und dabei auf ihre ganz und gar unscheinbare Weise eine sehr gute Figur machte. Wäre sie eine ungemein kluge Frau, so wäre nichts dabei gewesen. Aber sie war überhaupt nicht klug, und doch hatte Walderhurst beobachtet, dass sie Dinge erreichte, für die eine kluge Frau sich mächtig hätte ins Zeug legen müssen und die sie nur mit einem genialen Einfall erzielt haben würde. Als sie beispielsweise damals nach ihrer Verlobung einer ausgesucht grässlichen Adeligen vorgestellt wurde, die ihre Beziehung zu Walderhurst als etwas ganz besonders Bitteres empfand. Die Gräfin von Merwold betrachtete den Marquis nämlich als ihr Eigentum, denn sie war der Ansicht, er eigne sich naturgemäß als Ehegatte für ihre älteste Tochter – eine zarte junge Dame mit vorstehenden Zähnen, die sich noch nicht hervorgetraut hatte. Sie empfand Emily Fox-Setons unbegreiflichen Erfolg als ein Zeichen dreister Anmaßung und sah keinen Grund, mit ihren Gefühlen hinter dem Berg zu halten, die sie nach einer Art Rückschluss- und Ausschlussverfahren kundtat.

»Gestatten Sie mir, dass ich Ihnen herzlich gratuliere, Miss Fox-Seton«, sagte sie und drückte ihr die Hand mit mütterlicher Fürsorge. »In Ihrem Leben hat es ja große Veränderungen gegeben, seit wir uns das letzte Mal gesehen haben.«

»Das hat es in der Tat«, Emily errötete in offenherziger und unschuldiger Dankbarkeit. »Sie sind sehr freundlich. Ich danke Ihnen, danke.«

»Ja, große Veränderungen.« Walderhurst fand, ihr Lächeln hatte etwas Katzenhaftes, und fragte sich, was die Frau wohl als Nächstes sagen würde. »Als wir uns das letzte Mal gesehen haben, kamen Sie vorbei, um sich nach den Einkäufen zu erkundigen, die Sie für mich erledigen sollten. Erinnern Sie sich? Strümpfe und Handschuhe, glaube ich.«

Walderhurst merkte, dass sie nur darauf lauerte, dass Emily rot werden und angesichts der schwierigen Situation in Verlegenheit geraten würde. Er wollte schon einschreiten und die Sache in die Hand nehmen, als er merkte, dass Emily weder errötete noch erblasste, sondern vielmehr der holden Dame mit einem leichten Hauch treuherzigen Bedauerns offen in die Augen sah.

»Strümpfe waren es gewesen«, sagte sie. »Bei Barratt's, heruntergesetzt auf einen Schilling, elf Pence und einen halben Penny. Das war wirklich gute Ware für den Preis. Sie hatten sich vier Paar gewünscht. Als ich dort ankam, war alles schon verkauft – und die für zwei oder drei Schilling waren kein bisschen besser. Ich war so enttäuscht. Das war wirklich jammerschade!«

Walderhurst klemmte sich mit entschlossener Geste das Monokel ins Auge, damit man sein zynisches Grinsen nicht sah. Die Frau war bekannt dafür, die knauserigste von all den kleinen großen Persönlichkeiten Londons zu sein: Ihre wirtschaftliche Lage war sattsam bekannt, und diese Geschichte klang noch besser als so manch anderes, worüber man sich in der Gesellschaft schon amüsiert hatte. Die Vorstellung, wie sie sich geärgert hatte, weil ihr Plan, auf einen Schilling, elf Pence und einen halben Penny heruntergesetzte Strümpfe zu erstehen, durchkreuzt worden war, hatte die Zuhörer noch einige Zeit amüsiert. Und Emilys Gesicht dabei – ihr freundliches Bedauern – ihr nachträgliches Mitgefühl und ihre Redlichkeit –, es war so unglaublich gut!

»Und das hat sie ganz unabsichtlich getan«, sagte er in heimlicher Freude immer wieder zu sich selbst. »Sie hat es ganz unabsichtlich getan! Sie ist nicht intelligent genug, um das absichtlich zu tun. Was wäre sie nur für ein kluges und geistreiches Geschöpf, wenn sie sich das ausgedacht hätte!«

Da sie ohne Groll an diesen Vorfall zurückdenken konnte, konnte sie auch ihre Erfahrung daraus ziehen, und das kam Mrs Osborn zugute. Was sie dieser Frau unbeabsichtigterweise angetan hatte, wollte sie auf jede erdenkliche Art wiedergutmachen. Und während sie sich einst hilfreich auf die Seite von Lady Agatha geschlagen hatte, schlug sie sich jetzt ganz unaufdringlich auf die Seite der Osborns.

»Sie ist wirklich eine gute Seele«, sagte Hester zu ihrem Mann, als sie gingen. »Die harte Zeit in ihrem Leben ist noch nicht so lange vorbei, sie hat sie noch nicht vergessen. Diese Frau hat rein gar nichts Gekünsteltes. Das macht es leichter, sie zu mögen.«

»Sie ist offenbar eine starke Frau«, sagte Osborn. »Walderhurst hat einiges bekommen für sein Geld. Das wird mal eine stramme britische Matrone.«

Hester zuckte zusammen. Auf ihren dunklen Wangen erschien ein rötlicher Hauch. »Das wird sie«, seufzte sie.

Das war die Wahrheit, und je mehr sie zutraf, desto schlimmer war es für diese Menschen, die verzweifelt hofften und verrückt genug waren, wider alle Hoffnung zu hoffen.

ZWEITES KAPITEL

Lady Agathas Hochzeit wurde als Erstes gefeiert und war eine Art Festparade der Märchenfiguren. In den Wochen vor dem Ereignis, und auch noch einige Zeit danach, lebten die Redakteurinnen der Modezeitschriften von nichts anderem. Es gab tausend Themen, über die man schreiben konnte. Jede Blume aus dem Garten der Mädchen, die das Brautjungfernkleid trugen, musste beschrieben werden, die schöne Haut, die schönen Augen, das schöne Haar, womit sie den Titel Schönheit der Saison erringen würden, sobald sie an der Reihe waren. Lady Claraway waren noch fünf Schönheiten verblieben, die fünfte war erst ein kleines sechsjähriges Mädchen, das alle anwesenden Gäste entzückte, als sie mit dem Brautschleier ihrer Schwester in der Hand in die Kirche getapst kam, assistiert von einem kleinen Pagenjungen in weißem Samt und weißer Spitze.

Es war die strahlendste Hochzeit des Jahres. Es war tatsächlich eine Parade der Märchenfiguren – der Jugend, der Schönheit, des Glücks und der Hoffnung.

Das Interessante an dem Ereignis war vor allem, dass die zukünftige Marquise von Walderhurst zugegen war, die schöne Miss Fox-Seton. Die Modezeitschriften ließen sich unermüdlich über Emilys Schönheit aus. In einer hieß es, sie sei so großgewachsen und ihre Haltung so hoheitsvoll, und wenn man sich ihr Profil ansehe, müsse man unwillkürlich an die Venus von Milo denken. Jane Cupp schnitt jeden Artikel aus, den sie finden konnte, las sie ihrem Verlobten laut vor und schickte sie dann in einem großen Umschlag nach Chichester. Emily, die sich pflichtgetreu bemühte, sich den Herausforderungen der nahenden hoheitsvollen Aufgaben zu stellen, erschrak des Öfteren bei den Schilderungen ihrer eigenen Reize und Verdienste, auf die sie zufällig bei der Lektüre verschiedener Zeitschriften stieß.

Die Hochzeit der Walderhursts war würdig und vornehm, aber ohne Glanz. Um all die Gefühlsschwankungen zu schildern, die Emily im Laufe des Tages durchlitt – vom Erwachen in der Stille ihres Schlafzimmers in der South Audley Street, fast im Morgengrauen, bis hin zum Abend, an dem ihr Tag in einem privaten Wohnzimmer eines Hotels in Gesellschaft des Marquis von Walderhurst ausklang – müsste man viele Seiten füllen.

Gleich nach dem Aufwachen ließ ihr Körper sie ganz bewusst spüren, dass ihr Herz pochte – beständig pochte, was etwas vollkommen anderes war als der gewöhnliche Herzschlag –, und da wurde ihr klar, dass der Tag gekommen war. Ein Ereignis, das sie sich noch vor einem Jahr nicht einmal in ihren wildesten Träumen hätte ausmalen können, war jetzt eine einfache Tatsache; ein Vermögen, das sie begeistert haben würde, wäre es einer anderen Frau zugefallen, war nun ihr selbst zugefallen, ihr, die sie so bescheiden war. Sie fuhr sich mit der Hand über die Stirn und schnappte beim Gedanken daran nach Luft.

»Ich hoffe, ich werde mich daran gewöhnen können, und dass ich keine … Enttäuschung sein werde«, sagte sie. »Oh!«, eine große Woge des Errötens erfasste sie. »Wie gut er zu mir ist! Wie werde ich *jemals* …«

Sie durchlebte den Tag, als sei es ein Traum in einem Traum. Als Jane Cupp ihr den Tee brachte, spürte sie, dass sie sich unwillkürlich bemühte, geistig wach zu wirken. Jane, die ein sehr emotionaler Mensch war, wurden im Innersten so durchgerüttelt von ihren Gefühlen, dass sie ein paar Augenblicke in der Tür stehenblieb und sich auf die Lippen biss, damit sie nicht mehr so zitterten, bevor sie es wagte, den Raum zu betreten. Ihre Hand war keineswegs ruhig, als sie das Tablett abstellte.

»Guten Morgen, Jane«, sagte Emily, um den Klang ihrer eigenen Stimme zu testen.

»Guten Morgen, Miss«, antwortete Jane. »Es ist ein wundervoller Morgen, Miss. Ich hoffe … Sie sind wohlauf?«

Und dann hatte der Tag begonnen.

Danach ging es mit feierlicher Aufregung und einer würdevollen Haltung weiter, und nach stundenlangen, aufwändigen Vorbereitungen gab es eine beeindruckende Feier, prächtig und ernst, der eine strahlende Menge beiwohnte, die sich in einer modernen Kirche versammelt hatte, während draußen eine noch buntere Menge darauf wartete, ebenfalls einen Blick erhaschen zu können, einander herumschubste und anrempelte und alles mehr oder minder respektvoll, aber immer begeistert kommentierte, mit ehrfürchtigen oder neidischen Blicken das Ganze verschlingend. Große Persönlichkeiten, die Emily nur kannte, weil ihr Name häufig in der Zeitung genannt wurde oder weil sie mit ihren Gönnerinnen verwandt oder befreundet waren, kamen, um ihr in ihrer Rolle als Braut zu gratulieren. Vier Stunden lang war sie das Zentrum der Aufmerksamkeit einer sich beständig erneuernden Menschenmenge, und ihr einziger Gedanke war es, nach außen hin Haltung zu bewahren. Nur sie allein konnte wissen, dass sie sich, um sich zu beruhigen und damit ihr alles real erschien, im Stillen immer und immer wieder vorsagte: »Ich heirate gerade. Das ist meine Hochzeit. Ich heiße Emily Fox-Seton und heirate den Marquis von Walderhurst. Um seinetwillen darf ich weder einen dummen noch einen aufgeregten Eindruck machen. Ich bin *nicht* in einem Traum gefangen.«

Wie oft sie sich diese Worte vorsagte, nachdem die Zeremonie vorüber war und sie zum Hochzeitsfrühstück in die Audley Street zurückgekehrt waren, lässt sich kaum zählen. Als Lord Walderhurst ihr aus der Kutsche half, sie dann über den roten Teppich ging und die Menge zu beiden Seiten sah, den Kutscher und die Lakaien mit den großen weißen Brautschleifen und die Schlange der anderen ankommenden Kutschen, schwirrte ihr der Kopf.

»Da is die Marquise«, rief eine junge Frau mit einer Hutschachtel und stupste ihren Gefährten an. »Das issie! Sieht'n bisschen blass aus, was meinste?«

»Ohmeingott! Schau dir die Perlen an, und die Diamanten, schau dir das an!«, rief eine andere. »Wenn das meine wärn!«

Das Frühstück war prächtig und glänzend und zog sich lange hing, die Leuten kamen ihr prächtig und glänzend und ganz weit weg vor; und als Emily schließlich ihr prächtiges Hochzeitskleid gegen ihr Reisekostüm eintauschte, hatte sie so viele Strapazen durchgestanden, wie ihr nur möglich war. Sie empfand eine geradezu andachtsvolle Erleichterung, als sie endlich mit Jane Cupp alleine in ihrem Schlafzimmer war.

»Jane«, sagte sie, »du weißt genau, wie viel Zeit ich brauche, um mich anzuziehen, und wann ich in die Kutsche einsteigen muss. Kannst du mir fünf Minuten geben, damit ich mich hinlegen und mir die Stirn mit Kölnisch Wasser abtupfen kann? Fünf Minuten, Jane. Aber gib mir rechtzeitig Bescheid.«

»Ja, Miss – entschuldigen Sie – Milady – ruhen Sie sich fünf Minuten aus – keine Sorge.«

Mehr waren es auch nicht. Jane ging ins Ankleidezimmer und stellte sich neben der Tür auf, die Uhr in der Hand – aber selbst fünf Minuten taten ihr gut.

Ihr war schon nicht mehr derart schwindelig, als sie die Treppen hinunterstieg und an Lord Walderhursts Arm durch die Menge schritt. Sie schien durch einen Garten in voller Blütenpracht zu gehen. Dann warteten erneut der rote Teppich und die Menschenmenge auf der Straße, und die vielen Kutschen und Livreen und großen weißen Brautschleifen.

Als sie in der Kutsche saßen und unter den Hochrufen der Menschenmenge davonfuhren, wollte sie sich umdrehen und Lord Walderhurst mit einem unaufgeregten, wenn auch schwachen Lächeln ansehen.

»Na dann«, sagte er in der für ihn typischen Art, »jetzt ist es wirklich vorbei!«

»Ja«, stimmte Emily zu. »Ich werde Lady Marias Großherzigkeit *niemals* vergessen.«

Walderhurst sah sie an und fragte sich, was genau er an dieser Frau nicht verstand. Er wusste nicht genau, was es war. Aber es war irgendwie stimulierend. Es hatte etwas damit zu tun, wie sie sich bei der ganzen Sache geschlagen hatte. Nur sehr wenige Frauen hätten das gleichermaßen gut gemeistert. Und mit ihrer schlanken, aufrechten Haltung stand ihr das blasse Lila ihres zobelgesäumten Reisekostüms sehr gut. Im Augenblick ruhte ihr Blick in dem seinen wie eine vertrauensvolle Bitte. Sein Geist war zwar von einer gewissen Unbeweglichkeit, aber ihm wurde doch undeutlich bewusst, dass er jetzt seine Rechte als Bräutigam wahrnehmen konnte.

»Dann kann ich jetzt ja wohl allmählich anfangen«, sagte er mit einer steifen Leichtigkeit – falls es so etwas Paradoxes überhaupt gibt – »dich so ansprechen, wie der Mann in ›Esmond‹ seine Frau angesprochen hat. Ich kann dich ›My Lady‹ nennen.«

»Oh!«, sagte sie, versuchte immer noch zu lächeln, aber zitterte jetzt.

»Du siehst sehr schön aus«, sagte er, »glaub mir.«

Und er küsste ihren zitternden, ehrlichen Mund, fast wie ein Mann – nicht ganz, aber fast.

DRITTES KAPITEL

Sie begannen ihr neues Leben in Palstrey Manor, einem alten und überaus schönen Herrenhaus. Keines der Anwesen in Walderhursts Besitz war ein derart vollkommenes Beispiel einer Schönheit aus alten Zeiten, daher rührte auch sein Zauber. Emily weinte fast beim Anblick des herrlichen Gebäudes, auch wenn sie unmöglich die Gründe für ihre Gefühle hätte benennen oder sie genauer hätte beschreiben können. Dabei kannte sie sich mit altehrwürdigen Wundern der Architektur überhaupt nicht aus. Für sie war Palstrey Manor ein gewaltiges, niedrig gebautes, verwinkeltes Märchenschloss – das Schloss irgendeiner schlafenden Schönheit, in deren hundertjährigem Schlummer dicke, dunkelgrüne Kletterpflanzen die Mauern und Türme erklommen und überwuchert und sie mit Blättern und Ranken und echten Zweigen bekränzt hatten. In dem ausgedehnten Park gab es einen Zauberwald, und die lange Allee aus riesigen Lindenbäumen, deren gewundene Äste ineinander verschlungen ein Dach bildeten, die krummen Wurzeln tief ins samtige Moos gegraben, gemahnte sie an alte Legenden.

Während ihres ersten Monats in Palstrey war Emily noch ganz in ihrem Traum gefangen. Mit jedem Tag wurde ihr Leben mehr zum Traum. Das alte Haus gehörte zu diesem Traum, die endlos langen Räume, die wundervollen Korridore, die Gärten, in denen sie täglich neue verschlungene Wege entdeckte, Labyrinthe aus immergrünen Hecken und grasbewachsene Wege, die zu unerwarteten und wunderschönen Orten führten, an denen plötzlich tiefe, klare Seen auftauchten, in denen Wasserpflanzen wuchsen und träge Karpfen seit Jahrhunderten ihren Träumen nachhingen. In jenen Gärten bekam Emily fast schon Zweifel, ob die Mortimer Street je existiert hatte, aber im Haus selbst begann sie manchmal an ihrer eigenen Existenz zu zweifeln. Vor allem die Bildergalerie hatte diese Wirkung auf sie. Diese Männer und Frauen, die einst so lebendig gewesen waren wie sie in diesem Augenblick, sahen nun aus ihren Bilderrahmen auf sie herab und ließen mitunter ihr Herz schlagen, als stünde sie vor Wesen aus einer anderen Welt. Ihre seltsamen, reichen, hässlichen oder schönen Kleider, ihre ungerührten oder glühenden, hässlichen oder schönen Gesichter, schienen etwas von ihr zu verlangen – zumindest ließ ihre lebhafte Phantasie ihr das so erscheinen. Walderhurst war sehr freundlich zu ihr, aber sie befürchtete, ihn mit ihrer extremen Unwissenheit zu langweilen, mit ihren zahlreichen Fragen über all die Leute, Freunde wie Verwandte, die er noch aus Kindheitstagen kannte. Es war nicht auszuschließen, dass man mit einem Mann in einer Rüstung oder einer Dame im Reifrock so vertraut sein konnte, dass jede Frage, die man über sie gestellt bekam, einem dumm vorkam. Menschen, für die es eine vertraute Gewohnheit ist, ihre Ahnen von den Wänden auf sie herabschauen zu sehen, können vergessen – und das ist etwas ganz Natürliches –, dass diese Bilder für andere etwas so Fremdes sind wie die Nummern in den Katalogen der Kunstakademie oder ähnlicher Ausstellungen.

Emily hatte einen sehr interessanten Katalog der Bilder von Palstrey gefunden, den sie mit großem Interesse studierte. Sie hegte den geheimen Wunsch, alles in Erfahrung zu bringen, was es über die Frauen zu wissen gab, die vor ihr Marquisen von Walderhurst gewesen waren. Und kam zu dem Schluss, dass keine außer ihr selbst aus einem Wohn-Schlafzimmer in einer dunklen Straße heraus zu ihrem Ehemann gekommen war. Es hatte schon unter der Regentschaft von Henry I. adelige Hursts gegeben, und in der dazwischenliegenden Periode genügend Zeit für zahllose Hochzeiten. Der Gedanken an das, was hinter und vor ihr lag, überwältigte Lady Walderhurst gelegentlich, aber da sie keine sehr komplizierte Person war und auch keine blühende Phantasie besaß, blieb es ihr von Natur aus erspart, unter dem Feuer komplizierter Gefühle zu leiden.

Und in der Tat, nachdem ein paar Wochen ins Land gegangen waren, erwachte sie aus ihrem Traum und erkannte, dass ihr Glück von Dauer und erträglich war.

Das Erwachen war jeden Tag von Neuem eine Freude und würde es wahrscheinlich bis zum Ende ihres Lebens bleiben, gerade weil sie ein so gesundes und unkompliziertes Geschöpf war. Wie wundervoll, dass Jane Cupp ihr mit Geschick beim Ankleiden behilflich war und dass sie wusste, sie konnte sich jeden Morgen etwas auswählen, das ihr passte und zu Gesicht stand, ohne sich sorgen zu müssen, woher das nächste Kleidungsstück kam. Sie konnte das stille und perfekte Funktionieren des großen Haushalts genießen, konnte mit der Kutsche ausfahren oder sich fahren lassen, konnte spazieren gehen und lesen und ganz nach Belieben durch die von Mauern gesäumten Gärten und Gewächshäuser streifen – solche Dinge waren für eine gesunde Frau mit einer ungetrübten Fähigkeit, Freude zu empfinden, ein Luxus, der nie langweilig werden konnte.

Walderhurst empfand sie als eine wahre Bereicherung seines Lebens. Sie war niemals im Weg. Als habe sie einen besonderen Trick gefunden, kam und ging sie, ohne zu stören. Sie war sanftmütig und liebevoll, aber überhaupt nicht gefühlsduselig. Er hatte Männer gekannt, deren erste Ehejahre – von den ersten Monaten gar nicht zu reden – unerträglich gewesen waren, weil ihre Frauen ständig von ihnen forderten oder erwarteten, dass sie ihre Gefühle zeigten, was für die wenig gefühlsbetonten Männer kein leichtes Unterfangen war. Und so kam es, dass die Männer sich ärgerten oder langweilten und die Frauen unzufrieden waren. Emily forderte nichts in der Art und war gewiss nicht unzufrieden. Emily war sehr hübsch und wirkte glücklich. Sie sah jetzt besser aus als früher, und wenn Leute zu Besuch kamen oder sie selbst Besuche abstattete, wurde sie immer sehr gemocht von allen. Es war gewiss die richtige Entscheidung gewesen, sie um ihre Hand zu bitten. Sollte sie einen Sohn zur Welt bringen, er würde sich ungemein glücklich schätzen. Je öfter er Osborn zu Gesicht bekam, desto weniger mochte er ihn leiden. Offenbar hatten die beiden ein Kind geplant.

Letzteres stimmte tatsächlich, und es hatte Emily sehr berührt und ihr Mitgefühl geweckt. Es war ihr nach und nach hinterbracht worden, dass die Osborns ärmer waren, als sie schicklicherweise zugeben konnten. Emily hatte entdeckt, dass sie nicht länger in der Unterkunft in der Duke Street bleiben konnten, sie wusste zwar nicht, dass der Grund dafür war, dass Captain Osborn bestimmte Geldsummen zahlen musste, um einen Skandal zu vertuschen, der in nicht ganz von der Hand zu weisendem Zusammenhang mit jener jungen Frau stand, um die er an jenem Tag, als Walderhurst ihn oben auf dem Bus gesehen hatte, seinen Arm gelegt hatte. Er wusste ganz genau, dass ein paar Dinge vollkommen im Dunkeln bleiben mussten, falls er bei Lord Walderhurst etwas erreichen wollte. Selbst ein Skandal aus der Vergangenheit konnte sich als ebenso unerfreulich herausstellen wie ein Fehler in der Gegenwart. Außerdem wusste die junge Frau mit dem Perlenumhang, wie sie ihn manipulieren konnte. Aber sie mussten in eine billigere Unterkunft umziehen, und die Zimmer in der Duke Street waren alles andere als begehrenswert.

Lady Walderhurst kehrte eines Morgens mit frischer Gesichtsfarbe und strahlenden Augen von einem Spaziergang zurück, und noch bevor sie ihren Hut absetzte, ging sie ins Arbeitszimmer ihres Mannes.

»Darf ich hereinkommen?«, fragte sie.

Walderhurst schrieb gerade ein paar bedeutungslose Briefe und blickte lächelnd auf.

»Aber gewiss doch«, antwortete er. »Was für eine schöne Gesichtsfarbe du hast! Bewegung tut dir gut. Du solltest reiten.«

»Das hat Captain Osborn auch gesagt. Wenn es dir recht ist, würde ich dich gerne etwas fragen.«

»Sicher. Du bist eine vernünftige Frau, Emily. Bei dir hat man nichts zu befürchten.«

»Es hat mit den Osborns zu tun.«

»Ach so!«, erwiderte er leicht zusammenzuckend. »Sie sind mir gleichgültig, musst du wissen.«

»Gegen die Frau hast du nichts einzuwenden, oder?«

»Nun, nein, nicht wirklich.«

»Sie … um die Wahrheit zu sagen, es geht ihr gar nicht gut«, begann sie mit leichtem Zögern. »Man müsste sich besser um sie kümmern, aber das ist in diesen Unterkünften nicht möglich, und sie können nur eine billige Miete zahlen.«

»Hätte er sich ehrenwerter verhalten, wären seine Lebensumstände jetzt andere«, sagte er ein wenig steif.

Emily bekam einen Schreck. Sie hätte nie gedacht, dass sie es wagen würde, eine Bemerkung zu machen, die er kritisch aufnehmen könnte.

»Ja«, beeilte sie sich zu sagen, »selbstverständlich. Ich bin mir sicher, du weißt das am besten … aber … ich dachte, vielleicht …«

Walderhurst mochte es, wenn seine Frau so schüchtern wurde. Es war nicht unangenehm zu sehen, wie eine hübsche, großgewachsene und gestandene Frau rot wurde, wenn man spürte, dass ihr Erröten auf der Furcht beruhte, einen zu verletzen.

»Was dachtest du *vielleicht?*«, konterte er nachsichtig.

Sie errötete noch mehr, aber diesmal geschah es aus Erleichterung, denn er war offensichtlich nicht so ungehalten, wie es den Anschein gehabt hatte.

»Ich habe heute Morgen einen langen Spaziergang gemacht«, sagte sie. »Ich bin durch High Wood gegangen und kam zu einem Ort, der ›The Kennel Farm‹ genannt wird. Ich musste gerade sehr an die arme Mrs Osborn denken, denn ich hatte am Morgen einen Brief von ihr erhalten, und sie schien sehr unglücklich zu sein. Ich las gerade noch einmal in ihrem Brief, als ich auf den Weg einbog, der zu dem Haus führt. Dann sah ich, dass dort niemand wohnt, und konnte der Versuchung nicht widerstehen, einen Blick hineinzuwerfen – es ist ein wundervolles altes Gebäude mit seinen eigenartigen Fenstern und Schornsteinen und dem Efeu, das offenbar nie zurückgeschnitten wurde. Das Haus ist geräumig und so komfortabel – ich linste durch die Fenster und sah einen großen Kamin mit Bänken darin. Es scheint mir geradezu eine Schande, dass ein solch schönes Haus nicht bewohnt wird – na ja, und da dachte ich, wie *freundlich* es von dir wäre, es den Osborns zu leihen, solange du in England bist.«

»Das wäre in der Tag sehr freundlich«, bemerkte Seine Lordschaft ohne jede Begeisterung.

Ihre momentane Aufregung verleitete Emily dazu, sich die Freiheit zu nehmen, ihre Hand auszustrecken und die seine zu berühren. Eheliche Vertraulichkeiten hatten immer irgendwie etwas Gewagtes für sie – zumindest hatte sie ihre Gefühle in dieser Hinsicht bisher nicht überwinden können. Und das war ein weiterer Zug an ihr, der Walderhurst keinesfalls unsympathisch war. Er war sich dessen nicht bewusst, dass er in Wahrheit ein recht eitler Mann war, der es gerne hat, wenn man ihm schmeichelt. Er glaubte die Gründe für seine Vorlieben und Abneigungen gut zu kennen, dabei war er oft meilenweit von einer klaren und sachlichen Einschätzung seiner wahren Beweggründe entfernt. Nur die brillante Logik und Feinfühligkeit eines Genies vermag sich der Selbsterkenntnis anzunähern, und aus diesem Grunde ist ein solches in der Regel außerordentlich unglücklich. Walderhurst war nie unglücklich. Er war manchmal unzufrieden oder verärgert, aber zu mehr verstieg er sich in Gefühlsdingen nie.

Da die warme Berührung durch Emilys Hand ihm gefiel, tätschelte er ihr Handgelenk und gab sich umgänglich.

»Das Haus wurde ursprünglich für die Familie eines Jägers erbaut, das Jagdhunderudel war auch dort untergebracht. Deshalb wurde es ›The Kennel Farm‹ genannt. Als der letzte Pächter fortging, blieb es unvermietet, denn einen normalen Mieter wollte ich nicht darin haben. Häuser dieser Art gibt es nur noch selten, und weder der Kürbisfarmer noch seine Familie hätten diese Antiquität sonderlich wertgeschätzt.«

»Wenn es möbliert wäre, so wie man es möblieren *könnte*, wäre es *wunderschön*. In London bekommt man noch alte Sachen zu kaufen, wenn man sie sich leisten kann. Wenn ich zum Einkaufen dort war, hab ich oft welche gesehen. Sie sind nicht billig, aber wenn man gründlich sucht, wird man durchaus fündig.«

»Würdest du es denn gerne möblieren?«, wollte Walderhurst wissen. Die plötzliche Erkenntnis, dass er, wenn er nur wollte, die Entscheidung treffen konnte, jetzt in dieser Sache zum Äußersten zu gehen, weckte ein gewisses Interesse, angeregt durch das Erstaunen und die Freude, die in Emilys Augen traten, als sich diese Möglichkeit vor ihr auftat. Da er ohne Einbildungskraft auf die Welt gekommen war, hatte sein Reichtum ihm nie dazu gedient, die Grenzen des Alltäglichen zu überschreiten.

»Ob ich das *gerne* täte? Oh, mein Gott!«, rief sie aus. »Von so etwas hätte ich nicht einmal zu träumen gewagt.«

Das stimmte allerdings, dachte er bei sich und genoss den Augenblick in vollen Zügen. Natürlich gab es viele Menschen, die niemals auf die Idee kämen, eine bedeutende Geldsumme dafür auszugeben, sich einen Wunsch zu erfüllen, der einfach einer Laune entsprang. Er hatte auch noch nie gründlicher darüber nachgedacht, und jetzt, wo ihm die

Bedeutung dieser Tatsache an sich zum ersten Mal bewusst wurde, hatte Emily ihm ein neues Gefühl beschert.

»Dann tu es doch jetzt, wenn du möchtest«, sagte er. »Ich habe mir dieses Haus einmal mit einem Architekten angeschaut, und der sagte, für tausend Pfund könnte man das Ganze recht behaglich einrichten und dabei noch den Flair der damaligen Zeit erhalten. Eine Ruine ist es noch lange nicht, und es lohnt sich, das Gebäude zu retten. Die Giebel und Schornsteine sind in sehr gutem Zustand. Ich kümmere mich um die Sanierung, und den Rest kannst du auf deine Weise gestalten.«

»Das wird viel Geld kosten, all die alten Möbel«, sagte Emily atemlos. »Die sind *nicht* billig zu haben heutzutage. Die Leute wissen mittlerweile, dass sie gefragt sind.«

»Keine zwanzigtausend Pfund«, antwortete Walderhurst, »letztlich ist es ein Bauernhaus, und du bist eine praktische Frau; also lass es renovieren. Meinen Segen hast du.«

Emily schlug sich die Hände vors Gesicht.

»Wie kann ich dir das *jemals* danken?«, sagte sie. »Wie ich dir schon gesagt habe: Ich habe nie recht geglaubt, dass es Menschen gibt, die solche Dinge tun können.«

»Es gibt sie aber«, sagte er. »Und du gehörst dazu.«

»Und… und…«, plötzlich erinnerte sie sich wieder an den Grund für dieses Gespräch, der im Aufruhr ihrer Gefühle untergegangen war. »Oh, das darf ich nicht vergessen, nur weil ich mich so freue! Bis wann wird es denn möbliert sein?«

»Oh! Wegen der Osborns? Wir werden ihnen das Haus wohl in jedem Fall ein paar Monate überlassen.«

»Sie werden so *dankbar* sein«, sagte sie ganz aufgewühlt. »Du tust ihnen damit *solch* einen Gefallen.«

»Ich mach das für dich, nicht für sie. Dir möchte ich eine Freude bereiten.«

Mit feuchten Augen nahm sie den Hut ab, überwältigt von seiner Großzügigkeit. Als sie auf ihrem Zimmer war, lief sie ein wenig umher, denn sie war aufgewühlt, dann setzte sie sich und dachte, wie sehr der nächste Brief Mrs Osborn erleichtern würde. Plötzlich stand sie auf, ging zu ihrem Bett und kniete nieder. Sie schickte ehrerbietig viele fromme Dankesgebete an jene Gottheit, die sie immer anrief, wenn sie beim Singen der Sonntagslitaneien mithalf. Ihre Vorstellung von dieser Macht war denkbar einfach und konventionell. Es hätte sie wohl überrascht und geängstigt, hätte man ihr gesagt, dass dieses allmächtige Wesen in ihrem Geist viele Eigenschaften des Marquis von Walderhurst besaß. Das stimmte tatsächlich, und doch schmälerte es weder im einen noch im anderen Fall ihre Verehrung.

VIERTES KAPITEL

Die Osborns frühstückten gerade in ihrem ungemütlichen Wohnzimmer in der Duke Street, als ein Brief von Lady Walderhurst kam. Der Toast war hart und verbrannt, und die Eier von der Qualität, die für »18 Stk. für 1 Schilling« verkauft wurden. In der Wohnung stank es nach geräuchertem Hering, und Captain Osborn schimpfte über die wöchentliche Rechnung der Vermieterin, als Hester den Umschlag mit dem Adelskrönchen öffnete. (Jedes Mal wenn Emily einen Brief schrieb und dann das Adelskrönchen auf dem Papier sah, errötete sie ein wenig, und es fühlte sich an, als werde sie *gleich* aus einem Traum erwachen.) Mrs Osborn sah alles andere als freundlich aus. Sie war krank und nervös und reizbar, hatte sogar geweint und sich gewünscht, sie wäre tot; das hatte zu unschönen Szenen zwischen ihr und ihrem Mann geführt, denn er war nicht in der Stimmung, ihrer nervlichen Verfassung mit Geduld zu begegnen.

»Ein Brief von der Marquise«, sagte sie verächtlich.

»Vom Marquis hab ich noch keinen bekommen«, spottete Osborn. »Er hätte sich ja vielleicht zu einer Antwort herablassen können, der unbarmherzige Hund!«

Hester las. Als sie das Schreiben nach der ersten Seite wendete, fiel ihr das Gesicht zusammen. Wie bereits angedeutet, waren Lady Walderhursts Briefe weder sonderlich geistreich noch literarisch wertvoll, und doch schien Mrs Osborn angetan von dem, was sie las. Beim Lesen einer bestimmten Zeile wuchs ihr Erstaunen, und kurz darauf trat ein Ausdruck der Erleichterung in ihr Gesicht.

»Also, ich kann nur sagen, dass ist sehr anständig von ihnen«, rief sie schließlich aus, »wirklich anständig.«

Mit immer noch finsterer Miene sah Alec Osborn auf.

»Ich sehe keinen Scheck«, bemerkte er. »*Das* wäre wirklich anständig. Jetzt hätten wie es am bittersten nötig, da dieses verfluchte Weib uns ständig Rechnungen schickt für ihre Drecksnahrung und das Drecksloch, in dem wir hier hausen.«

»Das hier ist besser als jeder Scheck. Sie bieten uns etwas an, das wir uns nie leisten könnten, egal wie viele Schecks man uns schenkt. Ein schönes altes Haus, in dem wir für den Rest unseres Aufenthalts wohnen können.«

»Was?!«, rief Osborn aus. »Wo?«

»In der Nähe von Palstrey Manor, wo sie sich gerade aufhalten.«

»In der Nähe von Palstrey! Wie nah?« Er hatte auf seinen Stuhl hingelümmelt dagesessen, aber als er die Neuigkeit hörte, setzte er sich gerade und beugte sich vor, die Arme auf den Tisch gestützt. Er war hellwach und gespannt.

Hester blickte wieder in den Brief.

»Dazu schreibt sie nichts. Es ist wohl eine Antiquität, wie ich dem Brief entnehme; das Anwesen wird ›The Kennel Farm‹ genannt. Bist du je in Palstrey gewesen?«

»Als geladener Gast nicht« – wie immer, wenn er über Dinge sprach, die mit Walderhurst zu tun hatten, klang er ein wenig hämisch –, »aber einmal war ich zufällig in einem Verwaltungsstädtchen der Grafschaft ganz in der Nähe, bin dort alleine geritten. Herr im Himmel!« Er zuckte zusammen, »vielleicht handelt es sich um das merkwürdige alte Gebäude, an dem ich damals vorbeiritt und wo ich kurz anhielt, um einen Blick hineinzuwerfen. Hoffentlich ist es das.«

»Warum?«

»Weil es nah bei Palstrey Manor liegt, das könnte praktisch für uns sein.«

»Glaubst du, wir werden ihnen oft begegnen?«, fragte sie zögerlich.

»Wenn wir es geschickt anstellen schon. Sie mag dich, und sie schließt bestimmt gerne mit einer anderen Frau Freundschaft und kümmert sich – vor allem um eine mit angeschlagener Gesundheit, in die man all seine Fürsorge stecken kann.«

Hester kratzte mit dem Messer die Brotkrumen auf der Tischdecke zusammen, und ihre Wangen färbten sich tiefrot.

»Ich werde die Situation nicht ausnutzen«, sagte sie vergrätzt. »Das mach ich nicht.«

Es war nicht einfach, mit ihr umzugehen, und Osborn hatte mehr als einmal eine gewisse böswillige Sturheit bei ihr beobachten können. Jetzt lag etwas in ihrem Blick, das ihm Angst machte. Er musste sie unbedingt etwas gefügiger stimmen. Da sie eine sehr warmherzige Frau war, er hingegen keinerlei Gefühle hatte, wusste er, was zu tun war.

Er stand auf und ging zu ihr, legte ihr den Arm um die Schulter und setzte sich in den Stuhl neben ihr. »Ganz ruhig, meine Kleine«, sagte er. »Jetzt nimm dir das doch um Himmels willen nicht dermaßen zu Herzen! Glaub bloß nicht, ich würde nicht verstehen, wie du dich fühlst.«

»Ich glaube, du hast nicht die geringste Ahnung, wie ich

mich fühle«, sagte sie und biss die Zähne aufeinander. So deutlich wie jetzt hatte er ihr noch nie ihre Herkunft angesehen, und das war seiner Zuneigung zu ihr nicht gerade förderlich, denn in bestimmten Stimmungen sah sie aus wie eine Hindu-Schönheit, was alte Erinnerungen weckte, an die er lieber nicht rühren wollte.

»Doch, das weiß ich ... sicher weiß ich das«, protestierte er, ergriff ihre Hand und versuchte sie dazu zu bringen, ihn anzuschauen. »Eine Frau wie du kann bestimmte Gefühle gar nicht vermeiden. Und gerade deshalb darfst du deinen Stolz nicht aufgeben, musst du all deine Kräfte zusammennehmen – Gott weiß, du hast den Mut dazu – und deinem Mann beistehen. Denn, bei Gott, was soll sonst aus mir werden?«

Er stand unter solcher Anspannung, dass die starken Gefühle, die ihm die Kehle zuschnürten, nicht gespielt waren.

»Bei Gott«, sagte er noch einmal, »was soll sonst aus uns werden?«

Da hob sie ihren Blick und sah ihn an. Ihre Nerven lagen so blank, dass sie wusste, sie würde jeden Augenblick in Tränen ausbrechen.

»Ist denn noch Schlimmeres vorgefallen, als das, was du mir erzählt hast?«, fragte sie mit erstickter Stimme.

»Ja, noch Schlimmeres ... so schlimm, dass ich dich besser nicht damit belästige. Ich möchte nicht, dass du dich quälst. Ich war ein derart gottverlassener Narr, bevor ich dir begegnet bin und wieder auf den geraden Weg kam. Jetzt kommen Dinge ans Licht, an die keiner je gerührt hätte, hätte Walderhurst nicht geheiratet. Seien sie allesamt verflucht! Er hätte mir gegenüber anständig sein müssen. Das ist er dem Mann schuldig, der vielleicht einmal in seine Fußstapfen treten wird.«

Hester schlug langsam die Augen auf.

»Da stehen deine Chancen jetzt aber schlecht«, sagte sie. »Sie ist eine schöne, gesunde Frau.«

Osborn sprang auf und rannte den Flur auf und ab, geschüttelt von einem plötzlichen Anfall ohnmächtiger Wut. Er fletschte die Zähne, fast schon wie ein Hund.

»Oh, verflucht soll sie sein!«, stieß er aus. »Dieses riesige, rotwangige, trampelige Stück Vieh. Was hat sie sich hier einmischen müssen? Von all den teuflischen Dingen, die einem Mann widerfahren können, ist es das Schlimmste, dort hineingeboren zu werden, wo ich hineingeboren wurde. In dem Wissen, dass Rang und Reichtum und ein glanzvolles Leben ein ganzes Leben lang nur einen Steinwurf von dir entfernt sein werden, du aber immer nur von draußen zuschauen darfst, als Außenseiter. Glaub mir, gerade deshalb habe ich mich immer so ausgeschlossen gefühlt. Ich hatte jahrelang immer wieder denselben Traum, etwa einmal im Monat. Mit träumte, dass ich einen Brief öffne, in dem steht, dass er tot ist, oder dass ein Mann ins Zimmer kommt oder mich auf der Straße trifft und plötzlich zu mir sagt: ›Walderhurst ist letzte Nacht gestorben! Walderhurst ist letzte Nacht gestorben!‹ Es sind immer die gleichen Worte: ›Walderhurst ist letzte Nacht gestorben!‹ Und ich wache auf, am ganzen Leib zitternd, in kaltem Schweiß vor lauter Freude über das phantastische Glück, das am Ende über mich gekommen ist.«

Hester stieß einen kurzen Schrei aus, wie eine kleine Eule, und ließ ihren Kopf auf die Arme fallen, zwischen die Tassen und Teller.

»Sie wird einen Sohn bekommen! Einen Sohn!«, schrie sie. »Und dann wird es ganz egal sein, ob *er* stirbt oder nicht.«

Osborn knirschte vor Wut mit den Zähnen. »Und unser Sohn hätte alles erben können – alles hätte er haben können! Verflucht, verflucht!«

»Das wird er nicht ... jetzt nicht mehr ... selbst wenn er auf die Welt kommen sollte«, schluchzte sie und krallte ihre zarten kleinen Hände ins Tischtuch.

Es war hart für sie. Sie hatte tausend Fieberträume gehabt, von denen ihr Mann nichts wusste. Hatte nachts stundenlang wachgelegen, mit weit aufgerissenen Augen in die Dunkelheit gestarrt und sich im Innersten ihrer Seele das glanzvolle Schauspiel vorgestellt, an dem sie teilhaben würde, den Trost für vergangenes Leid, die große Rache für alte Kränkungen, die ihr sicher wäre, sobald Osborn die soeben zitierten Worte gesprochen haben würde: ›Walderhurst ist heute Nacht gestorben!‹ Ach, wäre ihnen doch das Glück hold gewesen; hätten die Zaubersprüche doch Wirkung gezeigt, die ihre Ayah ihr heimlich beigebracht hatte. Wenn sie eine Einheimische wäre und sie richtig angewendet hätte, dann hätten sie das bestimmt getan! Einmal hatte sie einen Zauber gesprochen, bei dem Ameerah ihr geschworen hatte, es werde sicher gelingen. Zehn Wochen hatte es gebraucht, ihn zu einem Ende zu bringen. Sie hatte erfahren, dass er einmal bei einem Mann gewirkt habe. Über ein paar versteckte Anspielungen, die sie hatte deuten können, weil sie ein wenig Bescheid wusste über diese seltsamen Dinge und weil sie eine aufmerksame Beobachterin war. Der Mann war am Ende gestorben ... wirklich gestorben. Sie hatte es selbst gesehen, mit eigenen Augen, wie er immer kränklicher wurde, hatte von seinen Fieberschüben erfahren, von seinen Schmerzen und schließlich von seinem Tod. Er war gestorben! Sie wusste das, und sie hatte es selbst in aller Heimlichkeit ausprobiert. Und in der fünften Woche, genau wie bei dem Einheimischen, der gestorben war, hörte sie, dass Walderhurst unpässlich war. In den folgenden vier Wochen war sie krank vor lauter Spannung, einer Mischung aus Entsetzen und Entzücken. Aber er starb nicht in der zehnten Woche. Sie hörten, dass er zusammen mit einer Gruppe von Honoratioren nach Tanger gereist war, und dass seine »leichte« Unpässlichkeit wieder vorüber war und er sich bester Gesundheit erfreute und glänzender Laune war.

Ihr Mann wusste nichts von ihren Mordgelüsten. Sie würde sich nie trauen, es ihm zu erzählen. Es gab viele Dinge, die sie ihm nicht erzählte. Über ihre Geschichten von Einheimischen und deren okkulten Kräften lachte er nur, aber sie wusste, dass er, wie die meisten Ausländer, seltsame Dinge beobachtet hatte. Er erklärte immer verächtlich, Schnelligkeit, Geschicklichkeit und universelles Wissen seien die eigentlichen Wirkkräfte und hätten ebenso wundersame Wirkung wie alles Okkulte. Er mochte es nicht, wenn sie den »Eingeborenentricks«, wie er es nannte, Glauben schenkte. Eine Frau mache sich ja zur Närrin, wenn sie so leichtgläubig war.

In den letzten Monaten wurde Hester von einem weiteren Fieber gequält. Es waren ganz neue Gefühle in ihr erwacht. Sie dachte jetzt an Dinge, an die sie nie zuvor gedacht hatte. Kinder hatten ihr nie viel bedeutet, und sie hatte auch nie geglaubt, dass sie eine mütterliche Ader hätte. Aber die Natur arbeitete in ihr auf ihre ganz eigene, wundersame Weise. So manches kümmerte sie nun weniger, anderes dagegen mehr. Osborns Launen kümmerten sie weniger, und sie konnte ihm besser entgegentreten. Er begann, ihr Temperament zu fürchten, und ihr machte es mitunter regelrecht Spaß, ihm die Stirn zu bieten. Zwischen ihnen beiden war es zu schrecklichen Szenen gekommen, bei denen sie ihm in jäh aufflammendem Zorn Worte an den Kopf geworfen hatte, die ihr früher Angst gemacht hätten. Eines Tages hatte er mit der groben Abfälligkeit eines selbstsüchtigen, reizbaren Rüpels über das häusliche Ereignis gesprochen, das ihnen bevorstand. Das wagte er kein zweites Mal.

Sie sprang auf und schüttelte die geballte Faust vor seinem Gesicht – so nah, dass er vor Schreck zurückfuhr.

»Sag kein Wort!«, schrie sie. »Wag es nicht … wag es bloß nicht! Ich sag dir was, pass auf, sonst ist es um dich geschehen.«

Nach diesem Anfall von Raserei sah er sie in einem neuen Licht, entdeckte neue Seiten an ihr. Sie würde ihr Kind verteidigen wir eine Tigerin ihre Jungen. Sie nährte eine geheime Leidenschaft, von der er nichts gewusst hatte. Keinen Augenblick hatte er etwas davon geahnt. Das hätte er nie von ihr gedacht. Sie hatte sich fein herausputzen, eine bedeutende gesellschaftliche Stellung erringen und der Welt gefallen wollen, Gefühle hatten da keine Rolle gespielt.

An dem Morgen, als der Brief kam, sah er sie schluchzen und die Hände ins Tischtuch krallen und dachte nach. Brütend lief er auf und ab. Es gab viele Dinge, die überdacht werden mussten.

»Wir könnten die Einladung auch einfach annehmen«, sagte er. »Du kannst vor ihnen zu Kreuze kriechen, so viel zu magst. Je mehr, desto besser. Es wird ihnen gefallen.«

FÜNFTES KAPITEL

An einem wunderschönen regnerischen Morgen zogen die Osborns in »The Kennel Farm« ein. Die grünen Felder, Bäume und Hecken waren pitschnass, und die Blumen hingen voller Tropfen, die funkelten, sobald die launige Sonne durch die Wolkendecke brach und nach ihrem verborgenen Licht suchte. Eine Kutsche aus Palstrey Manor holte sie ab und brachte sie bequem zu ihrem Ziel.

Als sie in die Auffahrt einbogen, sah sich Osborn die Giebel und Schornsteine an, die man durch die Bäume erkennen konnte. »Das ist das alte Haus, das ich mir angesehen habe«, sagte er, »wirklich ein tolles altes Haus.«

Hester sog gierig die reine Süße der frischen Luft ein und füllte ihre Seele mit den Bildern schöner Dinge, die sie nie zuvor gesehen hatte. In London hatte sie alle Hoffnung und allen Lebensmut verloren. Die Unterkunft in der Duke Street, der ewige Räucherfisch zum Frühstück, Eier von fragwürdiger Qualität und unbezahlte Rechnungen, all das hatte ihr stark zugesetzt. Sie war an einem Punkt angelangt, an dem sie das Gefühl hatte, es nicht länger ertragen zu können. Hier würde es wenigstens grüne Bäume und frische Luft und keine Vermieterin geben. Und da sie keine Miete zahlen mussten, wären sie wenigstens eine Sorge los.

Doch über diese Freiheit hinaus hatte sie sich kaum etwas davon versprochen. Sie hatte es für sehr wahrscheinlich gehalten, dass ein altes Bauernhaus, das man seinen mittellosen Verwandten einfach so zur Verfügung stellt, auch unbequem sein würde.

Aber noch ehe sie die Schwelle überschritten hatten, war ihr klar geworden, dass man ihnen aus irgendeinem Grund mehr gegeben hatte. Der seltsame alte Garten war wieder ordentlich hergerichtet worden – eine malerische und hübsch unordentliche Ordnung, in der Kletterpflanzen wuchern und sich ausbreiten konnten, in der die Blumen aus den Ritzen wachsen und die Dinge sich ungehindert ansammeln durften.

Der jungen Frau wurde das Herz wieder leichter, als sie zu dem ehrwürdigen backsteinernen Vorbau hinauffuhren, der ein wenig aussah wie das Vestibül einer kleinen Kirche. Durch die offene Tür sah sie hinein, und es war so bequem und malerisch eingerichtet, wie sie es nie zu träumen gewagt hätte. Sie kannte sich nicht genug aus in diesen Dingen, als dass sie eine Vorstellung gehabt hätte, was für Wunder Emily in diesem Haus vollbracht hatte, aber sie konnte sehen, dass die alten Möbel auf eine seltsame Art harmonierten. Die schweren Stühle und Bänke und Truhen schienen schon Jahrhunderte lang auf dem Land zu Hause zu sein und ganz zu dem Anwesen zu gehören, ebenso die massiven Balken und Türen.

Hester stand mitten in der Diele und sah sich um. Der eine Teil war mit einer Eichentäfelung ausgekleidet, der andere weiß getüncht. Man hatte tiefe, niedrige Fenster in die dicken Mauern geschnitten.

»Ich habe noch nie etwas Vergleichbares gesehen«, sagte sie.

»In Indien findet man dergleichen auch gar nicht«, antwortete ihr Mann. »Und in England gibt es auch nicht viele Häuser dieser Art. Ich würde mir gerne die Ställe anschauen.«

Er ging fast unverzüglich hinaus, sah sich die Sache an und war mit dem Ergebnis erstaunlicherweise zufrieden. Walderhurst hatte ihm ein anständiges Reitpferd geliehen, und für Hester gab es einen ordentlichen kleinen Pferdewagen. Palstrey Manor hatte »ihnen Gutes getan«. Das war deutlich mehr, als er sich erhofft hatte. Er wusste, wäre er ohne Ehefrau nach England zurückgekehrt, hätte man ihn nicht so gastfreundlich empfangen. Somit war sein Glück gewissermaßen eine Folge davon, dass Hester in sein Leben getreten war. Gleichzeitig wurde ihm bewusst, dass Hester allein wohl kaum diese Wirkung gehabt haben würde, denn in dieser Situation kam noch ein weiteres Element ins Spiel – nämlich eine Frau mit viel Mitgefühl und einiger Macht: die neue Lady Walderhurst.

Und dennoch, verflucht soll sie sein, verflucht!, dachte er, als er in die offene Box trat, um sich die Stute anzuschauen und ihr glänzendes Fell zu tätscheln.

Die Beziehungen, die sich zwischen den Bewohnern von Palstrey und »The Kennel Farm« entwickelten, zeichneten sich vor allem durch zwei Dinge aus: Lord Walderhurst entwickelte keinerlei herzliches Interesse an den Osborns, Lady Walderhurst indes sehr wohl. Nachdem Lord Walderhurst Emilys Wünschen entgegengekommen war und sich gegenüber seinem mutmaßlichen Erben und dessen Frau wirklich großzügig gezeigt hatte, fühlte er sich zu keiner weiteren Zurschaustellung von Gefühlen veranlasst.

»Ich mag ihn jetzt nicht besser leiden als vorher«, sagte er zu Emily. »Und ich kann nicht behaupten, dass ich mich zu Mrs Osborn hingezogen fühle. Natürlich sollte eine herzenswarme Frau wie du aus gutem Grund gerade jetzt besonders freundlich zu ihr sein. Tu für sie, was immer du willst, solange sie unsere Nachbarn sind. Doch was mich angeht, genügt die Tatsache, dass dieser Mensch mein mutmaßlicher Erbe ist, für sich genommen noch nicht, ihn mir ans Herz wachsen zu lassen – eher im Gegenteil.«

Zugegeben, zwischen den beiden gab es einen Groll, der auch nicht schwächer wurde, nur weil er unausgesprochen blieb, und der auch weiterhin im tiefsten Inneren lauerte. Walderhurst hätte sich selbst unmöglich eingestehen mögen, dass dieser kräftige, warmblütige junge Mann ihm vor allem deshalb missfiel, weil ihm, als er ihn mit dem Gewehr über der Schulter und gefolgt von einem Wildhüter durchs Gelände reiten sah, fast unbewusst die unangenehme Wahrheit vor Augen trat, dass der Mann über ein Land ritt, dass er eines Tages sein Eigen nennen könnte, und Vögel abschoss, über die er zukünftig ein Recht besäße, die er jagen, andere zu ihrer Jagd einladen oder weniger begünstigte Personen an ihrer Jagd hindern könnte – als Herr über Palstrey Manor –, und diese Wahrheit war ärgerlich genug, um Osborns sämtliche Charakterfehler und seine schlechte Erziehung noch schärfer hervortreten zu lassen.

Emily, die mit jedem Tag ihres Lebens mehr Verständnis für Walderhursts Wesensart entwickelte, begriff diesen Umstand allmählich immer besser. An einem Tag, als er sie mit der Kutsche aus dem Moor nach Hause brachte, machte ihr Verständnis einen besonders großen Sprung vorwärts. Sie sahen Osborn mit seinem Gewehr durch ein Schutzgehege wandern. Dieser hatte sie nicht gesehen, und Walderhurst war leichter Ärger anzumerken.

»Er scheint sich hier ja ganz zu Hause zu fühlen«, lautete sein Kommentar.

Dann war er eine Weile still und wirkte dabei alles andere als zufrieden.

»Wäre er mein Sohn«, sagte er, »wäre das etwas anderes. Wenn Audreys Kind leben würde …«

Er hielt inne und gab der großen Stute einen leichten Klapps mit seiner Pferdepeitsche. Es ärgerte ihn ganz offenkundig, dass er überhaupt etwas gesagt hatte.

Eine heiße Röte stieg Emily ins Gesicht. Die Welle erfasste ihren ganzen Körper. Sie wandte das Gesicht ab, in der Hoffnung, Walderhurst werde nicht auf sie achten. Das war das erste Mal, dass er den Namen seiner verstorbenen Frau vor ihr erwähnt hatte. Sie hatte nie einen Menschen über sie reden hören. Audrey war offensichtlich keine Person gewesen, die man sehr geliebt hatte oder die sehr betrauert wurde. Aber sie hatte einem Sohn das Leben geschenkt.

Ihre schlichte Seele hatte es kaum gewagt, den Gedanken an solch eine Möglichkeit in Erwägung zu ziehen – nicht einmal ganz zaghaft. Sie hatte in der Vergangenheit nicht die Kühnheit besessen, darauf zu vertrauen, dass sie als Frau Reize genug besaß, um einen Ehemann zu finden, und so gab es auch jetzt mentale Schranken. Irgendwie dachte sie ein wenig altjüngferlich. Und doch würde sie für das Glück dieses trübe gestimmten Mannes ihr Leben geben, und in der letzten Zeit hatte sie sich mehr als einmal vorgeworfen, zu viel hinzunehmen, ohne nachzudenken.

»Ich habe mir die Dinge nie so richtig klargemacht«, hatte sie in demütigem Schmerz zu sich gesagt. »Ich wäre besser ein junges Mädchen – stark und schön. Das Opfer, das er gebracht hat, ist viel zu groß … es ist riesig.«

Das stimmte überhaupt nicht. Walderhurst hatte geheiratet, weil er das so wollte, und er hatte getan, was die größte Aussicht hatte, ihm Ruhe und Behaglichkeit zu bescheren … und damit Erfolg gehabt. In jedem Fall war Emily ein schönes Geschöpf und erst vierunddreißig Jahre alt, und würde Alec Osborn auf der anderen Seite des Globus weilen, wäre die Frage, ob sie einen Erben hinterlassen würde oder nicht, weniger präsent und folglich weniger bedeutungsvoll gewesen.

Dass die Osborns so nahe wohnten, ärgerte ihn jetzt. Sollten sie einen Jungen bekommen, würde es ihn noch mehr ärgern. Er war eher froh über die sich gerade abzeichnende Gelegenheit, England für Angelegenheiten von einiger Bedeutung verlassen zu können.

Er hatte mit Emily über diese Möglichkeit gesprochen, und sie hatte verstanden, dass sie ihn, da die Reiseroute und die Länge seines Aufenthaltes ungewiss waren, nicht begleiten würde.

»Einen Nachteil hat unsere Ehe«, sagte er.

»Ist es … ist es irgendetwas, bei dem ich Abhilfe schaffen kann?«, fragte Emily.

»Nein, auch wenn du dafür verantwortlich bist. Menschen können selten die Nachteile aus der Welt schaffen, für die sie verantwortlich sind. Du hast mich gelehrt, dich zu vermissen.«

»Ach … hab ich das?«, rief Emily aus. »Oh, wie *glücklich* ich bin.«

Sie war so glücklich, dass sie etwas von ihrem Glück weitergeben wollte an die Menschen, die weniger davon hatten. Zu Hester Osborn war sie ganz ungemein freundlich. Es verging kaum ein Tag, ohne dass eine Kutsche der Walderhursts vor der Tür von »The Kennel Farm« hielt. Manchmal kam Emily höchstpersönlich vorbei, um Mrs Osborn zu einer Ausfahrt abzuholen, manchmal schickte sie eine Kutsche nach ihr, um sie zum Mittagessen nach Palstrey zu holen, wo sie den Tag oder die Nacht verbringen konnte. Aus ihrem Interesse an der jungen Frau wurde echte Zuneigung. Sie hätte ihr Interesse auch dann geweckt, wenn es keinen besonderen Grund gegeben hätte, ihr Mitgefühl und Sympathie entgegenzubringen. Hester brachte in ihren Gesprächen viele interessante und neue Themen zur Sprache. Emily mochte es, wenn sie aus ihrem Leben in Indien erzählte und ihre kuriosen Anekdoten über die Einheimischen zum Besten gab. Sie war fasziniert von Ameerah mit ihren Nasenringen und ihren indischen Gewändern, dem dunklen, geheimnisvollen Gesicht, ihrer merkwürdigen Art zu reden und den geschmeidigen ruhigen Bewegungen, alles Dinge, die den Bauern Angst machten und in Palstrey im Speisesaal der Bediensteten eine Mischung aus Misstrauen und Respekt weckten.

»Sie verhält sich sehr respektvoll, Milady, nur ihre Manieren sind etwas fremd und eigenartig«, lautete Jane Cupps Kommentar. »Aber sie hat eine Art, einen anzuschauen – fast schon zu starren – die mich wütend macht, sobald ich es merke. Es heißt, sie würde sich in einigen Dingen auskennen, sie könnte zum Beispiel die Zukunft vorhersagen oder einen Fluch über jemanden verhängen oder einen Liebestrank brauen. Aber sie spricht nur ganz im Geheimen darüber.«

Emily begriff, dass Jane Cupp Angst vor der Frau hatte und sie misstrauisch beäugte.

»Sie ist eine sehr gewissenhafte Dienerin, Jane«, antwortete sie. »Und sie ist Mrs Osborn treu ergeben.«

»Das ist sie bestimmt, Milady. Ich habe Bücher über die treue Ergebenheit von Dunkelhäutigen gelesen. Darin heißt es, sie seien viel treuer als Weiße.«

»Nur treuer als so manche Weiße«, sagte Lady Walderhurst mit ihrem gütigen Lächeln. »Ameerah ist nicht treuer als du, da bin ich mir ganz sicher.«

»Oh, Milady!«, rief Jane aus und wurde rot vor Freude. »Ich hoffe nicht. Das möchte ich doch nicht glauben.«

Tatsächlich hatte die Tatsache, dass Ameerah aus den Tropen stammte und eine etwas undurchsichtige Person war, die Phantasie im Speisesaal der Bediensteten angeheizt, und über vieles wurde viel geredet, über die Osborns ebenso wie über ihre Dienstboten, und Walderhursts Diener, der ein weit gereister Mann war, gab spannende Geschichten aus dem Leben in Ostindien zum Besten.

Captain Osborn hatte in jener Zeit Sport getrieben, was zu den Dingen gehörte, die er am meisten liebte. Er war einer jener Männer, die den lieben langen Tag fischen, jagen oder schießen, kräftige Mahlzeiten verdrücken und nachts tief schlafen können – die das ein ganzes Jahr hindurch tagein, tagaus tun können und dabei den Gipfel ihres Lebensglücks erreichen. Er kannte keine andere Sehnsucht im Leben als jene, die ein Mann sich mit dem Reichtum eines Walderhurst erfüllen konnte. Die Natur hatte ihn nach dem Vorbild des urweltlichen Typus eines englischen Landbesitzers geschaffen. Indien mit seinen verheerenden und erdrückenden heißen Jahreszeiten und den wilden Regengüssen konnte ihm nichts von dem geben, was er sich wünschte und ließ ihn zu jeder Stunde seines Lebens sich gegen das Schicksal auflehnen. Er war Sanguiniker, sein Körper litt unter der Hitze und sperrte sich. Wenn er auf »The Kennel Farm« aus dem Bett sprang, in die frische, süße Morgenluft hinaustrat und in seinen Zuber stieg, war jeder Atemzug ein ekstatisches Erlebnis. Die Brise, die durch die rautenförmigen, efeubehangenen Fensterflügel ins Haus wehte, war eine Freude.

»Guter Gott im Himmel!«, schrie er Hester durch die halb geöffnete Tür zu, »was für ein Morgen! Das ist *Leben*, wenn ein Mann sein Blut durch die Adern rauschen fühlt. Ob es regnet oder die Sonne scheint, es ist mir gleich. Ich kann nicht im Haus bleiben. Es genügt mir schon, nur durch die Heide zu stromern, egal, ob bei trockenem oder nassem Wetter, unter tropfenden oder glänzenden Bäumen. Ich kann es kaum glauben, dass wir jemals mit heraushängender Zunge schwitzend dagelegen und dem wimmernden Quietschen des Punkah-Wedels gelauscht haben, in Nächten, die so tödlich heiß waren, dass man nicht schlafen konnte. Es ist wie eine Erinnerung an die Hölle, während man im Paradies lebt.«

»Wir werden nicht lang im Paradies leben«, sagte Hester einmal mit einiger Verbitterung. »Die Hölle wartet schon auf uns.«

»Zum Kuckuck! Erinnere mich nicht dran. Manchmal will ich nicht glauben, dass das wahr ist«, antwortete er nahezu fauchend. Tatsächlich war es ihm zur Gewohnheit geworden, sein tägliches Vergnügen zu steigern, indem er alle Erinnerungen, die mit der Realität des gegenwärtigen Augenblicks nichts zu tun hatten, weit von sich stieß. Beim Stapfen durch Farn und Heidekraut dachte er nur eins: dass noch eine Chance bestand – eine Chance gab es noch, Himmel Herrgott noch mal! Wenn ein nicht allzu kräftiger Mann vierundfünfzig oder fünfundfünfzig Jahre alt wird, steigen die Chancen zusehends. War er über Stunden von diesen Stimmungen geplagt, fand er es durchaus nicht angenehm, wenn er zufällig Lord Walderhurst über den Weg lief, der stocksteif und ernst auf seinem schönen Fuchs saß und ihn grüßte, indem er feierlich mit der Reitgerte an den Hut tippte. Oder genau in dem Moment zur Kennel Farm zurückzukehren, wenn der Landauer aus Palstrey Manor beim Tor einbog, darin eine vor Gesundheit nur so strotzende Lady Walderhurst mit ihrem freudigen Interesse an allem und jedem, das ihre Augen und Wangen zum Strahlen brachte.

Schließlich kam ein Tag, an dem sie nicht mehr so strahlend wirkte. Der Grund hierfür schien unter den gegebenen Umständen ganz natürlich zu sein. Ein leidenschaftlicherer Mann als Lord Walderhurst hätte vielleicht gespürt, dass er nicht ins Ausland reisen und seine vergleichsweise frisch angetraute Ehefrau allein zurücklassen sollte. Aber Lord Walderhurst war kein leidenschaftlicher Mann, und er hatte eine Frau geheiratet, die der Ansicht war, dass er alles gut machte; dass letztlich alles allein schon deshalb gut sein musste, weil er es so beschlossen hatte. Seine Reise nach Indien würde schließlich nur ein paar Monate dauern, und seine dortigen diplomatischen Bemühungen erforderten eine gewisse unanfechtbare Seriosität. Wäre er klüger, aber, gemessen an den hohen Anforderungen des britischen Anstands, weniger respektabel gewesen, hätte er dem Zweck, den die Regierung verfolgte, nicht dienen können.

Emilys Haut hatte ein wenig von ihrer gesunden Frische eingebüßt; Hester war erschrocken, als sie sie sah. Ihre Augen wirkten ein klein wenig geschwollen. Doch mit der strahlenden Geduld ihres Lächelns strafte sie den leisen

Verdacht Lügen, sie könnte vor Verlassen des Hauses die eine oder andere Träne vergossen haben. In ihrer Schilderung der Situation brachte sie Verständnis und Respekt für die ehrenwerte Mission zum Ausdruck, die sie eine Zeitlang ihres Gatten berauben würde. Ihr unerschütterlicher Glaube an Walderhursts intellektuelle Bedeutung für das Wohlergehen der Regierung war ganz und gar rührend.

»Es ist ja nicht für lange«, sagte sie, »und wir beide müssen uns oft sehen. Ich bin so froh, dass du hier bist. Du weißt ja, wie sehr man es vermisst, dass…«, hier brach sie ab, auf bewundernswerte Weise entschlossen, ein fröhliches Gesicht zu machen. »Daran denke ich besser gar nicht.«

In den Tagen vor seiner Abreise beglückwünschte sich Walderhurst selbst. Emily war genau so, wie eine Frau seiner Meinung nach sein sollte. Sie hätte ihm ja auch Schwierigkeiten machen oder sich von ihren Gefühlen beherrschen lassen können. Wäre sie viel jünger gewesen, hätte er eine Art Kindermädchen für sie einstellen müssen; aber dieses liebenswerte und sensible Geschöpf konnte wunderbar auf sich selbst aufpassen. Man brauchte nur einen Wunsch zu äußern, und schon wusste sie nicht nur, wie man ihn in Erfüllung gehen lassen konnte, noch dazu war sie bereit, das ganz fraglos auch zu tun. Er für sein Teil wollte ihr gern in allen Geschmacksdingen die Entscheidungshoheit überlassen. Sie hatte dermaßen bescheidene Ansprüche. Und auch keinen modernen Spleen, bei dem man befürchten könnte, sie werde in seiner Abwesenheit etwas tun, das ihn stören oder ärgern könnte. Am liebsten wollte sie in Palstrey Manor bleiben und die Schönheit dieses Ortes genießen. Sie wollte ihre Tage damit zubringen, durch die Gärten zu streifen, mit den Gärtnern zu plaudern, die sie alle liebgewonnen hatten, oder den älteren Leuten und der Jugend im Dorf ein paar kleine Besuche abstatten. Sie würde der Frau des Vikars bei ihrer Wohltätigkeitsarbeit unter die Arme greifen, würde regelmäßig die Kirche besuchen und dort in der Kirchenbank des Herrenhauses sitzen, würde die notwendigen langweiligen Besuche abstatten und mit vorbildlicher Freundlichkeit und Anstand an den unvermeidlichen langweiligen Mittagessen teilnehmen.

»Wie ich dir schon damals sagte, als du mir mitgeteilt hast, dass du um ihre Hand angehalten hast«, sagte Lady Maria an jenem Tag, an dem er bei ihr zu Mittag aß, da er zum Einkaufen nach London gefahren war, »da hast du mehr Urteilsvermögen gezeigt als die meisten Männer deines Alters und deiner Stellung. Wenn Menschen schon unbedingt heiraten wollen, dann sollten sie wenigstens eine Person wählen, bei der die Gefahr, dass sie ihnen in die Quere kommt, höchst gering ist. Emily wird sich nie in deine Angelegenheiten einmischen. Dein Wohlergehen liegt ihr mehr am Herzen als ihr eigenes; und da sie wie ein großes, gesundes, gutes Kind ist, wird sie überall ihr Vergnügen finden, ganz egal, wo.«

Das stimmte, und doch hatte das gesunde, kindliche Geschöpf in aller Heimlichkeit ein wenig geweint und war auf eine anrührende Weise glücklich darüber, dass die Osborns in ihrer Nähe sein würden und sie während der Sommermonate an Hester denken und sich um sie kümmern konnte.

Es war zum Heulen, dass sie eine so naive Zuneigung zu den Osborns gefasst hatte, denn zumindest einer von beiden konnte sie nicht ausstehen. Captain Osborn empfand schon ihre Existenz und ihre Gegenwart in der nahen Nachbarschaft als Beleidigung. In seinen Augen war sie genau der Frauentyp, den er am meisten verabscheute. Ein Riesentrampel sei sie, und dass sie so groß und gutherzig war, würde ihm gewaltig auf die Nerven gehen und ihn richtig fuchsig machen.

»Sie sieht so verteufelt wohlhabend aus in ihren erstklassigen Kleidern und mit ihrer strotzenden Gesundheit«, sagte er. »Wenn ich sie nur mit ihren großen Füßen herumtrampeln höre, macht mich das schon verrückt.«

Hester stieß ein kurzes, schrilles Lachen aus.

»Ihre großen Füße sind besser in Form als meine«, sagte sie. »Ich sollte sie hassen, und das würde ich auch, wenn ich könnte, aber ich kann es nicht.«

»Aber ich kann's«, erwiderte Osborn durch die Zähne gepresst, wandte sich zum Kamin um und strich ein Zündholz an, um sich seine Pfeife anzuzünden.

SECHSTES KAPITEL

Nachdem Lord Walderhurst nach Indien aufgebrochen war, begann seine Frau sich ihren Alltag so einzurichten, wie er sich das vorgestellt hatte. Noch vor seiner Abreise hatte sie ihren ersten Empfang besucht und ein paar Wochen in dem Stadthaus verbracht, in dem die beiden ein paar eindrucksvolle und sehr formelle Dinnerpartys gaben, deren Besonderheit weniger ihre Lebendigkeit war als vielmehr, dass es würdevoll zuging und man guten Geschmack bewies. Ohne ihren Gatten wären die Pflichten des gesellschaftlichen Lebens in der Stadt für Emily unerträglich gewesen. Sie wurde von Jane Cupp mit inbrünstiger Leidenschaft eingekleidet, von ihrer schmalen langen Taille fiel ein feiner schwingender Faltenwurf, ihr Hals war mit Diamanten geschmückt und ihr volles braunes Haar mit einer Tiara oder einem großen Stern.

Emily machte ihre Sache ganz prächtig, solange sie wusste, dass der rüstige Walderhurst mit seiner langjährigen Erfahrung stets in ihrer Nähe war. Mit ihm an der Seite konnte sie selbst den steifen Pomp einer offiziellen Zeremonie gut überstehen, doch ohne ihn würde sie sich dabei sehr unwohl gefühlt haben. In Palstrey Manor fühlte sie sich jetzt nicht mehr fremd, und sie bekam allmählich das Gefühl, dass sie der Welt, in der sie lebte, auch wirklich zugehörig war. Sie gewöhnte sich an die Menschen um sie herum und empfand bei den Begegnungen mit ihnen eine ungeheure Freude. Auch das patriarchalisch geprägte Dorfleben sagte ihr zu, denn es fiel ihr leicht, die Zuneigung anderer zu wecken. Die meisten Dorfbewohner in Palstrey grüßten die Walderhursts schon seit Generationen mit einem ehrerbietigen Gruß oder Knicks. Emily gedachte gerne dieses Umstands und hatte sofort eine Zuneigung zum einfachen Volk gefasst, das mit dem Mann, den sie so verehrte, offenbar eine ganz enge Beziehung verband.

Walderhurst hatte nicht die geringste Vorstellung, was diese Verehrung eigentlich bedeutete. Er ahnte nicht einmal, dass es sie überhaupt gab. Er sah, dass sie eine naive Ehrfurcht vor ihm hatte und an ihn glaubte, und war davon natürlich angetan. Außerdem war er sich dessen bewusst, dass seine Frau, wäre sie eine strahlendere Persönlichkeit, auch ansprüchlicher und nicht so leicht zu beeindrucken wäre. Wäre sie indessen eine dumme oder ungeschickte Person, er würde sie nicht leiden mögen und die Eheschließung bitter bereuen. Aber sie war nichts als Unschuld, Dankbarkeit und Bewunderung – und bei all diesen Tugenden konnte er gar nicht anders, als diese Frau, die noch dazu gut aussah, eine stabile Gesundheit und gute Manieren hatte, unendlich gern zu haben. An dem Tag, als sie ihn verabschiedet hatte, sah sie wirklich sehr hübsch und attraktiv aus: Die Rührung hatte ihr die Wangen gefärbt, sie hatte etwas Sanftes gehabt, und ihre Augen hatten feucht geglänzt. Es war wirklich überaus bewegend gewesen, als ihre starke Hand im letzten Moment die seine gedrückt hatte.

»Ich *wünschte* nur«, hatte sie gesagt, »ich *wünschte* nur, ich könnte etwas für dich *tun*, während du fort bist, es gäbe etwas, das du mich *tun* lassen könntest.«

»Pass gut auf dich auf und genieße es«, hatte er geantwortet. »Das würde mir wirklich Freude bereiten.«

Der Marquis besaß nicht die nötige Phantasie, um zu ahnen, dass seine Frau nach dem Nachhausekommen den Morgen in seinen Gemächern verbringen würde, wo sie eigenhändig Ordnung in seine Sachen brachte, nur um des reinen Vergnügens willens, die Kleider zu berühren, die er getragen, die Bücher, die er in die Hand genommen, die Kopfkissen, auf die er seinen Kopf gebettet hatte. Ja, sie hatte sogar dem Hauswirtschafter am Berkeley Square gesagt, sie wünsche nicht, dass jemand die Wohnungen Seiner Lordschaft betrete, bevor sie sie nicht selbst angeschaut habe. Der Wahn, den man Liebe nennt, ist ein Gefühl, dem man mit keiner Erklärung gerecht werden kann. Die Personen, die unter ihrer Macht stehen, sind wie vom Zauber gebannt. Sie sehen, hören und fühlen etwas, das der Rest der Welt nicht wahrnimmt und nie wahrnehmen wird. Für die liebenswerten Tugenden, die Emily Walderhurst in diesem nicht mehr ganz jungen Gentleman sah und die ihre Leidenschaft weckten, würde eine ungerührte Welt bis zum Ende ihrer Tage blind, taub und fühllos bleiben. Doch ob es sie nun wirklich gab oder nicht, machte nicht den geringsten Unterschied, denn sie sah und fühlte sie und war bis ins Innerste ihrer Seele von ihnen durchdrungen. Agatha Norman mit ihrer strahlenden Jugend, die mit ihrem frisch gebackenen Ehemann fröhlich um die Welt reiste, war weniger tief bewegt, obwohl die Eheleute so viel miteinander lachten und sich liebten.

Als sie nun durch die komfortablen, leeren Zimmer ihres James lief, bekam Emily einen Kloß in den Hals. Dicke Tränen tropften auf die Brust ihres Kleides, wie damals, als sie übers Moor nach Maundell gelaufen war, auf ihre Leinenbluse. Aber sie lächelte tapfer und wischte sich sanft zwei Tränen aus dem Gesicht; sie fielen auf einen Tweedmantel, den sie aufgehoben hatte. Da hielt sie plötzlich inne, küsste den rauen Stoff und barg unter Schluchzen ihr Gesicht darin.

»Ich *liebe* ihn so«, flüsterte sie geradezu hysterisch. »Ich *liebe* ihn so, und ich werde ihn *so* vermissen!«, sagte sie mit Nachdruck.

Sie legte tatsächlich so viel Leidenschaft in diesen Ausruf, dass sie im nächsten Augenblick das Gefühl hatte, das sei fast ein bisschen anstößig gewesen. Sie hatte – weil die Situation so angespannt war – noch nie Gelegenheit gehabt, Lord Walderhurst offen zu sagen, dass sie ihn »liebte«. Das war bisher nicht nötig gewesen, und sie war es auch nicht recht gewohnt, und so war es ganz natürlich, dass sie sich ein wenig schämte, als sie sich dabei ertappte, wie sie seiner Weste ihre Gefühle offenbarte. Sie saß da, hielt das Stück Stoff in der Hand und ließ ihre Tränen fließen.

Sie sah sich in dem Raum um und blickte über den Korridor durch die offene Tür ins angrenzende Arbeitszimmer. Es waren schöne Räume, und jedes Buch, jede Büste und jeder Stuhl schienen ein besonderer Ausdruck seiner Persönlichkeit zu sein. In Emilys Augen war das ganze Haus schön und eindrucksvoll.

»Er hat Schönheit in mein Leben gebracht, es ist jetzt voller Annehmlichkeiten und Glück«, sagte sie zitternd. »Er hat mich vor alldem bewahrt, wovor ich Angst hatte, und es gibt nichts, was ich *tun* kann. Oh!«, sagte sie und ließ mit einmal ihr heißes Gesicht in die Hände fallen, »wäre ich doch nur Hester Osborn! Mit Freuden würde ich alles erleiden, ja, sogar sterben, falls es nötig wäre. Ich möchte ihm nur etwas zurückgeben, nur ein bisschen, wenn das möglich wäre.«

Denn aus ihrer ganzen sehnsuchtsvollen Erwartung hatte sie eines gelernt, und nicht etwa, weil er etwas gesagt hätte. All sein Verlangen und sein Stolz wären befriedigt, könnte er nur seinen Namen an ein Wesen von seinem Fleisch und Blut weitergeben. All die Wärme, die sein kaltes Wesen im Innersten barg, richtete sich auf dieses eine geheime Verlangen. Emily hatte das schon zu Beginn ihrer Ehe geahnt, und später war ihr durch Ein- und Ausschlussverfahren deutlich geworden, wie stolz und heftig sein Verlangen war, mochte er noch so distanziert und still wirken. Sie für ihr Teil würde sich kreuzigen lassen oder in Stücke schneiden, um ihm das geben zu können, was ihm Freude bereiten und ihn mit Stolz erfüllen würde. So sah Emilys ohnmächtige, tragische, gütige und sehnsüchtige Liebe aus.

Dies war auch der Grund für ihre zärtliche Zuneigung zu Hester Osborn. Sie sehnte sich auch nach ihrer Gegenwart. In ihrem früheren Leben als unverheiratete Frau war Emily nie mit den Mysterien der Geburt in Berührung gekommen. Sie war sehr unwissend, und allein schon der Gedanke an eine Geburt machte ihr Angst. Nach außen hin war Hester auf eine kühle Art scheu und zurückhaltend, aber als die beiden sich öfter sahen, begann ihr Widerstand in der selbstlosen Wärme der Freundschaftsangebote dieser Frau dahinzuschwinden. Sie war sehr allein und völlig unerfahren. Ganz wie Agatha Slade sich damals in ihren Gesprächen immer mehr geöffnet hatte, so war es auch bei ihr. Sie sehnte sich derart verzweifelt nach Gesellschaft, dass allein schon die Intensität ihrer Gefühle sie zu größerer Offenheit verleitete, als sie anfangs gewollt hatte.

»Ich nehme an, Männer kennen sich in diesen Dingen nicht aus«, sagte sie missmutig beim Gedanken an Osborn, der seine Tage draußen an der frischen Luft verbrachte. »Jedenfalls ist es ihnen gleich.«

Emily war es gar nicht gleich, sie war so voller Interesse und Mitgefühl, dass Hester es geradezu als eine körperliche Erleichterung empfand, mit ihr zu reden.

»Ihr seid beide gute Freundinnen geworden«, sagte Alec eines Nachmittags, als er am Fenster stand und Lady Walderhursts Kutsche davonfahren sah. »Ihr verbringt Stunden mit Reden. Worum geht es denn da immer?«

»Sie spricht viel von ihrem Mann. Es ist eine Erleichterung für sie, jemanden gefunden zu haben, der ihr zuhört. Sie hält ihn für einen Gott. Aber hauptsächlich sprechen wir über – mich.«

»Dann enttäusche sie nicht«, sagte Osborn lachend. »Vielleicht gewinnt sie dich so lieb, dass sie sich nicht wieder von uns trennen will und beide nehmen muss, um einen zu behalten.«

»Ich wünschte, das würde sie tun … ich wünschte es so sehr!«, seufzte Hester und hob die Hände zum Ausdruck ihrer Sehnsucht und Qual.

Der Unterschied zwischen den beiden Frauen war mitunter derart groß, dass sie es kaum ertragen konnte. Selbst Emilys Freundlichkeit konnte diesen Umstand nicht wettmachen. Die schlichte Perfektion ihrer Landkleidung, das glänzende Fell ihrer Pferde, das sanfte Rollen ihrer Kutsche, die eilfertigen Bediensteten, waren Ausdruck dieser Leichtigkeit und Vollkommenheit in allem, die man nur erreichen kann, wenn man über Generationen hinweg im Wohlstand lebt. Diesen Umstand jeden Tag vor Augen geführt zu bekommen, während man selbst, aus Gründen der Wohltätigkeit nur geduldet, von den Krumen lebte, die vom Tisch des Herrn fielen, war im Grunde genommen beschämend. Beschämend wäre es immer gewesen. Nur war es Hester jetzt so viel wichtiger ... viel wichtiger, als sie sich damals hätte ausmalen können, als sie noch ein Kind war und sich so inständig danach gesehnt hatte. Damals hatte sich ihr Leben nicht nah genug an alldem abgespielt, als dass sie die Bedeutung und den Wert dieser Dinge – der Schönheit, dem Luxus, der Pracht und dem guten Geschmack – ganz hätte begreifen können. All das kennengelernt zu haben, fast ein Teil davon gewesen zu sein und es dann wieder hinter sich zu lassen, zurückzukehren in eine Hungerleiderexistenz, in einen heruntergekommenen Bungalow, von Schulden gejagt, von der Armut hart und fest geschlagen und geknebelt, sodass für die Zukunft keine Hoffnung mehr bestand, sich nach und nach zu verbessern und am Ende ein bescheidenes Glück zu erringen – wer könnte das ertragen? Als ihre Blicke sich trafen, hatten sie beide den gleichen Gedanken.

»Wie sollen wir das weiter durchstehen, nach allem, was passiert ist?«, stieß sie verzweifelt aus.

»Das können wir nicht«, antwortete er. »Hol's der Geier! Irgendetwas *muss* doch geschehen.«

»Nichts wird geschehen«, sagte sie, »nichts, außer dass wir, wenn wir wieder zurückgehen, schlimmer dran sind als zuvor.«

In dieser Zeit ging Lady Walderhurst wieder einmal nach London zum Einkaufen und brachte ganze zwei glückliche Tage damit zu, verschiedene schöne Dinge zu kaufen, die zu Mrs Osborn zur Kennel Farm in Palstrey geschickt werden sollten. Sie hatte noch nie in ihrem Leben so viel Freude gehabt wie in diesen beiden Tagen, in denen sie stundenlang von einer Verkaufstheke zur nächsten eilte und exquisite Leinen-, Flanell- oder Spitzenstoffe in Augenschein nahm. Die Tage, in denen sie zusammen mit Lady Maria ihre Mitgift zusammengekauft hatte, waren mit diesen beiden nicht zu vergleichen gewesen. Sie sah wirklich bezaubernd aus, wenn sie geradezu zärtlich die feinen Stoffe streichelte und liebevoll die hübschen Dinge anlächelte, die man ihr zeigte. Sie gab recht viel Geld aus und genoss diese Ausgaben, wie sie es niemals genossen haben würde, hätte sie diese feinen Dinge für sich selbst gekauft. Nichts konnte ihr exquisit genug sein, kein Spitzenstoff zu kostbar. Zuweilen zitterte ihr geradezu das Herz in der Brust, und grundlos schossen ihr die Tränen in die Augen.

»Das ist alles so schön«, klagte sie in die Stille ihres Schlafzimmers hinein, als sie einige ihrer Einkäufe betrachtete. »Ich verstehe nur nicht, warum es solche Gefühle in mir weckt. Die Sachen sehen so klein aus – und so hilflos –, dass man sie einfach in den Arm nehmen möchte. Ich führe mich wirklich närrisch auf, das muss man schon sagen.«

An dem Morgen, an dem die Pakete auf »The Kennel Farm« eintrafen, fuhr Emily ebenfalls hinaus. Sie saß in der großen Kutsche, zusammen mit den letzten Einkäufen, die sie Hester persönlich überbringen wollte. Sie fuhr hin, weil sie nicht anders konnte. Sie wollte die Sachen noch einmal sehen – wollte bei Hester sein, wenn sie sie auspackte… wollte ihr helfen… wollte sich alles anschauen – alles anfassen und in die Hand nehmen.

Sie fand Hester in dem großen Zimmer mit der niedrigen Decke, in dem sie auch schlief. Das große Himmelbett war bereits mit weißer Wäsche zugeschneit, und überall lagen geöffnete Schachteln. Die junge Frau hatte einen seltsamen Ausdruck in den Augen, und auf jeder Wange saß ein roter Fleck.

»Mit so etwas habe ich überhaupt nicht gerechnet«, sagte sie. »Ich dachte, ich müsste mir selbst ein paar einfache kleine Sachen nähen, passend zur Jahreszeit«, sagte sie mit einem schiefen Lächeln. »Die wären wohl sehr hässlich geworden. Ich kann nämlich überhaupt nicht nähen. Sie haben vergessen, dass sie diese Sachen nicht für einen Prinzen oder eine Prinzessin einkaufen, sondern für einen kleinen Bettler.«

»Oh, sagen Sie das nicht!«, schrie Emily auf und nahm beide Hände. »Wir wollen *fröhlich* sein! Der Einkauf hat mir eine solche *Freude* gemacht. In meinem ganzen Leben hat mir noch nichts solchen Spaß gemacht.«

Sie stellte sich ans Bett und nahm die Sachen eine nach der anderen in die Hand, streichelte über die Rüschen aus Spitze und strich Falten glatt.

»Macht es Sie nicht froh, sich das anzuschauen?«, fragte sie.

»*Sie* schauen sich die Sachen an«, sagte Hester und starrte sie an, »als würde ihr Anblick Sie hungrig machen oder als hätten Sie sie für sich selbst gekauft.«

Emily wandte sich ein wenig ab. Sie sagte nichts. Für eine Weile herrschte tödliche Stille.

Dann ergriff Hester das Wort. Warum um alles in der Welt machte der Blick dieser großen, aufrechten Frau sie so wütend und ärgerlich?

»Hätten Sie sie für sich selbst gekauft«, fuhr sie beharrlich fort, »würden sie von einem Marquis von Walderhurst getragen werden.«

Emily legte das Wäschestück nieder, das sie gerade in der Hand gehalten hatte. Sie legte es aufs Bett, drehte sich um und sah Hester Osborn ernst an.

»Vielleicht *werden* sie ja von einem Marquis von Walderhurst getragen, das wissen Sie selbst«, lautete ihre Antwort. »Vielleicht.«

Sie fühlte sich irgendwie verletzt und verärgert, denn sie hatte bei der jungen Frau etwas wahrgenommen, das sie schon ein oder zwei Mal in ihrem Leben gespürt hatte – als wäre sie gegen sie aufgebracht, als würde sie gegenwärtig eine Feindin in ihr sehen.

Doch im nächsten Augenblick fiel Hester Osborn ihr auch schon um den Hals.

»Sie sind für mich ein Engel«, rief sie. »Sie sind ein Engel, und ich kann es Ihnen nicht danken. Ich wüsste nicht wie.«

Emily Walderhurst klopfte ihr auf die Schulter, als diese ihre warmen Arme um sie schlang.

»Danken Sie mir nicht«, brachte sie nur flüsternd heraus, so aufgewühlt war sie. »Das brauchen Sie nicht. Wir wollen uns *freuen*.«

SIEBTES KAPITEL

Alec Osborn machte in diesen Tagen viele Austritte. Auch ging er recht viel spazieren – manchmal mit geschultertem Gewehr und gefolgt von einem Wildhüter, manchmal alleine. Bei Palstrey Manor gab es keinen Quadratmeter mehr, den er nicht schon durchstreift hätte. Mittlerweile kannte er das gesamte Anwesen wie seine Hosentasche – die Wälder, Farmen und Moore. Er war insgeheim besessen von einem morbiden Interesse an den Schönheiten und Schätzen des Landes. Er konnte der Versuchung nicht widerstehen, den Wildhütern und Bauern, denen er zufällig begegnete, wie beiläufig Fragen zu stellen. Es gelang ihm, seine Fragen möglichst harmlos und zufällig erscheinen zu lassen, doch er selbst wusste genau, dass sie einer fieberhaften Neugierde entsprangen. Er hatte sich angewöhnt, ständig über das Anwesen nachzusinnen und Pläne zu machen. So sagte er sich dann: Wäre das mein Land, ich würde dieses und jenes damit tun. Würde es mir gehören, würde ich diese oder jene Veränderung vornehmen. Ich würde diesen Wildhüter entlassen oder jenen neuen Bauer auf den Bauernhof setzen. Er stapfte durch die Heide und sann über diese Dinge nach, bis ihm klar wurde, was für eine Freude eine solche Macht für einen Mann wie ihn wäre; für einen Mann, dessen Eitelkeit nie befriedigt wurde; der gerne über etwas befehligte und der sich nach einem aktiven Leben an der frischen Luft sehnte.

»Wäre es doch nur meins, wäre es meins!«, sagte er dann zu sich selbst. »O verflucht! Wäre das nur alles meins!«

Dabei gab es noch andere schöne Orte, sogar noch schönere, die er noch gar nicht gesehen hatte – Oswyth, Hurst und Towers –, alle im Besitz von Walderhurst, alles gehörte diesem ehrwürdigen, alten Stümper. Denn so würde er den Charakter seines Verwandten treffend beschreiben. Er selbst hingegen war jung und stark, ihm schwollen die Adern vor Sehnsucht nach einem leichten und fröhlichen Leben. Die schweißtreibende, hechelnde Plackerei des Lebens in Indien war die Hölle für ihn gewesen. Aber mit jedem himmlischen Tag in England rückte dieses Leben wieder ein Stück weit näher. Sie würden notgedrungen zurückgehen müssen – den Kopf wieder ins Joch stecken, und bis zum Ende schwitzen und sich plagen. Er hatte keinerlei beruflichen Ehrgeiz. Mit Entsetzen war ihm in diesen Tagen bewusst geworden, dass er immer auf etwas gewartet hatte … immer nur gewartet.

Er begann die große Frau mit dem fröhlichen Gesicht, die sich die ganze Zeit um Hester zu schaffen machte und ihr Gefälligkeiten erwies, jetzt mit Eifer zu beobachten. Was war sie nur für eine Närrin, sie strotzte immer dermaßen vor Gesundheit und machte immer einen solchen Zinnober um Walderhurst. Allein schon, wie ihr Gesicht zu leuchten begann, wenn sie Nachricht von ihm erhielt.

Sie hatte die kitschige Schulmädchen-Phantasie, während seiner Abwesenheit das Reiten zu lernen. Schon vor seiner Abreise hatte sie Ansätze dazu gemacht; sie hatten miteinander darüber gesprochen, und er hatte ihr eine hübsche, folgsame junge Stute geschenkt. Das Tier war ebenso schön wie gutmütig. Osborn, den man für seine Reitkunst rühmte, hatte angefangen, ihr Unterricht zu erteilen.

Ein paar Tage nach ihrem Besuch, bei dem sie ihre Londoner Einkäufe vorbeigebracht hatte, bat sie die Eheleute, in Palstrey mit ihr zu Mittag zu essen, und während der Mahlzeit brachte sie das Thema zur Sprache.

»Falls Sie abkömmlich sind, würde ich gerne so bald wie möglich anfangen«, sagte sie. »Ich möchte gerne mit meinem Mann ausreiten können, wenn er wieder zurückkommt. Glauben Sie, ich werde lange brauchen, es zu lernen? Vielleicht wäre es fürs Reiten besser, wenn ich ein wenig leichter wäre?«

»Ich bin mir sicher, Sie werden eine erstklassige Haltung haben«, antwortete Osborn. »Sie werden bestimmt eine ganz besonders gute Figur machen.«

»Glauben Sie wirklich? Wie liebenswert von Ihnen, mir Mut zu machen! Wie schnell kann ich anfangen?«

Die Vorstellung war recht angenehm und aufregend. Im Grunde hatte sie entzückend unschuldige Phantasien, in denen sie sich als Reitgefährtin von Lord Walderhurst sah. Vielleicht würde es ihm ja gefallen, wenn sie lernte, sich gut im Sattel zu halten und ihr Pferd sicher zu lenken, dann würde er sie anschauen, während sie Seite an Seite ritten, mit diesem ermutigenden Blick, der ihr so sehr das Herz erwärmte.

»Wann kann ich meine erste Stunde nehmen?«, fragte sie voller Ungeduld Captain Osborn, dem ein Diener ein Glas Wein einschenkte.

»Sobald ich selbst ein oder zwei Mal einen Ausritt mit der Stute gemacht habe«, antwortete er. »Ich möchte sie zunächst selbst gründlich kennenlernen. Ich würde es niemals zulassen, dass Sie aufsitzen, solange ich das Tier noch nicht durch und durch kenne.«

Nach dem Mittagessen gingen sie zu den Ställen und besuchten die Stute in ihrer Einzelbox. Sie war ein schönes Tier und schien brav wie ein Kind zu sein.

Captain Osborn holte sich Auskünfte vom Stallmeister ein. Die Stute hatte einen guten Ruf, trotzdem wollte man sie, ein paar Tage bevor Lady Walderhurst auf ihr reiten würde, in die Ställe von »The Kennel Farm« überführen.

»Wir müssen sehr vorsichtig sein«, sagte Osborn in jener Nacht zu Hester. »Wenn irgendetwas schiefgeht, werden wir das bitter bezahlen müssen.«

Die Stute wurde am nächsten Morgen gebracht. Sie war von einem glänzenden Rotbraun und hieß Faustine.

Am Nachmittag machte Captain Osborn einen Ausritt mit ihr. Er ritt eine weite Strecke und versuchte, sich einen gründlichen Eindruck von ihr zu verschaffen, bevor er sie zurückbrachte. Sie war lebendig wie ein Kätzchen, aber sanft wie eine Taube. Kein anderes Tier hatte ein derart sanftes Temperament und war dabei so sicher. Sie würde alles gelassen hinnehmen, nicht einmal das unerwartete Auftauchen einer Straßenwalze, die um die Ecke kam, konnte sie sichtlich aus der Ruhe bringen.

»Folgt sie gut?«, fragte Hester zur Abendessenszeit.

»Ja, es scheint so«, lautete seine Antwort, »aber ich werde noch ein- oder zweimal mit ihr ausreiten.«

Er machte weitere Ausritte und hatte jedes Mal nur Lob für sie übrig. Aber die Reitstunden begannen noch nicht so bald. In Wahrheit war er aus zahlreichen Gründen mürrisch und ungesellig, was sich für die Aufgabe, die er übernommen hatte, nicht gerade als förderlich erwies. Er brachte verschiedene Entschuldigungen vor, weshalb er noch nicht mit dem Reitunterricht beginnen konnte, und ritt fast jeden Tag mit Faustine aus.

Aber Hester hatte den Eindruck, dass er keine Freude an diesen Ausritten hatte. Er kehrte gewöhnlich mit reizbarer und düsterer Miene zurück, als seien ihm seine Gedanken keine angenehme Gesellschaft gewesen. Und das waren sie in der Tat nicht. Er wurde von Gedanken heimgesucht, die er eigentlich gar nicht denken wollte – Gedanken, die ihn weiter führten, als er wirklich gehen wollte, und die ihn nicht geneigt machten, seine Zeit in so enger Gesellschaft mit Lady Walderhurst zu verbringen. Und genau diese Gedanken waren auch der Grund, weshalb er so lange Ausritte veranstaltete; einer dieser Gedanken veranlasste ihn eines Morgens, als er an einem Haufen kaputter Steine vorbeiritt, die an der Straßenseite zur Ausbesserung der Wege gestapelt waren, Faustine die Ferse und die Peitsche spüren zu lassen. Das erstaunte Jungpferd wich zur Seite, sprang eine Kruppade. Es verstand nicht, was geschah, und für ein Pferd ist etwas, das es nicht versteht, naturgemäß auch etwas Erschreckendes. Es war umso fassungsloser und entsetzter, als es beim nächsten Steinhaufen den gleichen stechenden Schmerz zu spüren bekam. Was hatte das zu bedeuten? Sollte es diesem Ding besser aus dem Weg gehen – sollte es wegspringen, sobald es die Steine sah? – oder was sonst? Die Stute schüttelte ihren zarten Kopf und schnaubte in ihrer Verwirrung. Die Landstraße war ein ganzes Stück von Palstrey entfernt und kaum frequentiert. Es war niemand zu sehen. Osborn sah sich verstohlen um, um auch ganz sicherzugehen. Vor ihm lag ein langes Stück Straße, mit Steinhaufen in regelmäßigen Abständen. Im letzten Wirtshaus am Wegesrand hatte er einen großen Whiskey mit Soda getrunken, und wenn er trank, machte ihn das nicht so sehr betrunken als vielmehr wütend. Er trieb die Stute an und fühlte sich genau in der richtigen Stimmung, ein paar Experimente mit ihr zu machen.

»Alec ist fest entschlossen, dafür zu sorgen, dass Ihnen auf Faustine nichts passieren kann«, sagte Hester zu Emily. »Er reitet jeden Tag mit ihr aus.«

»Das ist sehr freundlich von ihm«, antwortete Emily.

Hester dachte bei sich, sie wirke ein klein wenig nervös, und fragte sich warum. Emily erwähnte die Reitstunden mit keinem Wort und schien tatsächlich nicht mehr so erpicht darauf. Anfangs hatte Alec die Sache hinausgezögert, jetzt war sie es. Es schien ihr immer wieder eine andere Nichtigkeit in die Quere zu kommen.

»Die Stute ist so sicher wie ein Federbett«, sagte Osborn eines Nachmittags zu ihr, als sie im Garten bei Palstrey saßen und Tee tranken. »Sie sollten besser jetzt mit den Stunden beginnen, falls Sie bis zur Rückkehr von Lord Walderhurst irgendetwas erreichen wollen. Was haben Sie denn gehört, wann wird er zurück sein?«

Emily hatte gehört, er werde wahrscheinlich länger dort festgehalten als erwartet. Es war wohl immer so, dass derlei Geschäfte die Leute länger zurückhielten. Es ärgerte ihn zwar, aber was nutzte das. In ihren Augen lag eine gewisse Müdigkeit, und sie war blasser als sonst.

»Morgen fahre ich in die Stadt«, sagte sie. »Wir könnten mit den Reitstunden beginnen, sobald ich wieder zurück bin.«

»Haben Sie vor etwas Angst?«, fragte Hester, als sie sich für die Fahrt zurück zu »The Kennel Farm« fertig machte.

»Nein, nein«, antwortete Emily, »es ist nur ...«

»Nur was?«

»Ich wünschte mir so ... er wäre nicht fort.«

Hester blickte nachdenklich in ihr plötzlich zitterndes Gesicht.

»Ich glaube, ich habe es noch nie erlebt, dass eine Frau ihren Mann so liebt«, sagte sie.

Emily stand reglos da. Vollkommen stumm. Still füllten sich ihre Augen mit Tränen. Sie hatte nie so recht zu sagen gewusst, was sie für Walderhurst empfand. Ihre Liebe war groß, wortlos, einfach.

Sie saß an jenem Abend lange vor dem offenen Schlafzimmerfenster. Stützte das Kinn in die Hand und sah hinauf ins tiefe Blau, das überpudert war vom Diamantstaub der Sterne. Ihr schien, sie habe nie zuvor hinaufgeschaut und all diese Myriaden von Sternen gesehen. Ihr war, als werde sie zitternd emporgehoben, als schwebe sie fern von allen irdischen Dingen. Die letzten beiden Wochen waren sehr aufreibend gewesen – ein beständiger Wechsel von Erstaunen, Entzücken, Hoffnung und Angst. Kein Wunder, dass sie blass aussah und eine ängstliche Sehnsucht sich auf ihrem Gesicht spiegelte. Es gab so viele Wunder in der Welt, und sie – Emily Fox-Seton, nein, Emily Walderhurst – schien jetzt an ihnen teilzuhaben.

Sie faltete fest die Hände und lehnte sich vor in die Nacht, das Gesicht dem Himmel zugewandt. Dicke Tränen liefen ihr über die Wangen, eine nach der anderen. Unter wissenschaftlichen Gesichtspunkten hätte man sie vielleicht eine Hysterikerin genannt, ob nun mit gutem Grund oder nicht, tut nichts zur Sache. Sie versuchte nicht, ihre Tränen zurückzuhalten oder sie fortzuwischen, denn sie wusste gar nicht, dass sie weinte. Sie fing an zu beten und hörte sich selbst wie ein Kind das Vater Unser aufsagen:

»Vater unser im Himmel, geheiligt werde dein Name«, murmelte sie flehentlich.

Sie sprach das Gebet zu Ende und fing dann wieder von vorne an. Sie sagte es drei- oder viermal auf, und ihre Bitte um ihr täglich Brot und die Vergebung ihrer Schuld brachte zum Ausdruck, was ihre sprachlose Natur nicht hätte in Worte fassen können. Unter dem dunkelblauen Himmelsgewölbe wurde in jener Nacht kein Gebet ins Unbekannte emporgeschickt, das bescheidener, leidenschaftlicher und dankbarer Gott um seinen Beistand bat, als ihre geflüsterten Schlussworte: »Denn dein ist das Reich und die Kraft und die Herrlichkeit, in Ewigkeit, Amen. Amen.«

Als sie von ihrem Platz beim Fenster aufstand und sich wieder ins Zimmer umwandte, trat Jane Cupp, die alles für den morgigen Tag vorbereitet hatte, mit einem Kleid über dem Arm ins Zimmer und zuckte bei ihrem Anblick zusammen.

»Ich hoffe, es geht Ihnen gut, Milady?«, fragte sie zaghaft.

»Ja«, antwortete Lady Walderhurst. »Ich denke, es geht mir sehr gut – sehr gut, Jane. Werden Sie für den morgigen Frühzug alles rechtzeitig fertig bekommen?«

»Ja, Milady, selbstverständlich.«

»Ich habe nachgedacht«, sagte Emily in einem sanften, fast schon träumerischen Ton, »dass es schön wäre, Ihre Mutter hier bei uns zu haben, falls Ihr Onkel sie nicht allzu sehr vermisst. Sie hat so viel Erfahrung und ist eine so freundliche Person. Ich werde nie vergessen, wie freundlich sie zu mir war, als ich das kleine Zimmer in der Mortimer Street bewohnte.«

»Oh! Milady, *Sie* sind gut zu *uns* gewesen«, rief Jane aus.

Später erinnerte sie sich unter Tränen daran, wie Ihre Ladyschaft näher kam, ihre Hand nahm und sie mit »ihrem wundervoll *gütigen* Blick« ansah, wie Jane diesen Blick nannte, bei dem sie immer einen Kloß im Hals bekam.

»Aber ich zähle immer auf dich, Jane«, sagte sie. »Ich zähle sehr auf dich.«

»Oh! Milady«, rief Jane wieder aus, »das will ich doch hoffen. Ich würde mein Leben für Ihre Ladyschaft hingeben – das würde ich wirklich.«

Emily setzte sich, und auf ihrem traurigen Gesicht lag ein sanftes, tapferes Lächeln.

»Ja«, sagte sie, und Jane Cupp sah, dass sie wieder nachdenklich geworden war und die Worte nicht unbedingt an sie richtete: »Man würde gern sein Leben geben für den Menschen, den man liebt. Das scheint sogar ein Leichtes zu sein, nicht wahr?«

ACHTES KAPITEL

Lady Walderhurst blieb eine Woche in der Stadt, und Jane Cupp leistete ihr Gesellschaft in dem Haus in der Berkeley Street, das die Türen zu ihrem Empfang weit aufriss, ganz als hätten sie es nie verlassen. Im Speisesaal der Bediensteten gab man sich kurz der freudigen Hoffnung hin, es werde bald wieder ein lebendigeres Treiben in der Einrichtung herrschen, aber Jane Cupp teilte den Neugierigen mit, der Besuch der Lady werde nur von kurzer Dauer sein.

»Wir kehren nächsten Montag nach Palstrey zurück«, erklärte sie. »Milady möchte lieber auf dem Land leben, und Palstrey Manor gefällt ihr sehr, was auch kein Wunder ist. Es ist eher unwahrscheinlich, dass sie sich in London niederlassen wird, ehe Seine Lordschaft wieder im Lande ist.«

»Wir haben gehört«, sagte das oberste Hausmädchen, »dass Ihre Ladyschaft zu Captain Osborn und seiner Frau sehr freundlich ist und dass Mrs Osborn in anderen Umständen ist.«

»Was wär das schön, wenn wir das in unserer Familie auch hätten«, bemerkte ein untergebenes Hausmädchen vorlaut.

Jane Cupp wirkte sehr distanziert.

»Stimmt es«, fragte das vorlaute Hausmädchen dreist weiter, »dass die Osborns sie nicht ausstehen können?«

»Was stimmt, ist«, sagte Jane streng, »dass sie sich gegenüber den beiden verhält wie die Güte in Person, und dafür sollten sie sie verehren.«

»Tun sie aber nicht«, warf der größte Lakai ein, »und wen wundert's? Selbst wenn sie ein Engel ist, es besteht schon noch die Möglichkeit, dass sie Captain Osborn einen Schlag ins Kontor versetzt, auch wenn sie schon in ihren Dreißigern ist.«

»Es ist nicht *unsere* Aufgabe«, sagte Jane streng, »darüber zu diskutieren, ob sie in den Dreißigern, Vierzigern oder Fünfzigern ist, denn das geht uns gar nichts an. Ein bestimmter Gentleman – noch dazu ein Marquis – hat sie zwei Schönheiten vorgezogen, die gerade mal in ihren Zwanzigern waren.«

»Was das angeht«, schaltete der große Diener sich ein, »ich hätte mich auch für sie entschieden, denn sie ist eine famose Frau.«

Lady Maria wollte eigentlich gerade die South Audley Street verlassen, um im Norden ein paar Besuche abzustatten, ging aber dann in der Berkeley Street vorbei und aß mit Emily zu Mittag.

Sie war in bester Form und hatte in zahlreichen Dingen ihre eigene Meinung, über manche sprach sie offen, andere behielt sie für sich. Sie zückte ihre goldene Lorgnette und betrachtete Emily eingehend.

»Ich schwöre dir, Emily, ich bin stolz auf dich«, sagte sie; »du bist einer meiner größten Erfolge. Du siehst wirklich jeden Tag besser aus. Heute hat dein Gesicht irgendwie etwas Ätherisches. Ich bin ganz einer Meinung mit Walderhurst bei all den schwärmerischen Dingen, die er von sich gibt, wenn er von dir spricht.«

Letzteres sagte sie zum Teil, weil sie Emily mochte und weil sie wusste, dass es sie freuen würde zu hören, dass ihr Ehemann sogar in Gesprächen mit anderen Menschen von ihren Reizen schwärmte, zum Teil aber auch, weil sie selbst Spaß daran hatte zu sehen, wie die Lider dieses großen Geschöpfs zitterten und eine tiefe Röte ihre Wangen überzog.

»Er hat wirklich großes Glück mit dir gehabt«, setzte Ihre Ladyschaft schnell hinzu. »Und ich auch. Stell dir nur vor, du wärest eine Frau, die man nicht alleine lassen kann. Walderhurst hat nur wenige weibliche Verwandte, also wäre es an mir hängengeblieben, ganz unauffällig das Kindermädchen für dich zu spielen; und was hätte das für Schwierigkeiten geben können mit einer jungen Frau, die zwar noch ein Baby ist, das überall zum Tanzen gehen will, aber schon verheiratet genug, sich über die Anstandsdame hinwegzusetzen – wo man ihr doch nicht einmal zutrauen kann, auf sich selbst aufzupassen. Aber in unserem Fall kann Walderhurst gehen, wohin die Pflicht ihn ruft usw. usf., und ich kann meine Besuche machen und unterwegs sein, und du, mein Liebes, bist glücklich und zufrieden in Palstrey, wo du die gute Fee spielst und der kleinen Halbblutlady zur Seite stehst, bis ihr Baby auf der Welt ist. Ich sehe es geradezu vor mir, wie ihr traut beisammensitzt und Puppenhemdchen und Taufkleidchen näht.«

»Wir haben sehr viel Freude miteinander«, antwortete Emily und setzte mit einem flehenden Unterton hinzu: »Und bitte nenn sie nicht kleine Halbblutlady. Sie ist so ein nettes Persönchen, Lady Maria.«

Lady Maria ließ ihr herablassendes kleines Kichern ertönen und zückte erneut die Lorgnette, um sie noch einmal genauer in Augenschein zu nehmen.

»Dir ist eine gewisse frühviktorianische Heiligkeit eigen, Emily Walderhurst, zu meiner größten Freude«, sagte sie. »Du erinnerst mich an Lady Castlewood, Helen Pendennis und Amelia Sedley, nur ohne deren Gehässigkeit, Hochnäsigkeit und Heimtücke. Du hast genau die Liebenswürdigkeit, die Thackeray diesen *andichtete* – der arme Mann, was war er im Irrtum! Ich werde dir nicht die Schamesröte ins Gesicht treiben, indem ich dir erkläre, dass es da etwas gibt, was mein Neffe einen verflixt guten Grund nennen würde; wärst du keine frühviktorianische Heilige, die selbst einen Thackeray in den Schatten stellt, dann wärest du nämlich nicht sonderlich erfreut darüber, dass man dich an dieser interessanten Begebenheit teilzunehmen nötigt. Eine andere Frau würde bei der kleinen Osborn wahrscheinlich eher die Krallen ausfahren wollen. Aber der eigentliche Grund, der Grund an sich, ist dir keinen Augenblick gekommen, bei deinem gütigen und glasklaren Verstand. Denn du *hast* einen kristallklaren Verstand, Emily. Wäre ich selbst auf diese Beschreibung gekommen, wäre ich jetzt mächtig stolz. Aber sie stammt nicht von mir. Sie ist von Walderhurst. Du hast den Intellekt dieses Mannes, so er denn einen solchen besitzt, tatsächlich wieder zum Leben erweckt!«

Sie hatte offensichtlich etliche Ansichten über die Osborns. Sie mochte keinen von beiden, aber Captain Osborn war ihr *besonders* zuwider.

»Er ist wirklich eine ungebildete Person«, erklärte sie, »und er ist nicht klug genug, um zu verstehen, dass Walderhurst ihn aus genau diesem Grund verabscheut. Er hatte vulgäre, billige Affären und hätte um ein Haar genau die Art von Schwierigkeiten bekommen, die einem die Leute nicht verzeihen. Was für ein Narr, wer in seiner Position ausgerechnet den Geschmack jenes Mannes beleidigt, den er vielleicht einmal beerben wird, und der sich ihm, wäre er nicht ein solcher Gegenspieler, in gewisser Weise verpflichtet fühlen würde. Es war nicht einmal so sehr sein unmoralischer Lebenswandel. Niemand ist heutzutage entweder moralisch oder unmoralisch, aber mittellose Menschen müssen anständig sein. Das ist alles eine Frage des guten Geschmacks und der guten Manieren. Ich selbst habe keinerlei Moral, meine Liebe, aber ich habe gute Manieren. Ihre guten Manieren können eine Frau davon abhalten, gegen die Zehn Gebote zu verstoßen. Und was die Zehn Gebote angeht, so ist es schrecklich einfach, *nicht* gegen sie zu verstoßen. Wer wollte gegen sie verstoßen, gütiger Himmel! Du sollst nicht töten. Du sollst nicht stehlen. Du sollst nicht ehebrechen. Du sollst nicht falsch Zeugnis reden wider deinen Nächsten. Damit ist einfach das Getratsche und Gemauschel gemeint, und das sind nun mal schlechte Manieren. Wenn du gute Manieren hast, dann *tust* du das einfach nicht.«

Und so schwatzte sie weiter in ihrer beißenden kleinen weltmännisch-humorigen Art, während sie ein exzellentes Mittagsmahl verspeisten. Anschließend platzierte sie sehr gekonnt ihren schicken Hut auf ihrem Kopf, küsste Emily auf beide Wangen, setzte sich in ihren Landauer und fuhr lächelnd und nickend von dannen.

Emily stand am Fenster des Salons und sah dabei zu, wie ihre Equipage um den Platz fuhr und in die Charles Street einbog, und dann drehte sie sich um, blickte in den großen, stattlichen, leeren Raum und seufzte unwillkürlich, während sie zugleich lächelte.

»Sie ist so geistreich und so amüsant«, sagte sie. »Aber keiner würde auf die Idee kommen, ihr irgendetwas zu erzählen, da könnte man auch gleich einen Schmetterling fangen und in der Hand halten und glauben, er höre einem zu. Es würde sie so *langweilen*, wenn ich sie zur Vertrauten machte.«

Das war nur allzu wahr. Ihre Ladyschaft war in ihrem ganzen Leben noch nie so unvorsichtig gewesen, sich als eine Person auszugeben, der man Geheimnisse anvertrauen könnte. Sie hatte genug eigene Geheimnisse, die sie hüten musste, was brauchte sie da noch die der anderen.

»Gütiger Gott!«, hatte sie einmal ausgerufen. »Da würde ich mir ja gleich noch die Falten der anderen Frauen anlachen.«

Bei ihrem ersten Besuch, den Lady Walderhurst nach ihrer Rückkehr nach Palstrey in »The Kennel Farm« abstattete, war Alec Osborn, als er ihr aus der Kutsche half, nicht sehr erfreut darüber zu sehen, dass sie so *lebendig* und blühend wirkte wie nie zuvor. Auf ihren Wangen lag ein feiner rosa Hauch, und ihre Augen waren groß und strahlten vor Freude.

»Wie gut Sie aussehen!«, brach es ganz unwillkürlich aus ihm heraus, und er erschrak, als er merkte, dass es fast schon verächtlich geklungen hatte. Die Worte waren wie ein Ausruf, den er nicht hatte tun wollen, und Emily Walderhurst zuckte fast ein wenig zusammen und sah ihn für einen kurzen Moment fragend an.

»Sie sehen aber auch gut aus«, antwortete sie. »Palstrey tut uns beiden gut. Sie haben eine so gesunde Gesichtsfarbe.«

»Ich bin ausgeritten«, erwiderte er. »Ich habe Ihnen

ja schon gesagt, dass ich Faustine erst gut kennenlernen möchte, bevor ich Sie auf ihr reiten lasse. Sie ist jetzt so weit. Können Sie morgen Ihre erste Stunde nehmen?«

»Ich… ich weiß nicht recht«, zögerte sie. »Ich werde Ihnen später Bescheid geben. Wo ist Hester?«

Hester war im Wohnzimmer. Sie lag auf dem Sofa vor dem offenen Fenster und sah recht verhärmt und elend aus. Sie hatte nämlich gerade ein seltsames Gespräch mit Alec gehabt, das fast in einer Szene geendet hatte. Je schwächer sie sich fühlte, desto heftiger wurde ihr Temperament, und seit Kurzem gab es Zeiten, in denen eine gewisse Grausamkeit, die ihr Mann, wenn er seine Launen hatte, nur schwer verbergen konnte, ihr schrecklich zusetzte.

Heute Morgen entdeckte sie ganz neue Facetten bei Emily. Sie wirkte schüchtern und scheu und ein bisschen unbeholfen. Ihre unbefangene Offenheit war verschwunden, und ihre Laune schien sich verdüstert zu haben. Sie sprach weniger als sonst, und zugleich schien ein leises rastloses Unwohlsein sie befallen zu haben. Nach ein paar Minuten hatte Hester beim Blick in Emilys Augen das merkwürdige Gefühl, dass diese Frau eine Frage oder einen Wunsch zurückhielt.

Sie hatte ein paar prächtige Rosen aus den Gärten des Herrenhauses mitgebracht und war eifrig damit beschäftigt, sie für Hester in verschiedenen Vasen zu arrangieren.

»Es ist schön, aufs Land zurückzukommen«, sagte sie. »Als ich am Bahnhof in die Kutsche stieg und wir durch die frische Luft fuhren, hatte ich die ganze Zeit das Gefühl, wieder aufzuleben, gerade so, als wäre ich in London nicht recht lebendig gewesen. Heute kam mir der Rosengarten von Palstrey so *himmlisch* vor – dort umherzulaufen unter all den Tausenden blühenden und duftenden Zauberschönchen, die mit ihren schweren Köpfchen nicken.«

»Auf den Straßen kann man jetzt wundervoll ausreiten«, sagte Hester, »und Alec sagte, Faustine sei bestens vorbereitet. Sie sollten eigentlich morgen Früh anfangen. Werden Sie das?«

Sie sprach den Satz ein wenig langsam und sah nicht glücklich aus. Aber richtig glücklich hatte sie eigentlich nie ausgesehen. Ihre Jugendtage waren zu sehr von der Ironie der Enttäuschung geprägt gewesen.

Für eine Sekunde herrschte Schweigen, dann hakte sie nach:

»Werden Sie, wenn es weiter schön bleibt?«

Emilys Hände – beide Hände – waren voll mit Rosen, und Hester sah, wie beide Hände und die Rosen zitterten. Sie wandte sich langsam um und ging auf sie zu. Sie wirkte nervös, tollpatschig, verlegen, und als wäre sie in diesem Augenblick ein großes, siebzehnjähriges Mädchen, das sie um Hilfe bat und das von seltsamen Gefühlen überwältigt wurde, war doch tief in ihren Augen eine Art zitterndes, ekstatisches Leuchten. Sie kam näher, blieb vor ihr stehen und hielt sich an dem großen Strauß Rosen fest, als habe man sie zur Beichte gerufen.

»Ich – ich darf nicht«, flüsterte sie fast. Die Mundwinkel gingen nach unten und zitterten, und ihre Stimme war so leise, dass Hester sie kaum hören konnte. Aber sie zuckte zusammen und setzte sich halb auf.

»Sie *dürfen* nicht?«, japste sie, ja, in der Tat, sie japste nach Luft.

Emilys Hand zitterte so, dass die Rosen eine nach der anderen zu Boden fielen und einen Regen von Blütenblättern niedergehen ließen.

»Ich darf nicht«, wiederholte sie leise und mit einem Zittern in der Stimme. »Ich – ich habe einen Grund. Ich bin in die Stadt gefahren, um … jemanden zu treffen. Ich war bei Sir Samuel Brent, und er hat mir gesagt, dass ich nicht darf. Er ist sich ganz sicher.«

Sie versuchte, sich wieder zu beruhigen und zu lächeln. Aber es war ein zittriges Lächeln, und es endete in einer erbärmlichen Grimasse. In der Hoffnung, wieder ein wenig Kontrolle über sich selbst zu bekommen, beugte sie sich herab, um die heruntergefallenen Rosen aufzulesen. Noch ehe sie zwei aufgehoben hatte, ließ sie den Rest fallen und sank daneben auf die Knie, das Gesicht in den Händen vergraben.

»Oh, Hester, Hester!«, keuchte sie, und töricht, wie sie war, bemerkte sie gar nicht die bebende Brust der anderen Frau und ihren stieren Blick. »Ich jetzt auch … ja, ich auch … trotz allem.«

NEUNTES KAPITEL

Die Kutsche von Palstrey Manor, die Lady Walderhurst wieder nach Hause brachte, war gerade davongerollt. Das tiefgoldene Sonnenlicht des späten Nachmittags fiel in die gute Stube des Farmhauses mit der niedrigen Decke aus Eichenbalken, die Luft war schwer vom Duft der Rosen, Wicken und Reseden – dem herrlichen Wohlgeruch englischer Landhäuser. Captain Osborn sog bei jedem Atemzug tief die Luft ein, während er dastand und aus dem bleiverglasten Rautenfenster sah, bis der Landauer außer Sicht war. Er spürte den Duft und den goldenen Glanz des Sonnenuntergangs gerade so intensiv wie das tödliche Schweigen, das zwischen ihm und Hester herrschte und das geradezu körperlich zu greifen war. Hester lag wieder auf dem Sofa, und er wusste, sie starrte ihn mit diesem sardonischen Blick ihrer weit aufgerissenen Mandelaugen an – etwas, das er hasste und das immer ein Vorbote unangenehmer Dinge gewesen war.

Er stellte sich erst ihrem Blick, als die Kokarde des Lakaien hinter der hohen Hecke verschwunden war und das Getrappel der Hufe auf dem Weg verstummte. Als er nichts mehr sah und hörte, fuhr er herum.

»Was hat das alles zu bedeuten?«, fragte er. »Zum Teufel mit dem närrischen Getue und ihren Allüren! *Warum* will sie nicht ausreiten – denn sie hat ja offenbar nicht die Absicht dazu.«

Hester lachte – ein harter, kurzer, wilder und scharfer Ton, alles andere als heiter.

»Nein, sie hat nicht die Absicht«, antwortete sie, »lange nicht, mindestens ein paar Monate nicht. Sir Samuel Brent hat ihr Order gegeben, sich äußerste Schonung angedeihen zu lassen.«

»Brent? Brent?«

Hester schlug die kleinen schlanken Hände zusammen und lachte, diesmal klang es ein klein wenig hysterisch und schrill.

»Ich hab's dir gesagt! Ich hab's dir ja gesagt!«, rief sie. »Ich wusste, dass es so kommen würde – ich wusste es. Wenn sie ihren sechsunddreißigsten Geburtstag feiert, wird es bereits einen neuen Marquis von Walderhurst geben – und das wirst weder du sein noch unser Sohn.« Als sie geendet hatte, rollte sie sich auf die andere Seite und biss mit den Zähnen in die Kissen, in die sie ihr Gesicht vergraben hatte. »Du wirst es nicht sein, und dein Sohn auch nicht«, wiederholte sie und schlug dann mit der geballten Faust auf die Kissen ein.

Er lief zu ihr, packte sie bei den Schultern und schüttelte sie heftig.

»Du weißt ja nicht, was du redest«, sagte er, »du weißt nicht, was du redest.«

»Und ob ich das tue!«, stieß Hester atemlos aus und schlug bei jedem Wort auf die Kissen ein. »Sie redet die ganze Zeit davon, die ganze Zeit!«

Alec Osborn warf den Kopf zurück und sog fast schon wutschnaubend die Luft ein.

»Himmelherrgott!«, rief er, »wenn sie jetzt mit Faustine ausreiten würde, sie käme nicht zurück!«

Seine Wut hatte ihn so außer sich geraten lassen, dass er mehr gesagt hatte, als es seine Absicht gewesen war, weitaus mehr, als er aus Sicherheitsgründen hätte verraten dürfen. Aber die junge Frau war ebenso außer sich wie er selbst und stimmte ein.

»Zahl es ihr heim!«, schrie sie, »Mir ist das gleich. Ich hasse sie! Ich hasse sie so sehr! Ich habe einmal zu dir gesagt, ich könnte das nicht, aber ich kann es wohl. Sie ist die größte Närrin, die je gelebt hat. Sie hatte *keine Ahnung*, wie ich mich fühlte. Ich nehme an, sie dachte, ich würde mich mit ihr freuen. Ich wusste nicht, soll ich ihr ins Gesicht schreien oder laut loslachen. Sie machte Augen, groß wie Untertassen, und sah mich an, als hielte sie sich für die Heilige Jungfrau Maria nach der Verkündigung. Oh! Was für einen dumme, *menschenverachtende* Närrin!«

Die Worte purzelten immer schneller aus ihr heraus, sie japste nach Luft, und ihre Stimme klang mit jedem Satz schriller. Osborn schüttelte sie wieder.

»Schweig jetzt«, befahl er ihr. »Du wirst ja regelrecht hysterisch, das bringt uns überhaupt nicht weiter. Reiß dich zusammen.«

»Hol Ameerah«, keuchte sie. »Ich fürchte, ich kann das nicht. Sie weiß, was zu tun ist.«

Er ging Ameerah holen, und sie kam leise herangeschwebt und brachte ihre Heilmittel. Sie sah ihre Herrin mit fragendem, aber liebevollem Blick an, setzte sich vor sie auf den Boden und rieb ihr Hände und Füße, eine Art Beruhigungsmassage. Osborn ging aus dem Zimmer, und die beiden Frauen blieben allein zurück. Ameerah kannte viele Methoden, die Nerven ihrer Herrin zu beruhigen, die wichtigste davon war wahrscheinlich, sie ganz subtil zum

Reden zu bringen, damit sie ihre Wut und ihre Angst loswerden konnte. Hester merkte immer erst, wenn das Gespräch mit ihrer Ayah schon vorüber war, dass sie einiges über sich und ihre Stimmungen preisgegeben hatte. Manchmal verging eine ganze Stunde, bis sie merkte, dass sie Dinge erzählt hatte, die sie besser hätte geheim halten sollen. Ameerah sagte nie etwas, und Hester war sich dessen gar nicht bewusst, dass sie selbst so viel sprach. Aber danach merkte sie, dass die wenigen Sätze, die sie gesagt hatte, die Neugierde der Ayah befriedigen könnten, falls diese tatsächlich neugierig war. Dessen war sie sich nämlich überhaupt nicht sicher, da diese Frau nach außen hin rein gar nichts durchdringen ließ, sie zeigte nur ihre von tiefer Zuneigung geprägte Anteilnahme. Sie liebte ihre junge Herrin heute wie damals als kleines Mädchen, als sie sie im Schoß wiegte wie ihr eigenes Kind.

Als Emily Walderhurst nach Palstrey kam, gab es viele Dinge, die Ameerah längst wusste. Sie hatte verstanden, dass es für ihre Herrin so war, als stünde sie am Rande eines Abgrunds und würde langsam, aber sicher hinuntergestoßen – gestoßen vom Schicksal. Und daran dachte sie, als sie sich in ihr Zimmer einschloss, mitten in den Raum stellte, die dunklen Hände hoch über ihren weißen verschleierten Kopf reckte und dabei Flüche ausstieß, die Zaubersprüche waren, und Zaubersprüche, die Flüche waren.

Emily war froh, dass sie sich entschlossen hatte, so viel Zeit wie möglich allein zu verbringen und dass sie niemanden eingeladen hatte, vorbeizukommen und bei ihr zu wohnen. Um ehrlich zu sein, hatte sie das getan, weil sie zu schüchtern war, um ihre Pflicht als unterhaltsame Gastgeberin zu erfüllen, solange Walderhurst nicht bei ihr war.

Eigentlich wäre es schicklich gewesen, seine Freunde einzuladen, allesamt Leute, vor denen sie eine zu große Hochachtung hatte, denen sie aber viel zu sehr gefallen wollte, als dass sie deren Gesellschaft einfach hätte genießen können. Sie sagte sich, wenn sie erst einmal ein paar Jahre verheiratet wäre, würde sie schon mutiger werden.

Und jetzt verspürte sie eine dermaßen innige Freude, dass sie einfach nur juchzen könnte. Wie hätte sie ruhig bleiben, wie hätte sie eine Unterhaltung führen können, wo sie doch nur einen einzigen Gedanken denken konnte! Sie war sich sicher, wenn sie mit den Menschen redete, würde es so wirken, als denke sie an etwas ganz anderes, das überhaupt nichts mit ihnen zu tun hatte.

Hätte sie sich nicht so sehr von ihrem romantischen Wunsch leiten lassen, alles zu tun, damit es nicht so aussah, als wollte sie ihrem Mann zur Last fallen, hätte sie ihm befohlen, auf der Stelle nach Hause zu kommen und seine Anwesenheit und den Schutz ihrer Würde als ihr Recht eingefordert. Wäre sie weniger bescheiden gewesen, hätte sie sich nicht in stillen Dankgebeten an den Himmel gewandt, sondern die Bedeutung ihrer Position gespürt und das Gewicht der Forderungen, die sie zu Recht an ihn stellen konnte.

Es war ein dummer Fehler von ihr gewesen, Lady Maria Bayne nicht zu ihrer Vertrauten gemacht zu haben, aber die Schüchternheit, mit der dieses großgeratene Mädchen kämpfte, hatte gesiegt. Sie hatte sich instinktiv vor dem belustigten Blick gefürchtet, der wahrscheinlich, trotz bester Absichten, in den Augen Ihrer Ladyschaft aufgeblitzt wäre, und wenn sie noch so entschlossen versucht hätte, ihn hinter ihrer eleganten goldenen Lorgnette zu verbergen. Sie wusste, dass sie bei diesem Thema etwas zu emotional reagierte, wahrscheinlich wäre sie beim Anblick dieses amüsierten Blickes haltlos in Tränen ausgebrochen, während Lady Maria versucht hätte zu lachen und ihre Gefühle als unwichtig abzutun. O nein! Irgendwie wusste sie, in solch einem Moment würde Lady Maria – aus irgendeinem ungereimten, aber schwer zu fassenden Grund – immer nur Emily Fox-Seton in ihr sehen; sie würde in dem Moment eine arme Emily Fox-Seton vor sich sehen, die ein seltsames Geständnis macht. Und das hätte sie nicht ertragen können, ohne irgendetwas Dummes zu tun – ganz gewiss nicht.

Also verließ Lady Maria leichten Herzens die Stadt, um ihren Besuchsreigen fortzusetzen und als gute alte Seele auf einer Hausparty nach der anderen die Menschen zu erheitern, völlig ahnungslos, dass Dinge geschahen, die sie ernüchtert haben würden.

Emily verbrachte die Tage in Palstrey in einem Zustand freudiger Verzückung. Etwa eine Woche lang quälte sie sich mit der Frage, ob sie nun Lord Walderhurst brieflich jene Nachricht mitteilen sollte, die selbst Lady Maria für wichtig erachtet hätte; doch je länger sie in dieser Frage mit sich rang, desto weniger rückte sie von ihrem ursprünglichen Plan ab. Dass Lady Maria sich selbst und Lord Walderhurst zu dem so gar nicht fordernden Charakter seiner Frau aufrichtig gratulierte, war im Grunde die Folge des schwachen Versuchs, sie auf freundliche Weise davon abzubringen, auch nur die geringste Erwartung in andere Menschen zu setzen. Sie hielt es zwar auch für unwahrscheinlich, dass Emily sich zu einer Belastung entwickeln könnte, aber Ihre Ladyschaft hatte es leider schon erlebt, dass andere Frauen in der gleichen Position mit der Eheschließung zu völligen Närrinnen wurden, gänzlich den Kopf verloren und von ihren neuen Verwandten Zugeständnisse und Aufmerksamkeiten erwarteten, mit denen sie am Ende alle Welt langweilten. Daher hatte sie Emily für ihre Haltung gelobt und ihr mit einem leisen Schulterklopfen bedeutet, sie möge sie beibehalten.

»Sie ist eine von den Frauen, bei denen die Ideen Wurzeln schlagen, wenn man sie nur richtig einpflanzt«, hatte sie vor langer Zeit einmal bemerkt. »Sie ist nicht schlau genug, um zu bemerken, dass man ihr etwas einflüstert, aber mit Einflüsterungen erreicht man viel bei ihr.«

Wenn Emily in den Gärten von Palstrey spazieren ging und beim linden Duft sonnengewärmter Blumenrabatten ihren Gedanken nachhing, taten diese Einflüsterungen ihre Wirkung. Falls Emily Walderhurst diesen Brief schrieb, würde er vielleicht seine hehren Pläne ändern, in die er, wie sie sehr wohl wusste, einigen Ehrgeiz gesetzt hatte. Er hatte sich so sehr in diese Pläne hineingesteigert, dass er zu einer Jahreszeit nach Indien gefahren war, die man gewöhnlich nicht für diese Reise wählt. Nach der Ankunft hatten sie ihn in der Tat so beherrscht, dass er offenbar geneigt war, den Aufenthalt, entgegen seiner ursprünglichen Absicht, weiter zu verlängern. Er schrieb regelmäßig, aber nicht oft, und Emily entnahm dem Tonfall seiner Briefe, dass er sich für seine Arbeit dort mehr begeisterte als je zuvor in seinem Leben.

»Um nichts auf der Welt würde ich ihm seine Arbeit streitig machen wollen«, sagte sie. »Sie liegt ihm mehr am Herzen als vieles andere. Mir selbst liegt alles am Herzen – das ist so meine Art – ein intellektueller Mensch ist da anders. Mir geht es prächtig hier, und ich bin glücklich. Es ist doch schön, noch etwas zu haben, auf das man sich freuen kann.« Sie merkte gar nicht, dass Lady Marias Bemerkungen »Wurzeln geschlagen« hatten. Sie wäre wahrscheinlich auch ohne diese Bemerkungen zu diesem Schluss gekommen, aber da sie nun schon gefallen waren, hatten sie den Prozess beschleunigt. Es gab vor allem eins, das sie wohl nicht ertragen hätte: Wenn sie selbst daran schuld wäre, dass James einen bestimmten Gesichtsausdruck bekam, wie ihn schon andere (allen voran Captain Osborn) ein oder zwei Mal provoziert hatten, nämlich einen Ausdruck stiller Langeweile, der jeden Augenblick in Ärger umschlagen konnte. Wenn er sich in dieser besonderen Situation gezwungen sähe, rein aus Gründen der Schicklichkeit den nächsten Dampfer nach England zu nehmen, würde sie das, trotz der großen Freude zu Hause, doch ein wenig quälen.

Die Zuneigung, die sie für Hester Osborn entwickelt hatte, empfand sie jetzt zehn Mal so stark. Sie ging sie öfter besuchen und versuchte sie zu überreden, für eine Weile nach Palstrey zu ziehen. Sie war jetzt noch freundlicher zu ihr, denn Hester ging es offenbar immer schlechter, und sie war verzweifelt. Ihr schmales Gesicht war richtig dünn und gelb geworden; sie hatte dunkle Ringe unter den Augen, und ihre kleinen Hände waren heiß und sahen aus wie Vogelkrallen. Sie schlief nicht und hatte den Appetit verloren.

»Du solltest für ein paar Tage nach Palstrey kommen«, sagte Emily zu ihr. »Vielleicht wird allein schon der Ortswechsel für einen besseren Schlaf sorgen.«

Aber Hester wollte diese Einladung nicht annehmen. Sie wehrte sich und brachte immer neue Einwände vor. Letztlich sträubte sie sich nur deshalb so sehr dagegen, weil ihr Mann sich diesen Besuch wünschte. Ihre gegensätzlichen Ansichten hatten schon zu einer der üblichen Szenen geführt.

»Ich werde nicht gehen!«, hatte sie gesagt. »Lass es dir gesagt sein, das mach ich nicht!«

»Du wirst«, hatte er geantwortet, »es wird dir guttun.«

»Schadet es mir denn, wenn ich es nicht tue?«, erwiderte sie mit einem fiebrigen Lachen. »Oder ist es nicht vielmehr gut für dich, wenn ich gehe? Ich weiß, dass du etwas im Schilde führst.«

Er verlor die Nerven und machte eine unvorsichtige Enthüllung, denn sein Temperament ging wieder einmal mit ihm durch.

»Ja, das tue ich«, presste er durch die Zähne, »den Braten dürftest du schon längst gerochen haben. Je näher wir ihnen kommen, desto besser für uns, umso mehr denken sie an uns und an unsere Rechte.«

»Unsere Rechte!«, höhnte sie schrill. »Welche Rechte, die irgendein Gericht anerkennen würde, hast du denn schon? Da müsstest du sie schon umbringen. Willst du sie töten?«

Einen Augenblick lang geriet er vollkommen außer sich.

»Ich würde sie töten, und dich gleich mit, wenn es nicht ein solches Risiko wäre. Ihr habt es beide verdient!«

Wie ein Tier im Käfig tigerte er durchs Zimmer. Er hatte die Nerven verloren und war kopflos. Doch eine Sekunde später hatte er sich wieder im Griff, als wechselten seine Gefühle mit einem Pendelschlag.

»Was rede ich denn hier für ein überspanntes Zeug, ich Narr«, rief er. »Hester, verzeih mir!« Er kniete sich neben sie und streichelte sie, als wollte er um Vergebung flehen. »Wir sind beide sehr aufbrausend. Dieses ganze Elend macht uns noch wahnsinnig. Wir sind am Ende – und das könnten wir uns auch einfach eingestehen und nehmen, was wir kriegen können. Sie ist eine törichte Person, aber sie ist ein besserer Mensch als dieser Walderhurst, dieser aufgeblasene, hölzerne Grobian, und sie hat einen viel größeren Einfluss auf ihn, als er sich je eingestehen würde. Dieser selbstgefällige Gockel hat sich auf seine Weise in sie verliebt. Aber seine Frau wird dafür sorgen, dass er sich uns gegenüber anständig verhält. Wir müssen die Freundschaft zu ihr pflegen.«

»Tausend Pfund im Jahr, das wäre anständig«, jammerte Hester, die wider Willen auf seine Zerknirschung einging, weil sie einst verliebt in ihn gewesen war und sich unendlich hilflos fühlte. »Fünfhundert Pfund im Jahr wären auch nicht *un*anständig.«

»Wir sollten sie uns warmhalten«, sagte er und drückte sie vor Erleichterung zärtlich an sich. »Sag ihr, dass du kommst und dass sie ein Engel ist und dass du dir sicher bist, ein Aufenthalt im Herrenhaus werde dir das Leben retten.«

Ein paar Tage später fuhren sie nach Palstrey. Ameerah begleitete sie, damit sie sich um ihre Herrin kümmern konnte, und die drei führten dort nun ein derart geregeltes Leben, dass man kaum den Eindruck hatte, sie seien zu Besuch. Die Osborns bekamen die schönsten und bequemsten Zimmer im Haus zugewiesen. Es standen keine weiteren Besuche bevor, und so hatten sie das gesamte große Anwesen zu ihrer alleinigen Verfügung. Hesters Boudoir ging auf den schönsten Winkel im Garten hinaus, und die anmutigen Chintzvorhänge und Kissen und Bücher und Blumen machten es zu einem luxuriösen Refugium des Friedens.

»Was soll ich nur tun?«, sagte sie am ersten Abend, als sie in einem weichen Sessel beim Fenster saß, in die Abenddämmerung hinaussah und sich mit Emily unterhielt – »was soll ich nur tun, wenn ich fortgehen muss? Ich meine nicht nur fort von hier, sondern fort aus England, zurück in das mir so verhasste Indien?«

»Ist dieses Land dir denn dermaßen zuwider?«, fragte Emily, die Hesters Stimme anhörte, wie sie sich fühlte.

»Ich könnte Ihnen nie recht begreiflich machen, wie sehr«, sagte sie hasserfüllt. »Es ist, als müssten Sie vom Himmel in die Hölle zurück.«

»Das wusste ich nicht«, sagte sie bedauernd. »Vielleicht – ich frage mich, ob man da nicht etwas tun könnte. Ich werde mit meinem Mann sprechen.«

Ameerah entwickelte eine seltsame Vorliebe für Jane Cupp, in deren Nähe sie sich gern aufhielt, während Jane, wie sie ihrer Herrin gestand, davon eher eine Gänsehaut bekam.

»Sie müssen versuchen, dagegen anzugehen, Jane«, sagte Lady Walderhurst. »Ich fürchte, das hat mit ihrer Hautfarbe zu tun. Ich habe mich selbst bei ihr immer ein wenig dumm und schüchtern gefühlt, aber das ist nicht nett von uns. Sie sollten ›Onkel Toms Hütte‹ lesen und alles über den armen Onkel Tom, der so gläubig ist, und über Legree und Eliza, wie sie, über Eisblöcke hüpfend, den Fluss überqueren.«

»Ich habe das Buch zwei Mal gelesen, Eure Ladyschaft«, erwiderte Jane mit aufrichtigem Bedauern, »es ist so schön und hat mich und meine Mutter zu Tränen gerührt. Und ich nehme an, es ist die Hautfarbe, die mich an der armen Frau stört. Ich versuche immer, nett zu ihr zu sein, muss aber zugeben, dass sie mich nervös macht. Sie stellt mir so viele Fragen, in dieser komischen Art, die ihr eigen ist, und starrt mich immer so ungerührt an. Letztens fragte sie mich plötzlich, ob ich denn die große Memsahib lieb hätte. Zuerst wusste ich nicht recht, was sie damit meinte, aber nach einer Weile kam ich darauf, dass das die indische Bezeichnung für Eure Ladyschaft ist, und sie wollte nicht respektlos sein, denn sie sprach anschließend recht ehrfürchtig von Ihnen und nannte Seine Lordschaft den Himmelsgeborenen.«

»Sei zu ihr so freundlich, wie du nur kannst, Jane«, lautete die Weisung ihrer Herrin. »Und nimm sie hin und wieder auf einen schönen Spaziergang mit. Ich denke mal, sie hat großes Heimweh.«

Ameerah hingegen erzählte ihrer Herrin, diese englischen Dienstmägde seien allesamt Schmutzfinken und Teufelinnen und sie könnten nichts geheim halten, wenn jemand nur entschlossen versuche, etwas aus ihnen herauszubekommen. Hätte Jane gewusst, dass die Ayah über jede Bewegung, die sie am Tage oder in der Nacht gemacht hatte, Bescheid wusste, dass sie wusste, wann sie aufgestanden oder zu Bett gegangen war, zu welcher Stunde und in welchem Augenblick sie irgendeinen Dienst für die große Memsahib erledigt hatte, warum und wie und wann und wo das alles geschah, dann hätte sie es wirklich mit der Angst zu tun bekommen.

Eines Tages kam sie in Lady Walderhursts Schlafzimmer und sah dort tatsächlich mitten im Raum Ameerah stehen, die unruhig, schüchtern und verwirrt um sich blickte. Sie wirkte eigentlich wie ein verängstigtes Tier, das nicht wusste, wie es dorthin gelangt war.

»Was machst du hier?«, fragte Jane. »Du hast nicht das Recht, dich in diesem Teil des Hauses aufzuhalten. Da hast du dir eine große Freiheit herausgenommen, das wird dir deine Herrin übelnehmen.«

»Meine Memsahib hat um ein Buch gebeten«, sagte die Ayah, die in ihrer ängstlichen Verwirrung wie Espenlaub zitterte. »Ihre Memsahib hat gesagt, es sei hier. Man hat es mir nicht aufgetragen, aber ich dachte, ich gehe und frage sie. Ich wusste nicht, dass das verboten ist.«

»Was für ein Buch denn?«, fragte Jane streng. »Ich werde es Ihrer Ladyschaft bringen.«

Aber Ameerah war so verängstigt, dass sie den Namen vergessen hatte, und als Jane an die Tür von Mrs Osborns Boudoir klopfte, war es leer, denn die beiden Damen waren in den Garten gegangen.

Doch Ameerahs Geschichte entsprach der Wahrheit, das bestätigte Lady Walderhurst am Abend, als Jane sie beim Ankleiden fürs Abendessen auf die Sache ansprach. Sie hatten von einem Buch gesprochen, das Aufzeichnungen über einige von Walderhursts Vorfahren enthielt. Emily hatte es aus der Bibliothek in ihr Schlafzimmer mitgenommen, um es dort zu lesen.

»Wir haben sie aber nicht gebeten, danach zu suchen. Ich wusste ja nicht einmal, dass die Frau sich in Hörweite befand. Sie bewegt sich so geräuschlos, dass man oft gar nicht weiß, dass sie in der Nähe ist. Selbstverständlich hat sie es nur gut gemeint, aber sie kennt nicht unsere englische Art.«

»Nein, Milady, die kennt sie nicht«, sagte Jane respektvoll, aber entschieden. »Ich habe mir die Freiheit herausgenommen, ihr zu sagen, sie möge sich bitte nur in ihrem Teil des Hauses aufhalten, es sei denn, Eure Ladyschaft bitten sie zu sich.«

»Du darfst der armen Frau doch keine Angst machen«, sagte Emily mit einem Lachen. Denn dieses servile Verlangen, zu gefallen und eilfertig ihre Pflicht zu erfüllen, das sich hinter dem kleinen Fehltritt der Ayah zu verstecken schien, rührte sie. Die Ayah hatte ihre Herrin der Mühe entheben wollen, sie erst darum bitten zu müssen. Das war ihre orientalische Art, dachte Emily, und die hatte doch etwas sehr Liebevolles und Kindliches.

Nachdem sie nun wieder an das Buch erinnert worden war, brachte sie es selbst hinunter ins Gesellschaftszimmer. Sie mochte diesen Band sehr, denn er enthielt romantische Geschichten über bestimmte adelige Damen aus Walderhursts Verwandtschaft.

Ihre besondere Vorliebe galt einer gewissen Ellena, die während der Abwesenheit ihres Herrn mit nur ein paar Dienern auf dem Schloss zurückgelassen wurde, und während der Lord sich als Wildbeuter ins Feindesland gewagt hatte, verteidigte sie tapfer die Festung gegen den Angriff eines weiteren Feindes, der die günstige Gelegenheit beim Schopfe gepackt hatte, um selbst auf Raubzug zu gehen. In den Kellern waren Schätze versteckt, die man vor Kurzem auf dem üblichen Wege erworben hatte, und da Ellena dies wusste, vollbrachte sie eine Heldentat – sie hieß ihre wenigen Mitstreiter so Aufstellung nehmen, dass die Angreifer abgeschmettert wurden, und zeigte sich selbst wutentbrannt auf dem Schlachtfeld – eine unerschrockene, schöne Frau, die ihrem Herrn bald einen Erben gebären würde, was sie nur umso wilder und mutiger machte. Der Sohn, der keine drei Wochen später zur Welt kam, wurde der phantastischste und wildeste Kämpfer seines Namens, ein Hüne von gewaltiger Kraft.

»Ich nehme an«, sagte Emily, als sie sich beim Abendessen über diese Legende unterhielten, »diese Frau hatte einfach das Gefühl, sie könnte *etwas tun*«, sagte sie mit der Betonung, die so typisch für sie war. »Ich würde behaupten, sie hatte vor *nichts* Angst, nur vor der Vorstellung, es könnte etwas schiefgehen, während ihr Ehemann fort war. Und das gab ihr Kraft.«

Sie war so aufgewühlt, dass sie aufsprang und dann, mitgerissen von ihrer eigenen momentanen Begeisterung, mit leicht heroischem Gehabe durch den Raum lief. Den Kopf trug sie mit Stolz, und sie lächelte mit weit aufgerissenen Augen.

Aber dann sah sie, wie Captain Osborn an seinem schwarzen Schnurrbart zog, um ein hässliches Grinsen zu verbergen, wurde sofort verlegen und fühlte sich dumm und verschüchtert. Merkwürdig beschämt setzte sie sich wieder hin.

»Ich fürchte, jetzt habt ihr einen guten Grund, euch über mich lustig zu machen«, sagte sie zur Entschuldigung, »aber diese Geschichte weckt immer so romantische Gefühle in mir. Ich mag sie überaus gern.«

»Nicht doch«, sagte Osborn. »Ich habe Sie wirklich nicht ausgelacht, gewiss nicht!«

Doch das hatte er sehr wohl, und im Stillen nannte er sie eine gefühlsduselige, ausgemachte Idiotin.

Es war ein großer Tag für Jane Cupp, als ihre Mutter nach Palstrey Manor kam. Und für Mrs Cupp natürlich auch. Als sie an der kleinen ländlichen Bahnstation aus dem Zug stieg, guter Dinge und mit vor Aufregung leicht gerötetem Gesicht, stolz ihre beste Haube und ihren schwarzen Seidenmantel zur Schau tragend, da war der Anblick, wie Jane dort artig auf dem Bahnsteig stand, fast zu viel für sie. Als sie zum Privatgefährt des Marquis geführt wurde und sah, wie ihr Reisekoffer zum Objekt der Aufmerksamkeit eines diensteifrigen Bahnhofsvorstehers und eines jungen Mannes in Livree wurde, wurde ihr bewusst, dass sie die Fassade würdevoller Zurückhaltung nur aufgesetzt hatte, um zu verbergen, wie aufregend das alles für sie war.

»Jetzt mal ehrlich, Jane!«, rief sie aus, nachdem sie in dem Gefährt Platz genommen hatten. »Jetzt mal ehrlich, du wirkst so vertraut mit allem, als wärest du in diese Familie hineingeboren worden.«

Aber erst nachdem man sie im Speisesaal des Dienstpersonals allen vorgestellt hatte und sie sich in dem gemütlichen Zimmer neben dem von Jane niedergelassen hatte, wurde ihr klar, dass einige Besonderheiten ihrer Position ihr eine erstaunliche Bedeutung gaben. Als Jane mit ihr sprach, war die Hitze durch die feine Haube und den Seidenmantel nicht schuld daran, dass ihre Stirn feucht war.

»Ich dachte, ich erzähle es dir erst, wenn wir uns sehen, Mutter«, sagte die junge Frau ganz bescheiden. »Ich weiß, was Eure Ladyschaft davon hält, wenn man über sie spricht. Wäre ich selbst eine Lady, ich würde es auch nicht mögen. Aber ich weiß, wie wichtig es dir ist – als der Arzt ihr anriet, dafür zu sorgen, dass eine erfahrene verheiratete Person ihr zur Seite steht, sagte sie in der für sie so typischen, wundervollen Art, ›Jane, sollte dein Onkel deine Mutter entbehren können, dann hätte ich sie gerne hier bei mir. Ich habe nie vergessen, wie freundlich sie immer zu mir gewesen ist, als ich noch in der Mortimer Street wohnte.‹«

Mrs Cupp fächelte sich mit einem erstaunlich frischen Taschentuch Luft zu.

»Wäre sie Ihre Majestät«, sagte sie, »sie könnte nicht heiliger für mich sein, und ich nicht glücklicher, dieses Privileg gewährt zu bekommen.«

Jane hatte begonnen, die Koffer ihrer Mutter auszupacken. Sie faltete einen Rock zusammen, strich ihn glatt und ließ ihn auf dem Bett liegen. Erst lief sie ein bisschen nervös umher, dann blickte sie auf, und man sah, wie verlegen sie war.

»Ich bin *so froh*, dass du gekommen bist, Mutter«, sagte sie. »Ich bin *so dankbar*, dass du jetzt hier bist!«

Mrs Cupp hielt mit dem Fächeln inne und starrte sie verdutzt an. Dann hörte sie sich selbst nahezu flüsternd die nächste Frage stellen.

»Warum denn, Jane, was ist los?«

Jane kam ein Stück näher.

»Ich weiß es nicht«, antwortete sie, und auch sie sprach die Worte ganz leise. »Vielleicht bin ich nicht ganz gescheit und überängstlich, aber ich habe sie so *unendlich* gern. Doch diese Ameerah – von der träume ich sogar schon.«

»Was? Von der dunkelhäutigen Frau?«

»Wenn ich nur ein Wort sagen würde, oder wenn du das tätest, und wir hätten unrecht damit, wie würden wir uns dann fühlen? Ich habe an mich gehalten, bis ich manchmal fast geschrien hätte. Und meine Lady würde es so verletzen, wenn sie Bescheid wüsste. Aber nun ja«, und da brach es aus ihr heraus: »was wünschte ich, der Marquis wäre hier, und was wünschte ich, die Osborns wären fort. Das wünsche ich mir so sehr, glaub mir!«

»Um Himmels willen!«, stieß Mrs Cupp aus, und nachdem sie etwa eine Sekunde lang die Augen vor Schreck weit aufgerissen hatte, wischte sie sich den zarten Schweiß von der Oberlippe.

Sie gehörte zu den Frauen, die alles sehr melodramatisch sehen, sobald man ihnen auch nur den geringsten Anlass dazu liefert.

»Jane«, keuchte sie mit erstickter Stimme, »glaubst du etwa, sie trachten ihr nach dem Leben?«

»Um Himmels willen, nein!«, rief Jane ein klein wenig ungehalten. »Das würden diese Leute doch nicht wagen. Aber nehmen wir einmal an, sie würden versuchen, sie ... nun ja, sie in irgendeiner Form zu beunruhigen ... das wäre schrecklich!«

Danach sprachen die beiden Frauen eine Weile lang nur flüsternd miteinander, Jane holte sich einen Stuhl und setzte sich ihrer Mutter gegenüber. Sie saßen Knie an Knie, und hin und wieder vergoss Jane aus reiner Nervosität eine Träne. Sie war so verschreckt vor lauter Angst, einen Fehler zu machen, der vielleicht aus irgendeinem dummen Zufall entdeckt werden und ihre Herrin verwirren oder ihr Seelenpein bereiten könnte.

»Jedenfalls«, sagte Mrs Cupp ernst, als ihre Unterredung beendet war, »sind wir jetzt zu zweit, und zwei Paar Augen, Ohren, Hände und Beine sind besser als nur eines, wenn es darum geht, über alle Vorfälle unterrichtet zu sein.«

Sie war nicht ganz so raffiniert wie Ameerah, und es war keineswegs unwahrscheinlich, dass sie es bei der Beobachtung der Ayah hin und wieder an Geschick fehlen ließ; aber falls die Inderin wusste, dass sie beobachtet wurde, ließ sie es sich jedenfalls nicht anmerken. Sie kam verlässlich und stumm ihren Pflichten nach, machte keinen Ärger und trug gegenüber den weißen Bediensteten eine gewisse Unterwürfigkeit und Demut zur Schau, die auf große Zustimmung stieß. Ihr Verhalten gegenüber Mrs Cupp war in der Tat von einer gewissen ehrfurchtsvollen Hochachtung geprägt, was die gute Frau, wie wir wohl zugeben müssen, weich stimmte und den Wunsch in ihr weckte, selbst gegenüber Menschen mit dunklerer Haut, die in einem fremden Land geboren waren, gerecht und nachsichtig zu sein.

»Sie weiß genau, wann sie es mit einer Respektsperson zu tun hat, und für eine Schwarze hat sie ziemlich gute Manieren«, bemerkte Mrs Cupp, die zum Zielobjekt von Ameerahs respektvollen Ehrerbietungen geworden war. »Ich frage mich, ob sie je von ihrem Schöpfer gehört hat und ob nicht eines dieser kleinen braunen Testamente, die in so guter Druckqualität herausgebracht werden, ein schönes Geschenk für sie wäre.«

Dieser Weggefährte wurde ihr dann tatsächlich als Geschenk überreicht. Mrs Cupp kaufte das Buch für einen Schilling in einem Lädchen im Dorf. Die dunkelhäutige Ameerah, die den okkulten Glauben verlorener Jahrhunderte besaß und deren Gottheiten die Götter eines mystischen Zeitalters waren, nahm das dicke braune Büchlein mit gesenkten Lidern und Worten des Dankes entgegen. Zu ihrer Herrin sagte sie Folgendes:

»Das hat mir die dicke alte Frau mit den hervorquellenden Augen geschenkt. Sie sagt, es sei das Buch ihres Gottes. Sie hat nur einen. Sie möchte, dass ich Ihn anbete. Bin ich ein kleines Kind, dass ich einen Gott anbete, nur weil sie es mir sagt? Sie ist alt und nicht mehr ganz bei Verstand.«

Lady Walderhurst erfreute sich immer noch bester Gesundheit. Sie stand morgens mit einem Lächeln auf, das sie den ganzen Tag beibehielt. Sie ging viel im Garten spazieren und brachte lange und glückliche Stunden damit zu, in ihrem Lieblings-Wohnzimmer zu sitzen und zu nähen. Diese Arbeit hätte sie auch einer anderen Frau übertragen können, aber sie verrichtete sie lieber selbst, weil es ihr ein sentimentales Glücksgefühl bescherte. Manchmal saß sie bei Hester und nähte, während Hester auf einem Sofa lag und ihre fleißigen Hände anstarrte.

»Das können Sie sehr gut, stimmt's?«, fragte sie sie einmal.

»Als ich arm war, musste ich mir meine Kleider selbst nähen, und ich nähe gerne«, lautete Emilys Antwort.

»Aber Sie könnten sich alles kaufen und bräuchten sich keine Mühe damit zu machen.«

Emily warf einen zärtlichen Blick auf ihr Stück Batist.

»Lieber nicht«, sagte sie.

Es ging ihr zwar gut, doch sie hatte den Eindruck, nicht mehr so tief und fest zu schlafen wie sonst. Hin und wieder schreckte sie aus dem Schlaf, als hätte ein Geräusch sie gestört, aber wenn sie dalag und lauschte, war nichts zu hören. So erging es ihr mindestens zwei oder drei Mal. Und dann eines Nachts, als sie in einen tiefen, süßen Schlaf gefallen war, setzte sie sich im Dunkeln mit einem Satz auf, aufgeweckt durch eine reale körperliche Empfindung: eine Hand, die sanft ihre nackte Hüfte berührte – das und sonst nichts.

»Was ist das? Wer ist da?«, rief sie. »Ist da jemand im Zimmer?«

Ja, da war jemand. Ein paar Fuß von ihrem Bett hörte sie einen schluchzenden Seufzer, dann ein Rascheln, dann wieder Stille. Sie strich ein Streichholz an, dann stand sie auf und zündete die Kerzen an. Ihre Hand zitterte, aber sie sagte sich selbst, sie müsse sich zusammenreißen.

»Ich darf nicht nervös werden«, sagte sie laut und sah sich im ganzen Zimmer um.

Aber es war kein Lebewesen im Zimmer, und es gab auch keinerlei Anzeichen dafür, dass jemand den Raum betreten hatte, nachdem sie zu Bett gegangen war. Nach und nach beruhigte sich ihr klopfendes Herz wieder, und sie fuhr sich fassungslos mit der Hand übers Gesicht.

»Das fühlte sich überhaupt nicht an wie ein Traum«, murmelte sie, »ganz und gar nicht. Mein Gefühl war *echt.*«

Aber da sie rein gar nichts finden konnte, verlor sie wieder ein wenig das Gefühl, dass es sich um eine Realität handelte, und sie war vernünftig genug, sich ein Herz zu fassen, sich wieder ins Bett zu legen und tief und fest zu schlafen, bis Jane kam und ihr den Morgentee brachte.

Durch das helle Sonnenlicht und die frische Morgenluft, das gewohnte gemeinsame Frühstück und das Gespräch mit den Osborns kam ihre erste Vermutung ihr geradezu weit hergeholt vor, sodass sie den Vorfall fast mit einem Lachen zum Besten gab.

»Ich habe in meinem ganzen Leben noch keinen so realen Traum gehabt«, sagte sie. »Aber es muss ein Traum gewesen sein.«

»Manchmal kommen einem die eigenen Träume sehr real vor«, sagte Hester.

»Vielleicht war es das Gespenst von Palstrey«, spottete Osborn. »Es ist Ihnen erschienen, weil Sie ihm nicht die geringste Beachtung geschenkt haben.« Er hielt plötzlich inne und starrte sie eine Sekunde lang fragend an. »Sagten Sie nicht, es habe seine Hand auf Ihre Hüfte gelegt?«, fragte er.

»Erzähl ihr doch keinen Unsinn, damit machst du ihr nur Angst. Wie lächerlich von dir!«, erwiderte Hester scharf. »Das ist nicht recht.«

Emily sah die beiden verblüfft an.

»Wie meinen Sie das?«, fragte sie. »Ich glaube nicht an Gespenster. Es wird mir keine Angst einjagen. Ich habe auch noch nie von einem Gespenst von Palstrey gehört.«

»Dann werde ich Ihnen auch nichts von einem erzählen«, erwiderte Captain Osborn ein wenig brüsk, stand von seinem Stuhl auf und ging zu der Anrichte, um sich ein wenig kaltes Rindfleisch herunterzuschneiden.

Er wandte ihnen den Rücken zu, und seine Schultern wirkten abweisend und ein wenig starr. Hester machte ein mürrisches Gesicht. Emily fand es nett von ihr, sich solche Sorgen zu machen, und sah sie dankbar an.

»Ich hatte nur ein paar Minuten lang Angst, Hester«, sagte sie. »Normalerweise habe ich keine so lebhaften Träume.«

Aber so tapfer sie auch den Schock, den sie erlebt hatte, kleinredete, so hatte er doch seine Nachwirkungen, denn hin und wieder ging ihr die Bemerkung durch den Kopf, in Palstrey gebe es ein Gespenst. Sie hatte noch nie von ihm gehört, und Emily war letztlich so vollkommen orthodox in ihrem Glauben, dass sie das Gefühl hatte, an die Existenz solcher Dinge zu glauben, sei eine Art Infragestellung der kirchlichen Gesetze. Und doch erzählte man sich oft solche Geschichten über alte Gemäuer, und es war nur natürlich, dass sie sich fragte, wie diese besondere Legende wohl aussehen mochte. Legte das Gespenst seine Hände auf die Hüften schlafender Menschen? Captain Osborn hatte so seltsam gefragt, als habe er plötzlich etwas wiedererkannt. Aber sie wollte nicht weiter an diese Sache denken und auch *keine* Nachforschungen anstellen.

Nur konnte Emily nun mehrere Nächte lang nicht mehr gut schlafen. Sie ärgerte sich über sich selbst, denn sie merkte, dass sie wachlag, weil sie lauschte oder auf etwas wartete. Und es war nicht gut, sich um den Schlaf bringen zu lassen, vor allem nicht in einer Zeit, in der man seine Kräfte schonen musste.

In dieser Woche bekam Jane Cupp, um es mit ihren eigenen Worten zu schildern, »einen ganz schönen Schrecken eingejagt«. Der Zwischenfall war eigentlich nicht sehr bedeutsam, hätte sich aber am Ende als höchst unglücklich erweisen können.

Das Haus in Palstrey war zwar alt, aber noch in einem wunderbaren Zustand; die geschnitzten Eichengeländer im Treppenhaus hatten immer als besonders solide gegolten.

»Was, wenn nicht die göttliche Vorsehung«, sagte Jane am nächsten Morgen in frommer Ehrfurcht zu ihrer Mutter, »mich bewogen hätte, als ich am oberen Treppenabsatz vorbeikam, auf die Treppe hinunterzusehen, kurz bevor meine Herrin zum Abendessen hinunterging? Was, wenn nicht die göttliche Vorsehung mich bewogen hätte? Ich wüsste es nicht zu sagen. Soweit ich mich entsinnen kann, habe ich dabei noch nie nach unten gesehen. Doch an diesem einen Abend musste ich an dem Treppenabsatz vorbei, und als ich zufällig meinen Blick nach unten richtete, da sah ich es dann!«

»An einer Stelle, an der sie gewiss darüber gestolpert wäre. Herr im Himmel! Mir bleibt das Herz stehen, wenn ich dich nur höre. Wie groß war denn das Holzstück?« fragte Mrs Cupp, deren üppiger Busen sich beständig hob und senkte.

»Nur ganz klein. Ich nehme an, das Holz war alt und wurmstichig; aber es lag genau an der falschen Stelle, sie hätte geradezu darüber stolpern müssen, hätte sich den Knöchel verknackst und wäre die ganze Treppe hinuntergefallen. Stell dir nur vor, ich hätte es nicht rechtzeitig gesehen und das Holz aufgehoben, ehe sie die Treppe hinunterging! Oh, mein Gott, Mutter! Oh, mein Gott!«

»Das will ich meinen!«, sagte Mrs Cupp geradezu inbrünstig.

Wahrscheinlich sorgte genau dieser Zwischenfall dafür, dass Jane immer nervöser wurde. Sie begann, jeden Schritt ihrer Herrin mit übertriebener Ängstlichkeit zu überwachen. Sie gewöhnte sich an, zwei- oder dreimal täglich das Schlafzimmer ihrer Herrin aufzusuchen und dort alles einer genauen Begutachtung zu unterziehen.

»Vielleicht ist sie mir einfach zu sehr ans Herz gewachsen, dass ich mich hier aufführe wie nicht mehr ganz richtig im Kopf«, sagte sie zu ihrer Mutter, »aber ich kann nicht dagegen an. Ich möchte über alles, was sie tut, unterrichtet sein und am liebsten ihr jedes Mal den Boden ebnen, ehe ich sie irgendwohin gehen lasse. Ich bin so stolz auf sie, Mutter; gerade so, als wäre ich ein Mitglied ihrer Familie und nicht nur ein Dienstmädchen. Es wäre so wundervoll, wenn es ihr weiterhin gut ginge und alles sich entwickelte wie vorgesehen. Selbst Leute wie wir können begreifen, was das für einen Gentleman bedeutet, dessen Stammbaum sich neunhundert Jahre in die Vergangenheit zurückverfolgen lässt. Wäre ich Lady Maria Bayne, dann wäre ich hier bei ihr und würde ihr nicht von der Seite weichen. Glaub mir, nichts könnte mich von ihr fortlocken.«

»Sie sind bei ihr in guten Händen«, hatte Hester gesagt. »Diese junge Frau ist Ihnen tief ergeben. Auf ihre eigene Art, nämlich der einer Kammerzofe, würde sie ihr Leben verteidigen.«

»Ich denke, sie ist mir so treu ergeben wie Ameerah Ihnen«, antwortete Emily. »Ich bin mir sicher, Ameerah würde für Sie kämpfen.«

In diesen Tagen äußerte sich Ameerahs Hingabe in einem tief wurzelnden Hass auf jene Frau, die sie als die Feindin ihrer Herrin betrachtete.

»Es ist eine böse Sache, dass sie dieses Haus bekommt«, sagte sie. »Sie ist eine alte Frau. Was hat sie für ein Recht, sich einzubilden, sie könnte einen Sohn zur Welt bringen? Daraus kann nur Unglück erwachsen. Sie hat es verdient, dass das Schicksal ihr übel mitspielt.«

Lady Walderhurst sagte einmal zu Osborn: »Manchmal habe ich das Gefühl, dass Ameerah mich nicht mag. Sie schaut mich immer mit einem so merkwürdig starren Blick an.«

»Sie bewundert Sie«, lautete seine Antwort. »Und glaubt, Sie wären eine Art übernatürliches Wesen, weil Sie so groß sind und eine so frische Gesichtsfarbe haben.«

Im Park von Palstrey Manor gab es einen schönen großen Ziersee, der tief und dunkel war, denn er war umstanden von riesigen, uralten Bäumen, und ringsum gab es Wasserpflanzen, deren Zweige auf der Oberfläche trieben. Am Ufer wuchsen weiße und gelbe Schwertlilien und dichte, samtbraune Binsen. Eine Allee mit herrlichen Lindenbäumen führte hinunter zu bemoosten Treppenstufen, auf denen die Menschen früherer Zeiten zu dem Boot hinabgestiegen waren, das träge im weichen, grünen Dunkel schaukelte. Es gab eine Insel in dem See, auf der man Rosen gepflanzt und anschließend hatte verwildern lassen; zu Jahresbeginn sprossen Narzissen und andere Frühlingsblumen im Gras und nickten mit ihren duftenden Köpfen. Lady Walderhurst hatte diesen Ort in den Flitterwochen entdeckt und seither tief in ihr Herz geschlossen. Die Allee, die zu dem See hinunterführte, war ihr Lieblingsspazierweg; ein bestimmter Platz unter einem der Bäume auf der Insel ihr Lieblingsrastplatz.

»Es ist dort so still«, hatte sie zu den Osborns gesagt. »Außer mir selbst kommt niemand dorthin. Wenn ich über die kleine alte Brücke gegangen bin und mich mit meinem Buch oder meiner Handarbeit mitten ins Grüne gesetzt habe, fühlt es sich an, als gäbe es die Welt um mich herum nicht mehr. Man hört nichts außer dem Rauschen der Blätter und dem Plantschen der Moorhennen, die dort herumschwimmen. Sie scheinen keine Angst vor mir zu haben, so wenig wie die Drosseln und die Rotkehlchen. Sie wissen, dass ich nur still dasitze und ihnen zuhöre. Manchmal kommen sie recht nah.«

Sie nahm tatsächlich oft ihre Post oder ihre Näharbeiten zu dem zauberhaften versteckten Ort mit und verbrachte erholsame Stunden in ungestörter Glückseligkeit. Für sie schien das Leben jeden Tag lebenswerter zu werden.

Hester mochte den See nicht. Er war ihr zu einsam und

zu still. Sie zog ihr mit Blumen geschmücktes Schlafgemach oder den sonnigen Garten vor. In jenen Tagen hatte sie manchmal Angst vor ihren eigenen Gedanken. Man hatte sie gedrängt – hatte sie an den Rand des Abgrunds gedrängt, da war es nur natürlich, dass sie außer Atem kam und sie sich an seltsame Dinge klammerte, um sie selbst zu bleiben. Das Schweigen zwischen ihr und ihrem Ehemann war größer geworden. Es gab Themen, über die sie gar nicht mehr sprachen, auch wenn jeder vom anderen wusste, dass er Tag und Nacht an sie dachte. Es gab schwarze Stunden inmitten der Nacht, in denen Hester wach in ihrem Bett lag und genau wusste, dass es Alec ebenso erging. Oft hörte sie, wie er sich mit angehaltenem Atem und einem erstickten Fluch umdrehte. Sie fragte sich nicht, woran er wohl denken mochte. Sie wusste es. Sie wusste es, weil sie selbst die gleichen Gedanken hegte: Sie dachte an die großgewachsene, pfirsichwangige und gutherzige Emily Walderhurst, die sich in ihren Träumen von seligem Glück verlor, ständig über irgendetwas staunte und dankbar war bis zur Andächtigkeit; an die weiten Ländereien und die großen, komfortablen Herrenhäuser; daran, was es hieß, der Marquis von Walderhurst oder dessen Sohn zu sein; an die lange, strapaziöse Rückreise nach Indien; an das hoffnungslose Durcheinander des Lebens in einem heruntergekommenen Bungalow; an elende einheimische Bedienstete, die zugleich servil und störrisch sind und eine Neigung zum Lügen und Stehlen haben. Mehr als einmal musste sie ihr Gesicht abwenden, um ihr wildes Schluchzen in ihrem Kissen zu ersticken.

In einer dieser Nächte – sie war aus dem Schlaf erwacht, und in Osborns Schlafzimmer, das an das ihre angrenzte, war es so still, dass sie dachte, er schlafe tief und fest – erhob sie sich von ihrem Bett und setzte sich ans offene Fenster.

Sie hatte erst wenige Minuten dort gesessen, als sie plötzlich die seltsame Gewissheit überkam – wieso hätte sie nicht zu erklären vermocht –, dass sich unten im Garten jemand im Gebüsch aufhielt. Es war nicht unbedingt ein Geräusch oder eine Bewegung gewesen, was ihre Aufmerksamkeit so gefesselt hatte, und doch musste es wohl das eine oder das andere gewesen sein, vielleicht auch beides zusammen, denn sie wandte sich unwillkürlich einem bestimmten Punkt zu.

Ja, da war etwas – oder jemand –, vom Strauchwerk verdeckt, in einer Ecke. Es war mitten in der Nacht, und sie hatte das Gefühl, es waren mindestens zwei. Sie saß still da und wagte kaum zu atmen. Sie konnte nichts hören, und sehen konnte sie auch nichts, nur einen schwachen weißen Schein, durch das Laubwerk hindurch. Ameerah war die Einzige, die Weiß trug. Nach ein paar Sekunden des Wartens hatte sie einen seltsamen Gedanken – obgleich ihr noch in dem Moment klar wurde, dass dieser Gedanke, alles in allem, so seltsam gar nicht war. Sie erhob sich leise und stahl sich ins Schlafzimmer ihres Mannes. Er war nicht da – das Bett leer, obwohl er noch vor einer Weile dort gelegen und geschlafen hatte.

Sie ging wieder zu ihrem eigenen Bett und legte sich hinein. Zehn Minuten später kam Captain Osborn die Treppe hinauf und legte sich ebenfalls wieder ins Bett. Hester machte keinen Mucks und stellte keine Fragen. Sie wusste, ihr Mann würde ihr nichts verraten, außerdem wollte sie auch gar nichts hören. Sie hatte ihn vor ein paar

Tagen auf dem Weg mit Ameerah sprechen sehen, und jetzt, da er sich nachts mir ihr traf, wusste sie, dass sie nicht nach dem Grund ihrer Unterredung zu fragen brauchte. Aber am nächsten Morgen sah sie sehr mitgenommen aus.

Lady Walderhurst ging es offenbar auch nicht gut. In den letzten zwei oder drei Nächten war sie wieder mit diesem unheimlichen Gefühl aus dem Schlaf geschreckt, es sei jemand an ihrem Bett und wecke sie, obwohl sie nie jemanden fand, wenn sie aufstand und das Zimmer durchsuchte.

»Ich muss leider sagen, dass ich allmählich ein wenig nervös werde«, hatte sie zu Jane Cupp gesagt. »Ich werde Baldrian nehmen, auch wenn mir davon immer übel wird.«

Auch Jane konnte ihre Sorge nicht verhehlen. Sie hatte ihrer Herrin nicht erzählt, dass sie seit einigen Tagen gewissenhaft ihren selbst gefassten Vorsatz befolgte. Sie hatte sich ein paar Hauspantoffel besorgt und gelernt, leise durchs Haus zu schleichen. Sie ging spät zu Bett und stand früh am Morgen auf, auch wenn ihre Bemühungen noch nicht durch irgendwelche Entdeckungen belohnt worden waren. Und doch schien es ihr, als sehe Ameerah sie nicht mehr so oft an, wie es früher ihre Gewohnheit gewesen war, und sie hatte das Gefühl, dass sie ihr aus dem Weg ging. Alles, was sie zu Lady Walderhurst sagte, war: »Ja, Milady; meine Mutter hält Baldrian für ein ausgezeichnetes Mittel zur Beruhigung der Nerven. Möchten Sie heute Nacht eine Kerze in Ihrem Schlafzimmer haben, Milady?«

»Ich fürchte, bei Kerzenlicht kann ich nicht schlafen«, antwortete ihre Herrin. »Das bin ich nicht gewohnt.«

Sie schlief auch weiterhin im Dunkeln – wenn auch in manchen Nächten eher unruhig. Sie war sich dessen nicht bewusst, dass in einigen Nächten Jane Cupp im Zimmer nebenan war, schlafend oder wachend. Janes eigenes Schlafzimmer befand sich in einem anderen Flügel des Hauses, aber wenn sie so in ihren Hauspantoffeln umherschlich, sah sie hin und wieder Dinge, die dafür sorgten, dass sie wild entschlossen war, in unmittelbarer Rufnähe zu bleiben.

»Ich will gar nicht abstreiten, dass allmählich die Nerven mit mir durchgehen«, sagte sie, »und es ist wahrscheinlich töricht von mir, wegen lauter Kleinigkeiten so misstrauisch zu sein, aber es gibt Nächte, in denen ich es nicht aushalten könnte, nicht in ihrer Nähe zu sein.«

ZEHNTES KAPITEL

Die Lindenallee war um Mitternacht ein düsterer, wenn auch zauberhafter Ort. Wenn die Sonne unterging, stachen breite Goldlanzen durch die Zweige und tauchten die Grünflächen in ein verklärtes Licht, das weich war und tief. Aber später, wenn die Nacht aufzog, erinnerten die Baumstämme, die graue Linien bildeten, überschattet von einem Baldachin aus Ästen, an die Pfeiler einer verfallenen Kathedrale, einsam und gespenstisch.

Jane Cupp, die sich, als ihre Herrin gerade zu Mittag aß, in diese düstere Landschaft wagte und im Gehen verstohlene Blicke nach links und rechts warf, wäre von der grauen Stille überwältigt gewesen, hätte nicht die Angst die Oberhand gewonnen. Die Lindenallee, der besondere Lieblingsspazierweg ihrer Herrin, war nicht gerade der übliche Spazierweg einer Kammerzofe. Selbst die Gärtner betraten ihn fast nur, um totes Laub und Fallholz aufzufegen. Jane selbst war noch nie hier gewesen. Heute Abend war sie war nur deshalb gekommen, weil sie Ameerah gefolgt war.

Und Ameerah war sie gefolgt, weil sie beim Nachmittagstee im Speisesaal der Bediensteten mitten in einer Tratschgeschichte einen Satz aufgeschnappt hatte, nachdem sie das Gefühl hatte, sie mache sich unglücklich, wenn sie nicht zum See hinunterging – um sich das Wasser, die Boote, die Treppenstufen, einfach alles anzuschauen.

»Glaub mir, Mutter!«, hatte sie gesagt, »für ein ehrbares Dienstmädchen in einem herrschaftlichen Haus ist es eine seltsames Sache zu glauben, man müsse die Schwarzen belauern als wäre man von der Polizei und dürfe kein Wort darüber verlieren. Denn wenn ich auch nur ein Wort sagen würde, wäre Captain Osborn clever genug, es so zu drehen, dass man mich von hier fortschickt, und zwar schnurstracks. Und das Schlimmste ist«, sagte sie und rang die Hände, »dass hier *vielleicht* gar nichts vor sich geht. Denn wären sie unschuldig wie die Lämmer, sie würden sich keinen Deut anders verhalten, und das Ganze ist *vielleicht* nur zufällig geschehen.«

»Das ist ja das Schlimme«, kommentierte Mrs Cupp besorgt. »Das morsche Stück Holz könnte genauso gut von alleine aus dem Geländer herausgefallen sein, und jede Frau, die gesundheitlich nicht ganz auf der Höhe ist, kann Albträume bekommen und schlecht schlafen.«

»Genau«, stimmte Jane ängstlich zu, »das ist das Schlimme daran. Manchmal komme ich mir so albern vor, dass ich mich regelrecht heftig über mich ärgere.«

Im Speisesaal der Bediensteten wird über viele Themen getratscht. In Landhäusern wird natürlich immer über Vorfälle im Dorf geredet – über Cottageskandale und Farmtragödien. An jenem Nachmittag wurde am Ende des Tisches über einen Skandal geredet, aus dem ganz schnell eine Farmtragödie wurde. Ein hübsches, lebhaftes und kokettes junges Mädchen aus dem Dorf hatte sich am Ende jenen »Ärger« eingehandelt, den Freunde wie Feinde schon seit Langem für sie vorhergesagt hatten. Und da sie nun mal so eine war, wurde im Dorf auch mächtig Gift und Galle verspritzt. Man hatte geweissagt, sie werde jetzt »nach London gehen« oder sich im See ertränken, denn sie war von einem schamlosen Ungestüm, was ihr an ihrem Unglückstag einige Verachtung und beißenden Spott einbrachte. Die Bediensteten im Herrenhaus kannten sie recht gut, denn sie war eine ganze Weile Dienstmädchen auf »The Kennel Farm« gewesen und hatte sich sehr zu Ameerah hingezogen gefühlt, mit der sie Freundschaft schloss. Als sie plötzlich krank wurde und tagelang zwischen Leben und Tod schwebte, waren alle insgeheim der Ansicht, Ameerah – mit ihrem Liebeszauber und ihren Zaubertränken – hätte über ihren Zustand einiges sagen können, wenn sie nur gewollt hätte. Das Mädchen schwebte in schrecklicher Gefahr. Der Dorfarzt, den man in aller Eile gerufen hatte, erklärte irgendwann, aus ihrem Körper sei alles Leben gewichen. Einzig Ameerah bestand darauf, dass sie nicht tot war. Nachdem sie eine Zeitlang reglos dagelegen war und ausgesehen hatte wie eine Leiche, war sie langsam wieder ins Leben zurückgekehrt. Die anschaulichen Schilderungen der Szenen, die an ihrem Bett stattgefunden hatten – ihr augenscheinlicher Tod, ihr kalter und blutleerer Körper, ihre langsame und unheimliche Rückkehr zum Bewusstsein – erregten fieberhaftes Interesse im Speisesaal der Bediensteten. Ameerah wurden viele Fragen gestellt, aber die Antworten stellten niemanden zufrieden, allenfalls sie selbst. Sie wusste genau, was die anderen Dienstboten von ihr hielten. Sie wusste alles über die anderen, während diese über sie rein gar nichts wussten. Ihre geringen Kenntnisse der englischen Sprache waren ein gutes Täuschungsmittel. Sie lächelte und fiel ins Hindustani zurück, sobald man sie in Bedrängnis brachte.

Jane Cupp hörte sich sowohl die Fragen wie die Antworten an. Ameerah behauptete, sie wisse nichts, was nicht auch das ganze Dorf wisse. Doch gegen Ende der Diskussion gestand sie in einer Mischung aus gebrochenem Englisch und Hindustani, sie habe geglaubt, die junge Frau werde sich ertränken. Als man sie fragte, warum sie das geglaubt habe, schüttelte sie den Kopf und sagte dann, sie habe sie beim See der Memsahib am Ende der Baumallee gesehen. Sie habe sie gefragt, ob das Wasser bei der Brücke tief genug sei, um darin zu ertrinken. Ameerah habe geantwortet, das wisse sie nicht.

Es gab einen allgemeinen Aufschrei, denn alle wussten, dass das Wasser an der Stelle tief war. Die Frauen erschauderten, wenn sie daran dachten, wie tief es gerade an diesem besonderen Punkt angeblich war. Im Dorf hieß es, es sei abgrundtief. Es überlief sie ein geradezu wonniger Schauder bei der gruseligen Vorstellung eines abgrundtiefen Gewässers. Einer erinnerte sich, dass er einmal eine Geschichte darüber gehört hatte. Vor bald neunzig Jahren hatten sich zwei junge Arbeiter aus dem Dorf um eine junge Frau gestritten. Eines Tages, als sie gerade aus Eifersucht heftig miteinander stritten, warf einer der beiden den anderen ohne viel Federlesens in den See. Er wurde nie wieder gefunden. Seine Leiche ließ sich mit nichts wieder hochholen. Sie war für alle Zeit in der Dunkelheit verschwunden.

Ameerah saß mit niedergeschlagenen Augen am Tisch. Mit niedergeschlagenen Augen dazusitzen war eine jener Angewohnheiten, die Jane an ihr nicht ausstehen konnte. Sie trank ihren Tee und konnte den Blick nicht von ihr wenden.

Nach wenigen Minuten war ihr der Appetit auf ihr Butterbrot vergangen. Sie stand auf und verließ den Speisesaal, blass im Gesicht.

Am Nachmittag war ihre Stimmung ein rechtes Auf und Ab und mündete in dem Entschluss, am Abend die Allee bis zum Ufer des Sees hinunterzugehen. Während Ihre Ladyschaft und die Gäste beim Abendessen saßen, hatte sie gute Gelegenheit dazu. Der Vikar mit Frau und Tochter war an jenem Abend zum Essen ins Herrenhaus geladen.

Die mysteriöse Stille und die Dunkelheit, die in dem langen, baumgesäumten Wandelgang herrschte, beeindruckten Jane sehr, und zitternd lief sie die Allee hinunter und nahm sich selbst bei der Hand, indem sie halb laut einige praktische Überlegungen vor sich hersagte.

»Ich will mir das Gewässer einfach mal anschauen, um sicherzugehen«, sagte sie, »auch wenn das vielleicht Unsinn ist. Es ärgert mich, dass ich einfach nicht dahinterkomme, was diese Frau so treibt, und wenn ich jetzt auf diese Weise meine Nerven zu beruhigen versuche, heißt das nur, dass ich nicht mehr recht bei Verstand bin.«

Sie lief zum Wasser so schnell sie konnte. Sie konnte es schon in der Dunkelheit schimmern sehen, musste aber erst einen bestimmten Baum passieren, bevor sie die kleine Brücke sehen konnte.

»Du meine Güte! Was ist denn das?«, rief sie plötzlich aus. Plötzlich war da etwas Weißes, als käme es vom Grund des Sees herauf oder sei aus dem Schilfrohr am Ufer gekrochen.

Jane stand eine Sekunde wie gelähmt da und hielt den Atem an, dann sprang sie los und rannte, so schnell sie nur konnte. Die weiße Gestalt ging langsam zwischen den Bäumen weiter. Sie rannte nicht und schien auch keine Angst zu haben, und Jane packte im Laufen den weißen Stoff, nur um festzustellen, was sie bereits vermutet hatte, nämlich dass sie an Ameerahs Gewand zog. Diese drehte sich einfach um und lächelte sie mit einer Freundlichkeit an, die jede Aufregung im Keim erstickte.

»Was machst du hier?«, fragte Jane. »Warum bist du hierhergekommen?«

Ameerah antwortete ihr in fließendem Hindustani und war sich wieder einmal dessen nicht bewusst, dass sie zu einer Fremden sprach, die sie gar nicht verstehen konnte. Sie erklärte ihr, als sie gehört habe, dass Janes Memsahib hierherkäme, um in der Stille zu meditieren, habe sie es sich selbst zur Gewohnheit gemacht, tagsüber, wenn niemand da war, zum Beten und Meditieren herzukommen. Sie empfahl Jane und ihrer Mutter diesen Ort, schließlich seien sie beide gottesfürchtige Menschen, die sich frommen Exerzitien unterwarfen. Jane schüttelte sie.

»Ich verstehe kein Wort von dem, was du sagst«, rief sie. »Und du weißt das. Sprich Englisch.«

Ameerah schüttelte langsam den Kopf, dann lächelte sie wieder geduldig. Sie gab vor, es mit Englisch zu versuchen, aber ein dermaßen schlechtes Englisch hatte Jane bei ihr bisher noch nicht gehört. Dann wollte sie wissen, ob es denn den Dienstboten verboten sei, zum Wasser zu gehen?

Das war zu viel für Jane; sie war nur noch ein Nervenbündel und brach in Tränen aus.

»Du führst etwas Böses im Schilde, das weiß ich«, schluchzte sie. »Du bist unausstehlich. Ich werde den Leuten, die das Recht haben, etwas zu tun, das ich mich nicht traue, einen Brief schreiben. Ich gehe jetzt zurück zu dieser Brücke.«

Ameerah sah sie ein paar Sekunden lang verdutzt, aber freundlich an. Sie ergriff ihre Hand und ließ weitere Entschuldigungen und Erklärungen in Hindustani folgen. Mitten im Reden trat ein Glühen in ihre zu Schlitzen verengten Augen, und sie hob die Hand.

»Sie kommen. Das ist Ihre Memsahib mit ihren Gästen. Hören Sie nur.«

Sie sprach die Wahrheit. Jane hatte sich entweder in der Uhrzeit verschätzt oder das Abendessen hatte weniger Zeit in Anspruch genommen als gewöhnlich. Lady Walderhurst hatte ihre Gäste mitgebracht, sie sollten sich ansehen, wie der junge Vollmond durch die Lindenbäume schien, ganz wie sie es manchmal an lauen Abenden tat.

Jane Cupp eilte davon. Ameerah machte sich auch aus dem Staub, aber ohne Eile und ohne jedes Anzeichen von Scham.

»Du siehst aus, als hättest du schlecht geschlafen, Jane«, bemerkte Lady Walderhurst am Morgen, als sie ihr Haar bürsten ließ. Sie hatte in den Spiegel geschaut und gesehen, wie sich hinter ihrem eigenen Gesicht ein weiteres spiegelte, das blass war und rot geränderte Augen hatte.

»Ich hatte ein wenig Kopfschmerzen, Milady«, antwortete Jane.

»Ich habe auch so etwas wie Kopfschmerzen.« Lady Walderhursts Stimme klang nicht so fröhlich wie sonst. Auch sie hatte schwere Augenlider. »Ich habe nicht gut geschlafen. Das geht schon eine Woche so. Dass ich immer aus dem Schlaf schrecke, wenn ich irgendein störendes Geräusch höre, setzt mir immer mehr zu. Heute Nacht habe ich wieder geträumt, dass mich jemand an der Hüfte berührt. Ich fürchte, ich muss Sir Samuel Brent holen lassen.«

»Milady«, rief Jane aufgeregt, »tun Sie das – tun Sie das bitte!« Lady Walderhurst sah sie nervös und beunruhigt an.

»Denkst du – denkt deine Mutter, dass es mir nicht so gut geht, wie es sollte, Jane?«, fragte sie.

Jetzt zitterten Janes Hände.

»Oh, nein, Milady! Oh, nein! Aber wenn man Sir Samuel holen könnte, oder Lady Maria Bayne oder – oder Seine Lordschaft …«

Lady Walderhursts Miene spiegelte keine Beunruhigung mehr wider, sondern fast schon so etwas wie Entsetzen. Die Worte hatten ihr schrecklich Angst gemacht. Sie drehte sich zu Jane um, und die Blässe kroch über ihr Gesicht.

»Oh!«, rief sie nur, und in ihrer Stimme lag so etwas wie kindliche Angst und ein Flehen. »Ich bin mir sicher, du hältst mich für krank. Gewiss tust du das! Was … was ist nur los?«

Jäh lehnte sie sich vor und legte die Stirn in ihre Hände, die Ellbogen auf den Ankleidetisch gestützt. Sie empfand plötzlich ein schreckliches Grauen.

»Oh! Wenn irgendetwas schiefgehen sollte«, klagte sie leise, »wenn irgendetwas *passieren* sollte!« Allein schon der Gedanke war ihr unerträglich. Es würde ihr das Herz brechen. Sie war so glücklich gewesen. Und Gott so gütig.

Jane verzehrte sich innerlich vor Reue und Wut über ihre ungeheuerliche Dummheit. Jetzt hatte sie selbst Ihre Ladyschaft verärgert – und ihr einen solchen Schrecken eingejagt, dass sie bleich war und zitterte. Was war sie doch für ein gedankenloses Ding, es war unverzeihlich! Sie hätte es wissen müssen. Sie wand sich in Entschuldigungen, die zeigten, wie groß ihr Respekt und ihre Zuneigung waren.

»Es tut mir wirklich leid, Milady. Das ist wirklich nur meine eigene Dummheit gewesen! Erst gestern hat meine Mutter zu mir gesagt, sie habe noch nie eine Lady in solch guter Verfassung und derart guter Laune gesehen. Ich habe kein Recht, hier zu sein, wenn ich solche Fehler mache. Bitte, Milady – oh, dürfte meine Mutter vielleicht eine Minute hereinkommen und mit Ihnen sprechen?«

Emily bekam allmählich wieder etwas Farbe. Als Jane zu ihrer Mutter kam, boxte diese ihr fast auf die Ohren.

»So ist das aber auch immer mit euch Mädchen«, sagte sie. »Weniger Verstand als ein Suppenhuhn. Wenn du nicht den Mund halten kannst, dann lass die Arbeit besser sein. Natürlich hat sie gedacht, du sagst, man müsse nach diesen Leuten schicken, weil du glaubst, dass sie im Sterben liegt. Herrje! Jane Cupp, mach, dass du fortkommst!«

Mrs Cupp gefiel die kleine Unterredung mit Lady Walderhurst. Eine Frau, deren Meinung in so ernsten Augenblicken gefragt war, hatte allen Grund, sich zu freuen. Als sie wieder in ihrem Zimmer war, setzte sie sich hin, fächelte sich mit einem Taschentuch frische Luft zu und ging mit Jane ins Gericht.

»Was wir tun müssen«, sagte sie, »ist nachdenken, und das werden wir auch: nachdenken. Wir können ihr die Dinge nicht einfach so ins Gesicht sagen – bevor wir nicht einen sicheren Beweis in der Hand haben. Erst dann können wir uns an die Leute wenden, die auch die Macht haben, etwas zu tun. Wir können sie erst rufen, wenn wir etwas vorzuweisen haben, das niemand abstreiten kann. Und diese Brücke ist wirklich ziemlich alt, man kann sie leicht präparieren, sodass es aussieht wie ein Unfall, wenn sie bricht. Du sagst, sie geht dort heute gar nicht hin. Gut, dann gehen du und ich heute Nacht hin, sobald es dunkel genug ist, und schauen uns das genau an. Und einen Mann nehmen wir auch noch mit. Judd können wir trauen. Und wenn es zum Ärgsten kommt, dann sagen wir, wir hätten uns nur überzeugen wollen, dass die Brücke auch wirklich sicher ist, weil wir wissen, dass sie *wirklich* alt ist, und wir nun einmal übervorsichtig sind.«

Wie Jane durch vorsichtige, nach außen hin ganz beiläufig erscheinende Fragen herausgefunden hatte, hatte Emily nicht die Absicht, ihren Lieblingszufluchtsort aufzusuchen. Am Morgen hatte sie sich nicht recht wohlgefühlt. Ihr Albtraum hatte sie beim zweiten Mal noch viel mehr aufgewühlt. Diesmal war es gewesen, als wollte die Hand sie nicht einfach nur verstohlen berühren, sondern fest packen, und nach dem Erwachen war Emily einige Minuten lang buchstäblich außerstande aufzustehen. Diese Erfahrung hatte sowohl körperliche wie geistige Auswirkungen.

Sie sah Hester erst beim Mittagessen, und danach war diese in einer merkwürdigen Stimmung. Das hatte sie in jener Zeit oft. Ihr Blick war nervös und angespannt, und manchmal war es, als habe sie geweint. Wenn sie die Stirn runzelte, hatte sie jetzt noch mehr Falten zwischen den Augenbrauen. Emily hatte vergeblich versucht, sie mit einem netten Gespräch von Frau zu Frau ein wenig aufzuheitern. Aber es gab Tage, an denen sie das Gefühl hatte, Hester wollte sie gar nicht sehen.

Auch an jenem Nachmittag hatte sie dieses Gefühl, und da sie selbst in dem Augenblick nicht gerade die Allerfröhlichste war, wurde ihr bewusst, dass sie doch recht enttäuscht war. Sie hatte sie so gern gehabt, hatte Freundschaft mit ihr schließen und ihr das Leben erleichtern wollen, aber sie hatte offenbar vielmehr irgendwie versagt. Und das alles nur, weil sie überhaupt keine kluge Frau war. Vielleicht würde sie noch in anderen Dingen versagen, weil sie nicht klug war. Vielleicht würde sie niemals den Menschen geben können, was sie wollten – was sie brauchten. Eine geistreiche Frau hatte die Macht, Liebe zu erwecken und am Leben zu erhalten.

Nachdem sie eine Stunde lang versucht hatte, in Mrs Osborns blumengeschmücktem Boudoir für eine etwas bessere Stimmung zu sorgen, stand sie auf und nahm ihr kleines Handarbeitskörbchen.

»Falls Sie ein wenig schlafen wollen, lasse ich Sie jetzt allein«, sagte sie. »Ich denke, ich gehe etwas hinunter zum See.«

Sie schlich sich leise davon und ließ Hester auf ihren Kissen zurück.

ELFTES KAPITEL

Wenige Minuten später klopfte es an der Tür, was Hester mit einem barschen »Herein!« beantwortete, woraufhin Jane Cupp sittsam hereintrat und sagte, sie suche dringend ihre Herrin.

»Ihre Ladyschaft ist nicht hier. Sie ist nach draußen gegangen.«

Jane trat unwillkürlich einen Schritt vor. Ihr Gesicht nahm die Farbe ihrer sauberen weißen Schürze an.

»Oh!«, sie bekam kaum einen Ton heraus.

Hester fuhr herum.

»Zum See«, sagte sie. »Wieso starrst du mich so an?«

Jane sagte ihr nicht, warum. Sie konnte nicht mehr an sich halten und rannte aus dem Zimmer, ohne sich auch nur im Geringsten zu bemühen, noch den Anstand zu wahren, der einer Kammerzofe geziemte.

Sie eilte durch die Zimmer, um über eine Abkürzung zu der Tür in den Garten zu gelangen. Dann rannte sie pfeilschnell über Wege und Blumenbeete hinweg zur Lindenallee.

»Sie darf nicht vor mir bei der Brücke sein!«, keuchte sie. »Das darf nicht sein – es darf nicht sein. Das werde ich verhindern! Hoffentlich halte ich durch.«

Sie dachte nicht darüber nach, dass die Gärtner sie wahrscheinlich für verrückt hielten. Sie dachte nur an Ameerahs gesenkten Blick, als die Bediensteten von dem tiefen Wasser gesprochen hatten – an ihren unheimlichen, seligen, verschlagenen Blick. Daran und an die weiße Gestalt dachte sie, die letzte Nacht aus dem Erdboden aufgetaucht war, und hielt sich im Laufen die Seite.

Die Lindenallee kam ihr eine Meile lang vor, und dann, als sie die Allee hinunterrannte, sah sie Lady Walderhurst mit ihrem niedlichen Nähkörbchen in der Hand langsam unter den Bäumen spazieren gehen. Sie war schon fast bei der Brücke angelangt.

»Milady! Milady!«, rief sie, nachdem sie allen Mut zusammengenommen hatte. Sie konnte nicht den ganzen Weg lang schreien. »Oh, Milady! Bitte!«

Emily hörte sie und drehte sich um. Sie war in ihrem ganzen Leben noch nicht so überrascht gewesen. Ihr Dienstmädchen – die wohlerzogene Jane Cupp, die seit sie in ihren Diensten stand, noch nie irgendein ungebührliches Verhalten gezeigt hatte – rannte hinter ihr her, schrie und winkte mit verzerrtem Gesicht und hysterischer Stimme.

Emily hatte die Brücke gerade betreten wollen, hatte die Hand schon nach dem Geländer ausgestreckt. Erschrocken trat sie einen Schritt zurück und starrte ihr Dienstmädchen an. Wie merkwürdig heute alles schien! Es schnürte ihr langsam die Kehle zu, und sie begann zu zittern.

Nach wenigen Sekunden war Jane bei ihr und zog sie am Kleid. Sie war so außer Atem, dass sie kaum sprechen konnte.

»Milady!«, keuchte sie. »Gehen Sie nicht auf die Brücke, tun Sie's nicht, wir müssen uns erst sicher sein …«

»Dass was?«

Dann merkte Jane, wie verrückt sie aussehen musste, ja,

wie krank die ganze Szene war, und ließ ihren Gefühlen freien Lauf. Zum Teil war es die körperliche Erschöpfung und die Atemlosigkeit, zum Teil war es ihr hilfloses Entsetzen, das sie auf die Knie gehen ließ.

»Die Brücke!«, rief sie. »Es ist mir gleich, was mit mir ist, solange nur Ihnen nichts passiert. Es sind Pläne gegen Sie geschmiedet worden, es soll aussehen wie ein Unfall. Ein Teil der Brücke könnte einstürzen, und dann würde es aussehen wie ein Unfall. Das Wasser dort ist abgrundtief. Gestern haben sie das gesagt, und *sie* saß dabei und hat zugehört. Letzte Nacht habe ich sie hier gesehen.«

»Sie? Wer ist denn sie?« Emily hatte das Gefühl, einen weiteren Albtraum zu erleben.

»Ameerah«, wimmerte die arme Jane. »Gegen Schwarze haben Weiße keine Chance. Oh, Milady!« Sie war sich dessen durchaus bewusst, dass sie sich unter Umständen gerade zum Narren machte, und das setzte ihr sehr zu. »Ich glaube, sie würde Sie in den Tod treiben, wenn sie nur könnte, Sie können von mir denken, was Sie wollen.«

Das Handarbeitskörbchen in Lady Walderhursts Hand zitterte. Sie musste fest schlucken und setzte sich unversehens auf die Wurzeln eines umgestürzten Baumes, während ihre Wangen immer blasser wurden.

»Oh, Jane!«, sagte sie bekümmert und verwirrt. »Ich verstehe überhaupt nichts von alldem, was du sagst. Wieso nur, *wieso* sollten sie mir schaden wollen?«

Sie war von einer so einfältigen Unschuld, dass sie dachte, nur weil sie gut zu ihnen gewesen war, könnten die Osborns sie nicht hassen oder ihr Böses wünschen.

Aber zum ersten Mal verzagte sie. Sie saß da und versuchte, sich wieder zu fangen. Sie streckte ihre zitternde

Hand nach dem Handarbeitskörbchen aus. Sie konnte es kaum sehen, denn ihre Augen füllten sich plötzlich mit Tränen.

»Geh einen der Männer holen«, sagte sie nach einer Weile. »Sag ihm, ich wäre mir etwas unsicher, ob die Brücke auch wirklich sicher ist.«

Sie saß recht still da, während Jane fort war, um den Mann zu holen. Den Korb hielt sie auf dem Knie, ihre Hand ruhte obenauf. Ihr freundlicher, langsam arbeitender Geist war zu seltsamen Gedanken erwacht. Ihr selbst kamen sie unmenschlich und unheimlich vor. Lag es daran, dass die gute, treue und ungebildete Jane wegen Ameerah so nervös wurde, dass sie selbst in letzter Zeit immer öfter das Gefühl bekommen hatte, die Ayah beobachte und verfolge sie? Sie war mehr als einmal erschrocken, weil sie plötzlich in ihrer Nähe war, obwohl sie ihre Gegenwart gar nicht bemerkt hatte. Sie hatte Hester einmal sagen hören, man erschrecke oft über indisches Dienstpersonal, weil sie immer so leise und wie verstohlen umherschlichen. Aber die Augen der Frau hatten ihr Angst gemacht, außerdem hatte sie gehört, was der jungen Frau im Dorf geschehen war.

Sie saß da und dachte gründlich nach, die Augen starr auf den moosbewachsenen Erdboden gerichtet, und ihr Atem ging etliche Mal schnell und unregelmäßig.

»Ich weiß nicht, was ich tun soll«, sagte sie. »Wenn das stimmt, was Jane sagt, dann weiß ich nicht, was ich tun soll.«

Der schwere Schritt des Gärtnergehilfen und der etwas leichtere Schritt von Jane rissen sie aus ihren Gedanken. Sie hob den Kopf und sah sie näher kommen. Der junge Mann war groß und kräftig, hatte ein einfaches Bauerngesicht, breite Schultern und große Hände.

»Die Brücke ist so dünn und alt«, sagte sie, »da kam mir in den Sinn, sie könnte vielleicht nicht ganz sicher sein. Schau sie dir ganz genau an, damit wir Bescheid wissen.«

Der junge Mann griff sich an die Stirn, beugte sich vor und begann, sich die Pfeiler anzusehen. Jane sah ihn mit angehaltenem Atem an, als er sich wieder aufrichtete.

»Auf dieser Seite ist alles in Ordnung, Milady«, sagte er. »Die Pfosten auf der Inselseite muss ich mir vom Boot aus ansehen.«

Er stampfte am anderen Ende fest mit dem Fuß auf, und die Brücke hielt stand.

»Schauen Sie sich das Geländer gut an«, sagte Lady Walderhurst. Ich stehe dort oft, und dann lehne ich mich darauf – und betrachte den Sonnenuntergang.«

An der Stelle fing sie zu stammeln an, denn sie erinnerte sich plötzlich, dass sie diese Angewohnheit den Osborns gegenüber oft erwähnt hatte. Es gab einen Punkt auf der Brücke, von dem aus man durch eine Lücke in den Bäumen den Sonnenuntergang besonders schön betrachten konnte. Es war das rechte Geländer, das vor diesen Bäumen lag und auf das sie sich stützte, wenn sie den Abendhimmel betrachtete.

Der große junge Gärtner sah sich das linke Geländer an und schüttelte es mit seinen starken Händen.

»Das ist sicher«, sagte er zu Jane.

»Testen Sie das andere«, sagte Jane.

Das tat er. Aber irgendetwas stimmte da nicht. Es zerbrach in seinen Pranken. Obwohl seine Haut von der Sonne verbrannt war, sah man, wie er erblasste.

»Allmächtiger!«, hörte Jane ihn leise fluchen. Er griff sich an die Mütze und sah Lady Walderhurst mit leeren

Augen an. Jane hatte das Gefühl, ihr Herz mache einen Sprung. Sie wagte es kaum, ihre Herrin anzuschauen, aber als sie schließlich doch den Mut dazu fasste, sah sie, dass sie ganz blass war, und stürzte sogleich zu ihr.

»Ich danke dir, Jane«, sagte sie recht kleinlaut. »Der Himmel ist heute Nachmittag so schön, da dachte ich bei mir, ich mache kurz Halt und schaue ihn mir an. Ich wäre ins Wasser gefallen, und man sagt doch, es sei abgrundtief. Niemand hätte mich gesehen oder gehört, wenn du nicht gekommen wärest.«

Sie ergriff Janes Hand und hielt sie fest gepackt. Ihr Blick wanderte über die Allee mit den großen Bäumen, zu der um diese Uhrzeit außer ihr nie jemand kam. Sie wäre so allein gewesen – so allein!

Der Gärtner ging wieder, er sah immer noch blasser aus als bei seiner Ankunft. Lady Walderhurst erhob sich von ihrem Platz auf dem bemoosten Baumstumpf. Ganz langsam stand sie auf.

»Erzähl mir noch nichts, Jane«, sagte sie. Und während Jane ihr in respektvollem Abstand folgte, kehrte sie zum Haus zurück und ging auf ihr Zimmer, um sich hinzulegen.

Es gab keinen Beweis, dass das alles nicht Zufall war – ein einziger Zufall. Genau das machte ihr eine Gänsehaut. Alles war denkbar. Die kleine Brücke war schon so lange nicht mehr benutzt worden; und sie war von Anfang an eine filigrane Konstruktion gewesen; die Brücke war alt, und sie erinnerte sich jetzt, wie Walderhurst einmal gesagt hatte, man müsse sie sich einmal anschauen und dann ausbessern lassen, falls jemand sie benutzen wollte. Sie hatte sich in letzter Zeit oft auf das Geländer gestützt, und an einem Abend hatte sie sich gefragt, ob es denn auch wirklich noch stabil genug war. Was hätte man sagen, wem hätte man die Schuld geben können, nur weil ein Stück verfaultes Holz nachgegeben hatte?

Mit einem Satz setzte sie sich in ihrem Kissen auf. Auch aus dem Geländer oben auf der Balustrade war ein Stück verfaultes Holz herausgebrochen, es war auf die Stufen gefallen, dann hatte Jane es bemerkt und aufgelesen, das alles kurz bevor sie selbst auf ihrem Weg zum Abendessen die Stufen hinuntergehen sollte. Und trotzdem, wie würde sie denn in den Augen ihres Ehemannes dastehen, oder in Lady Marias Augen – oder in den Augen von wem auch immer in dieser hochanständigen Welt –, wenn sie behauptete, ihrer Ansicht nach gebe es in ihrem ehrenwerten Haushalt einen englischen Gentleman, nämlich den mutmaßlichen Erben, welcher eine heimliche Verschwörung gegen sie angezettelt hatte, und zwar eine geradezu melodramatischen Ausmaßes? Sie griff sich an den Kopf bei der Vorstellung, wie Lord Walderhurst das Gesicht verzog oder Lady Maria ihr belustigtes Lächeln aufsetzte.

»Sie wird denken, ich sei hysterisch«, weinte sie leise. »Er wird mich für vulgär und dumm halten, für eine Prinzessin auf der Erbse, die sich in verrückte Ideen versteigt und ihn lächerlich macht. Captain Osborn gehört zur Familie Walderhurst. Damit würde ich ihn beschuldigen, ein Verbrecher zu sein. Und doch könnte ich jetzt in diesem abgrundtiefen See liegen – und keiner wüsste davon.«

Wäre ihr das alles nicht so ungeheuerlich erschienen, wäre sie sich vollkommen sicher gewesen, dann hätte sie sich nicht so entsetzlich verwirrt, verunsichert und verloren gefühlt.

So sehr die Ayah Hester zugetan war, so sehr verabscheute sie vielleicht die Rivalin ihrer Herrin. Eine eifersüchtige Einheimische aus den Kolonien kannte vielleicht ein paar geheime Tricks, mit denen sie in ihrer Verblendung an ein Ziel zu gelangen versuchte, das sie für ehrwürdig hielt. Vielleicht wusste Captain Osborn gar nichts davon. Bei diesem Gedanken atmete sie wieder auf. Er *konnte* nichts davon wissen; das wäre viel zu wahnsinnig, viel zu gefährlich, viel zu böse.

Aber wäre sie tatsächlich kopfüber die Treppe hinuntergefallen, und hätte der Sturz sie getötet – welches Risiko wäre dieser Mann eingegangen? Schließlich hätte es bloß einen tödlichen Unfall zu betrauern gegeben. Hätte sie sich auf das Geländer gestützt und wäre sie in der schwarzen Tiefe des Sees verschwunden, wem hätte man die Schuld geben können, außer einem Stück verfaulten Holzes? Sie tupfte sich mit dem Taschentuch die Stirn, die sich kalt und feucht anfühlte. Sie sah keinen Ausweg. Ihr klapperten die Zähne.

»Sie sind vielleicht so unschuldig wie ich, vielleicht aber auch im Tiefsten ihres Herzens Mörder. Ich kann nichts beweisen – ich kann nichts verhindern. Oh, bitte komm nach Hause!«

Sie hatte nur noch einen klaren Gedanken, und der ging ihr nicht mehr aus dem Kopf. Sie musste sich schützen … sie musste sich schützen. In ihrer Angst beichtete sie – mit lauter Stimme – etwas, das sie noch nie zuvor gebeichtet hatte; und obwohl sie die Worte laut aussprach, merkte sie nicht einmal, dass sie eine Beichte waren.

»Wenn ich jetzt sterben würde«, sagte sie mit anrührendem Ernst, »müsste er sehr leiden. Es ist gleichgültig«, sagte sie kurz darauf, »was mit mir passiert – wie lächerlich oder vulgär oder verrückt ich anderen erscheinen mag – solange ich mich nur schützen kann … bis es überstanden ist. Ich werde ihm jetzt schreiben und ihn bitten, er möge doch versuchen zurückzukommen.«

Der Brief, den sie schrieb, nachdem sie diese Entscheidung getroffen hatte, war genau der, den Osborn unter den anderen Briefen in der ausgehenden Post entdeckte, woraufhin er stehenblieb, um ihn sich genauer anzusehen.

ZWÖLFTES KAPITEL

Hester saß im Dunkeln am offenen Fenster ihres Boudoirs. Sie hatte die Wachskerzen ausgeblasen, weil sie spüren wollte, wie die sanfte Dunkelheit sie einhüllte. Das Abendessen hatte sie tapfer durchgehalten, sich die ängstlichen Fragen ihres Mannes zu dem angefaulten Geländer angehört, hatte sein verstörtes Gesicht gesehen und bemerkt, wie Emily ganz blass wurde. Sie selbst hatte nur wenig gesagt und war glücklich gewesen, als sie sich endlich, ohne unhöflich zu sein, entschuldigen und gehen konnte.

Wie sie so im Dunkeln saß und spürte, wie die Blumen im Garten atmeten in der Nacht, dachte sie an all die Mörder, von denen sie je gehört hatte. Sie dachte darüber nach, dass einige von ihnen recht ehrbare Leute gewesen waren und wohl alle eine Phase durchgemacht haben dürften, in der sie sich von einer ehrbaren Person zu einer solchen gewandelt hatten, in deren Hirn ein Gedanke arbeitete, den sie früher für unmöglich gehalten und von dem sie nie gedacht hätten, dass sie ihm jemals Raum geben könnten. Sie war sich sicher, dass der Wandel immer langsam erfolgte. Zunächst erschien es verrückt und allzu lächerlich – wie ein böser Witz. Dann kam der böse Witz immer und immer wieder, bis man ihn schließlich einfach hinnahm und nicht mehr verlachte, sondern über ihn nachdachte. Das passierte immer dann, wenn man sich etwas sehr wünschte – oder das Gegenteil. Wenn es etwas gab, bei dem einen allein schon die Vorstellung, man müsste ohne es – oder mit ihm – leben, verrückt machte. Wenn Männer eine Frau hassten, sie aber nicht loswerden konnten, wenn der Anblick ihres Gesichts, ihrer Augen, ihres Haares, der Klangs ihrer Stimme und ihrer Schritte ihnen ein Graus war, wenn es sie wahnsinnig machte, sobald sie in der Nähe war, und sie den Gedanken nicht ertrugen, niemals von all diesen Dingen frei sein zu können – wenn Männer, die bislang im Allgemeinen relativ angenehme Zeitgenossen gewesen waren, nach und nach an einen Punkt gelangten, an dem sie ein Messer, einen Schuss, einen Schlag nicht nur als Möglichkeit ansahen, sondern als etwas Unvermeidliches. Wenn Menschen gequält worden waren, wenn Menschen durch Entbehrung und Sehnsucht das Grauen erfahren hatten, und plötzlich der Augenblick kam, in dem sie sich mit Gewalt nahmen, was das Schicksal ihnen nicht gewähren wollte. In ihrem Kopf herrschte ein solches Durcheinander, dass sie sich fragte, ob nicht vielleicht ein Fieberwahn schuld daran war, dass sie hier in der Stille saß und so merkwürdige Dinge dachte.

Sie litt nun schon seit Wochen unter einer so heftigen Anspannung, dass ihre Gefühle offenbar die Verbindung zur Normalität verloren hatten.

Sie hatte zu viel gewusst, und doch gab es gar nichts, dessen sie sich sicher war.

Bei ihr und Alec hatte es angefangen wie bei den anderen: Anfangs war es wie ein böser Witz gewesen, aber dann waren sie immer tiefer in den Strudel hineingeraten. Es war unmöglich, nicht daran zu denken, was alles auf sie zukommen könnte und was sie alles für immer verlieren könnten.

Wäre an jenem Nachmittag niemand auf die Idee gekommen, das Geländer zu testen, läge die große, törichte Emily Walderhurst heute Nacht friedlich zwischen wuchernden Algen!

»Mit jedem geht es einmal zu Ende«, sagte sie. »Es wäre alles in fünf Minuten vorbei gewesen. Ertrinken ist angeblich nicht wirklich qualvoll.«

Ihre Lippen zitterten, und sie presste fest die Hände zusammen, die sie zwischen ihre Knie geschoben hatte.

»Das sind die Gedanken einer Mörderin«, murmelte sie entsetzt. »Dabei bin ich früher nie ein schlechtes Mädchen gewesen.«

Sie fing an, Dinge zu sehen. Am häufigsten war eine Vision, bei der sie Emily im tiefen Wasser zwischen den Algen treiben sah. Ihr braunes Haar hatte sich gelöst und um ihr weißes Gesicht geschlungen. Wären ihre Augen offen, mit glasigem Blick, oder halb geschlossen? Und ihr kindliches Lächeln – dieses Lächeln, das so komisch wirkte auf dem Gesicht einer erwachsenen Frau – wäre es erstarrt und würde so aussehen, als stellte sie die Welt der Lebenden vor die demütige Frage, was sie denn den Leuten getan habe und warum um alles in der Welt man sie ertränkt habe? Das war es, was ihre hilflose Stummheit ausdrücken würde, da war sich Hester ganz sicher.

Wie glücklich diese Frau war! Sie wirkte immer so fröhlich und war sich dessen gar nicht bewusst, es war zum Verrücktwerden. Aber das arme Ding! Warum hatte sie nicht das Recht, glücklich zu sein? Sie versuchte immer, den Leuten einen Gefallen zu tun und ihnen zu helfen. Sie war so durch und durch gut, dass sie fast schon dumm war. Der Tag, an dem sie in London die kleinen Sachen gekauft und zu »The Kennel Farm« gebracht hatte. Hester erinnerte sich, dass sie sie, trotz ihrer eigenen wahnsinnigen Wut, am Ende mit Tränen der Reue geküsst hatte. Mitten in all diesen irrwitzigen Gedanken hörte sie wieder ihre freundliche, prosaische und gefühlvolle Stimme sagen:

»*Danken* Sie mir nicht, das *brauchen* Sie nicht. Wir wollen uns *freuen*.«

Und dabei könnte sie jetzt zwischen den langen dicken Algensträngen im See liegen. Und es wäre kein Unfall gewesen, obwohl es so aussehen würde, dessen war sie sich sicher. Als sie sich die Situation in aller Deutlichkeit vor Augen führte, ging ein Schaudern durch ihren Leib.

Sie trat hinaus in die Nacht, denn sie brauchte frische Luft. Sie konnte den Gedanken nicht ertragen, Teil eines Komplotts geworden zu sein, in das sie sich nicht hatte hineinziehen lassen wollen. Es ging über ihre Kraft. Sie hatte zwar Augenblicke glühender Wut und Verzweiflung gehabt, aber das hier hatte sie nie gewollt. Sie hatte sich fast schon gewünscht, es werde zur Katastrophe kommen; sie hatte es fast für möglich gehalten, dass sie nichts tun würde, um sie zu verhindern – fast. Aber es gab Dinge, die einfach zu schlimm waren.

Sie fühlte sich klein und jung und hoffnungslos böse, als sie über einen Grasweg lief und durch die Dunkelheit zu einem Platz unter einem Baum ging. Die nächtliche Stille machte ihr schreckliche Angst, vor allem, als plötzlich eine Eule schrie und ein träumender Nachtvogel in seinem Nest aufschrie.

Sie saß mindestens eine Stunde in der Dunkelheit unter dem Baum. Der dichte Schatten der herabhängenden Äste hüllte sie in völlige Schwärze und Abgeschiedenheit.

Später sagte sie sich, jene okkulte Macht, an die sie glaubte, musste sie dazu bewogen haben, nach draußen zu gehen und sich an diesen besonderen Fleck zu setzen, weil dieses eine Ding einfach nicht geschehen durfte und weil sie selbst es verhindern musste.

Als sie wieder aufstand, ging ihr Atem keuchend. Sie schlich sich zurück in ihr Zimmer und zündete mit zitternder Hand eine Schlafzimmerkerze an, deren flackernde Flamme ein verzerrtes, kleines dunkles Gesicht erhellte.

Denn als sie unter dem Baum saß, hatte sie nach einer Weile ganz in ihrer Nähe ein Wispern vernommen; sie hatte, obgleich es so dunkel war, etwas Weißes aufschimmern sehen und war daher mit Absicht sitzen geblieben und hatte gelauscht.

DREIZEHNTES KAPITEL

Für Emily Walderhurst, welche die Gutherzigkeit in Person war, war es stets eine ungeheure Erleichterung, wenn sie sah, dass die Wolke, die die Laune eines anderen verdunkelt hatte, sich verzogen hatte.

Als Hester am nächsten Morgen am Frühstückstisch erschien, war ihre schlechte Laune vom Vortag verschwunden und sie gab sich geradezu liebevoll freundlich.

Nach Beendigung der Mahlzeit ging sie mit Emily hinaus in den Garten.

Hester hatte noch nie ein so lebhaftes Interesse an ihrer Gastgeberin gezeigt wie an jenem Morgen. Emily sah jetzt etwas, das ihr bei Hester immer gefehlt hatte, – ein Bedürfnis, freundliche Fragen zu stellen, das fast schon an Vertraulichkeit grenzte. Sie sprachen lange miteinander und ohne jeden Vorbehalt. Wie nett es doch war von der jungen Frau, dachte Emily, sich so um ihre Gesundheit und ihre Stimmungslage zu sorgen, sich für die Einzelheiten ihres Alltags zu interessieren – selbst für so einfache Dinge wie die Art, wie die Mahlzeiten zubereitet und serviert wurden, als ob jede Kleinigkeit von Bedeutung wäre. Zudem war es nicht fair gewesen, einfach anzunehmen, sie interessiere sich nicht für Walderhursts Abwesenheit und seine Rückkehr. Sie war über alles genau unterrichtet und vertrat sogar die Meinung, er solle sofort zurückkommen.

»Lassen Sie ihn holen« sagte sie plötzlich, »lassen Sie ihn jetzt holen.«

Ihr dunkles, mageres Gesicht drückte eine Ungeduld aus, die Emily sehr berührte.

»Das ist nett von Ihnen, dass Sie sich solche Sorgen machen, Hester«, sagte sie. »Ich wusste nicht, dass Ihnen das so am Herzen liegt.«

»Er soll kommen«, sagte Hester. »Das ist alles. Lassen Sie nach ihm schicken.«

»Ich habe ihm gestern einen Brief geschrieben«, lautete Lady Walderhursts schlichte Antwort. »Ich werde langsam nervös.«

»Ich werde auch nervös«, sagte Hester. »Ich auch.«

Dass sie verstört war, konnte Emily sehen. Das kleine Lachen, das sie ihren Worten folgen ließ, klang aufgeregt.

In der Zeit, als die Osborns sich in Palstrey aufhielten, hatten diese beiden Frauen einander oft gesehen, doch in den nächsten beiden Tagen trennten sie sich so gut wie gar nicht mehr. Emily war einfach nur froh, dass sie in Hester eine so wundervolle Gefährtin gefunden hatte, und empfand sie als große Unterstützung, daher fielen ihr ein paar Dinge gar nicht auf. Etwa dass Mrs Osborn sie nicht mehr aus den Augen ließ, außer in den Momenten, in denen sie von Jane Cupp umsorgt wurde.

»Ich kann genauso gut auch ganz offen mit Ihnen reden«, sagte die junge Frau. »Bisher habe ich mich nicht getraut, es Ihnen einzugestehen, aber ich fühle mich für Sie verantwortlich. Das klingt ein bisschen hysterisch, nehme ich an, aber ich komme nicht dagegen an.«

»Sie fühlen sich verantwortlich für *mich*?«, rief Emily und sah sie verwundert an.

»Ja, das tue ich«, erwiderte sie fast schon eingeschnappt. »Sie bedeuten mir so viel. Walderhurst sollte hier sein. Ich bin als Aufpasserin nicht sehr geeignet.«

»Ich sollte auf Sie aufpassen«, sagte Emily mit freundlichem Ernst. »Ich bin die Ältere und Stärkere. Ihnen geht es nicht halb so gut wie mir.«

Hester brach in Tränen aus, was Emily erschreckte.

»Dann tun Sie, was ich Ihnen sage«, erwiderte sie. »Gehen Sie nirgends alleine hin. Achten Sie darauf, dass Jane Cupp immer bei Ihnen ist. Schon zwei Mal wären Sie beinahe verunglückt. Lassen Sie Jane in Ihrem Ankleidezimmer schlafen.«

Emily spürte, wie ihr ein eiskalter Schauder den Rücken hinunterlief. Was damals in der Luft gelegen hatte, als sie Jane auf der Lindenallee langsam ihr erstauntes Gesicht zugewandt hatte – ein Gefühl des Befremdens, beschlich sie jetzt wieder.

»Wenn Sie das wünschen, werde ich es gerne tun«, antwortete sie.

Doch noch ehe der nächste Tag zur Neige ging, war ihr alles klar geworden – die ganze Ungeheuerlichkeit – die ganze grausame, unmenschliche Wahrheit, die fast nicht möglich schien, weil sie sich zu einer so unangemessenen Größe aufgebläht hatte, dass es geradezu grotesk wirkte.

Die hübschen Blumenrabatten, der liebliche Friede in dem samtenen Fleckchen Garten vor dem Fenster – das ließ alles nur noch unwirklicher erscheinen.

An diesem Tag – dem zweiten – fiel Emily eine Veränderung auf. Hester beobachtete sie, Hester wachte über sie. Und als ihr das klar wurde, begannen die Dinge sich immer merkwürdiger anzufühlen, und in gleichem Maße wuchs die Angst. Sie hatte das Gefühl, um sie herum tue sich eine Wand auf, errichtet von unsichtbaren Händen.

Den Nachmittag – an dem tiefgolden die Sonne schien – hatten sie gemeinsam verbracht. Sie hatten gelesen und sich unterhalten. Hester hatte am meisten geredet. Sie hatte Geschichten aus Indien erzählt – merkwürdige, eindrückliche, interessante Geschichten, die sie offenbar sehr bewegten.

Als die Sonne gerade besonders leuchtende, tiefgoldene Strahlen warf, wurde der Tee gebracht. Hester war gerade aus dem Zimmer gegangen, als der Diener mit dem Tablett hereinkam, das er mit jener übertriebenen Feierlichkeit vor sich hertrug, die manche männliche Dienstboten noch der unbedeutendsten Verrichtung angedeihen lassen. Seit Neuestem wurde der Tee oft in Hesters Boudoir serviert. Doch in der letzten Woche hatte Lady Walderhurst um diese Zeit immer nur ein Glas Milch zu sich genommen. Sie gab jetzt der Milch den Vorzug, weil Mrs Cupp sie gewarnt hatte, vom Tee werde sie nur »nervös«. Emily setzte sich an den Tisch und schenkte Hester eine Tasse ein. Da sie wusste, Mrs Osborn würde bald zurückkommen, stellte sie die Tasse an ihren Platz und wartete. Von draußen vernahm sie die Schritte der jungen Frau, und als die Tür aufging, führte sie das Glas Milch an ihre Lippen.

Später war sie völlig außerstande, klar zu schildern, was im nächsten Augenblick geschah. Denn genau im nächsten Moment sah sie Hester auf sich zustürmen, das Glas wurde ihr aus der Hand geschlagen, rollte über den Boden und vergoss dabei seinen ganzen Inhalt. Mrs Osborn stand vor ihr und ballte wiederholt die Hände zu Fäusten.

»Haben Sie etwas davon getrunken?«, fragte sie.

»Nein«, antwortete Emily, »habe ich nicht.«

Hester Osborn ließ sich in einen Stuhl fallen, beugte sich vor und schlug die Hände vors Gesicht. Man hatte den Eindruck, als bekäme sie gleich einen hysterischen Anfall und könnte sich nur unter Aufbietung aller Kräfte zusammenreißen.

Lady Walderhurst wurde langsam immer blasser, bis ihr Gesicht fast so weiß war wie die Milch. Aber sie tat nichts weiter, als still dazusitzen und Hester anzustarren.

»Warten Sie einen Moment«, sagte die junge Frau nach Atem schnappend, »warten Sie, bis ich mich wieder in der Gewalt habe. Ich werde es Ihnen gleich sagen, jetzt gleich.«

»Ja«, antwortete Emily leise.

Ihr war, als habe sie zwanzig Minuten gewartet, bevor auch nur ein weiteres Wort fiel, als habe sie recht lange dort gesessen und auf die dünnen Hände gestarrt, die sich in das bedeckte Gesicht zu krallen schienen. Diese falsche Wahrnehmung kam daher, dass ihre Nerven zum Zerreißen gespannt waren. Es dauerte nahezu fünf Minuten, bis Mrs Osborn die Hände sinken ließ und mit fest aufeinandergepressten Handflächen zwischen ihre Knie legte.

Sie sprach sehr leise – so leise, dass der Lauscher vor der Tür sie nicht hätte verstehen können.

»Wissen Sie eigentlich«, fragte sie, »was Sie in Wahrheit für uns bedeuten – für mich und meinen Mann?«

Emily schüttelte den Kopf. Kopfschütteln war einfacher als reden. Sie fühlte sich irgendwie erschöpft.

»Nein, das tun Sie nicht«, sagte Hester. »Sie scheinen überhaupt nichts wahrzunehmen. Vielleicht liegt es an Ihrer Unschuld – vielleicht aber auch an Ihrer Dummheit. Sie sind das, was wir am meisten *hassen* auf der Welt.«

»*Sie* hassen mich?«, fragte Emily, die sich auf diese verrückte Situation einzustellen versuchte und zugleich kaum verstand, warum sie das gefragt hatte.

»Manchmal schon. Und wenn ich es *nicht* tue, frage ich mich warum.« Die junge Frau hielt einen Moment inne, sah auf den Teppich hinunter, als frage sie sich etwas, und dann, als sie den Blick wieder hob, fuhr sie mit schleppender, leicht verunsicherter Stimme fort: »Ich denke, wenn ich es *nicht* tue, dann deshalb, weil wir beide Frauen sind. Vorher – da war das anders.«

Emily sah sie mit jenem Blick an, den Walderhurst einmal mit den Worten »wie von einem hübschen Zootier« beschrieben hatte, als zwei ehrliche Tränen herabfielen.

»Würden *Sie* mir Böses antun?«, fragte sie zögerlich. »Würden *Sie* es zulassen, dass andere mir Böses tun?«

Hester lehnte sich in ihrem Stuhl noch weiter vor und riss ihre so hysterisch eindringlichen, schrecklich jungen Augen auf, dass Emily erschauderte.

»*Sehen* Sie das denn nicht? *Können* Sie das nicht sehen? Wenn *Sie* nicht wären, könnte mein Sohn ein Walderhurst werden – mein Sohn, nicht der Ihre.«

»Ich verstehe«, sagte Emily. »Ich verstehe.«

»Hören Sie!«, zischte Mrs Osborn durch die Zähne. »Und trotzdem gibt es Dinge, für die ich nicht die nötige Kaltblütigkeit besitze. Ich habe geglaubt, ich besäße sie, aber das tue ich nicht. Das Warum tut nichts zur Sache. Ich werde Ihnen die Wahrheit sagen. Sie haben für uns eine zu große Bedeutung. Waren eine zu große Versuchung. Niemand hat anfangs eine Absicht gehegt oder einen Plan gehabt. Das kam alles erst nach und nach. Zu sehen, wie Sie lächeln und sich über alles freuen und diesen affektierten

Schnösel von Walderhurst anbeten, das hat uns auf Gedanken gebracht, und die wurden immer größer, weil sie ständig Nahrung bekamen. Würde Walderhurst nach Hause kommen …«

Lady Walderhurst streckte ihre Hand nach dem Brief auf dem Tisch aus.

»Heute Morgen bekam ich Nachricht von ihm«, sagte sie. »Er wurde in die Berge gebracht, denn er hat ein wenig Fieber. Er braucht Ruhe. Sie sehen also, er *kann noch nicht* kommen.«

Sie zitterte, obwohl sie entschlossen war, ruhig zu bleiben.

»Was war in der Milch?«, fragte sie.

»In der Milch war jene indische Wurzel, die Ameerah auch dem Mädchen aus dem Dorf gegeben hat. Letzte Nacht, als ich in der Dunkelheit unter dem Baum saß, hörte ich, wie darüber gesprochen wurde. Nur ein paar wenige einheimische Frauen kennen sie.«

Lady Walderhurst wurde daraufhin sehr ernst.

»Das«, sagte sie, »wäre das Grausamste gewesen, was Sie hätten tun können.«

Mrs Osborn stand auf und ging zu ihr.

»Wenn Sie auf Faustine ausgeritten wären«, sagte sie, »hätten Sie einen Reitunfall gehabt. Vielleicht wären Sie dabei ums Leben gekommen, vielleicht auch nicht. Aber es wäre ein Unfall gewesen. Wären Sie die Treppe hinuntergegangen, bevor Jane Cupp das von der Balustrade abgebrochene Holzstück gesehen hätte, hätte es Sie töten können – wieder ein Unfall. Hätten Sie sich auf das Brückengeländer gestützt, wären Sie ins Wasser gefallen und ertrunken, auch etwas, wofür man keinen Menschen hätte verantwortlich machen können.«

Emily schnappte nach Luft und hob den Kopf, als wollte sie über diese Mauer hinausblicken, die da langsam um sie herum hochgezogen wurde.

»Es wird nichts geschehen, das man beweisen könnte«, sagte Hester Osborn. »Ich habe unter Einheimischen gelebt, und ich weiß, wovon ich rede. Würde Ameerah mich hassen und ich könnte sie nicht loswerden, müsste ich sterben, und es würde ganz nach einem natürlichen Tod aussehen.«

Sie bückte sich und hob das leere Glas vom Teppich auf.

»Gut, dass es nicht zerbrochen ist«, sagte sie, als sie es aufs Tablett zurückstellte. »Ameerah wird denken, Sie hätten die Milch getrunken und dass nichts Ihnen etwas anhaben kann. Bisher sind Sie immer entkommen. Das wird ihr Angst machen.«

Als sie das sagte, begann sie ein wenig zu weinen wie ein kleines Kind.

»*Mich* wird nichts retten. Ich werde zurückgehen müssen – zurück nach Indien.«

»Nein, nein!«, rief Emily.

Die junge Frau wischte sich mit dem Handrücken die Tränen fort.

»Anfangs, als ich Sie noch gehasst habe …« – Sie hörte sich fast ein wenig bockig und auf eine jammerige Art erbost – »… da dachte ich, ich könnte einfach so weitermachen. Ich habe zugesehen und zugesehen und alles ertragen. Aber die Anspannung war zu groß. Ich hatte einen Zusammenbruch. Als ich zusammenbrach, war irgendetwas an meiner Seite, das wie ein Puls zu pochen begann.«

Emily stand auf und stellte sich vor sie. Sie sah fast so aus wie an jenem Nachmittag, als sie sich in jener denkwürdigen Szene vor den Marquis von Walderhurst gestellt hatte – damals im Moor. Sie fühlte sich fast ruhig – und sicher.

»Was soll ich tun?«, fragte sie, als spräche sie zu einer Freundin. »Ich habe Angst. Sagen Sie es mir.«

Die kleine Mrs Osborn stand reglos vor ihr und starrte sie an. Ihr ging ein ganz unpassender Gedanke durch den Kopf. Sie merkte, dass sie in diesem merkwürdigen Augenblick darauf achtete, wie schön diese dumme Frau ihren Kopf hielt, wie perfekt er auf ihren Schultern saß, und dass sie fast schon wie eine Venus von Milo der modernen Königlichen Akademie aussah. Es war ziemlich unpassend, in so einem Moment solche Dinge zu denken. Aber so war es nun einmal.

»Gehen Sie weg!«, antwortete sie. »Es ist alles wie in einem Theaterstück, aber ich weiß, wovon ich rede. Bleiben Sie ruhig und nüchtern. Gehen Sie einfach weg, und verstecken Sie sich irgendwo, und holen Sie Ihren Mann zurück nach Hause, sobald er wieder reisen kann.«

Emily Walderhurst fuhr sich mit der Hand über die Stirn.

»Es ist *tatsächlich* wie in einem Theaterstück«, sagte sie mit verdutzter, fragender Miene. »Und es ist nicht einmal ein ernstes Stück.«

Hester lachte.

»Nein, es ist sogar fast ein bisschen unanständig«, rief sie und lachte. Gerade rechtzeitig. Die Tür ging auf und Alec Osborn kam herein.

»Was ist fast ein bisschen unanständig?«, fragte er.

»Etwas, das ich Emily gerade erzählt habe«, antwortete sie mit einem fast schon etwas übermütigen Lachen.

»Etwas, wofür du noch zu jung bist. Du must um jeden Preis anständig bleiben.«

Er grinste, runzelte aber zugleich ein wenig die Brauen.

»Ihr habt etwas verschüttet«, bemerkte er mit einem Blick auf den Teppich.

»Stimmt, das war ich«, sagte Hester. »Eine Tasse Tee, mit viel Milch aufgegossen. Das wird einen Fettfleck auf dem Teppich hinterlassen. Auch nicht sehr anständig.«

Als Kind hatte sie sich viel mit eingeborenen Dienstmädchen herumgetrieben und dabei gelernt, sich schnell eine Lüge auszudenken, ein Hilfsmittel, auf das sie jederzeit zurückgreifen konnte.

VIERZEHNTES KAPITEL

Als sie den geschlossenen Einspänner auf der nassen Straße vor der Haustür vorfahren hörte, klappte Mrs Warren geschwind ihr Buch zu und ließ es in den Schoss fallen, und ihr reizendes Gesicht erwachte zu einem Ausdruck erwartungsvoller Freude, aus dem an und für sich schon geschlossen werden konnte, dass der Ehemann, der den Haustürschlüssel in die Vordertür steckte, um gleich darauf die Treppe hinauf und zu ihr zu eilen, interessante und wünschenswerte Eigenschaften besaß. Ein Mann, der nach fünfundzwanzig Ehejahren beim Nachhausekommen einen solchen Ausdruck auf das Gesicht seiner klugen Gattin zu zaubern vermag, muss fraglos und unbestreitbar als eine Person gelten, deren Leben und Tätigkeiten nicht minder interessant sind als ihr Charakter und ihre Ansichten.

Dr. Warren hatte das geistige Rüstzeug, dessen man bedurfte, um selbst auf einer verlassenen Insel oder in der Bastille ein interessantes und aussichtsreiches Leben zu führen. Sein Temperament bescherte ihm zahlreiche Erlebnisse und Abenteuer, und er besaß die wache Phantasie eines Menschen, der noch das kleinste Ereignis ins Licht zu rücken vermag. Da die Tage dieses Mannes mit einer Arbeit ausgefüllt waren, die sich aus der Ausübung seines Berufes ergab, in dem er nur wenigen Geheimissen begegnete und sich die meisten Mysterien von selbst erklärten, war sein

Gehirn wie eine Registriermaschine von Eindrücken, die selbst bei einem stumpfsinnigeren Menschen als ihm die Vorstellungskraft angeregt und auch einen weniger warmherzigen Menschen zum Fühlen gebracht hätte.

Er betrat lächelnd den Raum. Er war fünfzig Jahre alt, kräftig gebaut und viril. Er hatte breite Schultern und eine gesunde Gesichtsfarbe; Augen, Nase und Kinn waren die eines Mannes, den man besser nicht anpöbelte. Er setzte sich in seinen Stuhl beim Feuer und begann zu plaudern, wie es seine Gewohnheit war, bevor er und seine Frau auseinandergingen, um sich jeweils fürs Abendessen umzukleiden. Wenn er tagsüber außer Haus war, freute er sich oft auf diese Gespräche und machte sich Notizen über die Dinge, die er seiner Mary erzählen wollte. In ihrem Tagesablauf, der weiblichen Pflichten und Vergnügen vorbehalten war, hielt sie es meist ebenso. Zwischen sieben und acht Uhr abends hatten sie bestens Gelegenheit, ein Gespräch zu führen. Er griff nach ihrem Buch und überflog ein paar Seiten, stellte ihr ein paar Fragen und beantwortete welche, aber ihr fiel auf, dass er die ganze Zeit ein wenig besorgt wirkte. Diesen bestimmten, abwesenden Blick, den er dann hatte, kannte sie schon und wartete, bis er von seinem Stuhl aufstand und hin und her zu gehen begann, die Hände in den Taschen, den Kopf in den Nacken geworfen. Wenn er im Anschluss zu allem Überfluss noch leise zu pfeifen begann und seine Stirn runzelte, dann drang sie in ihn, womit sie lediglich einer bewährten Angewohnheit folgte.

»Ich bin mir vollkommen sicher«, sagte sie, »dass dir ein außergewöhnlicher Fall begegnet ist.«

Die beiden entscheidenden Worte sprach sie, als stünden sie zwischen einfachen Anführungszeichen. Von den vielen tiefen Interessen, mit denen ihr Ehemann ihr Leben ergänzte, zählten die außergewöhnlichen Fälle zum Faszinierendsten. Er hatte im ersten Jahr ihrer Ehe damit begonnen, diese Fälle mit ihr zu besprechen. Der Zufall wollte es, dass einer der Fälle in den Bereich ihrer unmittelbaren persönlichen Erfahrung fiel, und die Klarsicht und das Verständnis, mit der sie die einzelnen Hinweise zusammenfasste, war so wertvoll für ihn gewesen, dass er sich später noch in anderen Fällen an sie gewandt hatte, in der Hoffnung, bei ihr die Hilfe klarer, logischer Schlussfolgerung zu finden. Schon bald erwartete sie den außergewöhnlichen Fall mit einer gewissen Ungeduld. Manchmal war der Fall zwar schmerzlich, aber stets fesselnd und interessant und gelegentlich auch unbeschreiblich aufschlussreich. Die Namen der Personen sollte sie gar nicht unbedingt so genau erfahren – das Drama, die ethischen Probleme, das war es, worum es eigentlich ging. Sie respektierte ohne Wenn und Aber das Arztgeheimnis und stellte keine Fragen, die er ihr nicht hätte offen beantworten können, ja, sie vermied es, irgendwelchen Hinweisen nachzugehen, auch auf ganz unschuldige Weise. Der außergewöhnliche Fall an sich war immer genug. Wenn sie den leicht spekulativen Blick in seinen Augen sah, ahnte sie schon, dass es um einen solchen Fall ging, und wenn er vom Stuhl aufstand und mit leicht sorgenvoller Miene im Zimmer auf und ab lief und schließlich pfiff, ohne dass es ihm bewusst war, kaum lauter als sein Atem, hatte sie genug Beweise beisammen.

Er blieb stehen und drehte sich zu ihr um.

»Meine gute Mary«, fing er plötzlich an, »die Außergewöhnlichkeit dieses Falls liegt darin, dass mich gerade seine vollkommene Gewöhnlichkeit so erstaunt.«

»Also das ist einmal etwas Neues. Worum geht es denn? Ist der Fall abscheulich, traurig, exzentrisch? Geht es um Wahnsinn oder Krankheit, um ein Verbrechen oder eine häusliche Angelegenheit?«

»Es ist alles rein suggestiv, und weil er mir suggeriert, wir hätten es hier mit etwas Mysteriösem zu tun, komme ich mir nicht wie ein seriöser Arzt vor, sondern wie ein Berufsdetektiv.«

»Ist es ein Fall, in dem du Hilfe gebrauchen könntest?«

»Es ist ein Fall, in dem ich gezwungen bin zu helfen, falls es sich als notwendig erweisen sollte. Sie ist eine so ungeheuer nette Person.«

»Gut, schlecht oder irgendwo dazwischen?«

»Sie ist von einer Güte, wie soll ich sagen ... von einer Güte, die ihren Verstand möglicherweise daran hindert, so zu funktionieren, wie es in einer brutalen Welt wie der heutigen erforderlich wäre, allein schon aus Gründen der Selbstverteidigung; von einer Güte, die sie möglicherweise genarrt und in die übelsten Schwierigkeiten gebracht hat.«

»Von der Art ...«, begann Mrs Warren vorsichtig ihren Satz.

»Genau von der Art«, erwiderte er mit besorgtem Blick, »aber sie ist eine verheiratete Frau.«

»Sie *sagt*, sie sei eine verheiratete Frau.«

»Nein. Sie sagt es nicht, aber sie *sieht so aus*. Und das ist ja gerade das Ausschlaggebende in diesem Fall. Mir ist noch nie eine Frau begegnet, die derart offensichtlich wie sie den Stempel einer respektablen britischen Ehe getragen hätte.«

Mrs Warrens Gesichtsausdruck war höchst *intriguée*. Zumindest das war etwas erfrischend Neues.

»Aber wenn sie sowohl das Siegel als auch den Namen

trägt… dann erzähl mir doch alles, was du nur erzählen kannst. Komm, setzt dich her, Harold.«

Er setzte sich und ging ins Detail.

»Ich wurde zu einer Lady gerufen, die zwar nicht krank war, aber von einer überstürzten Reise erschöpft wirkte, und die offenbar viel Angst ausgestanden und viele Befürchtungen unterdrückt hatte. Ich traf sie in einer drittklassigen Pension in einer drittklassigen Straße. Das Haus wirkte so, als habe man es aus irgendeinem besonderen Grund möglichst schnell unbewohnbar gemacht. Es gab Anzeichen, dass man Geld investiert hatte, doch dann hatte man wohl nicht die Zeit gehabt, die Dinge instandzusetzen. Ich habe so etwas schon einmal gesehen, und als ich in das Wohnzimmer meiner Patientin gebeten wurde, dachte ich, schon zu wissen, was für eine Person ich zu erwarten hatte. Es ist stets mehr oder weniger das Gleiche – ein Mädchen oder eine sehr junge Frau, hübsch und kultiviert und verängstigt, oder hübsch und vulgär und mit der Das-schaffen-wir-schon-Ausstrahlung, in ihren Absichten leicht zu durchschauen und mit großem Gehabe und viel Wichtigtuerei. Du kannst dir gar nicht vorstellen, wie weit es von dem entfernt war, was ich erwartet hatte.«

»Nicht jung und hübsch?«

»Etwa fünf- oder sechsunddreißig; eine frische, gut gebaute Frau, mit einem Blick, so offenherzig wie der eines sechsjährigen Mädchens. Sehr diskret, mit ausgezeichneten Manieren, indessen recht besorgt um ihre Gesundheit. Es war rührend zu sehen, wie sehr sie meinem Rat vertraute und wie ernsthaft ihr Wunsch war, alle meine Anordnungen zu befolgen. Das zehnminütige Gespräch mit ihr brachte die Tiefen meiner lange geheim gehaltenen Liebe zur Menschennatur ans Licht. Ich begann ihr schon im Geiste die Treue zu schwören.«

»Hat sie dir gesagt, dass ihr Ehemann fort ist?«

»Was mich besonders erstaunte, war, dass es ihr gar nicht in den Sinn kam, ihr Ehemann könnte den Wunsch haben, auf dem Laufenden gehalten zu werden – das war wirklich erstaunlich. Sie hatte es ihrer Mutter nicht erzählt und ihren Onkeln auch nicht, wieso dann ihrem Mann? Ihr Verstand ist von kristallener Klarheit. Sie wollte sich in die Hände eines Arztes begeben, und hätte es sich bei ihr um eine liebenswerte, nicht sehr kluge Dame aus dem Königshaus gehandelt, sie hätte sich auf genau die gleiche Art mit mir unterhalten.«

»War sie so anständig?«

»Sie war sogar ein bisschen mittelviktorianisch, liebe Mary, ein sauberer, gesunder, mittelviktorianischer Engel.«

»Ich sehe da einiges, das nicht recht zusammenpasst – da sie sich ja nun offensichtlich versteckt – in einer Pension in schlechter Gegend«, sagte Mrs Warren und gab sich ihren Überlegungen hin.

»Und da gibt es noch mehr. Ich habe dir noch nicht alles erzählt. Das letzte Detail, das das Ganze erst wirklich zu einem außergewöhnlichen Fall macht, habe ich mir bis zum Schluss aufgespart. Wer so etwas tut, muss ein gewisses Gespür fürs Dramatische haben.«

»Was denn?«, fragte Mrs Warren, die er aus ihren Spekulationen herausgerissen hatte.

»Welche anständige Schlussfolgerung *könnte* man denn daraus ziehen, dass ein Brief vor ihr auf dem Tisch lag, der mit einem imposanten Wappen versiegelt war. Nachdem mein Blick rein zufällig darauf gefallen war, konnte ich selbstverständlich nur noch versuchen, nicht noch einmal draufzustarren, und somit nichts Genaues erkennen. Und als meine unverhoffte Ankunft verkündet wurde, sah ich, wie sie gerade flink die Hand von ihren Lippen wegzog. Sie hatte den Ring geküsst, den sie am Finger trug, und ich konnte daraufhin gar nicht anders, als ihn anzustarren. Meine liebe Mary, es war ein Edelstein, der in seiner Größe und Farbigkeit an den Rubin aus ›Arabische Nächte‹ erinnerte.«

Mrs Warren gab sich allmählich geschlagen.

»Nein«, sagte sie, »das deutet nicht auf etwas Anständiges hin. Das ist tragisch, aber prosaisch. Sie war vielleicht Gouvernante oder Gesellschafterin in irgendeinem großen Haus. Vielleicht ist sie eine Hochwohlgeborene. Das ist zehnmal schrecklicher für sie, als wenn sie ein junges Mädchen wäre. Wie entsetzlich, wenn man weiß, dass Freunde und Feinde sagen werden, man könne wohl kaum als Entschuldigung geltend machen, man wäre nicht alt genug gewesen, um es besser zu wissen.«

»Das mag ja alles stimmen«, gab Mr Warren ihr sofort recht. »Es *würde* stimmen – aber für sie ist es gar nicht entsetzlich. Sie ist nicht weniger glücklich als du und ich – sie hat nur Angst, und ich könnte schwören, sie hat nur vor einer Sache Angst. Der Augenblick, in dem ich ihr die Treue schwor, war der, als sie zu mir sagte: ›Ich möchte in Sicherheit sein … bis es vorbei ist. Ich sorge mich nicht um mich selbst. Ich werde alles ertragen und alles tun. Es zählt nur eins. Ich werde eine sehr gute Patientin sein.‹ Dann wurden ihre Augen feucht, und sie presste sehr sittsam die Lippen aufeinander, damit sie nicht zitterten.«

»So verhält sich doch sonst keine junge Frau«, bemerkte Mrs Warren.

»Nein, meiner Erfahrung nach nicht«, erwiderte er.

»Vielleicht glaubt sie ja, der Mann wird sie heiraten.«

Die Art, wie Mr Warren plötzlich loslachte, hatte etwas seltsam Unerwartetes.

»Meine liebe Frau, wenn du sie nur hättest sehen können. Ich lache, weil das, was wir sagen, alles so überhaupt nicht zu ihr passt. Da sitzt sie mit ihrem Rubin und ihrem Adelskrönchen in dieser drittklassigen Pension und ist von einer solchen Untadeligkeit – sie ahnt nicht einmal, dass man ihre Worte auch in Zweifel ziehen könnte. Fünfzehn Ehejahre in South Kensington, drei Töchter im schulfähigen Alter und vier Söhne in Eton hätten wahrscheinlich zu derselben felsenfesten Gelassenheit geführt. Und da fragst du mich allen Ernstes: ›Vielleicht glaubt sie ja, der Mann wird sie heiraten.‹ Wie auch immer ihre Lage aussehen mag, ich bin mir absolut sicher, dass sie sich nie die Frage gestellt hat, ob er das tun wird oder nicht.«

»Wenn dem so ist«, antwortete Mrs Warren, »dann ist das der außergewöhnlichste Fall, den wir je gehabt haben.«

»Aber ich habe ihr die Treue geschworen«, schloss Mr Warren die Unterredung. »Und sie wird mir später mehr erzählen.« Er schüttelte den Kopf und sagte mit Nachdruck. »Ja, sie wird mir später alles erklären wollen.«

Sie gingen nach oben, um sich fürs Essen anzukleiden, und den Rest des Abends, den sie allein verbrachten, sprachen sie ausschließlich über diese Angelegenheit.

FÜNFZEHNTES KAPITEL

Lady Walderhursts Abreise aus Palstrey kam zwar unerwartet, verlief aber ruhig und unaufgeregt. Die Osborns wussten nur, dass sie für ein oder zwei Tage nach London gehen musste und dass der dortige Frauenarzt ihr anempfohlen hatte, bestimmte deutsche Bäder aufzusuchen. Emily hatte einen netten Brief geschrieben, in dem sie sich erklärte und um Entschuldigung bat. Sie könne vor der Reise nicht aufs Land zurückkehren und werde unter den gegebenen Umständen wahrscheinlich mit ihrem Ehemann heimkommen, der innerhalb der nächsten beiden Monate nach England zurückkehren dürfte.

»Weiß sie schon, dass er zurückkommen wird?«, hatte Captain Osborn seine Frau gefragt.

»Sie hat ihm geschrieben und ihn darum gebeten.«

Osborn grinste.

»Dann ist er es ihr schuldig. Es freut ihn außerordentlich, wie wichtig er in dieser besonderen Zeit ist, und wie wir beide wissen, wird dieser Mann entzückt sein, dass man ihn zurückholt, um ihr in einer Angelegenheit zur Seite zu stehen, um die sich normalerweise die alten Frauen kümmern.«

Den Brief, den er sich in der ausgehenden Post angesehen hatte, hatte er bereits an sich angenommen. Er wusste, zumindest ein Brief würde Lord Walderhurst nicht mehr erreichen. Er hatte gerade noch rechtzeitig von dem gebrochenen Brückengeländer gehört und daraus klugerweise geschlossen, der Brief, der unmittelbar nach dem Zwischenfall geschrieben wurde, könnte vielleicht Eindrücke schildern, die selbst Seine Lordschaft geneigt machen würden, nach Hause zurückzukehren. Die Frau hatte einen Schreck bekommen und würde wahrscheinlich kopflos werden und sich wie eine Närrin aufführen. In ein paar Tagen hätte sie sich wieder beruhigt, und die Sache würde ihr nicht mehr so groß erscheinen. Jedenfalls hatte er beschlossen, sich dieses besonderen Briefes anzunehmen.

Was er indes nicht wusste, war, dass der Zufall ihm in die Hände gespielt hatte, denn Lord Walderhursts Probleme mit der Verdauung hatten zu einer vorübergehenden Unpässlichkeit geführt, und seine Pläne wurden durch einen heftigen, wenn auch ungefährlichen Fieberanfall durchkreuzt, weswegen er am Ende in eine Bergregion verlegt wurde, in der Briefe nicht verlässlich ankamen. In der Folge gingen verschiedene Briefe seiner Frau verloren oder erreichten ihn nur mit ungebührlicher Verspätung. Just in dem Moment, da Captain Osborn mit Hester über Seine Lordschaft sprach, suchte dieser ungeduldig mit Hilfe eines Arztes seine Gesundung voranzutreiben, ärgerte sich über die unpassende Störung seiner Pläne und verschwendete, um die Wahrheit zu sagen, nicht allzu viele Gedanken an seine Frau, schließlich war sie ja in Palstrey Manor gut untergebracht und vertrieb sich zweifellos auf erfreuliche Weise die Zeit, indem sie sich um die kleine Mrs Osborn kümmerte.

»In welche deutschen Badeorte möchte sie denn fahren?«, fragte Alec Osborn.

Hester las noch einmal in dem Brief nach, zeigte aber nur geringes Interesse.

»Wie es typisch für sie ist, ergeht sie sich nicht lang und breit in Erklärungen«, lautete ihre Antwort. »Sie hat so eine Art, dir tausend Dinge zu erzählen, die du gar nicht wissen möchtest, und dann die für dich interessanten zu vergessen. Sie lässt sich lang und breit über ihre Gesundheit aus, über ihre Zuneigung zu mir und über die meine zu ihr. Offensichtlich erwartet sie von uns, dass wir wieder zu ›The Kennel Farm‹ zurückgehen, und beklagt es sehr wortreich, dass sie uns nicht länger ihre Gastfreundschaft zeigen kann.«

Man merkte ihr nicht an, dass sie eine Rolle spielte, aber genau das tat sie – und sie tat es gut. Sie spielte die Rolle einer boshaften, egoistischen Frau, die gehässig wird, weil man sie von einem Ort verscheuchen will, an dem es ihr gefällt.

»In Wahrheit magst du sie kein bisschen mehr als ich«, kommentierte Osborn, nachdem er sie eine Weile nachdenklich angesehen hatte. Könnte er sich ihrer doch nur so sicher sein wie Ameerah!

»Ich sehe keinen Grund, weshalb ich sie besonders mögen sollte«, sagte sie. »Für eine reiche Frau ist es allemal einfach, freundlich zu sein. Was kostet es sie schon, eine große Leistung kann man das nicht nennen.«

Osborn goss sich einen kräftigen Schluck Whiskey mit Soda ein. Am folgenden Tag kehrten sie zu »The Kennel Farm« zurück, und obwohl er es gewohnt war, täglich etliche Gläser zu sich zu nehmen, wurden es doch immer mehr, bis nicht mehr allzu viele Stunden übrig blieben, in denen er wirklich wusste, was er tat.

Niemand wusste, wie nah die deutschen Bäder waren, in die Lady Walderhurst gefahren war. Sie lagen nur ein paar Bahnstunden von Palstrey entfernt.

Als Mrs Cupp nach einem Tag in einer ruhigen Londoner Pension zu ihrer Herrin zurückgekehrt war und sie darüber informiert hatte, sie sei in der Mortimer Street vorbeigegangen und habe in Erfahrung gebracht, dass die Witwe, die den Pachtvertrag übernommen und die Möbel gekauft hatte, viel Pech und unzuverlässige Mieter gehabt habe und sich nur danach sehnte, unter nicht allzu ruinösen Bedingungen aus dem Vertrag entlassen zu werden, weinte Emily ein wenig vor Freude.

»Oh! Wie gerne würde ich dort wohnen!«, sagte sie. »Ich hab das Haus immer so gern gehabt. Niemand käme je auf den Gedanken, dass ich dort bin. Und außer dir und Jane brauche ich niemanden. Ich wäre so sicher dort und hätte meine Ruhe. Sag der Dame, du hättest eine Freundin, die den Vertrag für etwa ein Jahr übernimmt – und zahle ihr, was immer sie haben möchte.«

»Nichts davon werde ich ihr sagen, Milady«, lautete die kluge Antwort von Mrs Cupp. »Ich werde ihr Bargeld direkt auf die Hand anbieten, und damit wäre die Sache ohne weitere Fragen von irgendeiner Seite erledigt. Leute in ihrer Position bekommen manchmal Mietobjekte angeboten, die sich mehr lohnen als Mieter. Probleme gibt es in allen Klassen, und hin und wieder sucht jemand für ein paar Monate ein ordentliches Haus und hat das nötige Geld dazu. Ich werde ihr ein Angebot machen.«

Die Folge war, dass die verwitwete Vermieterin am nächsten Morgen mit einer Tasche, die schwerer, und mit einem Kopf, der so viel leichter war als in den letzten

Monaten, aus ihrem Domizil herausspazierte. Noch in derselben Nacht fuhr die freundliche und anständige Lady Walderhurst, die in ihrer Naivität nicht einmal wusste, dass sie gerade in die *rôle* einer Lady mit einem »vornehmen« Problem geschlüpft war, im Schutz der diskreten Dunkelheit eines Hansoms vor, und als sie sich im »besten Schlafzimmer« befand, das früher so fern ihrer Mittel gewesen war, weinte sie noch einmal ein wenig vor Freude, weil die vier langweiligen Wände, der Ankleidetisch aus Mahagoni und die hässlichen Rüschenkissen so unmelodramatisch normal und sicher wirkten.

»Hier sieht es einfach wie zu Hause aus«, sagte sie und setzte mutig hinzu: »Das ist ein sehr gemütliches Haus, wirklich.«

»Wir können es noch sehr viel fröhlicher machen, Milady«, stimmte Jane ihr dankbar zu. »Ich bin so erleichtert, dass es mir vorkommt wie das Paradies.« Sie wollte gerade aus dem Raum gehen, blieb dann aber in der Tür stehen. »Kein Mensch außer Mutter und mir, ob schwarz oder weiß, darf diese Fußmatte überschreiten«, sagte sie und setzte kühn hinzu, »bis Seine Lordschaft kommt.«

Emily wurde ein bisschen nervös bei der Vorstellung, wie Lord Walderhurst in einem Haus in der Mortimer Street auf der Suche nach seiner Marquise über die Fußmatte trat. Sie hatte bislang nicht die Zeit gefunden, ihm von dem Zwischenfall mit dem Glas Milch und Hester Osborns plötzlichem Ausbruch zu erzählen. Jede Minute war darauf verwendet worden, die Reise, die so natürlich wirken sollte, sorgfältig zu planen. Die umsichtige Hester hatte Vorschläge zu jedem einzelnen Schritt unterbreitet und sie die ganze Zeit unterstützt. Aber sie fürchtete, Hester könnte sich etwas vorgemacht haben. Zum Schreiben war keine Zeit gewesen. Doch wenn James ihren Brief erhielt (in jüngster Zeit hatte sie ihn des Öfteren in Gedanken »James« genannt), würde er das eine wissen, auf das es ankam, und sie hatte ihn gebeten zu kommen. Sie hatte sich entschuldigt, dass sie ihn um eine Änderung seiner Pläne bat, ihn dann aber wirklich darum gebeten, zu ihr zu kommen.

»Ich denke, er wird kommen«, sagte sie zu sich selbst. »Ich glaube wirklich daran. Es wird mich so froh machen. Vielleicht bin ich nicht sehr vernünftig gewesen, vielleicht habe ich nicht immer das Beste getan; aber ich werde dafür sorgen, dass ich in Sicherheit bin, bis er zurückkommt … das scheint mir doch das Wichtigste zu sein.«

Nach zwei oder drei Tagen in den vertrauten Räumen, nur von diesen beiden freundlichen Menschen umsorgt, die sie so gut kannte, schien ihr Leben wieder ins Gleichgewicht zu geraten. Das Leben wurde wieder angenehm und prosaisch. Jane, die sich gut an das Mobiliar von Palstrey erinnerte, sorgte tatkräftig dafür, dass das schönste Schlafzimmer und der Aufenthaltsraum hergerichtet wurden und heiter wirkten. Jane brachte ihr am Morgen den Tee, und Mrs Cupp führte in der Küche das Regiment. Der sympathische Arzt, von dem sie so viel Gutes gehört hatten, kam und ging, und seine Patientin hatte das Gefühl, es könnte sich eine Freundschaft entwickeln. Er machte einen so freundlichen und klugen Eindruck.

Ihr kindliches Lächeln war wieder da. Mrs Cupp und Jane stellten im vertraulichen Gespräch einhellig fest, wäre sie keine verheiratete Frau, könnte man fast meinen, man habe wieder Miss Fox-Seton vor sich. Sie war wieder ganz die Alte, mit ihrer frischen Gesichtsfarbe und den hübschen, fröhlichen Augen. Wenn man bedachte, welche Veränderungen es gegeben und was sie alles durchgemacht hatte!

Die Menschen in London wissen nichts – oder alles – über ihre Nachbarn. In der Mortimer Street lebten hart arbeitende Menschen, die zur Miete wohnten und mit der Sorge, wie sie die Rechnung des Metzgers, die Miete oder die Steuern bezahlen sollten, zu sehr beschäftigt waren, um ihren Nachbarn viel Zeit widmen zu können. Nach dem Besitzerwechsel verlief das Leben in dem Haus ohne besondere Vorkommnisse. Von außen sah es aus wie immer. Die Treppen wurden sauber gehalten, zweimal täglich wurde die Milch hereingeholt, und die lokalen Händler lieferten wie üblich ihre Waren ab. Gelegentlich kam ein Arzt vorbei, um nach jemandem zu sehen, und der einzigen Person, die sich nach der Patientin erkundigte (eine freundliche Person, die Mrs Cupp beim Lebensmittelhändler getroffen hatte und die ein paar nachbarschaftliche Worte mit ihr wechselte), wurde erzählt, Ladys, die in möblierten Apartments wohnten und nichts zu tun hätten, ließen offenbar gerne den Arzt zu sich kommen, denn sie sorgten sich um Dinge, für die arbeitende Frauen gar keine Zeit hätten. Für Mrs Cupp schienen Arztbesuche und Medizinfläschchen zum Unterhaltungsprogramm zu zählen. Mrs Jameson hatte eine gesunde Gesichtsfarbe und einen ebenso gesunden Appetit wie Sie und ich, aber sie glaubte, sie hole sich schnell eine Erkältung und fürchtete sich vor frischer Luft.

Dr. Warrens Interesse an dem außergewöhnlichen Fall wuchs mit jedem seiner Besuche. Den Rubinring bekam er nicht mehr zu Gesicht. Als er nach seinem ersten Besuch das Haus verlassen hatte, machte Mrs Cupp Lady Walderhurst darauf aufmerksam, dass sie den Ring noch an der Hand trug und dass ein solches Schmuckstück sich nicht einmal mit einer Etagenwohnung, die zur Mortimer Street hinausging, vereinbaren ließe. Emily hatte einen Schreck bekommen und ihn sofort abgelegt.

»Aber was mich am meisten aufregt, wenn ich den Doktor hereinlasse«, sagte Jane ängstlich, als sie mit ihrer Mutter plauderte, »ist der Blick, mit dem sie ihn ansieht, sie kann einfach nicht anders. Mutter, du weißt, was ich meine – dieser so freundliche, offene, *gutherzige* Blick. Und wir könnten *niemals* mit ihr darüber reden. Wir sollten sie wissen lassen, dass er sie sehr wahrscheinlich für eine ganze andere Frau hält, als sie wirklich ist. Der Gedanke macht mich fast wahnsinnig. Aber so ist es nun einmal – wenn sie doch nur ein bisschen verlegen schauen würde oder nicht so damenhaft oder einfach ein bisschen hochnäsig und sauertöpfisch – dann würde sie viel echter wirken. Und dann ist da noch etwas. Du weißt, sie hat ihren Kopf immer mit Stolz getragen, selbst damals, als sie nur die arme Miss Fox-Seton war und mit schlammigen Schuhen herumstapfte und Einkäufe erledigte. Und jetzt ist sie eine Marquise, hat sich mittlerweile auch daran gewöhnt und weiß, dass sie eine ist, und manchmal wirkt sie so unschuldig, so würdevoll. Das ist etwas, dessen sie sich gar nicht bewusst ist, aber ich gebe zu, das es mich manchmal, wenn sie dasitzt und so ungemein nett mit einem spricht, drängt, ihr zu sagen: »Oh! Bitte, Milady, könnten Sie nicht vielleicht ein klein bisschen weniger so schauen, als hätten Sie eine Tiara auf dem Kopf.«

»Ach!«, seufzte Mrs Cupp und schüttelte den Kopf, »der

Herrgott hat sie so erschaffen. Wie sie geboren wurde, schaut sie aus, und wie sie ausschaut, wurde sie geboren – eine respektable Frau!«

Dr. Warren verblüffte sie ebenfalls immer wieder.

»Sie geht immer erst nach Einbruch der Dunkelheit spazieren, Mary«, sagte er. »Und im Lauf unserer Gespräche habe ich herausgefunden, dass sie alles, was in der Bibel steht, ganz wörtlich nimmt und daran glaubt und entsetzt wäre, wenn sie erführe, dass nicht jeder das Athanasianische Glaubensbekenntnis für wahr hält. Es schmerzt und erstaunt sie, dass dieses Bekenntnis auch von der Verdammnis spricht, aber sie hält unbeirrbar daran fest, dass es nicht recht ist, das, was im Gottesdienst gesagt wird, in irgendeiner Form in Frage zu stellen. Sie ist außergewöhnlich, weil sie unvergleichlich ist.«

Ganz allmählich entwickelte sich zwischen den beiden eine Freundschaft, wie Emily es sich vorgestellt hatte. Ein oder zwei Mal war Dr. Warren zum Tee geblieben. Ihre unerschrockene Art, einen mit offenen Armen zu empfangen, passte so wenig zu ihren Lebensumständen wie der ganze Rest. Und dabei legte diese Frau eine Leichtigkeit an den Tag, als habe sie ihr ganzes Leben lang nichts anderes getan, als Nachmittagsbesuchern Tee auszuschenken. Keine andere Frau in derart unsicherer Lebenslage hätte die kleinen gesellschaftlichen Pflichten mit einer solchen Liebenswürdigkeit erfüllt. Ihre offenherzigen Kommentare und begeisterten Untersteichungen waren für den Mann, der sie zu ergründen suchte, ein absolutes Vergnügen. Und was ihre Kopfhaltung betraf, hatte er die gleichen Beobachtungen gemacht wie Jane Cupp.

»Ich würde meinen, sie ist eine Hochwohlgeborene«, bemerkte er zu seiner Frau. »Sie hält ihren Kopf ganz anders, als eine gewöhnliche Frau das jemals tun würde.«

»Ah! Ich habe keinen Zweifel daran, dass sie eine Hochwohlgeborene ist, die arme Seele!«

»Nein, nicht ›arme Seele‹!« Eine Frau, die so glücklich ist wie sie, braucht kein Mitleid. Seit sie Zeit hat, wieder zur Ruhe zu kommen, sieht sie strahlend aus.«

Mit der Zeit ging allerdings das Strahlen immer mehr verloren. Die meisten Menschen wissen, wie es sich anfühlt, wenn man auf eine Antwort wartet, nachdem man einen Brief ins Ausland geschickt hat. Es kommt einem unmöglich vor, genau berechnen zu können, bis wann man mit einer Antwort auf den letzten Brief rechnen kann. Der Wartende rechnet immer zu früh damit. Er ist sich dermaßen sicher, dass der Brief an einem bestimmten Tag eintreffen wird. Die Antwort kann an einem Tag geschrieben und dann gleich zur Post gebracht worden sein. Aber der Tag, den man sich ausgerechnet hat, verstreicht, die Antwort ist nicht gekommen. Wer hat das nicht bereits einmal erlebt?

Emily Walderhurst hatte diese Erfahrung gemacht und kannte sich damit aus. Aber früher waren ihre Briefe auch nicht so lebenswichtig gewesen. Ließen die Antworten auf sich warten, hielt sie ungeduldig nach dem Postboten Ausschau, war ein wenig beunruhigt in der Zwischenzeit, sagte sich aber, sie müsse sich wohl oder übel in das Unvermeidbare schicken. Jetzt aber hatte ihr Leben sich von Grund auf gewandelt. Mit all ihrer bislang ungenutzten Phantasie versuchte sie sich den Moment auszumalen, in dem ihr Mann den Brief erhalten würde, in welchem sie ihm alles mitgeteilt hatte. Sie fragte sich, ob er wohl erschrecken würde –

ob er überrascht aussehen würde –, ob ein Leuchten der Zufriedenheit in seine grau-braunen Augen treten würde. Würde er sie denn nicht sehen wollen? Würde er ihr etwa nicht sofort antworten? Wenn sie sich diesen Antwortbrief vorzustellen versuchte, kam sie über die erste Zeile nicht hinaus. »Meine liebe Emily, die unerwartete gute Nachricht, die du mir in deinem Brief mitteilst, hat mir größte Freude bereitet. Du ahnst wahrscheinlich nicht, wie sehr ich mir das gewünscht habe.«

An dieser Stelle errötete sie immer vor Freude. Daher wollte sie so gerne wissen, was sonst noch in dem Brief stand.

Mit größter Genauigkeit berechnete sie den wahrscheinlichsten Tag für die Ankunft des Briefes, wobei sie zur Sicherheit alle Verzögerungsmöglichkeiten mit einkalkulierte. Mit Hesters Hilfe war es ihr gelungen, für einen sicheren Transport des Briefes zum Empfänger zu sorgen. Die Post wurde an ihre Bankiers weitergeleitet und persönlich abgeholt. Nur die Briefe aus Indien waren von Bedeutung, und das waren nicht viele. Sie sagte sich, dass sie dieses Mal sogar noch mehr Geduld aufbringen müsste als früher. Wenn der Brief ankommen und Walderhurst ihr schreiben sollte, dass er es für richtig hielt, nach Hause zu kommen, wäre nichts von dieser seltsamen Erfahrung umsonst gewesen. Wenn sie das Gesicht dieses anständigen und kultivierten Mannes sehen und seine wohlklingende Stimme hören würde, erschiene ihr alles andere nur noch wie ein unnatürlicher Traum.

In ihrer Erleichterung über das zurückgezogene Leben im ersten Stock des Hauses in der Mortimer Street schienen ihr die Tage anfangs nicht lang zu werden. Doch als der errechnete Tag näher rückte, konnte sie eine gewisse Ruhelosigkeit nicht ganz verhehlen. Sie sah oft auf die Uhr und lief im Zimmer auf und ab. Auch war sie sehr froh, wenn es Nacht wurde und sie zu Bett gehen konnte. Dann wieder war sie froh, wenn es Morgen wurde, denn so war sie dem Ende des Ganzen wieder einen Tag näher gekommen.

An einem bestimmten Abend sagte Dr. Warren zu seiner Frau: »Heute geht es ihr nicht so gut. Als ich bei ihr vorbeisah, sag sie bleich aus und ängstlich. Als ich sie darauf ansprach und sie fragte, wie es ihr ginge, sagte sie, sie hätte eine Enttäuschung erlebt. Sie hätte gestern einen wichtigen Brief mit der Post erwartet, er sei aber nicht gekommen. Sie war ganz offensichtlich nicht guter Dinge.«

»Vielleicht war sie davor nur deshalb guter Dinge gewesen, weil sie geglaubt hatte, der Brief werde kommen«, spekulierte Mrs Warren.

»Sie hat ganz gewiss geglaubt, er werde kommen.«

»Glaubst *du* auch daran, Harold?«

»Sie glaubt es ja immer noch. Sie hat sich schrecklich Mühe gegeben, nicht ungeduldig zu werden. Sie sagte, sie wisse sehr wohl, dass es viele Gründe für Verspätungen gibt, wenn Menschen im Ausland leben und sehr beschäftigt sind.«

»Da gibt es viele mögliche Gründe, das würde ich auch meinen«, sagte Mrs Warren nicht ohne Bitterkeit, »aber in der Regel sind es keine, die man verzweifelt wartenden Damen auf die Nase bindet.«

Dr. Warren stand neben dem Kaminvorleger, starrte ins Feuer und runzelte die Brauen.

»Heute Nachmittag wollte sie mir etwas erzählen oder mich etwas fragen«, sagte er, »aber sie hatte Angst. Sie sah aus wie ein braves Kind, das in einen üblen Schlamassel geraten ist. Ich denke, sie wird sich mir bald anvertrauen.«

Je mehr Zeit verging, desto mehr sah sie aus wie ein braves Kind, das im Schlamassel steckte. Es kam eine Post nach der anderen, aber es war kein Brief für sie dabei. Sie verstand nicht warum, und ihre frische Gesichtsfarbe wurde stumpf. Jetzt brachte sie ihre Zeit damit zu, sich auszumalen, aus welchen Gründen die Briefe nicht ankamen. In keiner ihrer Begründungen versuchte sie, Walderhurst auf irgendeine Weise die Schuld zuzuschieben. Sie klammerte sich vor allem an die Tatsache, dass er gesundheitliche Probleme hatte. War ein Mann nicht gesund, gab es alle möglichen Gründe dafür, dass er keine Briefe schrieb. Sollte seine Krankheit sich verschlimmert haben und es ernst um ihn stehen, würde sie das von seinem Arzt erfahren haben. Sie durfte nicht darüber nachdenken. Aber wenn er schwach und fiebrig war, war es gut möglich, dass er das Schreiben von einem Tag auf den nächsten schob. Und umso plausibler, als er noch nie ein großer Briefeschreiber gewesen war. Er hatte immer nur geschrieben, wenn er das Gefühl gehabt hatte, auch die rechte Muße dazu zu haben – also eher unregelmäßig.

Doch dann – an einem Tag, an dem das Warten über ihre Kraft zu gehen drohte und sie in der Stunde, in der Jane ihre Nachforschungen anstellte, jede einzelne Sekunde gezählt hatte – hörte sie, während sie auf dem Sofa lag, das Mädchen mit einer Leichtigkeit die Treppe hinaufhasten, die ihre Hoffnung weckte und ihr Herz schneller schlagen ließ.

Mit strahlendem Gesicht und neugierig fragendem Blick setzte sie sich auf. Wie dumm war es doch von ihr gewesen, sich so zu ängstigen! Jetzt, jetzt würde alles anders werden. Ach, was war sie dem Herrgott dankbar, dass er so gut zu ihr war!

»Du hast bestimmt einen Brief für mich, Jane«, sagte sie in dem Moment, als die Tür aufging. »Ich habe es gespürt, als ich deine Schritte hörte.«

Jane war rührend anzusehen, wie sie strahlte vor Erleichterung und Zuneigung.

»Ja, Milady, das habe ich in der Tat. Auf der Bank sagten sie zu mir, er sei mit einem Dampfer gekommen, der wegen des schlechten Wetters Verspätung gehabt hatte.«

Emily nahm den Brief. Ihre Hand zitterte, doch das war nur die Freude. Sie vergaß Jane und küsste sogar den Umschlag, ehe sie ihn öffnete. Er sah aus wie ein schöner, langer Brief. Und er war recht dick.

Aber als sie den Umschlag geöffnet hatte, sah sie, dass der Brief nicht sehr lang war. Ein paar Extrablätter Notizen oder Anweisungen – was auch immer, es war nicht wichtig – waren beigelegt. Ihre Hände zitterten derart, dass sie die Blätter zu Boden fallenließ. Sie wirkte so aufgeregt, dass Jane es vorzog, sich diskret zurückzuziehen und vor der Tür zu warten.

Nach wenigen Minuten gratulierte sie sich, dass sie klug genug gewesen war, nicht nach unten gegangen zu sein. Sie hörte einen entsetzten Ausruf der Verwunderung, und dann hörte sie, wie ihre Herrin nach ihr rief.

»Jane, bitte, Jane!«

Lady Walderhurst saß noch immer auf dem Sofa, aber sie wirkte blass und zittrig. In der Hand, die sie kraftlos auf ihren Schoß hatte sinken lassen, hielt sie den Brief. Sie war offenbar so fassungslos, dass sie sich hilflos fühlte.

Sie sprach mit müder Stimme.

»Jane«, sagte sie, »Ich denke, du musst mir ein Glas Wein bringen. Ich glaube zwar nicht, dass ich einer Ohnmacht nahe bin, doch ich fühlte mich so – so aufgewühlt!«

Jane kniete an ihrer Seite.

»Bitte, Milady, legen Sie sich hin«, bettelte sie. »Ich bitte Sie.«

Aber sie legte sich nicht hin. Zitternd saß sie da und blickte die junge Frau an, hundeelend und völlig durcheinander.

Mit einem Zittern in der Stimme sagte sie: »Ich bezweifle, dass Seine Lordschaft meinen Brief erhalten hat. Er *kann* ihn nicht erhalten haben. Er sagt nichts zu … mit keinem Wort erwähnt er, dass …«

Sie war bislang immer zu gesund gewesen, um einen Nervenzusammenbruch erleiden zu können. In ihrem ganzen Leben war sie noch nicht einmal jemals in Ohnmacht gefallen, und während sie sprach, schien sie überhaupt nicht zu begreifen, wieso Jane die ganze Zeit auf und ab ging, und plötzlich wurde es mitten am Morgen dunkel.

Jane gelang es unter Aufbietung all ihrer Kräfte, sie am Sturz vom Sofa zu hindern und dankte der Vorsehung für die Kraft, die ihr gegeben war. Sie lief zur Glocke und zog heftig daran, und Mrs Cupp hastete beim Schrillen der Glocke schwerfällig, aber geschwind die Treppe hinauf.

SECHZEHNTES KAPITEL

Während Mrs Warren bereits von Natur aus eine scharfsinnige und klug argumentierende Frau war, hatte die enge intellektuelle Auseinandersetzung mit ihrem Ehemann, die ihr Gelegenheit gab, an seinem großen Erfahrungsschatz teilzuhaben, ihre Fähigkeit des deduktiven Argumentierens sehr geschult. Warren hatte oft das Gefühl, ein Gespräch mit seiner Gattin sei nicht weniger nützlich als die Beratung mit seinen so klugen und sympathischen Berufskollegen. Ihre Vorschläge oder Schlussfolgerungen waren stets bedenkenswert. Das Nachdenken über sie hatte ihm schon mehrfach exzellente Ergebnisse gebracht. Eines Abends machte sie eine Bemerkung zu dem außergewöhnlichen Fall, die ihn erstaunte, denn sie war noch klüger als sonst.

»Ist sie eine intellektuelle Frau?«, fragte sie.

»Aber überhaupt nicht. Eine sehr geistreiche Person könnte sich berechtigt fühlen, sie als dumm zu bezeichnen.«

»Ist sie redselig?«

»Keineswegs. Einer ihrer Vorzüge ist der feine Respekt, den sie den Äußerungen ihrer Mitmenschen zollt.«

»Und sie wird auch nicht schnell nervös?«

»Ganz im Gegenteil. Wollte man Nervosität als ein Zeichen von Lebendigkeit ansehen, würde ich sagen, sie ist langweilig.«

»Verstehe«, sagte sie langsam, »du hast es bisher nicht für möglich gehalten, dass sie vielleicht Wahnvorstellungen hat?«

Warren fuhr herum und sah sie an.

»Das ist sehr klug von dir, diese Möglichkeit in Betracht zu ziehen. Eine Wahnvorstellung?« Er stand auf und dachte darüber nach.

»Erinnerst du dich«, versuchte sie ihm zu helfen, »welche Schwierigkeiten es damals gab, dass die junge Mrs Jerrold unter ähnlichen Umständen nach Schottland fortlief und sich in einer Schäferhütte versteckte, weil sie den Eindruck hatte, ihr Mann lasse sie von Detektiven beschatten? Du erinnerst dich bestimmt, was für eine liebenswerte Person sie war und was für eine Angst sie vor dem armen Kerl hatte?«

»Aber ja doch! Das war auch so ein außergewöhnlicher Fall.«

Mrs Warren hatte Gefallen an dem Thema gefunden.

»Wir haben es hier mit einer Frau zu tun, die sich offensichtlich in einer Pension vor der Welt versteckt – sie hat Geld im Überfluss, sie besitzt einen riesigen Rubin, sie empfängt Briefe mit imponierenden Siegeln, geht nur des nachts spazieren und leidet darunter, dass sie einen Brief erwartet, der nicht kommt. Jedes Detail deutet darauf hin, dass sie sich in einer schmerzlichen, anrüchigen Lage befindet. Andererseits stellt sie deiner Meinung nach durch ihre Manieren und ihre äußere Erscheinung eine Frau dar, die alles andere als *anrüchig* ist und die nur in einer Sache Angst hat, welche eine anrüchige Person kalt lassen würde. Ist es nicht möglich, dass sie sich aufgrund ihrer schlechten körperlichen Verfassung einbildet, sie müsse sich vor einer Gefahr verstecken?«

Mrs Warren verfolgte den Gedanken offenbar mit großem Ernst.

»Sie hat behauptet«, erwiderte er nachdenklich, »ihr komme es vor allem darauf an, dass sie sicher sei. ›Ich will in Sicherheit sein‹, so hat sie es gesagt. Du bist eine große Inspirationshilfe, Mary – wie immer. Morgen schaue ich noch einmal bei ihr vorbei. Aber ...«, und das war jetzt der Schluss eines anderen Gedankenganges – »sie wirkt so *gesund*!«

Als der Doktor am folgenden Tag in dem Haus in der Mortimer Street die Treppe hinaufstieg, dachte er darüber nach, ob das Rätsel sich damit erklären ließe. Es waren die für diese Art von Pension typischen Treppen, nur dass sie nicht ganz so schäbig wirkten, weil die Cupps den abgewetzten Teppich mit einem sauberen Filz in einer warmen Farbe überspannt hatten. Die gelblichen Wandtapeten mit der Marmorimitation wirkten auf jeden, der an ihnen vorüberging, deprimierend, ihre undefinierbar bräunliche Farbe hatte jahrelang dem Nebel standgehalten. Im ganzen Haus gab es nur wenige Gegenstände, da die Besitzer offenbar der Ansicht waren, an der Einrichtung müsse man nur ganz gelegentlich etwas ändern.

Jane hatte sich jedoch große Mühe mit der Einrichtung des Salons gemacht, in dem ihre Herrin die Tage verbrachte. Sie hatte nach und nach ein paar Verschönerungen vorgenommen, und das auf so dezente Weise, dass sie nicht die Aufmerksamkeit der Nachbarn auf sich zog, denn die waren es nicht gewohnt, die Auslieferungswägen vornehmer Einrichtungshäuser vorfahren zu sehen. Sie hatte zum Beispiel einen neuen Teppich ins Haus gebracht und nach und nach ein paar Gegenstände gegen solche ausgetauscht, die gefälliger waren oder angenehmer zu benutzen. Dr. Warren hatte die Veränderung und zudem genug weitere Anzeichen bemerkt, dass Geldmangel nicht das Problem war. Auch das Dienstmädchen war eine junge Frau, deren Betragen gegenüber ihrer Herrin nicht nur respektvoll und wohlerzogen war, sondern eine wachsame Zuneigung verriet, die fast schon an Ehrfurcht grenzte. Jane Cupp selbst stand für Ehrbarkeit und Unbescholtenheit. Sie gehörte nicht zu den Frauen, die sich selbst in schwierige Lagen brachten. Als sie die Hand auf die Klinke der Salontür legte, um sie zu öffnen und Dr. Warrens Besuch anzukündigen, schoss es ihm durch den Kopf, dass er Mary heute Abend erzählen musste, wäre Mrs Jameson die Heldin eines unkonventionellen häuslichen Dramas, hätte Jane Cupp unbestreitbar schon vor sechs Monaten gesagt, sie sehe es »als die Pflicht einer jungen Frau an, dieses Haus zu verlassen, wenn Sie gestatten, Ma'am«. Aber nun war sie hier, in einem hübschen Kleid mit sauberer Schürze, ein offenkundiger Beweis, dass sie ihren Arbeitsplatz mochte, und das brave Gesicht der jungen Frau zeigte Mitgefühl und Interesse.

Es war ein trüber und kalter Tag, aber im Vorderzimmer war es warm und gemütlich mit dem Feuer. Mrs Jameson saß an einem Schreibtisch. Vor ihr lagen Briefe, in denen sie offenbar gerade gelesen hatte. Bei ihrem Anblick würde man nicht länger von blühender Gesundheit sprechen. Ihr Gesicht wirkte ein bisschen lang gezogen, und das Erste, was ihm auffiel, als sie zu ihm aufsah, war, dass sie einen wirren Blick hatte.

Sie hat einen Schock erlitten, dachte er. Die arme Frau!

Er begann mit der immergleichen freundlichen Aufmerksamkeit, die ihm eigen war, über ihre Angelegenheiten zu sprechen. Er fragte sich, ob für sie nicht allmählich die Zeit gekommen sei, sich ihm anzuvertrauen. Der Schock, den sie – aus welchem Grund auch immer – erlitten hatte, hatte dazu geführt, dass diese Frau überhaupt nicht verstand, was mit ihr geschah. Das konnte er ihrem naiven, ängstlichen Gesicht ablesen. Er hatte das Gefühl, dass sie sich fragte, was sie tun sollte. Es wäre nicht unwahrscheinlich, wenn sie ihm jetzt diese Frage stellen würde. Das hatte ihn schon so manche Frau gefragt; aber normalerweise versuchten sie, ein paar schockierende Details zu erzählen und ein wenig zu schluchzen und appellierten an seine Ritterlichkeit, damit er ihnen aus dieser rettungslosen Lage heraushalf. Manchmal flehten sie ihn an, zu bestimmten Leuten zu gehen und seinen Einfluss geltend zu machen.

Emily beantwortete all seine Fragen mit der üblichen freundlichen Besonnenheit. Es ginge ihr nicht gut. Tags zuvor sei sie in Ohnmacht gefallen.

»Gab es irgendeinen beunruhigenden Grund für diese Ohnmacht?«, fragte er.

»Ich fiel in Ohnmacht, weil ich … weil ich eine schwere Enttäuschung erlitten habe«, antwortete sie zögerlich. »Ich bekam einen Brief, der … der nicht meinen Erwartungen entsprach.«

Sie sprach wie eine Verzweifelte. Sie konnte einfach nicht verstehen, was geschah. Es war unerklärlich, dass das, was sie in dem Brief geschrieben hatte, völlig bedeutungslos war – dass James einfach nichts darauf geantwortet hatte.

»Ich habe die ganze Nacht wach gelegen«, fügte sie hinzu.

»Das darf nicht mehr vorkommen«, sagte er.

»Die Gedanken in meinem Kopf kreisen ... und kreisen«, sagte sie nervös.

Vielleicht sollte sie besser den Mut haben, nichts zu sagen. Das wäre vielleicht sicherer. Aber sie fühlte sich so einsam mit ihren Bedenken, jemanden um Rat zu fragen, dass es ihr Angst machte. Indien war Tausende von Meilen entfernt, und die Briefe brauchten eine Ewigkeit für den Hin- und Rückweg. Vielleicht würde sie krank werden vor Angst, noch ehe sie auf einen zweiten Brief eine Antwort erhalten hätte. Und vielleicht hatte sie sich mit ihrer Panik bereits in eine lächerliche Lage gebracht. Wie könnte sie Lady Maria in die Mortimer Street holen, um ihr alles zu erklären? Außerdem wurde ihr bewusst, dass man Lady Marias Sinn für Humor nicht unbedingt vertrauen konnte.

Dr. Warren tat ihr gut, denn er war ein starker und liebenswerter Mensch. Er half ihr, wieder klare Gedanken zu fassen. Sie war sich dessen zwar nicht bewusst, aber ihre Ängste, ihre Einfalt und die schüchterne Verehrung, die sie für ihren Mann empfand, hatte sie in der Vergangenheit am klaren Denken gehindert. Sie war viel zu scheu gewesen und hatte viel zu viel Angst gehabt.

Der Doktor beobachtete sie mit großem Interesse und einem gerüttelt Maß an Neugier. Er konnte ja selbst sehen, dass sie in keiner normalen seelischen Verfassung war. Sie machte zwar einen besseren Eindruck als die arme Mrs Jerrold damals, aber normal war ihr Zustand nicht.

Er zog seinen Besuch absichtlich in die Länge. Der Tee wurde heraufgebracht, und sie tranken ihn gemeinsam. Er wollte ihr Zeit lassen, damit sie Vertrauen zu ihm fassen konnte. Als er sich schließlich zum Gehen erhob, stand sie ebenfalls auf. Sie wirkte nervös und unentschlossen, ließ ihn aber zur Tür gehen.

Dann machte sie urplötzlich eine Bewegung auf ihn zu.

»Nein, gehen Sie nicht«, sagte sie. »Bitte kommen Sie zurück. Ich ... äh, ich denke, ich sollte es Ihnen wirklich erzählen.«

Er drehte sich zu ihr um und wünschte sich, Mary wäre bei ihm. Sie stand da und versuchte zu lächeln, und selbst in ihrer Aufgeregtheit wirkte sie so durch und durch freundlich und wohlerzogen.

»Wäre ich nicht so durcheinander ... oder wäre da *irgendjemand,* an den ich mich wenden könnte«, sagte sie. »Wenn Sie mir nur einen Rat geben könnten, ich muss ... ich *muss* dafür sorgen, dass ich in Sicherheit bin.«

»Gibt es etwas, das Sie mir erzählen wollen?«, fragte er ganz ruhig.

»Ja«, antwortete sie. »Ich habe solche Angst ... und ich bin mir sicher, dass es nicht gut ist, wenn ein Mensch ständig solche Angst hat. Bis jetzt habe ich es nicht gewagt, jemandem davon zu erzählen. Ich heiße gar nicht Jameson, Dr. Warren. Ich ... Ich bin Lady Walderhurst.«

Dr. Warren bekam sichtlich einen großen Schreck. Damit hatte er überhaupt nicht gerechnet, das musste er zugeben. Und Mary hatte recht behalten.

Emily errötete vor Scham bis über beide Ohren. Er glaubte ihr nicht.

»Aber ich bin es *wirklich*«, protestierte sie. »Glauben Sie mir. Ich habe letztes Jahr geheiratet. Davor hieß ich Emily Fox-Seton. Vielleicht erinnern Sie sich.«

Sie schien weder nervös noch aufgebracht. Ihr offenherziges Gesicht wirkte nur ein wenig besorgter als kurz zuvor. Sie sah ihm direkt in die Augen und hatte jetzt keinen Zweifel mehr daran, dass er ihr Glauben schenkte. Guter Gott! Wenn ...

Sie ging zum Schreibtisch und nahm ein paar Briefe in die Hand. Sie waren alle gestempelt und trugen alle das gleiche Siegel. Als sie ihm die Briefe reichte, wirkte sie fast schon heiter und gelassen.

»Ich hatte daran denken müssen, wie seltsam Ihnen das erscheinen muss«, sagte sie mit ihrer angenehm wohltönenden Stimme. »Ich mache hoffentlich keinen Fehler, wenn ich es Ihnen erzähle. Und ich hoffe, Sie nehmen es mir nicht übel, dass ich Sie damit belästige. Aber irgendwie *ertrage* ich es nicht länger.«

Nach diesen Worten erzählte sie ihm ihre Geschichte.

Durch die schnörkellose Direktheit, mit der sie die Geschichte erzählte, wirkte sie umso erstaunlicher – sie erzielte damit mehr Wirkung, als wenn sie sie phantasievoll ausgeschmückt hätte. Ihre offensichtliche Unfähigkeit, auf Ungewöhnliches und Niederträchtiges zu reagieren, und ihre grenzenlose Bereitwilligkeit, sich selbst aufgrund der tief in ihrer Seele wurzelnden Zärtlichkeit für den gegenwärtig einzigen Inhalt ihres Lebens in jedweder Form hintanzustellen, waren Dinge, die einen Mann nicht ungerührt lassen konnten, auch wenn seine Erfahrung ihn lächeln ließ über ihren Mangel an Weltkenntnis, der sie praktisch schutzlos machte. Ihre Bescheidenheit und Naivität waren die eigentliche Ursache dieses Dramas.

»Vielleicht war es ein Fehler gewesen davonzulaufen. Vielleicht konnte nur eine dumme Frau wie ich etwas so Seltsames und Eigenwilliges tun. Aber nur auf diese

Weise konnte ich einigermaßen in Sicherheit sein, bis Lord Walderhurst mir mit Rat und Tat zur Seite stehen kann. Und als dann gestern sein Brief kam – und er überhaupt nicht auf das Bezug nahm, was ich ihm geschrieben hatte …«, hier versagte ihre Stimme.

»Captain Osborn hat Ihren Brief zurückgehalten. Lord Walderhurst hat ihn gar nicht erst zu Gesicht bekommen.«

Es kam wieder Leben in sie. Sie war so schrecklich durcheinander gewesen, dass sie am Ende tatsächlich gedacht hatte, ein dermaßen vielbeschäftigter Mann …

»Was Sie ihm mitgeteilt haben, ist das Wichtigste und Bewegendste, das einem Mann in seiner Position überhaupt widerfahren kann.«

»Glauben Sie das *wirklich*?« Sie hob den Kopf mit neuem Mut, und in ihr Gesicht kam wieder etwas Farbe.

»Es kann gar nicht anders sein. Ich versichere Ihnen, das ist *unmöglich,* Lady Walderhurst.«

»Ich bin Ihnen so dankbar«, sagte sie ganz aufgelöst. »Ich bin über die Maßen froh, dass ich es Ihnen erzählt habe.«

Dr. Warren hatte noch nie etwas so Rührendes und so Anziehendes gesehen wie diese mit Tränen gefüllten Augen und dieses Lächeln eines groß geratenen Kindes.

SIEBZEHNTES KAPITEL

Das anfangs leichte Fieber, das Lord Walderhurst ereilt hatte, wurde bald heftiger, als sein Arzt vorhergesehen hatte. Es störte ihn, dass er seinen Pflichten nicht länger nachkommen konnte, und er ärgerte sich sehr darüber. Unter diesen Umständen war er kein guter Patient, und nach einigen Wochen begannen die Ärzte sich aufgrund seiner seelischen Verfassung große Sorgen zu machen. Nachdem Emily sich Dr. Warren anvertraut hatte, erhielt sie am folgenden Tag vom Arzt ihres Mannes einen Brief, in dem dieser sie von seinen jüngsten Sorgen um seinen Patienten in Kenntnis setzte. Seine Lordschaft bedürfe besonderer Pflege und vor allem der allergrößten Ruhe. Alles, was durch medizinisches Fachwissen und perfekte Pflege erreicht werden könnte, würde getan werden. Der Autor des Briefes bat Lady Walderhurst um ihre Mitarbeit bei seinen Bemühungen, dem Kranken so weit wie möglich ungestörte Ruhe zu gewähren. Es könnte eine Weile notwendig sein, ihm das Schreiben und Lesen von Briefen zu verbieten; und sollte die Korrespondenz wieder aufgenommen werden, würde es sich günstig auswirken, wenn Lady Walderhurst im Auge behielte, wie wichtig Ruhe und Gelassenheit für den Rekonvaleszenten war. Diese Bitte, zusammen mit dem Ausdruck seiner Anteilnahme und der Versicherung, man hoffe auf das Beste, war der Hauptinhalt des Briefes. Als Dr. Warren kam, zeigte Emily ihm den Brief und sah ihm aufmerksam beim Lesen zu.

»Da sehen Sie es«, sagte sie, als er aufblickte, »ich habe Ihnen gerade noch rechtzeitig alles erzählt. Jetzt muss ich mich in allem auf Sie verlassen. Ich hätte das *niemals alles allein* schultern können. Nicht wahr?«

»Wahrscheinlich nicht«, sagte er und setzte nach kurzem Nachdenken hinzu: »Aber Sie sind sehr tapfer.«

»Ach, das glaube ich gar nicht«, sagte sie, nachdem sie ebenfalls kurz nachgedacht hatte, »aber offenbar gibt es da Dinge – die ich einfach tun *muss*. Aber jetzt werden Sie mir ja mit Ihrem Rat zur Seite stehen.«

Sie war so fügsam wie ein Kind, erzählte er später seiner Frau, und wenn eine Frau von ihrer Körpergröße und ihrer Statur sich fügsam wie eine Sechsjährige zeigt, dann hatte das durchaus seine Wirkung.

»Sie wird alles tun, was ich ihr sage; sie wird überall hingehen, wo ich sie hinschicke. Ich werde ihr raten, in das Haus ihres Mann am Berkeley Square zu ziehen, und werde ihr sagen, dass wir beide, du und ich, diskret auf sie aufpassen werden. Im Grunde ist alles sehr einfach. Oder wäre zu Anfang relativ einfach gewesen, wäre sie nur selbstbewusst genug gewesen, sich einer Person mit praktischem Verstand anzuvertrauen. Aber sie war zu unsicher und hatte zu viel Angst, für einen Skandal zu sorgen, der ihrem Mann schaden könnte. Sie empfindet größte Ehrfurcht für Lord Walderhurst und liebt ihn von ganzem Herzen.«

»Wenn man sich dessen bewusst ist, wie herzlich wenig Tugenden und Reize einen Einfluss darauf haben, ob jemand im anderen zärtliche Gefühle weckt, erscheint es einem sinnlos, nach dem Warum zu fragen. Und doch fragt man sich das hier ein bisschen«, war Mrs Warrens Fazit.

»Und findet keine Antwort darauf. Doch allein schon die treue Ergebenheit dieses schönen Geschöpfes ist etwas, das man respektieren muss. Sie will ihre Ängste unter Kontrolle behalten und nichts verraten, wenn sie ihre fröhlichen Briefe zurückschreibt – sobald ihr das wieder gestattet ist.«

»Sie wird Lord Walderhurst nichts verraten?«

»Nicht bevor er nicht vollständig genesen ist. Jetzt, da sie mir ihr Herz geöffnet und sich in meine Hände begeben hat, ist es ihr eine stille Freude, das Geheimnis bis zu seiner Rückkehr zu wahren. Wenn ich ehrlich sein soll, Mary, ich glaube, sie hat Bücher über Frauen gelesen, die ein Gleiches getan haben, und sich in sie hineinversetzt. Sie hält sich zwar selbst nicht für eine solche Heldin, aber schwelgt in ganz naiven Phantasien, was Lord Walderhurst sagen wird, wenn er nach Hause kommt. Und das ist eigentlich auch ganz gut so. Es ist besser für sie, als sich dauernd zu grämen. Aus dem Brief des Arztes konnte ich aufgrund meiner Erfahrung herauslesen, dass sein Patient nicht in der Lage ist, überhaupt irgendwelche Neuigkeiten aufzunehmen, ganz gleich, ob gut oder schlecht.«

Das Haus am Berkeley Square wurde wieder geöffnet. Lady Walderhurst kehrte – so hatte man es dem Hauspersonal erzählt – vom Besuch irgendeines deutschen Kurortes zurück. Mrs Cupp und Jane sollten auch mit einziehen. Die Frau des sie behandelnden Arztes werde ihr oft Gesellschaft leisten. Ihre Ladyschaft sei sehr betrübt, dass ihr Gatte durch eine Krankheit in Indien zurückgehalten werde.

Nachdem der große Haushalt aller Welt Tür und Tor geöffnet hatte, kehrte das Leben in seinen alten Trott zurück. Dennoch herrschte dort eine Atmosphäre der Verschwiegenheit und Würde. Selbst die Hausmädchen trugen eine Miene ernster Diskretion zur Schau. Ihre Dienste waren jetzt höchstvertraulich und interessanter, und bei ihrer Verrichtung verspürten sie insgeheim einen Stolz. Ausnahmslos alle hatten eine große Zuneigung zu Lady Walderhurst entwickelt.

Fern von Palstrey und fern von der Mortimer Street begann Emily auf dem Boden der Realität anzukommen, als sie sah, dass letztlich alles schon viel einfacher geworden war. Die hübschen Zimmer wirkten ordentlich und anständig und hatten doch etwas Herrschaftliches. Beim Betrachten der eleganten Sofas und beeindruckenden Kandelaber dachte sie nicht mehr an melodramatische Ränke. Diese Dinge kamen ihr jetzt noch unmöglicher vor als damals, bevor sie die beruhigende Wirkung des Schlafzimmers im ersten Stock der Mortimer Street erfahren hatte. Sie begann viel über den Sommer in Mallowe nachzudenken. Es war ein außerordentlicher Luxus, jeden Tag in Gedanken noch einmal zu durchleben – den Morgen, an dem sie in den Wagen dritter Klasse gestiegen war, in Gesellschaft von heißblütigen Arbeitern in Cordhosen, dann den flüchtigen Augenblick, in dem der große Mann mit dem kantigen Gesicht durch den Waggon gelaufen war und einfach durch sie hindurchgesehen hatte, als hätte er sie überhaupt nicht wahrgenommen. Sie saß da und lächelte zärtlich bei der kleinsten Erinnerung an ihn, und wie sie ihn kurz gesehen hatte, als er am Bahnhof in die hohe Herrenkutsche gestiegen war, und der Augenblick, als Lady Maria ausrief: »Da ist

Walderhurst!«, und er lässig über den Rasen geschlendert kam. Auch da schien er sie kaum zu sehen – oder wahrzunehmen, wenn sie einander begegneten, bis zu dem Morgen, an dem er ihr über den Weg lief, als sie gerade Rosen schnitt, und er mit ihr über Lady Agatha sprach. Aber in Wahrheit hatte er sie von Anfang an ein bisschen wahrgenommen – hatte er die ganze Zeit ein bisschen über sie nachgedacht. Und wie weit sie doch davon entfernt gewesen war, das auch nur zu ahnen, wenn sie mit Lady Agatha sprach – wie sie sich gefreut hatte an dem Tag, als er sie beim Rosenschneiden getroffen hatte und er nur an ihrer Freundin Agatha interessiert schien. Doch sie erinnerte sich immer wieder gern daran, wie er ihr ein paar Fragen zu ihren eigenen Angelegenheiten gestellt hatte. Ihre Faszination für die Art, wie er sie angesehen hatte, ließ nicht nach – damals, als er auf dem Weg stand und sie mit diesem entzückenden zurückhaltenden Blick durch sein Monokel angesehen hatte und sie gesagt hatte:

»Die Menschen *sind* wirklich freundlich. Sehen Sie, ich habe nichts zu geben und scheine doch immer etwas zu bekommen.«

Und wie er sie daraufhin recht ungerührt angesehen und geantwortet hatte: »Da haben Sie aber Glück!«

Später hatte er immer gesagt, das sei genau der Moment gewesen, in dem er den Wunsch verspürt habe, sie zu heiraten – weil sie einfach nicht merkte, dass sie allen so viel mehr gab als sie selbst zurückbekam, weil sie so viel zu geben hatte und sich des Wertes ihrer Gaben gar nicht bewusst war.

»Er denkt sehr oft so *schöne* Dinge über mich«, war einer ihrer Lieblingsgedanken, »auch wenn er sie immer auf eine so beherrschte Art ausdrückt. Was er sagt, scheint mehr *Gewicht* zu haben, einfach weil er so ist.«

In Wahrheit war das, was ihr derart einzigartig erschien, nur seine beherrschte Art, die Dinge zum Ausdruck zu bringen. Zwar hätte ihr Herz sich – auch wenn es die eigene Sehnsucht nach dem, was ihr fehlte, nicht verstand – ein wenig mehr Unterstützung gewünscht, aber sie war doch immer fasziniert gewesen von der Tatsache, dass es ihn nicht im Mindesten scherte, welche Haltung andere ihm gegenüber einnahmen. Wenn er dastand und die Leute durch das fest ins Auge geklemmte Monokel ansah, spürte man, dass vor allem seine Meinung zählte, nicht die der anderen. Aufgrund seiner frostigen Verschlossenheit wirkte er gefeit gegen jegliche Kritik. Was die Leute zu einem Thema sagten oder dachten, zu dem er sich eine feste Meinung gebildet hatte, war ohne jede Konsequenz, existierte letztlich überhaupt nicht; Menschen, die etwas an seiner Meinung auszusetzen hatten, hörten einfach auf zu existieren, zumindest für ihn. Er war unerschütterlich. Er fuhr den anderen nicht über den Mund, er zerschnitt einfach das geistige Band der Kommunikation mit ihnen und warf sie in den leeren Raum. Emily hielt dies für Strenge und zurückhaltende Würde und ängstigte sich allein schon beim Gedanken daran, irgendeinen Fehler zu machen, der ihn veranlassen könnte, ihre Seele ins Leere zu schicken. Was sie in den letzten Monaten am meisten in Angst versetzt hatte, war die Befürchtung, ihn lächerlich zu machen, ihn in eine Lage zu bringen, die ihm eine unerwünschte Öffentlichkeit bescheren und ihn ärgern könnte.

Aber jetzt hatte sie keine Angst mehr. Und konnte aus einer sicheren Position heraus abwarten, in Frieden in ihren

Erinnerungen schwelgen und sich ihren Hoffnungen hingeben. In Gedanken an ihn entwickelte sie sogar so etwas wie Mut.

Die Atmosphäre in dem Haus am Berkeley Square tat ihr gut. Sie hatte noch nie dermaßen stark gespürt, dass sie Lord Walderhursts Frau war: Die Dienerschaft, in deren Leben sie den Mittelpunkt bildete, die tatkräftig und mit viel Freude für ihr Wohl sorgte und für die der geringste Wunsch, die geringste Neigung ein königlicher Befehl war, bestärkte sie noch in ihrem Gefühl von Sicherheit und Macht. Die Warrens, die wussten, wie wichtig und bedeutungsvoll die rein weltlichen Dinge waren, von denen Emily aufgrund ihrer Wesensart nichts verstand, waren eine Hilfe. In einfachen Gesprächen lernte Emily mit der Zeit, Vertrauen in Mrs Warren zu entwickeln, die Emily nach ihren Enthüllungen für einen noch außergewöhnlicheren Fall hielt als vorher, als sie sie für ein undurchdringliches Mysterium hielt.

»Sie ist ein absolutes Juwel«, sagte Mrs Warren zu ihrem Ehemann. »Dass im neunzehnten Jahrhundert eine Frau ihren Gatten noch so anbeten kann, das ist…«

»Fast schon krankhaft«, antwortete er lachend.

»Vielleicht ist das ja die Heilung«, überlegte sie. »Wer weiß? Nichts auf Erden – und nichts im Himmel – ließe mich auch nur im Geringsten daran zweifeln. Als sie vor einem Porträt ihres James saß und ich hören konnte, was sie über ihn denkt, wurde mir klar, dass sie gar nicht weiß, was sie mit ihren Bemerkungen alles verrät. Sie merkt gar nicht, dass sie beim Reden über andere Dinge uns auch über ihn etwas mitteilt, und während sie zu schüchtern ist, um oft seinen Namen auszusprechen, so ist doch ganz offensichtlich jeder ihrer Atemzüge ein Verweis auf ihn. Zur Zeit ist es ihr größtes Glück, sich unbemerkt in seine privaten Gemächer zu schleichen, dort zu sitzen und in dem Gedanken zu schwelgen, wie gut er doch zu ihr ist.«

Das stimmte, Emily verbrachte manche ruhige Stunde in den Räumen, in denen sie sich am Tag des Abschieds von ihrem Mann aufgehalten hatte. Sie fühlte sich sehr glücklich dort. Die Dankbarkeit für den Frieden, den sie gefunden hatte, tat ihrer Seele gut. Lord Walderhursts Arzt berichtete nichts, das ihr Sorgen bereiten müsste, seine Berichte klangen in der Regel eher beruhigend. Aber sie wusste, dass ihr Mann sehr vorsichtig sein musste und dass an eine Rückreise noch nicht allzu bald zu denken war. Erst musste er wieder ganz gesund werden, bis dahin würde sie alles bekommen, was sie sich nur wünschen mochte, nur ihn nicht.

Ihren Gefühlen gab sie durch die demütige Einhaltung täglicher Andachtsübungen Ausdruck. Sie las viele Kapitel in der Bibel, und man sah sie häufig selig in die Lektüre des Allgemeinen Gebetsbuchs vertieft. Sie fand Trost und Glück in diesen Dingen und verbrachte den Sonntagmorgen – nach dem Geläut der Kirchenglocken – ganz allein in Lord Walderhursts Arbeitszimmer, wo sie ihren Gottesdienst abhielt und in den *Collecten und Lectionen* las.

In diesem Raum schrieb sie ihre Briefe nach Indien. Sie hatte keine Ahnung, wie sehr der neue Mut, der sich in den Gedanken an ihren Mann niederschlug, in diesen Briefen Ausdruck fand. Allerdings fand Walderhurst bei der Lektüre, dass sie sich verändert hatte. Von Frauen erzählt man sich oft, dass sie auf erstaunliche Weise plötzlich »aufblühen«. Lord Walderhurst hatte allmählich den Eindruck, dass Emily, wenigstens in bestimmter Hinsicht, gerade »am Erblühen« war. Vielleicht lag es daran, dass sie sich langsam an den Wandel in ihrem Leben gewöhnte. Sie gab in ihren Briefen jetzt mehr von sich preis und tat es auf eine interessantere Art. Vielleicht war es auch nur ein Zeichen dafür, dass das junge Mädchen sich gerade in eine wundervolle Frau verwandelte.

Er lag ausgestreckt auf seinem Bett, vielleicht ein kleines bisschen empfänglicher als sonst, weil er sich schwach fühlte durch die sich lang hinziehende Genesung, und gab sich einer neuen Angewohnheit hin – nämlich ihre Briefe mehrmals zu lesen und an sie zu denken, wie er noch nie an eine Frau gedacht hatte. Außerdem erwartete er die Post aus England mittlerweile mit einer gewissen Ungeduld. Die Briefe heiterten ihn merklich auf und hatten eine ausgezeichnete Wirkung auf sein körperliches Wohlbefinden. Sein Arzt stellte immer wieder fest, dass er in guter Verfassung war, nachdem er Nachricht von seiner Frau bekommen hatte.

»Deine Briefe, meine liebe Emily«, schrieb Walderhurst einmal, »sind mir ein großes Vergnügen. Du bist heute genau so wie damals in Mallowe – ein liebenswertes Geschöpf mit beständig guter Laune. Deine tröstenden Worte geben mir neuen Lebensmut.«

»Wie *schön*, wie *schön*!«, rief Emily in die Stille des Arbeitszimmers hinein und küsste den Brief mit leidenschaftlichem Überschwang.

Im nächsten Brief ging er sogar noch weiter. Darin sprach er ganz eindeutig von bestimmten »Sachen« und spielte auf jene Vergangenheit an, der Emily insgeheim Dankesopfer darbrachte. Als ihr Blick in der Mitte eines

Briefbogens auf den Satz »die Tage in Mallowe« fiel, überkam sie ein geradezu überwältigender Glücksrausch, der ihr fast ein wenig Angst machte. Männer, die sentimentalen Stimmungen weniger abgeneigt waren, benutzten solche Sätze in ihren Briefen, davon hatte sie gelesen und gehört. Es war fast so, als habe er gesagt: »die schönen alten Tage in Mallowe« oder »die glücklichen Tage in Mallowe«, und das versetzte sie in einen solchen Glückstaumel, dass es beinahe gar nicht auszuhalten war.

»Während ich hier so liege, erinnere ich mich unweigerlich«, las sie weiter im letzten Brief, »an die vielen Gedanken, die mir durch den Kopf gingen, als ich über die Heide fuhr, um dich aufzulesen. Ich beobachtete dich schon seit Tagen. Deine hellen, großen Augen mochte ich ganz besonders gern. Ich entsinne mich, dass ich versuchte, sie mir selbst zu beschreiben und das schwierig fand. Es kam mir vor, als seien sie wie die Augen eines sehr hübschen Jungen oder eines schönen Schäferhundes, irgendetwas dazwischen. Dieser Vergleich mag nicht sehr romantisch klingen, ist er aber.«

Emily begann ganz sanft und leise zu weinen. Man hätte sich kaum etwas Romantischeres vorstellen können.

»Ich musste die ganze Zeit an sie denken, während ich über die Heide fuhr, und ich kann dir kaum sagen, wie wütend ich auf Lady Maria war. Mir kam es so vor, als habe sie auf brutale Weise deine Freundlichkeit ausgenutzt, weil sie wusste, dass man eine Frau mit solchen Augen gut ausnutzen kann. Ich war wütend, und zugleich war ich gerührt, und als ich dich am Wegrand sitzen sah, vollkommen erschöpft und in Tränen aufgelöst, da hat mich das wirklich mehr gerührt, als ich mir hätte vorstellen können. Und als du meine Worte falsch verstanden hast und aufgestanden bist, und deine schönen Augen mit einer solchen Offenherzigkeit und Angst und Sorge in die meinen schauten – das habe ich nie vergessen, meine Liebe, und das werde ich auch nie.«

Mit diesen Gefühlen umzugehen fiel ihm gewiss nicht leicht, aber es waren doch alles reale und interessante und recht menschliche Dinge.

Emily saß alleine im Arbeitszimmer und sann über diese Sätze nach, brütete über ihnen, zärtlich wie eine Mutter, die ihr Neugeborenes wiegt. Sie verspürte eine ängstliche Seligkeit, blickte mit ehrfürchtiger Bewunderung auf die Wunder und großen Ereignisse, die mit jeder Stunde näher rückten, saß da und weinte vor Glück.

Am selben Nachmittag kam Lady Maria Bayne. Sie war im Ausland gewesen, wo sie, einer überaus kurzweiligen Mode folgend, verschiedene Kuren gemacht hatte, bei denen man Mineralwasser trinken musste, beim Klang von Violinen spazieren ging, launig die eigenen Symptome mit denen von Freundinnen verglich, die zu allen Themen schlagfertige Antworten parat hatten.

Dr. Warren war ein alter Bekannter, und da er gerade das Haus verlassen wollte, als sie es betrat, blieb sie stehen, um ihm die Hand zu schütteln.

»Wie bedauerlich für einen Mann, wenn die Menschen sich nur dann glücklich schätzen, ihm zu begegnen, wenn es im Hause eines Feindes ist«, lauteten ihre Begrüßungsworte. »Ich muss wissen, warum Sie hier sind. Das kann ja wohl nicht angehen, dass Lady Walderhurst sich dermaßen ängstigt, dass sie am Ende zum Spinnweberl zusammenschnurrt, nur weil ihr Gatte beschließt, sich in Indien ein Fieber zu holen.«

»Tut es auch nicht; es geht ihr in jeder Hinsicht wunderbar. Lady Maria, dürfte ich Sie ein paar Minuten sprechen, ehe Sie zu ihr gehen?«

»Wenn einen jemand um ein Gespräch von ›ein paar Minuten‹ bittet, dann will er einem entweder etwas Amüsantes erzählen oder ein Unglück. Lassen Sie uns ins Morgenzimmer gehen.«

Mit raschelnden Reifröcken und leicht hochgezogenen Augenbrauen ging sie ihm voran. Sie fand, es klang eher nach einem Unglück. Herr im Himmel! Es war doch nicht möglich, dass Emily sich in irgendwelche ärgerlichen Schwierigkeiten gebracht hatte. Das passte gar nicht zu ihr.

Als sie etwa zwanzig Minuten später aus dem Zimmer kam, sah sie sehr mitgenommen aus. Ihr schicker Hut saß nicht mehr so keck über ihrem zarten alten Gesichtchen, und sie war aufgewühlt und verärgert und freute sich.

»Das war lächerlich von Walderhurst, sie allein zurückzulassen«, sagte sie. »Es war lächerlich von ihr, ihn nicht sofort nach Hause zu zitieren. Das sah ihr wieder mal ähnlich – lieb und lächerlich.«

Aber statt wütend zu sein, fühlte es sich ein wenig grotesk an, als sie die Treppe nach oben ging, um Emily zu besuchen, grotesk deshalb, weil sie sich eingestehen musste, dass sie sich noch nie im Leben derart merkwürdig erregt gefühlt hatte. Sie fühlte sich so, wie Frauen sich ihrer Meinung nach fühlen mussten, wenn sie es sich gestatteten, vor Aufregung Tränen zu vergießen; nicht dass sie Tränen vergießen würde, aber sie war »außer sich« – so nannte sie das.

Als die Tür aufging, stand Emily von einem Stuhl beim

Feuer auf und kam langsam auf sie zu, mit einem verlegenen, aber reizenden Lächeln.

Lady Maria eilte auf sie zu und ergriff beide Hände.

»Meine gute Emily«, sagte sie stürmisch und küsste sie. »Meine famose Emily«, und küsste sie wieder. »Ich bin völlig durcheinander. Ich habe im Leben noch keine so verrückte Geschichte gehört. Ich bin Dr. Warren begegnet. Ja, sind die denn alle verrückt geworden?«

»Es ist alles vorbei«, sagte Emily. »Ich kann jetzt fast nicht mehr glauben, dass es einmal die Wahrheit war.«

Man führte Lady Maria zu einem Sofa, und sie setzte sich, während ihr Gesicht immer noch diese seltsame Mischung aus Verärgerung, Aufregung und Freude spiegelte.

»Ich werde hierbleiben«, sagte sie stur. »Jetzt werden keine Torheiten mehr begangen. Eins musst du noch wissen, sie sind nach Indien zurückgegangen. Das Kind ist ein Mädchen.«

»Es ist ein Mädchen?«

»Ja, ziemlich absurd.«

»Oh«, seufzte Emily besorgt. »Ich bin mir *sicher*, Hester hätte sich nicht *getraut*, mir das zu schreiben.«

»Quatsch!«, sagte Lady Maria. »Wie dem auch sei, wie ich schon angekündigt habe, ich bleibe hier, bis Walderhurst zurückkommt. Der Mann wird umfallen vor Stolz und Dankbarkeit.«

ACHTZEHNTES KAPITEL

Lord Walderhurst kam an einem feuchten und traurigen Tag in London an. Als seine Kutsche in den Berkeley Square einbog, saß er in der Ecke, in seine Reisedecken eingemummt, und sah blass und dünn aus. Es wäre ihm lieber gewesen, London hätte ihm ein freundlicheres Gesicht gezeigt, aber er selbst war auch nicht gerade fröhlich, vielmehr getrieben von einer Ungeduld, wie er sie noch in keiner Phase seines bisherigen Lebens erlebt hatte. Die Heimreise war ihm sehr lang vorgekommen, und er war unruhig. Er wollte seine Frau sehen. Wie schön würde das sein, wenn er beim Blick über den Abendtisch das Lächeln in ihren glücklichen Augen sehen würde! Sie würde rot werden vor Scham, wie ein kleines Mädchen, wenn er ihr gestand, dass er sie vermisst hatte. Er war neugierig auf die Veränderungen, die er in ihren Briefen gespürt hatte. Wenn man ihr Zeit und Gelegenheit ließe, sich zu entwickeln, würde sie vielleicht eine wundervolle Gefährtin werden. An dem Tag, als sie ihm in Mallowe Court vorgestellt wurde, hatte sie sehr hübsch ausgesehen. Durch ihre Größe und Haltung hatte sie sogar recht beeindruckend gewirkt. Letztlich war sie eine Frau, auf die man in seinen Plänen bauen konnte.

Aber er war sich dessen sehr bewusst, dass seine Zuneigung für sie gewachsen war. Diese Erkenntnis gab ihm ein leichtes Gefühl der Scham, das natürliche Ergebnis seiner Abneigung gegen jegliche Gefühlsduselei. Er hatte nie auch nur das Geringste für Audrey empfunden, die in seinen Augen eine ganz besonders gewichtslose, langweilige und hohlköpfige Person gewesen war. Sie war ihm durch die beiden Familien aufgezwungen worden, die durch diese Ehe vereint wurden, zumindest hatte er das so empfunden. Er hatte sie nicht gemocht, und sie hatte ihn nicht gemocht. Das Ganze war einfach nur wahnsinnig aufreibend gewesen, und das Kind hatte nur ein paar Stunden gelebt. Emily dagegen hatte er vom ersten Augenblick an gemocht, und jetzt – ja, genau, jetzt spürte er eine leichte Regung in der Herzensregion, als seine Kutsche in den Berkeley Square einbog. Das Haus würde bestimmt einen sehr behaglichen Eindruck machen. Emily hatte es gewiss mit Geschick hergerichtet, sodass es festlich und freundlich wirken würde. Sie war, wie so viele Frauen, ganz vernarrt in nette kleine Details wie ein helles Feuer und viele Blumen. Er konnte sich gut ihren kindlichen Gesichtsausdruck vorstellen, wenn er den Raum betrat, in dem sie sich kennengelernt hatten. Am Berkeley Square musste jemand krank sein – sehr krank offenbar. Man hatte vor einer Seite der Fassade eine dicke Schicht Stroh ausgelegt, frisches, feuchtes Stroh, das den Lärm der rollenden Kutschräder dämpfte, ein trauriger Anblick.

Es lag vor der Tür seines eigenen Hauses, wie er bemerkte, als er die Kutschentür öffnete. In einer sehr dicken Schicht. Als die Kutsche anhielt, wurde schwungvoll die Haustür aufgerissen. Er trat über die Schwelle und sah dem ersten Diener, dem er begegnete, direkt ins Gesicht. Dieser sah aus wie ein Totenkläger auf einer Beerdigung, und sein Gesichtsausdruck passte so wenig zu seiner eigenen

Stimmung, dass er irritiert stehenblieb. Doch noch ehe er zum Sprechen ansetzen konnte, wurde seine Aufmerksamkeit schon von einer anderen Sache gefangen genommen, einem schwachen Geruch, der das ganze Haus erfüllte.

»Hier riecht es ja wie im Krankenhaus«, rief er unangenehm berührt aus. »Was hat das zu bedeuten?«

Der Mann, an den er sich gewandt hatte, antwortete nicht. Vielmehr drehte er sich mit einem verstörten, verlegenen Blick zu seinem Vorgesetzten um, einem älteren Herrn, der dort Hausbutler war.

In Häusern, in denen ein Mensch mit dem Tode ringt oder gestorben ist, gibt es nur eines, das noch suggestiver ist als der schwache Antiseptikageruch – dieser schauerliche, unangenehm saubere Geruch –, und das ist das unnatürliche Wispern gedämpfter Stimmen. Lord Walderhurst überlief ein kalter Schauder, und er hielt es für angemessen, eine gerade Haltung einzunehmen, als er hörte, was der Diener antwortete und vor allem in welchem Tonfall:

»Ihre Ladyschaft, mein Herr – Ihre Ladyschaft ist nicht wohlauf. Die Ärzte weichen nicht mehr von ihrer Seite.«

»Ihre Ladyschaft?«

Der Mann trat unterwürfig einen Schritt zurück. Die Tür zum Frühstücksraum war aufgegangen, und Lady Maria Bayne stand auf der Schwelle. Alles Mondäne und Fröhliche, das die alte Dame früher ausgestrahlt hatte, war verschwunden. Sie sah aus wie eine Hundertjährige. Und machte einen geradezu verwahrlosten Eindruck. Als seien die Federn ausgeleiert, die sie zusammengehalten und die ihren Bewegungen immer solchen Schwung gegeben hatten.

»Komm her«, sagte sie.

Als er fassungslos den Raum betrat, schloss sie die Tür.

»Ich denke, ich sollte es dir etwas schonungsvoller beibringen, aber das werde ich nicht«, sagte sie mit zittriger Stimme. »Das wäre zu viel erwartet nach all dem, was ich in den letzten drei Tagen durchgemacht habe. Das arme Ding liegt im Sterben – vielleicht ist sie auch schon tot.«

Sie sank auf einem Sofa nieder und wischte sich die Tränen fort, die ihr aus den Augen quollen. Ihre alten Wangen waren blass, und ihr Taschentuch hatte hellrosa Flecken an den feuchten Stellen. Sie hatte es bemerkt, aber es war ihr vollkommen gleichgültig. Walderhurst starrte in ihr abgezehrtes, verstörtes Gesicht und räusperte sich, sonst hätte er nicht sprechen können.

»Würdest du bitte die Güte haben, mir zu sagen, wovon du sprichst?«, sagte er merkwürdig steif.

»Von Emily Walderhurst«, antwortete sie. »Gestern kam der Junge auf die Welt, und seither geht es bergab mit ihr. Sie wird nicht mehr lange leben.«

»Sie wird... nicht mehr lange leben?«, wiederholte er, nach Luft schnappend, und wurde aschgrau im Gesicht.

Der Schmerz und der Schock kamen so urplötzlich, dass sie jenen Teil in seinem Innern trafen, in dem die Gefühle nicht unter Schichten selbstsüchtiger und unmenschlicher Konventionen begraben lagen. Jedes seiner Worte galt Emily, ihr galt sein einziger Gedanke.

Lady Maria weinte hemmungslos weiter.

»Ich bin über siebzig«, sagte sie, »und die letzten drei Tage haben mich genug für all das bestraft, was ich seit meiner Geburt getan habe. Ich bin auch durch die Hölle gegangen, James; und sie hat – wenn sie überhaupt denken konnte – nur Gedanken für dich und dein armes Kind gehabt. Es ist mir unbegreiflich, wie eine Frau einen Mann so sehr lieben kann. Jetzt hat sie erreicht, was Sie wollte. Sie stirbt für dich.«

»Warum wurde ich nicht unterrichtet?«, fragte er, immer noch so seltsam steif und verlangsamt.

»Weil sie die Einfalt in Person ist und sentimental noch dazu, und Angst hatte, dich zu stören. Sie hätte dir befehlen müssen, nach Hause zu kommen, dich aufopferungsvoll um sie zu kümmern und einen Eiertanz um sie aufzuführen.«

Niemand hätte so ein Verhalten schärfer verurteilt als Lady Maria, aber die letzten drei Tage hatten sie nahezu hysterisch gemacht, und sie hatte vollkommen den Kopf verloren.

»Aber sie hat mir doch so fröhliche Briefe geschrieben ...«

»Sie hätte dir sogar dann fröhliche Briefe geschrieben, wenn sie in einem Kessel mit siedendem Öl gesessen hätte, den Eindruck hab ich«, fiel Lady Maria ihm ins Wort. »Man hat ihr grausam mitgespielt, man hat versucht, sie umzubringen ... und sie hat es nicht gewagt, diese Leute zu beschuldigen, weil sie befürchtete, du würdest das nicht gutheißen. Weißt du, du hast wirklich eine *fürchterliche* Art, James, wenn du dir einbildest, man würde dich in deiner Würde angreifen.«

Lord Walderhurst stand mit hängenden Armen da und ballte wiederholt die Fäuste. Er wollte lieber nicht annehmen, das Fieber habe sein Hirn geschädigt, aber er misstraute ganz gewaltig seinen Sinnen.

»Meine gute Maria«, sagte er. »Ich verstehe kein Wort von dem, was du da sagst, aber ich möchte sie jetzt sehen.«

»Damit würdest du sie umbringen! Falls sie überhaupt noch atmet… Du rührst dich nicht vom Fleck! Gott sei Dank, da ist Dr. Warren.«

Die Tür war aufgegangen, und Dr. Warren kam herein. Er hatte gerade im ersten Stock die Hand einer Frau, die, wie es schien, im Sterben lag, auf ihre Decke zurückgelegt, und wenn ein Mann so etwas tut, dann hinterlässt das einen besonderen Ausdruck in seinem Gesicht.

In einem Haus, in dem ein Mensch im Sterben liegt, wird unweigerlich geflüstert, ganz gleich, wie weit man vom Krankenzimmer entfernt ist. Lady Maria fragte wispernd:

»Lebt sie noch?«

»Ja«, lautete die Antwort.

Walderhurst trat auf ihn zu.

»Kann ich sie sehen?«

»Nein, Lord Walderhurst. Noch nicht.«

»Soll das heißen, ihr letzter Augenblick ist noch nicht gekommen?«

»Wenn es so weit ist, wird man Sie rufen.«

»Was soll ich tun?«

»Es gibt absolut nichts anderes zu tun als abzuwarten. Brent, Forsythe und Blount sind bei ihr.«

»Ich weiß von nichts. Ich möchte über die Sache aufgeklärt werden. Haben Sie die Zeit dazu?«

Sie gingen in Walderhursts Arbeitszimmer – jenes Zimmer, das Emilys Ein und Alles gewesen war.

»Lady Walderhurst hat hier immer so gerne alleine gesessen«, bemerkte Dr. Warren.

Walderhurst sah, dass sie offenbar an seinem Schreibtisch gesessen und Briefe geschrieben hatte. Ihr geöffneter Füller und ihre Schreibtafel lagen noch darauf. Es hatte ihr offenbar Spaß gemacht, die Briefe an ihn in seinem eigenen Sessel sitzend zu schreiben. Das sah ihr ähnlich. Er zuckte zusammen, als er auf einem kleinen Tisch einen Fingerhut und eine Schere liegen sah.

»Man hätte mir Bescheid geben müssen«, sagte er zu Dr. Warren.

Dr. Warren setzte sich und erklärte ihm, warum man das nicht getan hatte.

Während er sprach, fiel ihm auf, dass Lord Walderhurst die feminine Schreibtafel zu sich heranzog und mechanisch auf und zu klappte.

»Was ich wissen möchte, ist, ob ich mit ihr sprechen kann«, sagte er. »Ich würde gerne mit ihr sprechen.«

»Das wünscht man sich in Augenblicken wie diesen am allermeisten«, antwortete Dr. Warren ausweichend.

»Glauben Sie, sie kann mich vielleicht nicht hören?«

»Es tut mir leid. Aber das können wir unmöglich wissen.«

»Das«, sagte er langsam, »ist sehr hart für mich.«

»Es gibt da etwas, das ich Ihnen wohl sagen muss, Lord Walderhurst.« Dr. Warren behielt ihn weiterhin scharf im Auge, denn er hatte für diesen Mann noch nie große Sympathie empfunden und fragte sich jetzt, ob manche Wahrheiten ihn wohl berührten oder ob er sich überhaupt von etwas rühren ließ. »Bevor Lady Walderhurst krank wurde, brachte sie klar zum Ausdruck, was ihr einziger Wunsch sei. Sie flehte mich an, ihr mein Wort zu geben – was ich ohne Euer Einverständnis gar nicht hätte tun können –, dass ich, ganz gleich unter welchen Umständen, sollte es notwendig werden, ein Leben zu opfern, das ihre drangeben sollte.«

Ein dunkles Rot schoss in Lord Walderhursts bleigraues Gesicht.

»Darum hat sie Sie gebeten?«, sagte er.

»Ja. Und als es dann ganz schlimm kam, hatte sie es nicht vergessen. Als sie zu phantasieren begann und wir hörten, dass sie betete, war es, als betete sie zu mir, als flehe sie eine Gottheit an, ihrer früheren Bitte zu gedenken. Wenn sie klar war im Kopf, war sie wundervoll. Sie hat Ihren Sohn gerettet, weil sie übernatürliche Kräfte entwickelt hat.«

»Damit wollen Sie sagen: Hätte sie sich mehr um sich selbst gesorgt und weniger um die Sicherheit des Kindes, würde es ihr jetzt nicht so elend gehen?«

Warren nickte.

Lord Walderhursts Monokel baumelte am Band herab. Er nahm es hoch, setzte es sich ins Auge und starrte dem Doktor ins Gesicht. Es war eine einzige, krampfartige, harte Bewegung. Aber seine Hände zitterten.

»Um Gottes willen!«, rief er aus. »Wäre ich hier gewesen, wäre das nicht passiert.«

Er stand auf und stützte die zitternden Hände auf den Tisch.

»Es ist ganz einfach«, sagte er, »sie wollte sich auf der Folterbank in Stück reißen lassen, um mir zu geben, was ich mir gewünscht hatte. Und jetzt – guter Gott! Ich hätte den Jungen lieber eigenhändig erwürgt, als sie zu verlieren.«

Wie es aussah, machte hier ein strenger, in sich verschlossener und den Konventionen verpflichteter älterer Herr von Adel gerade die Entdeckung, was Gefühle sind. Er sah unheimlich aus. Seine steife Würde hing in Lumpen an ihm herunter. Der kalte Schweiß stand ihm auf der Stirn, und sein Kinn zuckte.

»Jetzt, in diesem Augenblick«, stieß er hervor, »ist mir das Kind vollkommen gleichgültig. *Sie* möchte ich sehen – nichts anderes ist mir wichtig. Ich möchte sie ansehen … möchte mit ihr sprechen … ganz gleich, ob sie lebt oder tot ist. Aber wenn noch ein Funke Leben in ihr ist, dann wird sie mich hören, daran glaube ich.«

Dr. Warren saß da und sah ihn fragend an. Er hatte merkwürdige Dinge über die Menschenwesen erfahren, Dinge, die viele seiner *confrères* nicht kannten. Er wusste, dass das Leben ein Mysterium ist und dass selbst eine sterbende Flamme durch einen plötzlichen Windhauch wieder zum Aufflackern gebracht werden kann, durch Mächte, die nicht greifbar sind und die von der Wissenschaft gemeinhin nicht als gültige Einflüsse angesehen werden. Er kannte das Wesen der Frau, die oben im ersten Stock auf ihrem Bett im Sterben lag, und begriff mit einem Mal, was ihr Leben beseelt hatte – nämlich ihre göttliche und unschuldige Leidenschaft für einen Mann, der nur an sich selbst dachte. Er hatte es in den Stunden ihres Todeskampfes in der gequälten Tapferkeit ihrer Augen gesehen.

»Vergessen Sie das nicht«, hatte sie gesagt. »Vater unser, der du bist im Himmel. Sorgen Sie dafür, dass das niemand vergisst. Geheiligt werde dein Name.«

Walderhurst, der auf seine zitternden Hände gestützt dastand, war ein gequälter Mann, zumindest in diesem Augenblick. Keiner seiner Bekannten würde ihn so erkannt haben.

»Ich möchte sie sehen, solange sie noch atmet«, sagte er in einem rauen, stoßweisen Flüstern. »Ich möchte mit ihr sprechen – lassen Sie mich zu ihr.«

Dr. Warren erhob sich langsam aus seinem Stuhl. Während es tausend zu eins gegen sie stand, sollte dies die eine Chance sein – die Chance, dass sie ihn hörte und zu den Ufern, von denen sie forttrieb, zurückgerufen wurde, durch die Stimme dieses steifen, konventionellen Kerls? Keiner konnte wissen, welche erstaunlichen Wunder sich in einer liebenden Seele vollziehen mögen, auch wenn die Bande sich gerade lösen, um sie zu befreien.

»Ich werde mich mit den anderen Verantwortlichen beratschlagen«, sagte er. »Können Sie jedes äußere Anzeichen eines Gefühls unter Kontrolle halten?«

»Ja.«

Neben Lady Walderhursts Schlafgemach befand sich ein kleines Boudoir, in dem die Ärzte gemeinsam zu Rate saßen. Zwei von ihnen standen am Fenster und sprachen flüsternd miteinander.

Walderhurst nickte ihnen kurz zu, stellte sich abseits zum Feuer und wartete. Ohne jede Förmlichkeit. Dr. Warren trat zu den beiden Herren am Fenster. Lord Walderhurst hörte nur zwei oder drei Sätze.

»Ich fürchte, jetzt sind wir machtlos ... es kann jederzeit so weit sein.«

All jene, die nicht aus eigener Erfahrung kennen, was Walderhurst beim Einritt in das Krankenzimmer sah, haben allen Grund, den Mächten, von denen sie beschützt werden, dankbar zu sein.

In dem großen, dunklen Raum herrschten eine schreckliche Ordnung und Stille. Das leise Knistern des Feuers war deutlich zu vernehmen. Doch beim Näherkommen hörte man vom Bett noch ein anderes, schwächeres und vielleicht auch unregelmäßigeres Geräusch. Manchmal schien es aufzuhören, doch dann, nach kurzem Keuchen, fing es wieder an. Eine Krankenschwester in Uniform stand wartend daneben; auf einem Stuhl beim Bett saß ein älterer Mann, lauschte, sah auf seine Uhr und hielt etwas Weißes und Lebloses in seiner Hand – Emily Walderhursts wächserne, reglose Hand. Jodgeruch stieg einem in die Nase. Lord Walderhurst kam näher. Auffällig war, dass weder der Arzt noch die Krankenschwester sich bewegten.

Emily lag tief in ihr Kissen vergraben. Ihr Gesicht war blutleer und wächsern und ein wenig zur Seite gedreht. Über ihr schwebte der Schatten und berührte ihre geschlossenen Lider, ihre schlaffen Wangen und Mundwinkel. Sie war weit weg, ganz weit.

Das Erste, was Walderhurst spürte, war, dass sie seltsam fern war, gefangen in einsamer Stille. Sie war allein, weit weg von dem Zimmer, in dem er jetzt stand und das ihnen beiden so vertraut war. Und sie bewegte sich immer weiter fort – alleine – immer weiter. Er stand da und betrachtete ihre geschlossenen Augen, diese hübschen Augen, die so schnell vor Freude erstrahlten, und es waren diese Augen – die sich verschlossen hatten vor ihm und allen prosaischen Dingen und Freuden –, die ihn auf eine merkwürdige Weise mit dem Gefühl ihrer Einsamkeit erfüllten, seltsam genug, *ihrer* Einsamkeit, nicht der seinen. Er dachte nicht an sich selbst, nur an sie. Er wollte sie von dieser Einsamkeit erlösen, wollte sie wieder zurückholen.

Er kniete vorsichtig nieder, geräuschlos, verstohlen, unablässig den Blick auf ihr seltsam unnahbares Gesicht gerichtet. Dann wagte er es, langsam seine Hand um die ihre zu schließen, die auf der Bettdecke lag. Sie war ein bisschen kalt und feucht – ein bisschen.

Eine Macht, eine Kraft, die sich im Menschen verbirgt und von der die meisten nichts wissen, sammelte sich in ihm. Er war warm und lebendig, und ein Mann. Die Hand, die sich um die ihre legte, war warm. Sein vor Kurzem erwachtes Selbst schickte ihr seine Wärme.

Er flüsterte ihren Namen, nah bei ihrem Ohr.

»Emily!«, sagte er langsam. »Emily!«

Sie war sehr weit weg und lag reglos da. Ihre Brust bewegte sich kaum, so schwach ging ihr Atem.

»Emily! Emily!«

Der Arzt hob ein wenig den Blick, um ihn anzusehen. Er war Totenbettszenen gewöhnt, aber das hier war seltsam, denn er wusste, wie Lord Walderhurst normalerweise aussah, und seine Verwandlung in diesem Augenblick legte den Schluss nahe, dass es hier nicht mit normalen Dingen zuging. Er hatte nicht die geistige Flexibilität eines Dr. Warren und verstand nicht, dass die allergewöhnlichsten Menschen, die keinerlei Flexibilität besitzen, auch ihre außergewöhnlichen Momente haben können.

»Emily!«, sagte Seine Lordschaft, »Emily!«

Er hörte gar nicht mehr auf, ihren Namen zu rufen, mit einem leisen, aber ergreifenden Flüstern, in regelmäßigen Intervallen, mindestens eine halbe Stunde lang. Er erhob sich nicht von seinen Knien und war so in sein Tun vertieft, dass er die Menschen, die herbeikamen, gar nicht wahrnahm.

Er hätte selbst nicht sagen können, was er sich davon erhoffte oder was er beabsichtigte. Er war einer dieser Männer, die alles rund um das Thema okkulte Mächte kaltschnäuzig als Unsinn abtun. Er glaubte an beweisbare Fakten, an professionelle Hilfe, an das Ausräumen von

Ungereimtheiten. Aber jetzt richtete sich sein ganzes beschränktes Wesen auf eine einzige Sache: Er wollte diese Frau zurück. Er wollte mit ihr sprechen.

Welche Kraft er aus seinem tiefsten Inneren zog – und wie er wie durch ein Wunder Antwort bekam –, war unbeschreiblich. Vielleicht war es nur eine ferne und kaum merkliche Umkehrung der Gezeiten, der Ebbe und Flut von Leben und Tod, die ihm zufällig zu Hilfe kam.

»Emily«, sagte er erneut, zum wiederholten Mal.

In diesem Augenblick begegnete Dr. Warren dem Blick des Arztes, der den Puls maß und aufsah, woraufhin er zu ihm ging.

»Er scheint mir ein wenig stärker zu sein«, flüsterte Dr. Forsythe.

Der langsame, schwache Atem veränderte sich kaum spürbar; man vernahm einen tieferen Atemzug, nicht mehr so flatternd – dann noch einen.

Lady Walderhurst zuckte ein wenig.

»Bleiben Sie, wo Sie sind«, flüsterte Dr. Warren ihrem Mann zu, »und sprechen Sie weiter mit ihr. Ändern Sie nicht Ihren Tonfall. Los.«

Emily Walderhurst, die auf einem stillen, uferlosen weißen Meer dahintrieb, sank etwas tiefer, noch auf dem Wasser schwebend, sank in friedlicher Schmerzlosigkeit immer ein klein wenig tiefer, während sie dahintrieb, bis das weiche kühle Wasser ihre Lippen netzte, das, wie sie wusste, ohne dass es ihr Angst machte, bald diese Lippen und ihr ruhiges Gesicht bedecken würde, sie für immer unter sich begraben würde – hörte aus weiter, sehr weiter Ferne, durch das Weiße hindurch, in dem sie schwebte, ein schwaches Geräusch, das in die Stille hineinfiel, zunächst bedeutungslos. Sie hatte alles schon vor Äonen von Jahren hinter sich gelassen, nur die Stille nicht. Nichts blieb als das geräuschlose weiße Meer und das langsame Schweben und Sinken, während sie vom Kurs abkam. Es war mehr als Schlafen, dieser stille Frieden, denn es gab keinen Gedanken an ein Erwachen an irgendeinem Ufer.

Aber das ferne Geräusch kam wieder und wieder und wieder, ganz monoton. Etwas rief zu etwas auf. Sie war so dem leisen Dahindriften hingegeben, dass sie keine Gedanken hatte, und so dachte sie nicht. Wer so dahindriftete, der dachte nicht; das Denken war an dem fernen Ort zurückgeblieben, von dem die weiße See sie forttrug. Sie sank still ein wenig tiefer, und das Wasser berührte ihre Lippen. Aber etwas rief etwas. Etwas rief etwas zurückzukommen. Der Ruf war leise – leise und seltsam –, so regelmäßig und so ungebrochen und drängend, dass es etwas zum Stehen brachte. Hielt das Schweben an und das Driften des sich ausbreitenden Meeres? War das Driften langsamer geworden? Sie konnte sich nicht dazu aufraffen, etwas zu denken; sie wollte weiterdriften. Spürte sie nicht mehr, wie das Wasser gegen ihre Lippen schwappte? Da war immer noch etwas, das nach etwas rief. Einst, vor Äonen von Jahren, ehe die weiße See sie davongetragen hatte, hatte sie es verstanden.

»Emily, Emily, Emily!«

Ja, damals hatte sie gewusst, was dieses Geräusch bedeutete. Einst hatte es eine Bedeutung gehabt – vor langer Zeit. Jetzt hatte es sogar das Wasser gestört, das jetzt nicht mehr ganz so nah an ihre Lippen schwappte.

Das war genau der Moment, in dem der eine Arzt zum anderen aufgeblickt und Lady Walderhurst sich bewegt hatte.

Als Walderhurst den Platz am Bett seiner Frau verließ, ging Dr. Warren mit ihm auf sein Zimmer. Er gab ihm einen Brandy zu trinken und rief seinen Diener.

»Sie dürfen nicht vergessen«, sagte er zu ihm, »dass Sie selbst eine angeschlagene Gesundheit haben.«

»Ich glaube«, lautete die Antwort, mit einem zerstreuten Runzeln der Brauen, »Ich glaube, es ist mir auf irgendeine mysteriöse Weise gelungen, dass sie mich hört.«

Dr. Warren sah ernst aus. Der Mann brachte seiner Arbeit größtes Interesse entgegen. Er fühlte, dass er soeben etwas nahezu Unbegreiflichem beigewohnt hatte.

»Ja«, lautete seine Antwort, »ich denke, genau das haben Sie getan.«

Etwa eine Stunde später begab sich Lord Walderhurst nach unten in das Zimmer, in dem Lady Maria Bayne saß. Sie sah immer noch wie eine Hundertjährige aus, aber ihr Dienstmädchen hatte ihr die Perücke frisch gekämmt und ihr ein Taschentuch gegeben, das weder feucht war noch mit abgewischtem Rouge verschmiert. Sie sah ihren Neffen schon ein wenig nachsichtiger an, behandelte ihn aber immer noch, als wäre er ein Bösewicht, an den man sie schuldlos gekettet hatte. Es fiel Maria sehr schwer, ihrer Verachtung für diese entsetzlich unangenehme Situation entschieden Ausdruck zu verleihen, doch durch diesen Umstand wurde ihr Ärger nicht besänftigt. Da sie seiner Reise nach Indien zunächst zugestimmt hatte, war es nicht leicht, die zahllosen Gründe anzusprechen, warum ein Mann in seinem Alter und mit seinen Verpflichtungen gemerkt haben müsste, dass es seine Pflicht ist, zu Hause zu bleiben und sich um seine Frau zu kümmern.

»So unglaublich es scheint«, sagte sie schnippisch, »die Ärzte glauben, es gäbe eine leichte Tendenz – zur Besserung.«

»Ja«, antwortete Walderhurst.

Er lehnte am Kaminsims und starrte ins Feuer. »Sie wird – ihren Weg zurück finden«, fügte er monoton hinzu.

Lady Maria starrte ihn an. Dieser Mann war unheimlich – ausgerechnet Walderhurst sollte an Magie glauben!

»Wo glaubst du denn, ist sie gewesen?« Sie stellte diese Frage mit vorwurfsvoller Miene.

»Woher soll man das wissen?«, fragte er fast wieder ebenso steif wie früher. »Das lässt sich unmöglich sagen.«

Lady Maria war nicht versucht, ihn jetzt zu einer Erklärung zu nötigen – in welche ferne Sphäre auch immer die Sterbende weggedriftet sein mochte, er war ihr so weit gefolgt, wie das einem Lebenden möglich war.

Der betagte Hausbutler öffnete die Tür und sagte mit hohler Flüsterstimme: »Die Oberschwester lässt fragen, ob Eure Ladyschaft die Güte hätte, bei Lord Oswyth vorbeizuschauen, bevor er sich zu Bett begibt.«

Walderhurst drehte dem Mann den Kopf zu. Lord Oswyth hieß sein Sohn. Er fühlte einen Schock.

»Ich komme ins Kinderzimmer«, antwortete Lady Maria. »Du hast ihn noch nicht gesehen?«, sagte sie und drehte sich zu Walderhurst um.

»Wann denn?«

»Dann solltest du jetzt besser mitkommen. Wenn sie wieder zu Bewusstsein kommt und Leben genug in sich hat, um sich irgendetwas zu wünschen, dann wird sie wollen, dass du in Lobeshymnen über ihn ausbrichst. Wenigstens an seine Augenfarbe und die Farbe seiner Haare solltest du dich erinnern. Ich glaube, zwei hat er schon. Er ist ein riesiges, fettes Ding mit gewaltigen Pausbacken. Ich gestehe dir, wie ich ihn gestern so speckig und selbstzufrieden aus der Wäsche schauen sah, hätte ich ihm am liebsten eine Ohrfeige versetzt.«

Ihre Beschreibung war nicht ganz korrekt, aber er war ein großes, kräftiges Kind, wie Walderhurst sich überzeugen konnte.

Vom Knien vor einem Kissen, auf dem eine leblose Statue lag, und den Rufen, die eine taube Seele aus der Leere zurückholen sollten, war es ein weiter Weg bis zu dem warmen und lichten, nach Schwertlilien duftenden Raum, in dem ein neues Leben begonnen hatte.

Hinter dem hohen Messingkamingitter des Kinderzimmers leuchtete ein helles Feuer. Weiche Leintücher hingen zum Anwärmen davor, es gab eine hin und her schwingende, spitzenbehangene Wiege und einen Korb mit silbernen und goldenen Schachteln und Samtbürsten und Schwämmen, wie er noch nie welche gesehen hatte. Er war noch nie an solch einem Ort gewesen und fühlte sich etwas unbeholfen, auch wenn er im Innersten außergewöhnlich aufgewühlt war – außergewöhnlich zumindest für ihn.

Zwei Frauen waren zugegen. Die eine hielt das im Arm, was er sich hatte anschauen wollen. Es bewegte sich ein wenig in seinen weißen Deckchen. Die Schwester stand in respektvoller Scheu abwartend da, als Maria das Gesicht aufdeckte.

»Schau ihn dir an«, sagte sie und verbarg ihre euphorische Erleichterung hinter ihrer üblichen, leicht bissigen

Art. »Was wirst du das genießen, wenn Emily dir sagt, dass er aussieht wie du. Obwohl ich dir gar nicht so recht sagen könnte, wie ich mich in der Situation fühlen würde.«

Walderhurst zückte sein Monokel und starrte eine ganze Weile das Objekt an, das man ihm hinhielt. Er hatte nicht gewusst, dass Männer unter solchen Umständen so seltsam unerklärliche Gefühle haben.

Er hatte sich fest im Griff.

»Möchtest du ihn einmal im Arm halten?«, fragte Lady Maria und war sich dessen bewusst, dass sie in einem Anfall von Freundlichkeit die Ironie in ihrer Stimme zähmte.

Lord Walderhurst wich unwillkürlich ein wenig zurück.

»Ich … ich wüsste gar nicht wie«, sagte er und ärgerte sich sogleich über sich selbst. Er würde das Ding ja gern auf den Arm nehmen. Würde gern seine Wärme spüren. Ihm war klar, wäre er jetzt damit alleine, würde er sein Monokel beiseitelegen und seine Wangen mit den Lippen berühren.

Zwei Tage später, als er gerade beim Kopfkissen seiner Frau saß und ihre geschlossenen Lider betrachtete, sah er, wie sie zitterten und sich langsam bewegten, bis sie weit offen standen. Ihre Augen wirkten sehr groß in dem blassen Gesicht, dessen Züge jetzt viel schärfer hervortraten. Ihre Augen sahen ihn an, und zwar ihn allein, während allmählich Licht in sie kam. Sie bewegten sich nicht, sondern blieben auf ihn gerichtet. Er beugte sich vor, hatte fast Angst sich zu rühren. Er sprach zu ihr, wie er es schon zuvor getan hatte.

»Emily«, ganz leise, »Emily!«

Ihre Stimme war nur ein flatternder Atem, aber sie antwortete.

»Das … das warst du!«

NEUNZEHNTES KAPITEL

All jene, die es nicht schon längst für opportun gehalten hatten, ihre Bande zu Captain Alec Osborn zu lockern oder ganz zu zerschneiden, waren nach seiner Rückkehr auf den Posten in Indien zu der Ansicht gelangt, dass ihn die Zeit der Dienstfreistellung, die er im fernen England bei seinen Verwandten zugebracht hatte, nicht gebessert hatte.

Er konsumierte vor aller Augen gewaltige Mengen Brandy und verrohte immer mehr, körperlich wie geistig. Er hatte an Gewicht zugelegt, und selbst seine leicht verruchte Attraktivität schwand schnell dahin. Der kräftige Kiefer wirkte nicht mehr so jugendlich und trat schärfer hervor, und er trug beständig eine böse Miene zur Schau.

»Vielleicht hat die Enttäuschung ihr teuflisches Spiel mit ihm getrieben«, bemerkte ein aufmerksamer alter Mann, »aber im Grunde hat er mit sich selbst ein teuflisches Spiel getrieben. Das hätte er besser sein lassen sollen.«

Hesters Verwandte, die sie besuchen kamen, um sie zu sehen und sich ihre Geschichten über das bessere Leben in England anzuhören, begrüßten sie mit Ausrufen des Entsetzens. Osborn hatte sein gutes Aussehen verloren, aber sie nicht minder. Sie war gelb im Gesicht, wirkte abgezehrt und ihre Augen riesengroß. Ihre Launenhaftigkeit hatte sich nicht gebessert, und sie reagierte auf all die überschwänglichen Fragen mit einem kalten, bitteren Lächeln. Das Baby, das sie in ihre Heimat mitgebracht hatte, war ein mickriges, hässliches kleines Mädchen. Das gezwungene Lächeln, mit dem Hester sie ihren Verwandten vorstellte, war nicht hübsch.

»Sie ist ein Mädchen, das erspart ihr große Enttäuschungen«, bemerkte sie. »So weiß sie von vornherein, dass sie niemals eine Chance bekommen wird Marquis von Walderhurst zu werden.«

Es ging das Gerücht um, dass im Bungalow der Osborns hässliche Dinge geschahen. Alle wussten, dass sich zwischen den Eheleuten Szenen abspielten, die von dem, was in einer kultivierten Gesellschaft gestattet ist, weit entfernt waren. Eines Abends ging Lady Osborn in ihrem besten Kleid und mit ihrem besten Hut auf dem Kopf durch die Einkaufsstraße spazieren, auf der Wange prangte ein großer lila Fleck. Wenn man ihr Fragen stellte, lächelte sie bloß und antwortete nichts darauf – was für die wohlmeinenden Fragesteller extrem peinlich war.

Die Fragestellerin war die Frau des Regimentsobersten, und als die Dame am Abend diesen Vorfall ihrem Mann erzählte, sog er scharf den Atem ein und fasste die Situation in wenigen Worten zusammen.

»Diese kleine Frau«, sagte er, »geht jeden Tag vierundzwanzig Stunden durch die Hölle. Man kann es in ihren Augen sehen, auch wenn sie aus Gründen des Anstands vorgibt, diesen Grobian anzulächeln. Das gezwungene Lächeln, das eine Frau dem Teufel schenkt, an den sie gekettet ist, ist ein schrecklicher Anblick. Sie verabscheut ihn und trägt in der Seele ein Übel, das nicht einmal Blut fortwaschen könnte! Ich habe es schon einmal gesehen, und bei ihr habe ich es wiedererkannt. Das wird ein schlimmes Ende nehmen.«

Wahrscheinlich hätte sein uneingeschränkter Brandykonsum und seine hemmungslose Wut eines Tages dazu geführt, dass er sich so grob hätte gehen lassen, dass man die Missachtung der sozialen Richtlinien für »Offiziere und Gentlemen« nicht länger hätte ignorieren können. Doch das Ende kam unerwartet, und Osborn wurde durch einen Unfall vor öffentlicher Schande bewahrt.

Eines Tages hatte er schwer getrunken und sich dann mit Hester für eine Folterstunde eingeschlossen, nach der er sie gekrümmt vor Schmerzen, schluchzend und nach Atem ringend zurückließ. Er hatte den Raum verlassen, um sich ein paar Feuerwaffen anzuschauen, die er sich vor Kurzem gekauft hatte. Zwanzig Minuten später lag er selbst auf dem Boden, gekrümmt vor Schmerzen und nach Atem ringend, und nur wenige Minuten später war er ein toter Mann. Eine geladene Pistole, von der er gedacht hatte, sie sei nicht geladen, hatte seinem Leben ein Ende gesetzt.

Lady Walderhurst war die freundlichste Frau, die die Welt je gekannt hatte. Sie ließ die kleine Mrs Osborn und ihre Tochter zu sich nach England holen und war für sie die Freundlichkeit und Güte in Person.

Hester war schon vier Jahre in England und Lord Oswyth hatte einen Bruder, der so kräftig war wie er selbst, als an einem herrlichen Sommernachmittag, während die beiden Frauen auf dem Rasen saßen und aus kleinen Tässchen Tee tranken, Hester eine einzigartige Enthüllung machte, ohne dass sich auch nur ein Muskel in ihrem Gesichtchen regte.

»Eines habe ich dir immer erzählen wollen, Emily«, sagte sie ganz ruhig, »und das werde ich jetzt tun.«

»Was denn, meine Liebe?«, sagte Emily und reichte ihr einen Teller mit kleinen gebutterten Scones. »Nimm dir ein paar von diesen kleinen heißen Köstlichkeiten.«

»Danke dir.« Hester nahm sich eine der kleinen heißen Köstlichkeiten, biss aber noch nicht hinein. Stattdessen hielt sie sie nur in der Hand und ließ den Blick über die herrlichen Blumenterrassen unter ihr schweifen. »Was ich dir sagen wollte, ist Folgendes: Als er die Pistole weggelegt hatte, war sie nicht geladen – die Pistole, mit der Alec sich erschossen hat.«

Emily ließ sofort ihre Tasse sinken.

»Ich habe selbst gesehen, wie er zwei Stunden zuvor die Munition herausgenommen hat. Als er hereinkam, betrunken und irr, und mich zwang, mit ihm ins Schlafzimmer zu gehen, hat Ameerah ihn gesehen. Sie hat immer draußen gelauscht. Bevor wir ›The Kennel Farm‹ verließen – an dem Tag quälte und verhöhnte er mich, bis ich den Kopf verlor und ihm ins Gesicht schrie, dass ich dir gesagt hatte, was ich wusste, und dir geholfen hatte fortzugehen – da schlug er mich immer wieder. Ameerah hörte das mit an. Danach hat er mich noch mehrmals geschlagen, und sie wusste immer Bescheid. Sie wollte dem irgendwie ein Ende bereiten. Sie wusste, wie betrunken er war, und sie ging hin und lud die Pistole, während er mit mir auf dem Zimmer war. Sie wusste, dass er kommen und ohne Sinn und Verstand in den Dingen herumwühlen würde. Sie hatte ihn früher schon mehrfach dabei beobachtet. Ich weiß, dass sie die Waffe geladen hat. Wir haben mit keinem Wort darüber gesprochen, aber ich weiß, dass sie es war und dass sie weiß, dass ich es weiß. Vor der Ehe mit Alec habe ich nicht verstanden, wie ein Mensch einen anderen töten kann. Er hat es mich gelehrt – und zwar ziemlich gut. Aber ich hatte nicht den Mut, es selbst zu tun. Ameerah schon.«

Und während Lady Walderhurst sie anstarrte und immer bleicher wurde, biss sie in aller Seelenruhe in den kleinen gebutterten Scone.

NACHWORT

von Gretchen Gerzina

Es ist über fünfundzwanzig Jahre her, dass ich mir in einem Secondhand-Buchladen ein Exemplar von *Die Liebenden von Palstrey Manor* (The Making of a Marchioness) kaufte. Ich erinnere mich noch, wie sehr ich mich über die Entdeckung gefreut hatte. Als ich klein war, hatte ich, wie die meisten Mädchen, mit großem Genuss *Der geheime Garten* gelesen, immer und immer wieder, und erst als ich Jahre später auf dieses Buch stieß, wurde mir klar, dass Frances Hodgson Burnett auch noch andere Bücher geschrieben hatte. Obwohl ich erst zwei Romane von ihr gelesen hatte, war ich damals schon überzeugt, dass ich eines Tages über diese Frau und ihre Arbeit ein Buch schreiben würde, und jetzt befinde ich mich gerade mitten in der Recherchephase für eine Biografie.

Vor ein paar Jahren wurde ich gebeten, einen Beitrag zu einem Band über amerikanische Schriftstellerinnen zu schreiben, und stürzte mich sogleich auf die Gelegenheit, sie zum Thema zu nehmen. Aber war die Autorin so ungemein britischer Bücher denn auch wirklich eine echte Amerikanerin? Die Antwort auf diese Frage ist offenbar davon abhängig, welche Seite des Atlantiks man sein Zuhause nennt, denn Frances Hodgson (wie sie damals hieß) verließ im Alter von fünfzehn das Haus ihrer Kindheit in Manchester. Jahre später unternahm sie ihre erste Reise zurück nach England, und am Ende ihres Lebens fühlte sie sich in London und Kent ebenso zu Hause wie in Washington, D.C. und New York. Sie überquerte ganze fünfunddreißig Mal den Atlantik, fand in Knoxville einen amerikanischen und später in London einen britischen Ehemann, und wurde aufgrund ihrer transatlantischen literarischen Errungenschaften »der Henry James des armen Mannes« genannt.

Sobald ihr klar wurde, dass mit dem Schreiben Geld zu verdienen war, schrieb sie ihr ganzes Leben lang nahezu ununterbrochen, um sich ihren Lebensunterhalt zu verdienen, vor allem nachdem 1870 ihre Mutter starb, als Frances einundzwanzig war und das Geld bitter nötig hatte. Zwei Jahre später erschienen ihre Geschichten regelmäßig in einigen der wichtigsten amerikanischen Zeitungen: *Godey's Lady's Book*, *Scribner's*, *Peterson's Ladies' Magazine* und *Lesley's*. Nur *Harper's* und *Atlantic* fehlten noch in ihrer Liste, aber nicht mehr lange. Sie wurde früh berühmt, gab das Geld aber weniger zur Unterstützung ihrer Familie aus, als vielmehr um sich ihren ersehnten Lebensstil zu finanzieren: schöne Kleider (sie verschob mehrmals ihren Hochzeitstermin, weil ihr Kleid aus Europa noch nicht angekommen war), Möbel und Häuser. Auf mehr als eine Art kehrte sie zu einer romantisch verklärten Vorstellung einer britischen Kindheit zurück, auch wenn sie bisher noch gar nicht über Kinder geschrieben hatte.

Tatsächlich handelten fast all ihre Geschichten und Bücher von einer Schicksalswende oder einem abrupten Wechsel des sozialen Status. Ihr ganzes Leben lang war Frances für vier Dinge bekannt: für ihr unerbittliches literarisches Arbeitspensum, das sie oft krank werden ließ, für ihre Liebe zu schönen Kleidern und Einrichtungsgegenständen, ihre Unfähigkeit, sich an einem einzigen Ort oder auch nur in einem einzigen Land dauerhaft niederzulassen, und ihre wundervollen Gärten. Ein moderner Biograf würde noch ein paar weitere Charakteristika hinzuzählen: ihren unbändigen Drang nach Unabhängigkeit, der nur zu oft ihren Beziehungen schadete, ihren Hang, sich selbst und ihr Leben romantisch zu verklären, eine geradezu zwanghafte Neigung, in ihrem Leben und ihrer Arbeit Grenzen aller Art zu überschreiten, und Veränderungen durch Selbstbestimmung und die Natur. In unseren Tagen ist sie vor allem für ihre Kinderbücher bekannt, doch anfangs war sie eine unvoreingenommene Beobachterin von Zerwürfnissen und häuslicher Gewalt, Verführung und Vernachlässigung. Ihre Figuren sind nur selten glücklich verheiratet, ein Spiegelbild ihrer eigenen gescheiterten Ehen.

Sie glaubte ihr ganzes Leben lang, sie sei eine Art literarisches »Medium« und sie selbst nur der Kanal, durch den Geschichten aus irgendeiner mysteriösen Quelle flössen. Sobald eine Geschichte auf diesem Wege zu ihr kam, legte sie sofort alles andere beiseite, um ihrer Muse zu gehorchen. Sie war wohnhaft in der Charles Street Nr. 48, Berkeley Square, und versuchte gerade, die Puzzleteile einer Geistergeschichte auszuarbeiten, die »The Ban Dog« hieß, und einen Roman, dessen Hauptfigur Bettina hieß, als ihr plötzlich die Idee für eine andere, noch mitreißendere Geschichte kam. Am 11. Januar 1901 sandte sie ein paar aufgeregte Zeilen an den Herausgeber einer amerikanischen Zeitschrift, für die sie schrieb, Richard Watson Gilder, um ihn wissen zu lassen, die Muse habe sie erneut geküsst:

Ich habe die Ban-Dog-Story beiseitegelegt, weil eine andere Geschichte mich geradezu angesprungen hat. Sie könnte zwei Nummern füllen & entwickelt sich so schnell, dass ich Ihnen vielleicht schon in einer Woche das fertige Manuskript schicken kann. Es ist die Charakterstudie einer ungemein netten, guten und vielversprechenden Person, der ein gigantischer Reichtum in den Schoß fällt. Sie stammt eigentlich aus gutem Hause, wohnt in einem Schlaf-Wohnzimmer in der Mortimer Street & erledigt anderen Leuten ihre Einkäufe und alle möglichen sonderbaren Arbeiten. Es fasziniert & amüsiert mich. Es wird »The Making of a Marchioness« heißen oder »Poor Emily Fox-Seton«. Je nachdem, welcher Titel Ihnen besser gefällt. Diese Zeilen schicke ich nur, damit Sie wissen, dass ich wirklich an etwas arbeite.

Wenige Wochen später, am 5. Februar, berichtet sie ihm, sie habe die Geschichte nun beendet, und kommentiert später, sie sei jetzt mit dem Ganzen fertig – zwei oder drei Fortsetzungsfolgen – in nur zehn Tagen, »ein absolutes Vergnügen«. Obgleich der Tod von Königin Victoria sie traurig gestimmt hatte.

Was mich sprachlos machte, als ich das Buch zum ersten Mal las, und was mich auch heute noch beeindruckt, sind Burnetts schonungslose Kommentare zum Thema Ehe. Im Gegensatz zu den anderen unverheirateten Damen ist Emily in Mallowe nicht auf der Jagd nach einem Ehemann. Anders als Lady Agatha hat sie vor allem Angst, im Alter nicht mehr arbeiten zu können, und nicht so sehr davor, ihre Jugend könnte dahinwelken und ihren Wert auf dem Heiratsmarkt schmälern. Ihre Dankbarkeit für das unerwartete Glück in der Ehe und ihre wachsende Zuneigung zu Walderhurst sind zu keinem geringen Teil der Tatsache geschuldet, dass sie vor etwas gerettet wurde, das Burnett in ihren frühen Geschichten wiederholt »das Leben des verarmten Adels« genannt hatte. Aber so sehr sie auch dem Leser gestattet, sich an Emilys großem Glück zu erfreuen, nimmt sie in ihren Kommentaren zur Ehe im Zeitalter von Königin Victoria und Eduard VII. kein Blatt vor den Mund. Die Hochzeit findet auf der Hälfte des (kompletten) Romans statt; Walderhurst ist nicht nur alles andere als ein romantischer Held, noch dazu kennt er offenbar nur wenige menschliche Gefühle und ist nur selten von etwas berührt.

Meine Ausgabe der *Marchioness* stammt auf dem Jahr 1967, erschien also fast ein Menschenleben nach der Erstpublikation in England und Amerika, und die ursprüngliche Besitzerin, eine junge Frau, hatte sich alle Freiheit genommen, um aus einer modernen feministischen Perspektive heraus den Roman zu kommentieren, wobei klar wurde, dass die Schilderungen von Emilys Naivität und Einfalt sie besonders abstießen. Über die Szene, in der alle glauben, Emily liege auf dem Totenbett, schrieb meine unbekannte Kritikerin: »Über den Tod kann sie schreiben, aber nicht über Sex.« Neben der Schilderung von Emilys geliebtem Zimmer in der Mortimer Street schrieb sie: »Du meine Güte, wer will denn all diese Details wissen?« Und die Szene, in der Walderhurst ihr seinen überaus unromantischen Heiratsantrag macht, kommentiert sie nur mit: »Auweia!« Etwa dreißig Jahre später würde ein Leser wahrscheinlich mit gutem Grund Burnetts Äußerungen über Rasse und Klasse böse kommentieren.

Die Ehe, das wusste Burnett aus eigener Erfahrung, war ein unvollkommener Zustand, und als ich ihren deutlichen Kommentar zu Walderhursts Versagen las, war mir klar, dass sie die spätere feministische Kritik vorweggenommen hatte. Was ich zu jener Zeit nicht wusste, war, wie sehr etliche Schlussfolgerungen auf ihren eigenen Lebenserfahrungen fußten. Über ihre erste Ehe mit dem Augenarzt Swan Burnett äußerte sie sich nur sehr zurückhaltend. Sie heiratete ihn erst, nachdem er ihr bereits jahrelang den Hof gemacht hatte und nachdem sie über ein Jahr fern von ihm in England gelebt hatte. Aber je länger ihre Ehe dauerte, desto mehr Zeit verbrachte sie fern von ihm und ihren Söhnen. Da sie wusste, dass sie ihr öffentliches Ansehen schützen musste, ließ sie sich erst auf Drängen eines anderen Arztes von ihm scheiden, Stephen Townsend, dessen Werben sie schließlich nach zehnjähriger Freundschaft nachgab und den sie ehelichte.

Als sie *Die Liebenden von Palstrey Manor* schrieb, war sie bereits die Ehefrau von Townsend; sie lebten zusammen in ihren Häusern in London und Kent. Leider kannte sie wohl die gegen Ende des Buches deutlich zur Sprache gebrachte Gewalt in der Ehe, die Hester Osborn durch ihren brutalen Ehemann Alec erfahren musste, aus persönlicher Erfahrung. Sie schrieb später einem Freund über ihre Missbrauchserfahrungen in der Ehe mit Townsend, den sie am Ende auszahlte, um sich von ihm scheiden zu lassen. Das Ende des Romans bringt mich, zusammen mit der klaren Kritik an Walderhursts von Selbstsucht und Distanz geprägten Haltung zur Ehe, zu der Überzeugung, dass Burnett unter der Verpackung eines Märchens ein wichtiges Statement zur Ehe im zwanzigsten Jahrhundert abgegeben hat;

dass das Buch mit der Freundschaft der beiden Frauen endet und nicht mit einem etwas romantischeren Epilog, bestätigt mich in meiner Annahme.

Beim Wiederlesen dieses Romans nach so vielen Jahren kann ich anhand von Kleinigkeiten wie einigen witzigen Anspielungen und autobiografischen Bezügen sehen, dass Frances Hodgson Burnett ihr eigenes Leben in die Story gepackt hat. Mrs Maytham ermöglicht Emily Fox-Seton ein klein wenig Freiheit, indem sie ihr zweihundert Pfund hinterlässt, die sie investieren kann, und indem sie sie nach London schickt, wo sie für die Adeligen und Privilegierten Einkäufe erledigen soll; Burnetts geliebtes elegantes Haus in Kent, in dem sie einige der glücklichsten Jahre ihres Lebens verbracht hat, hieß Maytham Hall. Dort feierte sie Feste für die Dorfkinder, die den Dorffesten in Mallowe ähneln, bei denen Emily mithilft. Wie Emily hatte sie die Aufsicht über das Zubereiten der Sandwiches und den Teeausschank, aber anders als diese war sie dafür bekannt, dass sie gerne ihren Rock raffte und mit den Kindern um die Wette rannte. Und natürlich war sie in ihrem Herrenhaus die Hausherrin, nicht die unbezahlte Arbeitskraft. In Maytham, dem späteren Setting für *Der geheime Garten*, genoss sie ein Landleben, wie sie es nach ihrer Kindheit im industriell geprägten Manchester bei ihrer Ankunft im ländlichen Tennessee kennenlernte.

Die detailreiche Schilderung der Einrichtungsgegenstände, die die Kommentatorin meines Buches so langweilig fand, lag Burnett sehr am Herzen und war mit ein Grund für ihre Popularität. Das Buch zeugt von ihrer persönlichen Leidenschaft für Mode – sie weiß offenbar immer, was Emily gerade trägt und wie es geschneidert ist – und auch als sie später in ihrem Leben fast nur noch für Kinder schreibt, äußerte sie über *Sara, die kleine Prinzessin*, es sei immer entscheidend, so viele Details wie möglich zu liefern, denn darin läge für Kinder der Zauber einer Geschichte: im Gebäck, in den Kleidern und Farben. Es ist sicher Absicht, dass Hester und Emily am Ende des Romans, als Hester Emily ihre Enthüllung macht, heiße kleine Scones essen.

Burnett achtete vor allem darauf, dass ihr Roman kein amerikanischer Roman wurde, und tatsächlich lag ihre größte Stärke darin, aus einem amerikanischen Blickwinkel auf typisch britische Charaktere und Situationen zu schauen. Die Herausgeber von *Godey's Lady's Book*, wo Frances als Jugendliche ihre erste Story veröffentlichte, waren fassungslos: Da gab es offenbar einen jungen Mann (»F. Hodgson«), der in Tennessee lebte und eine Story mit dem Titel »Miss Carruthers Verlobung« geschrieben hatte, die »so ausgesprochen britisch war, dass unsere Leser sich nicht sicher sind, ob sie wirklich von einem Amerikaner geschrieben wurde«. Diese Fähigkeit, aus zwei verschiedenen nationalen Perspektiven heraus zu schreiben, sollte nahezu ihre gesamte schriftstellerische Karriere prägen, und selbst heutzutage ist es den meisten Lesern nicht bewusst, dass Frances Hodgson Burnett ihr Leben zu einem Großteil in den Vereinigten Staaten verbachte. Ihr Sohn schrieb später über ihre erste Fortsetzungsgeschichte, »was sie Tag für Tag in der Südstaaten-Kleinstadt Knoxville erlebte ... übertrug sie auf das englische Landleben, denn das war die Atmosphäre, die ihr für eine Geschichte am besten gefiel.« Es war schon eigenartig: Von den Landschaften und Menschen in Amerika erzählte sie mit britischem Akzent, was zu ihrem Erfolg zu beiden Seiten des Atlantiks beitrug.

Burnett hielt sich in England auf und schrieb über Engländer, und für sie war Emily eine Person, »die man liebt & die Geisteshaltung der Geschichte selbst die eines einfachen, vollkommen britischen Realismus«, schrieb sie an Gilder.

> Als ich das Buch schrieb, war es wie eine unmittelbare Eingebung. Ich habe nie etwas Besseres und Subtileres erschaffen, als diese Szene in der Heide – Realismus ist immer etwas Subtiles (nein, nicht immer, aber oft). Walderhurst ist in diesen Augenblicken an diesem Ort ganz *er selbst*. Er bringt dort auf eine ganz schlichte Weise eine vollkommen aufrichtige, nicht sehr freundliche Brutalität zum Ausdruck … oder besser gesagt eine sprachliche Schnörkellosigkeit & vollkommen unbewusste Aussage & unabsichtliche Beleidigung jener ganz besonderen Art, zu der nur Männer imstande sind. Ein Amerikaner könnte das nicht. Er hätte viel zu viel Vorstellungskraft & Gefühl & Sensibilität. Es wäre auch nicht jeder Brite dazu imstande – kein kluger Mann, gleich welcher Nationalität, wäre das –, aber Walderhurst als Figur & diese Szene als typische Szene für das, was so eine Figur fühlen & *nicht* fühlen kann – sie sind wie Rossettis Webstuhl – nichts als »ein Traum, ein Wahn & eine Freude«. Ich liebe sie. Erzählen Sie mir *bloß nicht*, Sie verstünden nicht, was sie vorstellen sollen mit ihrer seltsam wohlerzogenen, schlecht erzogenen Beschränktheit & Unartikuliertheit.

Sie wollte vor allem zwei Charaktere erschaffen, die nicht klug sind und auch nicht sonderlich introspektiv und die trotzdem eine passende Art der Interaktion gefunden hatten und bei denen die üblichen Elemente einer Horrorstory glaubhaft funktionieren konnten. Sie war so von diesem Paar eingenommen, dass sie noch im gleichen Jahr einen Folgeroman schrieb. Die Osborns, die Walderhursts und Lady Maria Bayne tauchen allesamt wieder darin auf. Die Zeitschrift *Cornhill*, in dem die *Marchioness* als Erstes in Serie herausgebracht wurde, was auf einer Vereinbarung mit der amerikanischen Zeitschrift *Century* beruhte, hatte die Bedingung gestellt, es müsste eine weitere Story folgen, an der man ihnen die Buchrechte zusprechen würde. Nachdem dieses Buch fertig war, waren sie »sehr darauf erpicht, noch eine *Marchioness* zu bekommen … Und da begann mir etwas vorzuschweben, das ich ›Die Methoden der Lady Walderhurst‹ nennen wollte. Denn sobald Emily zur Marquise aufgestiegen wäre, müssten ja irgendwelche Dinge passieren. Denken Sie nur an die Wut des mutmaßlichen Erben & seiner Familie, wenn Walderhurst wieder heiratet. Ich bin so verliebt in Emily Fox-Seton, dass ich das Gefühl habe, nicht sagen zu können, wo das hinführen wird.«

Frances war fasziniert von Emily, die überhaupt nicht in das Schema der romantischen Geschichten passte, mit denen sie jahrelang ihr Geld verdient hatte, denn ihre Körpergröße und Naivität passten überhaupt nicht zu ihren sonst so klugen und weltgewandten Heldinnen. Von *Cornhill* unter Druck gesetzt, begann sie *The Methods of Lady Walderhurst* zu schreiben, und schon bald wurde ihr klar, dass die beiden Bücher eigentlich zu einer einzigen Geschichte verbunden werden müssten, und zwar übergangslos. »Ich hätte auf einer großen Leinwand beginnen müssen. ›Die

Methoden der Lady Walderhurst‹ hätten mir vielleicht auch als Einzelwerk gefallen, aber es dürfte keinen Bruch in der Mitte geben. Aus interessanten Geschichten sollte man keine Kurzgeschichten oder Fortsetzungsromane machen, dazu sind sie einfach zu interessant.«

Die beiden Bücher, die alle beide sehr gefragt waren, erschienen später in Amerika in einem einzigen Sammelband unter dem schlichten Titel *Emily Fox-Seton*. In meiner Ausgabe des zweiten Bandes über Emily – die beide in *Methods* und in den beiden zu einem Band zusammengefassten Romanen enthalten waren – befinden sich Illustrationen der Hauptfiguren. Emily sieht recht majestätisch aus, der degenerierte Alec Osborn wird gezeigt, wie er von einer Whiskeykaraffe aufblickt, Hester, gekleidet in ihrem legeren Morgenmantel, wirkt willensschwach, und Lady Maria starrt uns mit strengem Blick an. *Der geheime Garten* dagegen ist ein Buch, an dem sich Dutzende von Illustratoren versucht haben, bis zur heutigen Zeit. Jeder Künstler, und jeder Leser, hat eine ganz eigene Vorstellung vom Aussehen dieser Charaktere.

Was mich dazu bewog, über Frances Hodgson Burnett zu schreiben, war im Wesentlichen der Kontrast zwischen *Der geheime Garten*, der in meiner Kindheit mein eigenes literarisches Feingefühl schulte, auf der einen Seite, und ihrer überraschend brutalen Ehrlichkeit in Sachen Ehe auf der anderen; mir war damals nicht wirklich klar, dass Emily Fox-Setons Geschichte ganze zehn Jahre vor der Geschichte der Mary Lennox niedergeschrieben wurde.

Moderne Leser kennen Frances Hodgson Burnett vor allen durch ihre Kinderbücher, aber ihre Zeitgenossen kannten sie vor allem als Schriftstellerin für Erwachsene –

und nicht nur speziell für Frauen. Ich stieß kürzlich auf einen Tagebucheintrag einer meiner sehr maskulinen Vorfahren, in dem stand, er lese abends immer *Through One Administration,* nachdem er den ganzen Tag als Leiter einer Mine im Mittleren Westen gearbeitet hatte. Aber ganz gewiss hatte ich, als ich noch ganz am Anfang meines Schreibprojekts stand, noch nicht die geringste Ahnung, dass sie über fünfzig Bücher geschrieben hatte. Mein kleiner Artikel wurde veröffentlicht, und doch schien es so, als seien sie und ich noch nicht fertig miteinander. Wohin ich auch sah, immer gab es noch ein paar Bücher, tauchte ein weiteres Buch auf, ein paar weitere Fotografien, bevor ich mich schließlich geschlagen gab und endlich mit der Niederschrift ihres Lebens begann.

Ich hoffe, dass moderne Leser bei ihrem Versuch, in ihr Werk einzutauchen, einen ähnlichen Weg nehmen werden: erkennen, dass es nicht genügt, nur eines ihrer Bücher zu lesen, merken, dass es über sie und ihr Schreiben noch sehr viel mehr herauszufinden gibt. Die Lektüre von *Die Liebenden von Palstrey Manor* ist hierfür ein guter Anfang.

Gretchen Gerzina
Neuengland, 2001